文脉中国 小说库

wenmaizhongguo xiaoshuoku

那年花开星又落

白微音垣 著

中国文联出版社

图书在版编目（CIP）数据

那年花开星又落 ／ 白徽音垣著．－－北京：中国文
联出版社，2018.6（2023.3重印）

ISBN 978－7－5190－3751－2

Ⅰ.①那… Ⅱ.①白… Ⅲ.①长篇小说—中国—当代
Ⅳ.①I247.5

中国版本图书馆 CIP 数据核字（2018）第 142255 号

著　　者　白徽音垣
责任编辑　闫　洁
责任校对　李佳莹
装帧设计　中联华文

出版发行　中国文联出版社有限公司
地　　址　北京市朝阳区农展馆南里 10 号　　　　邮编　100125
电　　话　010－85923025（发行部）　　　　85923091（总编室）
经　　销　全国新华书店等
印　　刷　三河市华东印刷有限公司

开　　本　710 毫米×1000 毫米　　　1/16
印　　张　27.75
字　　数　541 千字
版　　次　2023 年 3 月第 1 版第 2 次印刷
定　　价　95.00 元

谨以此书献给所有愿意为爱坚持的人。

自　序

　　最近正在写第三本小说，得知《那年花开星又落》要出版了，真的是欣喜不已。因为，这是我写的第一本小说，或许这个故事不是最好的，但是对于我来说它却是意义非凡。

　　这个故事写于2014年，其间因为我生病住院所以写到10万字的时候停笔半年。住院前每天都要在各家医院之间奔波，看病求医真的是一个艰辛之旅。有时家人没空陪我，就一个人去医院挂吊瓶，记得有次从医院回家的时候是下午五点多，我一个人坐船回家，站在船的甲板上伴随着海洋的气息看完了当天落日的全景。我无法描述当时的心情，带着病恹恹的身躯观赏的是夕阳西下，那种失落和孤独之感难免油然而生。本书"破晓黎明"那一章节的灵感在那一刻瞬时迸发，因为我期待着，或许有一天我将不再会是一个人独自观赏天边的那抹晚霞，或许有一天会有一个人出现，伴我一起守护未来的黎明。

　　出院后在家休养一个多月，每天都要忍受着剧烈咳嗽引发的术后刀口的疼痛。冬天天气并不是很好，即便是在青岛，雾霾天气也依然频现。终于赶上一个晴天，我把自己裹得严严实实地便出了门。我也不知道去哪里，因为生病的原因休学了一年，现在想来生病的那段日子也算是我难得的清闲光景。我坐上1路公交车，选了一个靠窗的位置，准备从西海岸的东边坐到西边然后再折回。沿途我看到了许许多多的人，每个人脸上都带着不同的表情，有人开心，有人失落，也有人面无表情。就在我感到疲惫之际，无意间看到了窗外片片落下的飘浮物，洁白似雪。

　　等我回过神来的时候，发现真的是雪！晴朗的天空，在厚积云层唯一缝隙中绽放着的阳光还是那样的耀眼，雪花就这样簌簌如约而至了。我立刻下了车，走到了市中心的广场上认真享受着这无言可喻的美好。广场上三三两两的人都拿出手机不停地拍照，希望能将眼前这鲜有的美丽记录下来。霎时，灵感再次迸发，如果，如果钟亦峰和莫沫的初次相遇能在这样一片美丽的太阳雪中该有多好！也是那一刻，我在心中笃定，把之前写过的 10 万字重新修改，将整个故事的脉络重新架构。这对一个初次写文并且没有任何支持和依靠的作者来说真的不容易，没有缜密细微的剧情设计很有可能半途而废。但是，这莫名而来的勇气给予了我坚持的力量，现在读者的肯定和喜欢，让我也感谢当时的自己创作出了今天的《那年花开星又落》。

其实，在我刚开始准备写小说的时候，并没有得到很多的支持，甚至很多人都认为我是在开玩笑。大学我修的专业是英语，二外选的是德语，还学过一些日语、韩语。所以我开始写小说的时候，我的老师还问过我，你是要用英语写小说吗？

于我而言，我学习外语是因为我深爱着语言这门有趣的学科，而当我深深接触更多的语言后，我发现自己挚爱的仍旧是汉语。我始终都认为语言这种东西是存在着力量的，譬如说当年鲁迅先生弃医从文也是看到了这一点才希望用文字去解放国民思想。而我写作的初衷，并非只为虚无缥缈的名利，我最希望的是有更多的读者能够看到我的文字，从中得到心灵的温暖和释放，从中明白一些道理。我一直都信奉台湾知名散文家林清玄的那句话：一个作家的终极追寻，向外是不断追求生命更高的境界，向内是不断触及心灵更深的感动，然后把更高的境界与更深的感动，不断地与读者分享，一起携手走向人生的圆满与美好。

诚然，很多读者看完这本小说后都难过不已，更多的读者都在说结局的凄惨。然而这次正式出版我仍旧没有更改正文的结局，本书行文到第七十八卷"仲夏之末"篇全部结束。但是作为对读者的回馈，我添加了一个终极番外——深蓝色的深蓝，也许当大家读完后会对深蓝这个角色有更深的一层认识。记得有读者私信我说，"白徽大大，看完你的书后真的是撕心裂肺，你写的句子虽然温暖但也真的很伤，但是我觉得，能写出这样文字的你更让我觉得心疼。"当时看完这个留言后，我顿时泪流满面。真的有人读懂了我文字背后的那些故事。其实，这本书里有很多的句子直接摘自我每天都会坚持写的日记。有时候事情过去很久，当我重新翻阅处于痛苦和困惑中的自己留下的那些文字时，尽管心境已经随着时间发生改变，但是那份疼痛还是那样明显。而我，在经历苦难的同时也只想把一些正能量的东西传递下去，毕竟这个世界依旧是这样美丽。

最后的最后，真挚地希望打开这本书的读者们能够喜欢这个故事，在我逐梦的道路上有你们为伴真的十分庆幸。我将整本书的内容缩写成了一首 448 字的诗，趁此次出版之际分享给大家。

　　　　白色信子风摇曳，那年花开花又谢
　　　　太阳雪落心撕裂，岁月变迁情难怯

纸莺情丝怎断绝，　十八年后终再遇，
岌危相救无思虑，　此情情深深几许，
恨你岂是一朝暮，　把酒言欢海边驻，
泡沫飘浮心中停，　穷极一生终归卿，
你为孤月我为星，　即便生活冷似冰，
胡桃夹子在我心，　冷暖自知如水饮，
红豆开花影纷缤，　簌簌落雪织光怪，
曾经相见不复在，　牛奶香草独青睐，
你的痕迹随身外，　江湖恩怨时难掩，
功亏一篑情金坚，　台风过境战平息，
破晓黎明日光绮，　事已至此信爱亦，
家为故乡终勿归，　不说再见孤相随，
七月五日动心魄，　往事再现重来过，
你的名字心间琢，　五年一晃无处躲，
二十三年等待我，　幸得花开星未落，
尘封流离未停歇。　她却将他全忘去。
奈何与她散与聚。　终知前缘难再续。
孰知爱亦同深固。　只求共你风雨路。
唤他深蓝笑盈盈。　从未所求爱公平。
跨越生死劈棘荆。　无畏人生浮与萍。
我似木偶沉光阴。　茕茕孑立孤至今。
永不星散勿相泯。　阵阵花香扑面来。
未曾喜欢因深爱。　天各一方心愈白。
泪眼光芒烟花摘。　斯人已逝笑依然。
大雨滂沱泪涟涟。　奉陪到底为护你。
泪吻若初终为弃。　爱曾流连曾朝夕。
踽踽独行何处回。　形单影只无怨怼。
亘古守护仲夏末。　记忆恢复悔蹉跎。
流浪的星终陨落。　生活摧残月如梭。
那年花开星又落。　伴月长存山水阔。

目 录
CONTENTS

目
录

第一卷　承诺如烟

卷首语：

　　他曾对我说，我们再也不分开。二十年后，我终于明白这句话的深刻含义。我们再也不分开，却是因为，我们再也不会在一起。

No.1

　　在一个平凡的小镇上。

　　在熙熙攘攘的街道上。

　　三个小孩子在安静地走着。

　　男孩在中间，没有任何言语。右边的小女孩不停地偷偷看男孩，左边的小女孩亲昵地牵着男孩的手，蹦蹦跳跳地拉着他走。

　　经过一家婚纱店，右边的小女孩停住了脚步，抬起头，看到了大大的招牌"花火"。

　　这是镇上为数不多的一家奢侈而又华丽的婚纱店，年幼的心不懂得如何描绘那悸动的小心情。右边的小女孩呆呆地看着橱窗内正中央的红色婚纱，看看身边的男孩，脸上不由得泛起了一阵阵红晕。

　　"与冰，你看，那边有卖冰淇淋的耶，我们去买冰淇淋吧！"

　　"玫萱……我们……"

　　男孩的话未落，左边的小女孩已经拉着男孩去马路对面。

　　他就这样跟她擦肩而过，好像完全没有感觉到她那颗小鹿乱撞的心。

第
一
卷
　
承
诺
如
烟

001

小女孩低头看看自己身上简朴的碎花裙，再看看牵着他的手的她身上的小洋装，脸越发得红。她看着她牵着他的手穿过马路，渐渐地，视线模糊，她看到他们就这样消失在人群中。

年幼的她，不知道自己是怎么了。一阵风吹过，一滴泪落下。

"他们，才是天造地设的一对吧！"

她转过身，自己一个人默默地离开。

不知不觉，一个人，仿佛走了好久好久。

天边袅袅炊烟渲染着那一抹紫红色。夕阳的余晖映照在这条乡间小路上，绿地下的湖泊荡起了一圈又一圈涟漪，空气里弥漫、混合着泥土香气和淡淡花香。暮春初夏之际，是这世上最浪漫的时节。

"小沫，放学回家啦！"

骑着三轮车的李大婶冲女孩微笑说。

"是，李大婶又要去集市买菜了？"

"可不是嘛，这时候集市最便宜了！"

看着李大婶费力地蹬着三轮车远去的身影，女孩心里不由得一颤。

微风悄悄拂过她的发丝，她轻而薄的刘海儿被风吹起。这时的她，以为自己只是一个平凡无奇的小女孩。她以为自己的童年非常简单，正如家人给予的简单的爱，她那简单的马尾，简单的碎花连衣裙一样。她边走边踢路上的小石子，脑海中又闪现出她牵着他从她身边走过的画面。

困顿的黄昏中，那抹袅袅炊烟氤氲着她内心些许零星的呼唤。

"莫沫。"

熟悉的男声在她身后响起。

她立刻转身。

男孩就这样戏剧性地出现在这条乡间小道中，手里拿着一个冰淇淋。夕阳的余晖映照在他的脸上，他的脸红红的，嘴巴不停地喘着粗气，显然是刚刚奔跑过来的。

她走向他，刚想开口问他为什么会出现在这里，他抢先说："喏，冰淇淋，你最爱的，香草口味儿。"

她刚刚接过冰淇淋，他就牵起她的手，拉着她奔跑在美丽的夕阳中。仿佛一切都来得太快，她看到了湖面上反射出的晶莹剔透的光芒，看到了空气中凝结的水滴宛若钻石，看到了他微笑着的侧颜。

这难道就是年幼时光里的窸窸窣窣繁衍生息的爱情？

一种又寂寞，又美好的感觉。

奔跑了不知多久，也许经过了一个世纪，但是却只有一瞬的绽放着的记忆，宛若天际一闪即灭的烟火。

莫沫大口大口地喘着气，当她抬起头时，看到了那件美丽的红色婚纱裙。这时，"花火"已经绽放出了耀眼的光芒，婚纱店内灯光闪烁，照亮了两张红扑扑的小脸。

她惊喜地看着他。原来，他一直都在注意她。

"你……"

他露出微笑。

"沫沫，等我们长大了，我娶你好不好？为你穿上美丽的大红色婚纱，然后，我们再也不分开。"

这年，她七岁，他八岁，他对她许下了一个美丽到让人窒息的承诺。

天空中的星星零零散散地跳动着，像极了女孩被惊喜扰乱的心。

"好，一言为定。"

No.2

二十年后。

二〇一五年七月上旬，上海桓旗酒店。

娱乐圈知名人士纷纷来齐，与宫玫萱交好的各国明星也都欢聚一堂，人群的笑靥与酒店四周包裹墙壁的黄色蔷薇花一齐绽放着。色彩斑斓的氢气球占据着屋顶，挂在气球上的彩带垂吊着祝福新娘新郎的话语。

停车场，一辆银色劳斯莱斯内。

莫沫身着红裙，坐在副驾驶上。她紧闭着双眼，她怕在睁开眼睛的同时泪水会不听话地落下。

"如果你想离开，现在我就带你走。"

钟亦峰温柔的声音在她的耳畔拂过。

此时，泪水却夺眶而出，顺着莫沫苍白的脸颊滑落。

钟亦峰扭动钥匙，准备开车离开。莫沫却握住了他放在方向盘上的那冰凉的手。

"不，我要去。就算他的新娘不是我，我也要以一个伴娘的身份和他一起出现在婚礼上。"

莫沫努力露出微笑。

"这，是我最后能为他做的一件事。"

钟亦峰沉默良久。

"走吧，还有半个小时，婚礼就要开始了。"莫沫声音轻轻的，像微风那般。

"告诉我，到现在，你还相信爱情吗？"

钟亦峰感觉到内心难以抑制住的疼痛，像洪流一般席卷了他的全身。他知道，她这样做对她自己来说到底有多大的伤害。他更知道，她别无选择。

"相信。"

莫沫用闪烁着泪花的明亮的双眼，坚定地看着钟亦峰。

"为什么？"

"至少……"

"至少爱曾经有一朝一夕眷顾过我。"

三十分钟后。

宴会主场的大门开启，宫玫萱挽着夏与冰的手微笑着向前走，她面前的白纱无法掩盖住她摄人心魂的美丽。红毯四周的仆人从手臂的花篮中不停地拿出黄蔷薇的花瓣，撒在这对新人的面前。好像这一刻，每个人的脸上都应该绽放最美的笑靥，用微笑定格这美丽的瞬间，也只有这样才足以映衬黄蔷薇背后那份爱的含义——希望你拥有那永恒的微笑。

偏偏在这个时候，有三个人，少了那种微笑。

夏与冰努力让嘴角上扬，但是他唯一感受得到的只有背后那悲伤而又绝望的目光。

在夏与冰的身后，一个身着深蓝色西装面容英俊的男人面无表情，只有在望向身边那一袭红裙的女人时眼神才有一份心疼和宠溺。

莫沫望着夏与冰，她的眼泪不知不觉地落下，心疼让麻痹的她感觉不到眼泪的存在。二十年后，婚礼如约而至，她亦是一身红裙。

只不过，他是新郎，她，是伴娘。

钟亦峰再次看到了她的眼泪，心如刀绞。他伸出手，碰触到她那满是冷汗的手掌心。他紧握着她的手，给她继续前行的勇气。

在神父的面前，夏与冰和宫玫萱面对面站着。莫沫望着台上的他们，只觉光线刺眼，未觉那紧握着她的手一直都在。

"宫玫萱，你是否愿意夏与冰成为你的丈夫，与他缔结此生契约：无论生死，富贵，贫贱，都爱他，照顾他，尊重他，接纳他，永远对他矢志不渝，直至海枯石烂？"

宫玫萱露出微笑："我愿意，当然愿意。"

"夏与冰，你是否愿意宫玫萱成为你的妻子，与她缔结此生契约：无论生死，富贵，贫贱，都爱她，照顾她，尊重她，接纳她，永远对她忠贞不贰，直至地老天荒？"

……

夏与冰一阵沉默。他不由自主地扭头望向台下那一身红裙的人。他不知道用什么言语去形容心里的感受，只知那是一种此生都未曾有过的痛。

"夏与冰，你是否愿意宫玫萱成为你的妻子，与她缔结此生契约：无论生死、富贵，贫贱，都爱她，照顾她，尊重她，接纳她，永远对她忠贞不贰，直至地老天荒？"神父看着沉默的夏与冰，再次说道。

莫沫看着望向自己的夏与冰，不知为何她却在他的眼神里读出了那么多的痛楚。这一瞬间，她多么希望自己失聪。她好怕听到那三个字，她想逃，想立刻逃出这个能让她魂飞魄散、万劫不复的地方。她倏地感觉到了那股来自掌心的温暖，她无助地望向身边的他。

钟亦峰看到莫沫的眼睛，立刻读出了她眼神里的东西。

"我带你走。"

钟亦峰轻声说罢，紧握着莫沫的手，拉着她逃离这个看似喜乐实际却被悲伤浇灌的地方。

台下一片喧哗，在众人议论纷纷之际，在他们跑出宴会大门的刹那，夏与冰对着眼前有些惊慌失措的宫玫萱轻轻地说了那句。

"我……愿意。"

莫沫任凭钟亦峰拉着自己奔跑，逃离了那场属于夏与冰和宫玫萱的婚礼。然而在他拉着她奔跑的这短暂的时间里，她的脑海却将二十年前的那一幕幕重新浮现。

"沫沫，等我们长大了，我娶你好不好？为你穿上美丽的大红色婚纱，然后，我们再也不分开。"

偏偏在这个时候，忘记那段记忆的她，想起了那个曾经在黄昏突然出现的夏与冰，那个曾经在婚纱店前许下的承诺。顿时，她泪如雨下。

可是现在，她感受到的却是属于钟亦峰掌心的温热。

在夺门而出的那一瞬间，她突然明白了二十年前那句承诺的真正含义。

我们再也不分开。

是因为，我们再也不会在一起。

第二卷　所拥之物

卷首语：

　　在这个世上，我只相信三样东西，那就是金钱、地位、名利。我承认，我确实不懂它们的珍贵之处，但至少，它们不会背叛我。

No.3

　　二〇一四年，十二月中旬。冬。

　　"我在片场呢，一时半会儿抽不开身，我已经找人把车开到停车场了，你去服务台拿钥匙就好……地址一会儿给你信息，别忘了晚上八点的饭局……先不说了，其他演员都等我呢……"

　　挂断电话后，宫玫萱再次投入到了拍摄中。

　　……

　　"咔！"

　　"宫玫萱，是不是上个月百花奖最佳女主被林庭悠夺走后，你就再也演不了女一，只能演女配了？"

　　导演喊"咔"后对宫玫萱一阵"炮轰"，对她今天上午拍的每场戏的表现都极为不满。

　　宫玫萱听罢，心想这导演真是哪壶不开提哪壶，她宫玫萱的人生从未像上个月那么狼狈过：她和林庭悠各自演的电影都得到了最佳女主的提名，林庭悠斩获了最佳女主，自己演的其他电影被提名最佳女配并获了百花最佳女配角奖。

这简直是天下最大的笑话了！

简枝手里拿着棉服，一溜小跑跑到宫玫萱的身边。

"玫萱姐，先穿上衣服，天太冷了。"说着简枝将棉服披在宫玫萱身上。

"既然这样，陆导您就去找林庭悠拍吧！小枝，我们走。"

"是的，玫萱姐。"

宫玫萱大步流星离开，简枝紧随其后。

陆导被宫玫萱气得说不出一句话。

刚出片场的宫玫萱立刻就被一群记者围住。

"宫玫萱小姐，自从百花星宴之后您已经一个月没有出现在大众眼前了，请您谈谈对获得最佳女配角奖的看法。"

"宫玫萱小姐，传闻您和林庭悠小姐一直不和，请问是真的吗？"

"宫玫萱小姐，您丢掉百花奖最佳女主后身价大跌，听说近日桓旗集团投资拍摄的《寄书》将邀请林庭悠出演女一号，请问是真的吗？"

……

"对不起，请不要提问。"简枝帮宫玫萱挡着前拥后挤的记者们，嘴里不停地重复着这一句。

在车上打瞌睡的褚米被这阵人群轰动惊醒。看到宫玫萱后，他立刻从驾驶座上下来，与简枝一同护着她上车。

"嘭。"

车门关上后，褚米迅速将车开走。

"姐，今天怎么提前结束拍摄了？"褚米看着后视镜里面无表情的宫玫萱，笑嘻嘻地问。

"林庭悠出演《寄书》女一，这件事是真的么？"

宫玫萱话语一出，车内顿时低气压遍布，纸终究是包不住火的。

"是的，玫萱姐，是钟少决定的，您被安排的新角色是女配毕晓怜。"简枝回答道。

"为什么不提前告诉我？"宫玫萱闭上眼，语气极为无奈。

"是这样的，姐，我们两个怕你接受不了。自从百花星宴结束后你就一直……呃……比较低沉。"褚米吞吞吐吐地说。

"掉头，去桓旗。"

宫玫萱望向车窗外，声音冰冷。

上海桓旗总公司，总经理办公室。

"钟少，为什么《寄书》的女一要由林庭悠出演，你如果觉得我胜任不了女一的话，大可找其他女演员，但她林庭悠除外！"

尽管宫玫萱已经努力让自己的语气平和，但是还能听出那压抑不住的一腔怒火。

"怎么？一个最佳女主，一个最佳女配，我还怕这部电影票房差吗？"

钟亦峰看着宫玫萱，面不改色地说。

"你明知道那个最佳女主的奖应该是我的，肯定是林庭悠那个女人在背后搞了什么鬼！"

钟亦峰嘴角微微上扬，但是眼里散发出的依然是冰冷的光芒。

"哦？如果真是这样，那我倒是期待着你以一个配角的实力胜过主角的虚假。"钟亦峰淡淡地说，"还有，桓旗国际商城的代言除了你之外，也会有林庭悠。"

三天前，上海桓旗总公司 A 栋大厦一层会议室，企业董事大会。

一群头发花白、西装革履的人坐在会议室，钟亦峰在会议室前的屏幕下作上个季度的述职报告。报告结束后，掌声一片。

"钟少自打接手桓旗后，一直将公司打理得井然有序，突破了以往桓旗主攻酒店和传媒两个市场，着手打造了桓旗国际商城，但是开业在即，宣传效果却不及最初设想啊！"董事会其中一人说道，说罢便引起了在场所有人共鸣。

自从钟亦峰的父亲钟桓患病后，整个公司便交给了钟亦峰一人管理。在外人看来，偌大的桓旗企业都被钟亦峰紧紧地握在手中，但只有他一人知晓自己的境况实则是如履薄冰。

"是，由于百花星宴我们公司艺人宫玫萱丢掉了最佳女主，作为商城代言人她身价大跌的同时商城股份也跌了不少，宣传的效果不及预期，对此我会尽快想出应对方案。并且，我将安排大约一个星期后亲自去欧洲进行市场考察，请各位董事们放心。"

会议结束后，钟亦峰经过大厅时，一个漂亮的女人捧着白色的花束向他走去，仿佛已经在此恭候多时。

她走近钟亦峰，在他面前微笑着摘下墨镜，吸引了不少员工们的目光。

钟亦峰眼神冷冽，口气冰冷："不是让你在休息室等我么，为什么出现在这里？"

"钟少，送你的花。"

女人说着将手中的花递给钟亦峰。钟亦峰看一眼她手中的花，竟是一束白色风信子。

"拿开，我最讨厌花。"钟亦峰绕过女人离开，尔后告诉身后的人，"大雷，稍后把她带到我办公室。"

总经理办公室。

林庭悠双手撑在钟亦峰的办公桌上，穿着大 V 领连衣裙的她让上身最性感的部位在钟亦峰的面前暴露无遗，声音故作发嗲地说："钟少的脾气果真是名不虚传，邀请我来桓旗却让我下不来台。"

"林庭悠，既然你来到桓旗，就说明你已经考虑好我的提议。这是合约，你签署后我们正式开始合作。"钟亦峰对眼前女人的故作姿态视而不见，从抽屉里拿出一份合约向前一推。

林庭悠微笑："是，我是已经考虑好了。想让我代言桓旗商城也可以，只要你答应我一个条件。"

"说。"

"桓旗刚刚投资的电影《寄书》，女一号也要给我。"

钟亦峰看着眼前这个年龄不过二十出头的女人，不知她的内心里藏了多么大的野心。

"你凭什么觉得你能够胜任这部电影的女一？"

"上个月百花奖最佳女主是我，最佳女配才是她宫玫萱。"

"是么？那得问你是怎样蛊惑的钟桓，让你拍的那部没票房的电影也能得到提名，还顺利拿下了最佳女主。"

"你……"

林庭悠看着钟亦峰无言以对，他居然对她的这些事一清二楚。

"既然你这样看不起我，为什么还让我去代言桓旗，不让宫玫萱去？"

"我记得我从未说过不让宫玫萱代言。"

"那你到底是什么意思？"

"既然现在媒体和大众都对你和宫玫萱之间的矛盾问题那么关注，如果你们两个一起代言桓旗，将引起更大的关注度。并且你们两个是风格不同的人，如果森女清新风系列的品牌服装由你代言，时尚性感系列由宫玫萱代言，到时候你们两个的粉丝团会怎样？我要的是消费大众心甘情愿地掏出腰包为桓旗买单，我是个商人，钱这个东西对我来说才是最重要的。"

林庭悠听完钟亦峰的话，再次笑了起来。原来鼎鼎大名的钟少和他的父亲没什么两样，都是视名利如生命的伪君子而已。

她绕过办公桌，用自己纤长的手指碰触那深蓝色的西装。手指用力地从他大腿掠过上腹，那结实的胸肌让她觉得欢快无比。她轻吟一声坐在他的身上，搂住他的脖子，慢慢地靠近他。

"那么，我对你来说，只要有利，你就会继续利用我咯。"

林庭悠靠近钟亦峰的耳朵轻轻地说，笑着咬住他的耳垂。

这个动作却彻底让钟亦峰忍无可忍，他一把推开林庭悠，低吼一声。

"滚。"

林庭悠看着脸色微带怒气的钟亦峰，完全看不懂这个对她的年轻美丽视若无睹又冷若冰霜的男人。

真没趣，到底是谁说的有其父必有其子。林庭悠心里想着，拿起笔在合约上签名后转身离开。

"等等。"钟亦峰叫住了她。

"《寄书》的女一给你，合约我会尽快派人送到你那里。"

林庭悠转过身对着钟亦峰笑了，心想：这天下的男人果真都是一个样。就在她准备再次靠近钟亦峰时，他却抢先开了口。

"如果你不想丢掉女一号，就立刻离开这里。"

林庭悠听到这句话后，冷哼一声摔门而去。不久，顾雷推门进来。

"钟少，你找我。"顾雷对钟亦峰微鞠一躬。

"大雷，通知陆导将《寄书》女一号换林庭悠出演，并且把宫玫萱的角色调成女配。"

"钟少，你不能这样做。你明明知道林庭悠是董事长那边的人，千万不要被她迷惑。她极有可能像之前那些女人一样，都是董事长派来试探……"

钟亦峰打断顾雷的话："我知道，我这样做只是为了让电影的票房再翻一番，告诉陆导换主角后立刻向媒体发布消息。让她们矛盾激化后，不仅对电影收益有利，对桓旗国际商城的宣传更有利。"

"宫玫萱那边……"

"先不必管，她是我们公司的艺人，只要能为公司带来效益，她就不能反对。"

顾雷看着钟亦峰，他接管桓旗的这些年来事业蒸蒸日上，同时他的心却越发冰冷。但是顾雷明白钟少的无奈之处，顾雷从小跟他一起长大，对他再了解不过。

"是，钟少，我会按你说的去办。"顾雷微鞠一躬。

"哦，对了，大雷，任茜是不是快要回国了？"钟亦峰突然想起了这件事。

"是，三天后的飞机。"

"到时候把我的行程空出来，去机场去接机，真是好久不见那丫头了。"钟亦峰的嘴角微微上扬。

顾雷看着钟亦峰，认真地问："钟少，你真的决定要和任茜在一起？你真的爱她么？"

"我不相信亲情，更不相信爱情，哪儿来的爱或不爱呢？任茜，就像是我的妹妹一样。可是，跟不跟她在一起也不是我能决定的，不是吗？"

钟亦峰的眼神中透露出一丝黯然的味道。

顾雷觉得心痛，一个男人跟一个被他视作妹妹的人在一起怎么可能会幸福呢？

"那小时候你豁出性命去救的那个孩子……"

"别再说了，那只是年幼不懂事而已。并且，我这辈子都不想再见到她。"钟亦峰语气决绝。

"所以，钟少相信的，到底是什么？"

"金钱，地位，名利。"

"我承认，我确实不懂它们的珍贵之处，但至少它们不会背叛我。"顾雷沉默。

"不过，我会努力对任茜好。对她的爱缺失的那部分，用物质来弥补。"

钟少，爱情不像商场的是是非非，是不可以利用的。

顾雷本想把这句话说出口，但最后还是用沉默来代替。爱情不仅不可以被利用，一旦在被利用之后，某一天，会以翻天覆地的力量席卷一个人的世界作为它最沉重的报复。

第三卷　回忆来袭

卷首语：

　　下太阳雪时相遇的人，都是命中注定要相遇的人

No.6

Boston Logan International Airport.（波士顿洛根国际机场）

　　"Momo，when you come back your hometown，you will be supposed to tell me and your mom immediately." Hansen 先生微笑着对莫沫说着，并礼貌地拥抱莫沫。（莫沫，回国后一定第一时间告诉我和你的妈妈）

　　"Thanks，MrHansen."（谢谢，汉森先生）

　　莫沫微笑着回答，蹲下来拥抱只有七岁的小 Sammy。

　　"A present for you！ And you know，"小 Sammy 递给莫沫一张明信片，然后瞪着亮亮的眼睛微笑着向莫沫说道，"life was like a box of chocolates，you never know what you'ze gonna get."（人生就像一盒巧克力，你永远不知道下一块是什么味道）

　　自从和小 Sammy 看了《阿甘正传》后，他就再也忘不了这句台词，一直都在翻来覆去地说。

　　最后一个要告别的，是莫沫的母亲。在美国留学的这两年，她终于再次见到了十八年未见的母亲，也是她唯一的亲人。

　　莫沫忍着眼泪，努力微笑地对母亲说："妈妈，我要走了。"

"好孩子，是妈妈对不起你……"莫沫的母亲掉下了眼泪，舍不得女儿离开，尽管自己早已有了新的家庭。

"莫沫，一定要走吗？不能留下跟我们一起……"

"妈，我一定要走。我有自己的幸福，就像妈妈年轻的时候一样，敢于追求自己的幸福。所以，请你一定不要担心我。"

莫沫轻轻抱住母亲，认真地说道。她一定要回国，因为她知道，她爱的人在那里等着她。

"好啦，我要走了。"莫沫松开母亲，右手向后伸，握住自己的行李箱，对眼前的这一家三口人微笑。

她只要知道自己的母亲过得好就足够了，她不想打扰他们的幸福。莫沫转身，拉着行李箱一个人离开，泪水却忍不住落下。

"Timothy，don't cry，Momo will be Okay."Hansen 先生搂住莫沫的母亲，心疼地安慰她。

上飞机后，莫沫找到自己的座位，放好行李后便坐了下来，她注意到自己的邻座是个画着浓妆的漂亮的亚洲面孔。

"真的吗？亦峰哥哥你会亲自来接我！真的嘛！"坐在莫沫旁边的女人兴奋地说。

原来是中国人。

"好的，那我们不见不散。"

女人高高兴兴地挂断电话关掉手机，用带着中国味儿的英文即兴哼起了歌。

"I don't care what they say，I'm gonna be with you，I'm gonna be with you，I m wanna be with you."（我不介意别人说什么，我要和你在一起，我想和你在一起）莫沫听后淡淡地说："是 Akon 的 Be with You。"

"Bingo！你也喜欢听 Akon 的歌吗？"女人打了一个响指，笑着对莫沫说。

莫沫对她笑笑，从口袋里掏出手机准备关机的时候，小 Sammy 送给她的明信片掉了出来，正好落到女人的脚边。

女人伸手捡起明信片，对莫沫说道："好漂亮，是哈佛大学！原来我们是校友啊！真是缘分，同一个学校留学，同一天回国，同一架飞机，还坐在一起！不如交个朋友吧，你多大？"

"二十七。"

"我二十三，我叫任茜，你叫什么名字？"

"莫沫，莫名其妙的莫，泡沫的沫。"

"好奇怪的名字，不过也好记。"

莫沫微笑，心想着二十三岁就能哈佛毕业，若不是天才就是家里有财，不外乎这两者。

"If I feel my skill is……is 什么呀这是？莫沫姐姐你快帮我翻译下。"任茜看着明信片的背面，用不着调的英语说着。

莫沫皱皱眉。拿过小 Sammy 给的明信片，这才发现他在背面写了字。

莫沫念给任茜听："If I feel my skill is unmatched I will look at the stars.If I feel sad I will also look at the stars."

"Bingo！莫沫姐姐，你的英语可真好。你读的什么系？"

"外语系，"莫沫回答，心想着看来任茜是属于后者——家里有财，"倒是你读的什么系，在美国留学，读的是中文系吗？"

任茜一本正经地说："我也不知道我读的什么系……我爸也没告诉过我，总之我在哈佛读的肯定不是中文系就对了，我记得我可从没在那些天书上看见过一个汉字啊！"

莫沫"扑哧"一声笑了出来，觉得眼前这个小姑娘还挺可爱。

之后，她握着手中的明信片陷入了沉思。她不知道小 Sammy 从哪里抄来了这样一句话，只是她觉得自己参悟不透这话里的深刻含义，只能略懂文字的表面意义。

"If I feel my skill is unmatched I will look at the stars.If I feel sad I will also look at the stars."

"如果我不可一世，就抬起头来仰望群星；如果我甚觉伤悲，依然会抬起头来仰望群星。"

No.7

上海浦东国际机场。

刚下飞机，任茜就连忙跟莫沫告别，急匆匆地找她朝思暮想的人去了。

阳光眨着些许倦怠的双眼，晴朗的天空愣是飘起了若蒲公英般随风飘散的漫天雪花。这个季节，在上海的这段光景里偏偏下起了太阳雪。阳光下飘浮在空气中的雪花，拂手即融。

"下太阳雪时相遇的人，都是命中注定要相遇的人……"顿时，莫沫只觉头部微痛，耳畔突然回响起这样一句话。脑海中浮现出模模糊糊的画面，她却看不清对方到底是谁。

她总是这样，脑海总是不听话地在某个瞬间浮现出一些陌生又似曾熟悉的画面。事实上，她已经记不清九岁以前发生的事情。九岁那年，她大病一场后，失去了以前的部分记忆。她只知道，在青岛的医院醒来时，身边只有三个人。姥姥，夏与冰和宫玫萱。

除了这些，只剩心如刀割的痛。

医生说她的病是选择性失忆。因为父亲的辞世和母亲的离开让她悲痛过度，高烧三天三夜不退，醒来后便选择性忘记了九岁以前的某些事情。

如果再经历一次曾经所经历过的或者是遇到与过去经历相似的事情，也许会出现片段式记忆恢复的可能。

姥姥却说，既然是悲伤的记忆，想不起来也就算了。

"呼……"莫沫长长地吐一口气，"这些难过的事就不想了，想不起来就算了！"莫沫对自己微笑："那现在，就还给自己一个真正的莫沫。"

说时迟那时快，莫沫一甩手把行李箱扔出去，在原地转一个圈，开心地大喊："哈哈，亲爱的大上海，亲爱的大祖国，姐回来了！"

呼……嘭……

哎，可怜的箱子直接被甩出去好几米。

莫沫站的地方正是机场的进出口，来来往往的路人都以一种异样的眼光打量着她。

莫沫继续露出她阳光般的微笑，看着来来回回的行人，仿佛看不到别人诧异的眼光一样。

"MIMIMIMIMIMIMI MIMIMI ONLYMIMI MIMIMIMIMIMIMI MIMIMI SEXY MIMI……"

一串动感的手机铃声响起，她立刻跑到远处的一棵树下接电话。

"我的莫沫，下飞机了吗？"

"宫玫萱，你在哪里！不是说好来接我的吗？"

"哎呀，沫沫，抱歉抱歉，我正在片场呢，一时半会儿抽不开身。我已经找人把车开到停车场了，你去服务台拿钥匙就好。还有你的新家与冰也已经安置好了，地址一会儿给你信息。别忘了晚上八点的饭局，我跟与冰今晚为你接风。先不说了，其他演员都等我呢……"

"玫萱，宫玫萱……喂！"

莫沫无奈地挂了电话，心里暗自不爽。

莫沫想想出国的这两年，身边的人有好大的变化。从外国语大学毕业后，她好不容易考上研究生又得到了去美国留学的机会。那时候，宫玫萱从电影学院毕业后一直都没有找到好的出路，而夏与冰从名牌大学的工商管理系毕业后一直在找工作，最后只是在一家小型企业公司做了一名高管。

莫沫出国一年左右，两个人都进入了国内最大的企业公司桓旗。一个是财务部总监夏与冰，另一个则成为桓旗旗下最火的艺人宫玫萱。

这时，莫沫习惯性地向后伸手拉行李箱，却没有碰到拉杆。莫沫向四周看去，周围是形形色色的路人。

"奇怪！行李？我的行李箱呢？"

莫沫在机场一路小跑，终于在距离出口不远的地方看见了自己的行李箱，在行李箱旁边还站了一个穿着深蓝色西装的男人，看他的样子像是在打电话。莫沫向那个男人走去，毫不客气地一把夺过自己的行李箱。

"先生，请你现在向我解释一下，我的行李箱怎么会出现在这里！"男人挂掉电话，抬起头。

眼前这个人，一身深蓝色西装，古铜色的皮肤，英气的五官，深邃的双眸……

当他的眼睛看到莫沫的时候，他的灵魂像是在一瞬间被抽空！

绑着麻花辫的黑发，干净白皙的皮肤，一眨一眨的大眼睛，还有一朵冰凉的雪花刚巧落在她长长的睫毛上。

男人看着这个熟悉的脸颊，这张他曾经在梦里无数次想要再相遇却又怕重逢的面容。

莫沫看着眼前这个男人，仿佛感受到了在他眸子里散发出的那不言而喻的悲伤。他缓缓地抬起右臂，纤长的右手情不自禁地靠近她的睫毛上那朵美丽的雪花。

"我是不是……"莫沫轻轻地开口。

男人看着她，内心的悸动仿佛就像第一次见她时那般。

"我是不是长得特别像你的初恋情人？"莫沫吞咽一口口水露出微笑，"要不然……要不然就是长得像你姐姐或者妹妹？"

男人的眼睛里流露出失望的神采，手中的动作片刻即停。

"总不能……总不能长得像你老妈吧……我还没，没那么老吧……"莫沫吞吞吐吐又略显尴尬地笑着说。

男人的右手渐渐落下。

不，不是她，仅仅是长得像而已。除却性格不像，男人更怕的是再次重逢的时候，她没有半点对他觉得愧疚而是快乐地生活着，甚至是，甚至是不再记得他是谁！若是这样，他这十几年来的念念不忘和怀恨在心除了为难自己，丝毫不剩其他。

男人绕过她，一个人离开，没有留下一星半点的话语。

莫沫努努嘴，拉着自己的行李箱离开。边走边摇着头，嘴里小声嘟哝着："这么浪漫的太阳雪，居然遇到了这种怪大叔！哎！"

男人失魂落魄地向前走着，他甚至不明白自己在难过些什么。

"亦峰哥哥！"

任茜看到男人后开心地喊道，跑到他的身边紧紧地握住他的手。

"你让我在停车场等你，找到了你的车却半天不见你，大雷告诉我你早就到机场大厅来接机了呢。现在好啦！我又找到你，抓住你了！"

　　任茜开心地对钟亦峰笑着，钟亦峰努力对任茜微笑。只是，他不明白自己是在微笑些什么。

第四卷　莫沫的爱

卷首语：

一滴泪，安静地掠过莫沫白皙的脸颊，似乎她自己都没有察觉到。

No.8

下午到达新住处后，莫沫不禁被公寓的规模震惊。宫玫萱告诉她这栋房子租期一年，所有租金夏与冰都已付完。这时的莫沫并不知道，事实上夏与冰为了她付首付买下了这栋房子，并且为首付曾经几度穷困潦倒。

莫沫走到阳台，看到一盆又一盆的鲜花，都是她最喜欢的玛格丽特。纯白的小花在阳光下熠熠生辉，几近透明，就像泡沫一样，让人不忍触碰。

因为是新房，所以家里还没有什么日用品。于是莫沫出门去了附近的超市，锅碗瓢盆、水果、饼干、泡面、速食品等买了一堆。回家后，又把整个房子里里外外都擦了一遍，把买的用品放好后，便"瘫痪"在了沙发上。

"果然，这房子功力深厚，但还真没有我莫沫降伏不了的。"莫沫小声嘟哝着打开茶几上的电脑，登录自己的博客"泡沫之家"，边啃苹果边在电脑旁敲键盘。

"今天我很开心！因为我终于回到了自己的祖国，见识到了美丽的上海，并且即将要见到我的青梅竹马，还有我两年未见的好朋友。一会儿见喽！"

不知什么时候，阳光的身影在房间里拖得越来越长，直到最后无声无息地消失。天空被换上了深深的墨蓝，最后颜色消散像是画家潇洒地泼上去的一笔黑墨。星星在天际闪烁着，上海城的霓虹灯不知疲倦地炫耀着这座城市的繁华纷纭。

茶几上的电脑屏幕还亮着，莫沫在沙发上沉沉地睡着了。

"MIMIMIMIMIMIMI MIMIMI ONLYMIMI MIMIMIMIMIMIMI MIMIMI SEXY MIMI……"

莫沫在沙发上摸索了一通，接起了电话。

"喂……"

"沫沫，你在哪里呢！都八点半了，你怎么还不到？是不是路上出事了？要不要我去接你？"莫沫听到夏与冰温柔的声音立刻清醒过来。

"啊……与冰……我现在在家呢，睡过头了，这就去。不用来接我，我开玫萱的车去。"

莫沫提起包，立刻出门。她在走廊里不停地用力按电梯的下行键，这时电话边传来宫玫萱的声音："莫沫，你快一点好不好？我很饿耶，你知不知道……"

"什么？你说什么？电梯里信号不好，挂电话啦！我马上就到！"莫沫把手机拿到远处对着手机大声喊道，然后挂断了电话。

莫沫到楼下停车场，急匆匆地开车就走。红色跑车快速地行驶在公路上，莫沫顺利地穿梭在车流中。打开车里的音响，一首宛若细雨般的轻音乐掺杂着柔和的悲伤蔓延在车里。

"这个宫玫萱，这么霸气的红色保时捷里居然放这么温柔的音乐，应该来点摇滚才对嘛！是不是，We will we will rock you！ We will we will rock you！哈哈！亲爱的与冰，我们马上就要见面了！你是不是很想我……啊啊……我的天……"

在车里自娱自乐的莫沫没有看到红灯，立刻顶上了前面的车。

"完了完了！宫玫萱又要骂我个狗血淋头了……"

她立刻下车，看到了车的标志后顿时不知所措。

"什么！我去！撞什么不好！非要撞劳斯莱斯……"

这时车上下来一个穿着正装的年轻男人，长相十分清秀："小姐，你好。请问是你撞了我们的车吗？"

莫沫不好意思地说道："是我是我，这真不好意思。哎哟我吧，就是个大近视眼，看不太清楚，现在我有急事，可不可以先给您留个联系方式……"

"小姐，那你应该配一副眼镜再开车，这样非常不安全，不仅是对您自己的不负责任，更是对其他车主的不负责任。"

这时车的后窗降下来，车里的人对男人说："大雷，你话太多了。"

莫沫转头看去，当她看到男人的面容时便惊讶得不知再说什么。他，他就是白天在机场遇到的那个穿着深蓝色西装的怪大叔嘛！

"你你你！居然是你！这位先生，你还记得我吗？真没想到我们这么有缘！哎，不对不对！我真不是故意撞你车的！我把联系方式留给你，并且我保证明天一定会一起处理这场事故，今天我真有急事……"

当钟亦峰再次看到这熟悉的面容时，仍然掩盖不住内心的失望和疼痛。这么多年来，他一直都在强迫自己忘掉那短暂的时光刻画的深远记忆。

"大雷，开车走，就当事情没发生过。"钟亦峰闭上眼睛缓缓说道，并升起后座车窗。

"是，钟少。"顾雷说罢便坐回驾驶座，准备开车离开。

"等等……"莫沫用手敲还未完全升起的车窗，"我有个问题想问你。"

"说。"

"我到底跟你认识的什么人长得像？"

"这辈子都不想再见到的人。"

莫沫将他说这句话时在车窗内的侧颜看得清清楚楚，这种面无表情的"僵尸"脸还真不多见，真是个令人讨厌的家伙！

一辆被撞得走形的劳斯莱斯继续奔驰在上海的公路上。

"大雷，一会儿把车送回厂家维修吧。"

"好的。但是，钟少，你认识这位小姐吗？是不是又是董事长派来……"

"我的事情自己会处理好。"钟亦峰斩钉截铁地说。

NO.9

夜晚十点整。

在上海，这是夜生活的前奏。绚烂和华丽的背后总是有孤独的声音，掺杂着一丝温暖的气息。

灯火辉煌的餐厅包间里，餐桌上的食物看上去透出诱人的色泽，实际却早已发凉。宫玫萱斜靠着窗户，倚在黑色蕾丝碎花窗帘上，手里点着一根将要燃尽的香烟。她性感艳丽的红唇边烟雾缭绕，丝丝烟熏蔓延出了她内心的脆弱。她静静地看着窗外这不夜城的美丽，看着川流不息的车辆，看着形形色色的路人，寂寞的感觉仿佛渗入了骨子里。她被很多男人追捧着，被很多女人嫉妒着，却更加孤独。

在餐桌旁边，一个皮肤亮白，鼻梁高挺，面容帅气亦不乏可爱，留着短碎发的男人在焦急地看着手表。时间一分一秒地流逝，他的紧张度在不停地增加。最后，他耐不住性子离开座椅向门边走去。

刚打开门，面红耳赤的莫沫站在门外，眨着大大的眼睛。莫沫看到他后，露出了甜美的微笑，跑进包间，找一个位子坐下便开始吃饭，完全不顾房间里其他两个人。

窗边的女人过来坐在靠近莫沫的位置，给了她一记"爆栗"

"莫沫大小姐，你总算到了。不过……你现在为什么那么紧张？"

"我，我有吗？"

"你肯定是做错事了。每次你紧张的时候，都会很急迫地吃东西。"

"嗨，我只是饿了……对了，玫萱，你的车被我撞坏了。不过你放心，明天我去汽车厂给你修修。"

莫沫喝了一口汤，故作镇定地对宫玫萱说。

夏与冰听到莫沫说的话，立刻走过来，坐在莫沫的另一边："沫沫，你出车祸了？有没有伤着？"

莫沫对他微笑："怎么可能，与冰，你应该问被我撞的车主有没有事才对！"宫玫萱又点燃一根细长的香烟："莫沫，你就这么对我的爱车吗？你信不信我现在就把你扔到海里！看你刚回国的份上我就原谅你一次，不把车修好别再来见我。"

"安啦安啦！知道啦！玫萱大人，明天我就乖乖地去修车。不过，你还是少抽几根烟吧。喏，你看，这堆烟头都是你的杰作吧。"

莫沫说着用筷子指了指烟灰缸。宫玫萱心中不由得一痛，露出了苦涩的笑。

"沫沫，饭菜都凉了，要不要热一下？"

夏与冰边说边给莫沫夹菜。

"不用了。一起吃嘛，我自己吃多没意思。"

"你们吃吧，我可不想因为这一顿饭又要饿一个星期去减肥！尤其是你，大馋猫，多吃点！"

宫玫萱也拿起筷子给莫沫夹菜。

"哈哈！还是你们疼我！瞧这两年在国外把我饿的，都瘦成这样了！今晚我要都吃回来！"莫沫吃着糖醋里脊还不忘露一下纤细的胳膊给他们看。

"与冰，语翎阿姨的病怎么样了？我想明天回青岛去看看她。"莫沫咂咂嘴说。

顿时包间里所有一切仿佛都归于寂静。

"莫沫，与冰没有告诉你吗？语翎阿姨……已经……病逝了。"宫玫萱说。

"什么时候的事？"

"已经快一年了吧。"

寂静再次改变了房间的气氛。莫沫的心里除却对夏语翎阿姨的缅怀，也就是对夏与冰妈妈的缅怀之外，更多的是由于自己在国外生活两年，现在却对曾经非常熟悉的人和事感到陌生，从而产生了一些恐惧与难过。

"不说这个了，以后我再慢慢告诉你。沫沫，你有什么打算没？"夏与冰微笑着岔开话题。

"什么什么打算？"

"找工作呐！你的简历在应聘中应该很占优势，有没有想过进入桓旗集团？前几天我听人事部李部长说公司外交部现在正缺人呢，你要不要去试一下？"

"真的吗？真的吗？"莫沫的眼睛不停地闪烁着。

"是，明天我帮你预约个时间，去应聘试试吧！"

"嗯！"莫沫用力地点头。

No.10

午夜，三个人一起离开饭店。

上海的大街依然霓虹炫彩，街角的咖啡店似乎永远有不知昼夜的人。

"全都是泡沫，只一霎的花火！喔！"

莫沫在两人前面开心地唱着不着调的歌，蹦蹦跳跳地走着。夏与冰眼神温柔地看着她，宫玫萱戴着黑墨镜，从而看不清她的表情。

"沫沫，已经十二点多了。我送你回家吧！你自己开车太不安全了。"夏与冰走到莫沫身边，依然是那样温柔地对莫沫说。

"啊……"

登时宫玫萱下楼梯的时候扭到了脚，夏与冰和莫沫急忙过去扶她。

"怎么样？还能不能走路？"

夏与冰扶着宫玫萱起身。

"都怪这高跟鞋太高！啊……疼！"宫玫萱试着站起来，却一个趔趄倒在了夏与冰的身上。

"怎么办？玫萱，要不要去医院检查一下啊？"莫沫在一旁着急地说。

"没关系，我回家用冰敷一下就好。"

"你自己回家可以吗？看样子没办法走了啊。"夏与冰说。

"没关系，我给褚米打电话，让他来接我。"

"算啦！与冰，你送玫萱回家吧！我自己回去就好，你们就放心我吧！我可不舍得再伤害玫萱的宝贝跑车啦。"

"沫沫，你自己……"夏与冰还在犹豫。

"放心吧！我开车的技术绝对不是盖的，再说这都十二点了，街上的车也不会很多嘛！"

停车场。

莫沫倒出车后，降下车窗对黑色悍马车内的夏与冰和宫玫萱挥手说："与冰，玫萱，你们路上小心哦！我先走了！"

尽管车的前身有些撞痕，但是这辆红色保时捷仍不失霸气地在公路上奔驰着，车内音响里循环的轻音乐氤氲着悠扬绵长的悲伤。这次，莫沫没有关掉音响。任凭音符幻化成雨，一滴一滴地落在自己的心扉。

其实，她知道夏与冰是喜欢自己的，可是在这段漫长的时光中，她忘了自己是怎样知道夏与冰爱的是莫沫，而不是宫玫萱。

失去部分记忆后的她，一直都生活在诚惶诚恐之中。在她离开的这些日子里，一直好怕失去夏与冰。

一滴泪，安静地掠过莫沫白皙的脸颊，似乎她自己都没有察觉到。

在红色保时捷后面，一辆黑色悍马紧紧地跟着。

夏与冰安静地开车，眼睛紧紧盯着前面的红色保时捷。直到莫沫停下车，进入公寓，房间的灯光亮起来，黑色悍马车才掉头行驶。

"玫萱，对不起，我实在放心不下莫沫。"

"没关系，我都懂。"

宫玫萱努力对夏与冰挤出一个微笑，然后望向车窗外，脸上再也没有任何表情。她的脚用力将高跟鞋抵着车的前部，却没有丝毫疼痛的感觉。

第五卷　命中注定

卷首语：

我叫莫沫，莫名其妙的莫，泡沫的沫。

*No.*11

日子在生命的罅隙中不知不觉被时光浅浅地覆盖了，这座上海城的大湮灭了渺小的个人。风静静吹着十二月末尾的天空，吹走了遮藏太阳的云彩，却吹不走蒙蔽人心的寂寞。

一转眼，莫沫进入桓旗公司已经一个星期了，这段时光日子叠着日子一天天流逝，毫无波澜，未曾掀起过一丝细浪抑或涟漪。

这一天，太阳的微笑像极了向日葵的脸颊。莫沫早早地起床，化好淡淡的妆容后便提起手包出门。她经常一个人奔跑在这条路上，为了赶上地铁上班不迟到。现在用慢节奏品味这条街道，却意外地发现在这里有一种不同于繁忙的城市的乡村气息。略窄的马路两旁有着各种小店，店铺的规模不大。只是现在时间偏早，大部分店铺都没有开门。

莫沫拐过一个街角，看到了一家店铺。

"幸福之家。"莫沫看着店的招牌念道。

简单的招牌上只有四个火红的字，店铺的装修比较简洁，但是店铺内顾客却非常多。门口有一个和蔼可亲的大叔在炒着小菜，火焰噌噌地向上蹿，旁边叠着的笼子冒着腾腾的热气。由于泡面吃完忘记及时采购，今早莫沫空着肚子就出了门。

"啊哈！名字不错嘛，跟我的'泡沫之家'有异曲同工之妙！"

莫沫走进店铺，找了一个没人的位子坐下。

"孩子，要吃点什么？"

一位满脸皱纹洋溢着微笑的脸庞出现在莫沫面前。莫沫心头一热，想到了已故的姥姥，还有她做出的香草包子。莫沫回想起那充满香草味的糯米馅儿，口水几乎可以覆盖太平洋。

"我想要香草口味儿的包子。"

老板娘"扑哧"一声笑了出来："小姑娘，我们有香草奶茶、香草冰淇淋、香草燕麦粥，就是没有香草包子呀！"

"那我就要一杯香草奶茶、一个香草冰淇淋和一碗香草燕麦粥吧！"

"好的，看来你真的很热衷于香草啊！"

莫沫也露出她的招牌微笑："是呢！每次闻到香草的味道，我都会觉得幸福。"

这天早晨之后，莫沫的早餐再也没有出现过泡面的身影。

在一个不是很大却十分温馨的办公室里，透过门上的玻璃可以看到莫沫正在认真工作。忙碌的时候时间总是过得很快，当时针和分针呈一条竖直的直线时，就意味着一天的工作即将告一段落。

莫沫从办公室出来，正巧遇上了自己的上司李世景。

"李部长好。"

李世景见到莫沫露出和蔼的微笑。

"怎么样，这一个星期的工作还适应吗？"

"还好。"

"桓旗的工作量是很大的，但是要努力适应。"

莫沫想想自己每天都在做的工作：阅读大量的国内外的商业书籍，做好双语翻译；对公司进出口的各项合同守则准确翻译；公司的各个领导接见国外客人时进行交替传译。

其实也并不是多么枯燥无味。也许这样枯燥无味的生活方式，正好与她这样一个枯燥无味的人匹配吧。

"嗯！我会努力的。"

No.12

天空是湛蓝色的，公园花丛里怒放着白色的风信子。微风吹来了一阵又一阵的花香，拂过花的笑靥，幻化成一片花的海浪。

公园中央的喷泉恣情地跳动着，仿佛在与这阳光下渐渐飘落的似有似无的雪花共同编奏一曲撼人心扉的乐章。那年三月的上海，被一场温柔的太阳雪眷顾。

雪花越飘越多，越落越大。

女孩眨着因刚刚哭过还微微润湿的眼睛认真地看着男孩，一阵风吹过她的脸颊，她微薄的刘海儿被风吹散，恰巧一朵美丽的雪花落在她纤长的睫毛上。

"别动。"

男孩轻轻地说，像是着了迷那般抬起右手，慢慢靠近她的脸颊，温柔的眼神像是一片安静的海。他的手指刚刚碰触到挂在她睫毛上的雪花，雪花立刻消融不见了。

女孩眨眨大大的眼睛问："怎么了？"

"没，没事。"

男孩回过神来，尴尬地笑道。突然，他的脑子灵光一现，想用一个美丽而又善意的谎言来化解尴尬。

"听说……"

"下太阳雪时相遇的人，都是命中注定要遇到的人，然后……"

女孩眨眨大眼睛又问："然后会怎样？"

"然后会在彼此的生命里写满痕迹。"

一个激灵，钟亦峰突然从梦境中醒来。

又是这场梦。

他起身走到窗边，朱红色的夕阳懒洋洋地流淌在云端。

钟亦峰从中午开始便在桓旗大厦一楼档案部进行新进员工资料调查，现在，天色已然暗淡。

这时，钟亦峰的手机铃声响起。

"亦峰哥哥，我已经在 Morning 等了你两个多小时了！"

任茜的声音在电话的那端响起，钟亦峰这才想起跟她约好了四点在咖啡厅见面。

"抱歉，我这就过去。"

钟亦峰挂断电话后，走到桌边将两摞资料叠成一摞收了起来。只是他的动作太匆忙，没有看到其中一份资料上的那熟悉的面孔和名字。

钟亦峰穿过几道走廊，走到拐角却刚好看见了外交部李部长和一个女人从电梯里出来。

看到他们后他立刻重新回到拐角处的那个隐蔽的位置。

"那好，你先走，我有事要去其他地方一趟。"

李部长对女人说。

"好的，李部长，我先走了，再见。"

女人对李部长微鞠一躬，向大厅出入口的方向走去。

是她，又是她。是那个在机场遇到的女人，也是后来撞到自己车的那个女人。她怎么会出现在桓旗集团？难道她一次又一次的出现真的跟董事长有关……

看着她离去的背影，钟亦峰的心里有一种说不清道不明的感觉。

"李部长。"

钟亦峰的突然出现，让李世景一惊。

"总，总经理。"

"那个女人，是谁？为什么会出现在桓旗？"钟亦峰扬扬头，示意李部长他说的"那个女人"是刚刚离开的那个人。

"是外交部刚刚招聘的口译。"

"外交部在招聘吗？为什么这件事我不知道？"

李世景看着面前准备打破砂锅问到底的总经理，想到了一个星期前的某天。

外交部部长李世景恭敬地敲门，门上标识着"财务部总监办公室"。

"请进。"

听到办公室里的人回应，李部长才推开门，然后又小心翼翼地关上门。走上前，鞠了深深一躬。

"夏总您好，请问您有什么事情要吩咐我？"

"叫我夏与冰就好。有一件小事想麻烦一下李部长，我有一个朋友，她刚从美国留学回来。我非常欣赏她的能力，相信她也绝对有能力为我们公司带来效益，以后还麻烦李部长多多照顾她。今天她会来外交部应聘，一会儿我会把她的资料传真到你的办公室。还有，我这个朋友自尊心特别强，通过正式应聘程序将她录用，不要让她察觉到什么。"

"是的夏总。"

"还有，这件事一定要保密，不论对谁。"

"我明白了，夏总。"

李世景不紧不慢地说："哦，总经理，是这样的，上个月外交部口译员吴月楣请了一年的产假，她的位子空缺，因为这位非常优秀，简历也非常符合公司的人才标准，所以我就录用了她。"

"新进职员档案中里面没有她的吗？我怎么没有看到？"

"已经入档了，也许是您还没有注意到。"

"她叫什么名字？"

"莫沫。"

"什么？"

钟亦峰听到李世景的话，大脑一片空白："你说她叫什么？"

李世景看着有些反常的总经理，再次吐出两个字："莫沫。"

钟亦峰像被一道晴天霹雳击中那般，宛若一头受伤的狮子，迅速狂奔去追那个叫作"莫沫"的女人。他发疯一般地跑到桓旗大厦前的广场，来来回回都是行走匆匆的路人，完全没有莫沫的影子。广场上的灯光映照着他黑色的双眸，蔓延出了一种不言而喻的忧伤。

他继续向前跑去，跑到附近公交站，四处张望，看到了一个与她相似的背影。他跑过去抓住她的胳膊，当那个女人转过身后，他才发现不是她。

"抱歉。"

说罢钟亦峰再匆忙地跑去地铁站。他似乎忘记了自己的存在，忘记了一切。他现在要做的就是找到她，问她到底是谁。

还有一分钟，地铁即将到达。莫沫起身。

钟亦峰迅速地下楼梯。

他到地铁站的时候，环视周围，还是没有她的影子。

然而，此时一辆地铁正好行驶而去。他没有看到车窗内愣神的她，她更没看到人群中些许惶恐的他。

徒留钟亦峰一人被如风般吹来的往事覆盖。

依然是梦里那个公园，白色风信子在风中摇曳。

一个放着风筝的十二岁少年，不小心将手中的线全部放出去。他追着风筝的方向跑去，却看到了一个蹲在花丛旁边哭的女孩。

"喂，你为什么哭？"

女孩埋着头还是哭。

"不要哭了，你叫什么名字，家在哪里？"

女孩抬起满是泪水的脸颊。

"我叫莫沫，莫名其妙的莫，泡沫的沫。"

第六卷　星星物语

卷首语：

  花瓶怎么样都没法儿和实力相提并论。更何况，若花瓶是上品也许昂贵点，但是次品就值那些钱，能有什么办法？

No.13

  夜幕降临，如约而至。

  钟亦峰一个人在街道上徘徊着，虹霓璀璨，灯火通明却让他更加看不清前方道路。诚然，即使到了有道路的地方，他依然寻不到前进的方向。

  因为怕念及之痛，就将回忆打包寄向远方，却未曾想到过在行走的旅途中会再次相遇。包裹破碎，尘封流离，那伤痛却是依旧。

  "嘀嘀……"

  在钟亦峰身后，一辆白色捷豹不停地按响喇叭。

  "亦峰哥哥！"

  任茜见钟亦峰没有注意到，索性摇下窗户探出头来喊他。钟亦峰这才看见任茜，然后上车。

  "亦峰哥哥，你怎么会在这里？"

  "我……"

  "在 Morning 等了半天你还是没来，电话也打不通，结果现在你一个人在街上，到底出了什么事？"

任茜看到有些失落的钟亦峰，所有的抱怨顿时全消，只剩关心。

"没事，回去吧。"

钟亦峰淡然说道，对刚刚发生的事避而不谈。

"亦峰哥哥。"

"嗯？"

"你……"任茜缓缓地说，"因为十八年前的那场事故，到现在还不能开车，对不对？"

钟亦峰安静地看着前方，一言不发。

"哥哥，我说过，我是你的创可贴，让你看不到你的伤痕，这样你的心里就不会痛，"任茜露出笑容，"所以，哥哥你觉得难过的时候，就逃到我这里来吧，让我遮住你的伤痕。"

钟亦峰看向任茜，微微笑道："笨蛋。"

"人家说得那么深情，你干吗骂人家啊！"

"我哪会有什么难过。"

"是是是！哟哟，钟亦峰说他天下无敌，冷漠无情无人匹及！吼吼！"任茜笑着说，还唱起了 Rap。

不知过了多久，终于到了钟家别墅。把车交给管家后，他们一同进屋。

"钟伯伯！"任茜看到在客厅看电视的钟桓，开心地跑到他的跟前。

"茜儿，你们来啦！"钟桓看到任茜，露出笑容。

"爸。"

钟亦峰见到钟桓后并没有任茜那般放松，倒显得有些拘谨。

"走，去吃饭吧。顾师傅一听我们茜儿今晚过来，特地做了很多你爱吃的菜！"钟桓年近七旬，白发苍苍，笑起来全然是一副慈祥老人样。

顾师傅是顾雷的父亲，因为钟桓对他有恩，所以一直待在钟家，做钟家的主厨。到现在，已有三十年之久。

饭桌上，钟桓和任茜一直有说有笑，钟亦峰却一直保持沉默。实际上，钟亦峰并不经常回家，每一次回来，寡言的他显得更沉默。

"茜儿，这次回来，就不会再走了吧！"钟桓笑着说。

"是，我已经彻底毕业了，还拿到了毕业证哦。"

"我记得茜儿你读的是工商管理学对不对？"

"嗯，我老爸非让我读这个怪东西，钟伯伯你知道的，我爸爸那个倔脾气，我根本拗不过他。"

"学这个好，将来嫁给亦峰后还可以帮着他管理公司。"

"噗……"

钟亦峰刚喝一口汤，听到钟桓的话后立刻喷了出来，不停地拿抽纸擦嘴然后擦桌子。

"亦峰！"钟桓看着钟亦峰，不满地说。

"茜儿，你是怎么想的？你们在一起那么久，这次好不容易从国外回来，也该谈婚论嫁了。如果觉得太仓促，那就先订婚吧。"

任茜听到钟桓的话后，眼睛看着自己的饭碗，不停地用筷子搅碗里的饭菜，腼腆地笑着说："这个，还是问亦峰哥哥吧……"

"爸，我现在只想全身心投入到工作中，订婚的事，缓缓再说吧。"

听到钟亦峰的话后，钟桓的脸沉了下来。

任茜努力微笑："没关系，钟伯伯，我和亦峰哥哥有些事情还没有整理好，再说我刚回国就订婚也有些仓促。明天哥哥还要去欧洲忙工作上的事，等桓旗商城开业后再说我们的事也不迟。今天我们聚在一起是给哥哥饯行的，其他的事就先不要说啦，我也不想给哥哥太大压力嘛！"

钟桓看着任茜如此体贴入微，甚是欣慰。

No.14

饭后。

钟亦峰一个人在卧室的落地窗前站着，看着玻璃外的世界。他习惯望向那布满繁星的夜空，仿佛只有在无数的朦胧点缀中能获得在这尘世的安慰。

"哥哥，在看什么？"

不知什么时候，任茜轻轻地推门进来站在了他的身边。

"星空。"

任茜像钟亦峰一样向玻璃窗外望去："小时候听说人死了都会变成一颗星星，这宇宙中那么多星星，到底哪一颗才是属于自己的归宿？"

钟亦峰淡然地说："只有死后才知道吧。"

"呸呸呸！说什么呢，等八十年后再知道吧！在未来的这八十年里，亦峰哥哥的归宿就是任茜！"任茜拉住钟亦峰的胳膊，笑嘻嘻地说。

钟亦峰看着任茜，微微一笑。

"哥哥，你未来的结婚对象一定是我，对不对？"

任茜看着钟亦峰英俊的侧脸，笑容渐渐定格。

"怎么突然这样问？"

"我知道亦峰哥哥的结婚对象一定是我，我也知道哥哥你一直都很重视事业，重视桓旗集团，所以我会非常体谅你，不着急去向别人确认你我之间的关系。"

"哥哥，你要知道的是，如果你要求我什么，我都会答应。我愿意做你的左右手，和你一起面对生活里所有的困难和挑战。所以，如果你向我求婚，我一定说'Yes，I do！'"

钟亦峰看着眼睛里充满认真和期待的任茜，对她微笑道："不早了，让大雷送你回家吧。"

任茜明亮的大眼睛里多了一种莫名的痛楚，却泯然一笑说："哥哥，我已经长大啦，自己开车走完全没有问题的。"

钟家别墅前的花园。

"任茜小姐，真的不需要我送你回去吗？"

顾雷对摇下车窗的任茜说道。

"不用啦！亦峰哥哥，大雷哥哥，我先走啦！两位晚安！"任茜露出微笑，一个人开车扬长而去。

"大雷。"

"是，钟少。"

"明天……"

顾雷立刻接着钟亦峰的话继续说道："明天的行程已经全部安排好，早晨六点去机场……"

"不是。"

顾雷还未说完，钟亦峰便打断了他。

"明天去人事部调出外交部新员工莫沫的资料发到我的邮箱。"

顾雷听到"莫沫"两个字后，眼神不自觉地多了一丝惊讶和迟疑。

"是的，钟少。"

No.15

第二天，《寄书》拍摄现场。

宫玫萱在车里安静地坐着，闭着眼睛，倚在车座上。简枝在一旁为她补妆。宫玫萱的眼睛深邃，红唇性感。

"褚米，几点了？"宫玫萱问道。

"差十分钟十二点了！剧组怎么回事，我们八点就开始在这里等，八点半的戏拖到现在还没排上？"褚米怨声载道。

"褚米，你再去问问导演，我们姐姐可从来没有在哪个剧组等过这么长时间！"简枝说。

不一会儿，褚米便回来了。

"导演说林庭悠不来玫萱姐的戏没法拍，今天是她们两个的对手戏。"

这时，一辆车开过来，几乎与他们的车齐平。

林庭悠缓缓地从车上走下。她一身长裙，公主盘发和极淡的妆容正好衬托出她精致美丽的五官。

宫玫萱看到她，立刻下车。

"林庭悠小姐，这么多年来，你的架子可是一点儿都没有变过！"宫玫萱戴上墨镜，她跟林庭悠在大学时期是同班同学，上学那会儿林庭悠几度跟她作对。宫玫萱仔细打量眼前这个扮相清纯的女人，实在不懂在她背后到底隐藏着一颗怎样的心。

"哦？你的牌不是比我大吗？明明是个不超过十场戏的配角，酬劳比主角两倍还多……看来你宫玫萱在桓旗的关系的确够硬啊！"

"呵，"宫玫萱冷笑出声，"不是我关系够硬，而是花瓶怎么样都没法儿和实力相提并论。更何况，若花瓶是上品也许昂贵点，但是次品也就值那些钱，能有什么办法？"

说罢，宫玫萱意味深长地笑着离开，只剩林庭悠一人被气得咬牙跺脚。

No.16

午后，拍摄进行中。

"毕晓怜，你为了名利夺走了我的丈夫，我已经忍气吞声了！现在又害死了我的父亲，你还敢叫我原谅你！"

"啪！"

一记耳光重重地落到宫玫萱脸上，她被扇倒在地，半边脸顿时又红又肿，嘴角隐约冒出血丝。

"咔！停停停！"

导演立即喊停。

"玫萱姐！"

简枝和褚米立刻上前扶起宫玫萱。

"呀，陆导，真不好意思，我入戏太深，忘记借位了！"林庭悠看到宫玫萱的落魄样，还是忍不住笑了出来，"宫玫萱小姐真不好意思，第一次合作就那么不愉快。"

陆导知道林庭悠是在故意刁难宫玫萱，但林庭悠是钟少钦点的女一号，自己也不能得罪她，只得睁一只眼闭一只眼。

"既然入戏太深就不计较了！宫玫萱，你说你，也不知道躲开！看样子你现在没法儿上镜了，缓缓再拍后面的戏吧！"

"导演，就算狗咬人没法儿说理，那狗急了咬人，难道人还会事先知道并做好防范吗？"

一个女声响起，同样也是语言犀利不饶人。

"任茜！"宫玫萱看见任茜大吃一惊。

早晨任茜去机场为钟亦峰送机，回家后就觉得无聊，问了顾雷宫玫萱的拍摄地点，便来找她了。

"你又是谁？"林庭悠挑挑眉，对眼前这个画着浓妆跟宫玫萱气质相仿的女人说。

"暗夜连锁夜总会集团董事长的女儿，任茜。"任茜说罢，露出一种令人猜不透的笑容，"如果你有什么不满意的地方，随时欢迎你来找我哦。"

暗夜连锁夜总会集团的董事长和钟桓是世交，这点不只林庭悠清楚，在场的所有人都知道。在上海，这是一个公开的事实。顿时，林庭悠眉头紧锁，她只知道宫玫萱的经纪公司是桓旗，却没想到她的人脉圈居然这么广。

林庭悠只得一言不发，转身离开。

"导演，既然宫玫萱现在这副样子没法儿上镜，不如今天就让她休息，明天再拍吧！"任茜说道。

"这……"陆导犹豫，虽怕耽误拍摄进度，却又不能得罪任大小姐，"宫玫萱今天和林庭悠都是对手戏，如果她离开了……"

"那就让她林庭悠明天和玫萱姐一起拍，总之，人是她打伤的！"

陆导深感无奈，却不得不笑着说："看样子宫玫萱今天是没法拍戏了，那就暂且缓一天……"

林庭悠听见导演的声音，眼中露出愤恨的光芒。

第七卷　新年之约

爱一个人的感觉……就是他总是让你觉得不安，让你觉得他随时都会走掉

No.17

　　星辰洒金般点缀满外滩上方的夜空，闪烁着的星光像是在芦苇荡中飘浮着的流萤。任茜和宫玫萱在商场逛了一圈，吃完晚饭后就有说有笑地漫步在这里。

　　"玫萱姐，你说，爱一个人的感觉是什么？"

　　宫玫萱对任茜突如其来的问题感到不自在。其实，她跟任茜并不是很熟，仅仅是见过几次面而已，并且这个小姑娘只是一直称自己是她的粉丝，今天她也是第一次知道任茜居然是暗夜连锁夜总会董事长的女儿。

　　宫玫萱微笑："怎么突然说这个？"

　　任茜嘟嘟嘴："玫萱姐，今天拉你出来不是想让你跟我逛街的，我只是想跟你聊聊天。"

　　"嗯？"

　　"我一直都崇拜玫萱姐，是因为我仔细地了解过你的履历，你从一个不出名的模特到今天，成为了全国甚至是全亚洲瞩目的明星。整个过程就凭你能够不忘初心一直靠自己的真本事这一点，就足够让人佩服了。但是，你拥有的这些都不是最让我羡慕的，最让我羡慕的是，你的幸运。玫萱姐，你知道你最幸运的地方在哪里吗？"

　　"进入桓旗，否则我不会有现在的发展，也不会取得现在的成绩。"宫玫萱

认真地说。

"可是在我眼里，你最幸运的是，当你处在人生巅峰的时候，父母依然陪伴在你身边，"任茜缓缓说道，"我出生的那天妈妈就去世了，难产而死。爸爸一直都对我很严格很苛刻，小时候我一直都以为爸爸不爱我。可是当我有了自己爱的人后，我就明白了爸爸的心——他只是太爱妈妈了。"

看到任茜这样跟自己吐露心扉，宫玫萱心里那堵陌生的墙渐渐倒塌。

"那任茜，你说，爱一个人，是什么样的感觉？"

"爱一个人的感觉……就是他总是让你觉得不安，让你觉得他随时都会走掉。"

宫玫萱听到后笑了出来。

"玫萱姐，你在笑什么？"

"我只是觉得欣慰，看来你的感情之路还算顺利。"

"为什么会这样说？"

"至少你还可以担心他会走掉，而我爱的那个人，是确定他不会来到我身边。所以，我只能远远地在一边看着他。二十年前是这样，现在，还是这样。"

"为什么不主动去追他？玫萱姐，如果你主动出击，他一定会拜倒在你的石榴裙下的！"

"二十年前他就做出了选择。我们这辈子，只能是朋友，做不成恋人。他喜欢的，是我最好的姐妹。"

"怎么可以这样，玫萱姐，他对你的爱视而不见，你就裹足不前吗？不管你的姐妹多么好，她绝对不会比你好！在我眼里，你可是这个世界上最完美的女人！"任茜说着还摆起了宫玫萱广告里面的帅气的转身 Pose，"对吧！偶像！"

宫玫萱微微一笑，没有再说什么。

No.18

深夜。

宫玫萱在床上辗转反侧，无法入睡。她的脑海里回响的都是任茜的那句话，从她回来都就一直耿耿在心。

在这场感情里面。

我，裹足不前；他，视而不见。

那如果我努力向前走，他是不是就不能继续装作看不到我了？

宫玫萱在心里默默地想，从床头柜上拿起手机编辑了一条信息。

"与冰，三十一日晚上一起吃饭一起跨年好不好，我有话想对你说。"

二〇一四年，十二月三十一日。

下午刚从欧洲出差回来的钟亦峰立刻回到公司处理各个部门汇报的文件，一直忙到晚上六点。他离开的时候特意将电梯按到二十三层，外交部办公处。

他已经看了莫沫的履历，她的籍贯是山东青岛，并且从小学到高中一直都是在山东省内就读，所以她并不是他要找的那个人。

可是尽管如此，他还是想亲自问问她，到底认不认得他。

钟亦峰来到莫沫的办公室门前，却停止了手中要去推门的动作。

他可以从容应对商场的尔虞我诈，理智面对事业的重重难题。可是，如果让他再翻起那段回忆，再见到那曾以为会一生都停留在梦中的人，这一切只会让他变得不知所措。

他轻叹一口气，闭上眼睛，决定转身离开。就在他迈开脚步时，拉开门的声音响起。钟亦峰听到后一个箭步躲到了拐角处。

"我马上过去找你，但是八点前我必须赶到南街广场。"

莫沫对手机那端的人说罢，迅速向电梯的方向跑去，没有注意到身后拐角处的钟亦峰。

挂断电话后的莫沫立刻赶到宫玫萱所在的酒吧。酒吧就在南街广场的附近，当她到的时候，宫玫萱已经一个人在 vip 包间里喝了很多酒。

"我的莫沫，快过来，咱们一起喝。"宫玫萱看到匆匆赶来的莫沫后，笑着把她拉到身边，举起手中的酒杯摇晃着说。

"不要再喝了，你醉了，玫萱。"莫沫夺过她手中的酒杯。

"醉了？没有！现在才是我唯一能清醒的时候！我每天都要装醉，骗自己说，自己很幸福。"

宫玫萱说着，想到了几天前她在床上辗转反侧，最终还是选择主动迈出第一步。

"与冰，三十一日晚上一起吃饭一起跨年好不好，我有话想对你说。"

宫玫萱想在二〇一五年的第一秒告诉夏与冰，她爱他，二十年来她一直都爱他。

出人意料，即使是深夜，他的电话立刻就打了回来。宫玫萱立刻从床上坐起身来，拍着胸脯里那只乱撞的小鹿，努力让自己镇静。

"与冰，这么晚了还没睡？"

"玫萱，真的很抱歉。我打算在三十一日那天晚上给莫沫一个惊喜。"

夏与冰面带微笑，在书桌前摆弄着一个精致的小盒子，里面是一枚精心定制的红色婚纱戒指。

"哦。"宫玫萱难以掩饰自己的失落，"什么惊喜？"

"一起去南街广场看跨年的烟火，然后告诉她……"夏与冰用开玩笑的语气说，"就说她是我生命里那场最美的烟火好了！"

宫玫萱听后不禁愣神。其实宫玫萱在很久以前就已经知道了夏与冰的心，知道他爱着莫沫。即便如此，她依然从未停止地爱着他。

"早点睡，晚安。"

宫玫萱笑着挂断电话，泪水却从眼角流出。

"我每天都要装，骗自己说，自己很幸福……还以为这样，自己就能变得幸福了，却没发现这样的自己，只会变得更加不幸。"

看着似醉非醉的宫玫萱，莫沫心里说不出的痛楚。

骗自己幸福，就会真的幸福么？就像骗自己开心，自己就真的会变得开心？

莫沫最懂这样的无奈。只是在这个世界上生存，无论是幸福或不幸，开心或是难过，都是最真实的自己，都是为了生存不得已而有的保护色。

莫沫将手中的那杯酒一饮而尽。

"如果你真的很难过，那就努力表现出开心的样子来吧。因为生活就是一面镜子，你表面越快乐，说不定哪天内心就快乐了。"莫沫笑着说，眼眶却微微湿润。

"不，我不会快乐，"宫玫萱又拿起一个杯子，倒满酒，"因为我把我的快乐，寄托在别人的身上了。"

"可是他的快乐，却又不是因为我。"

宫玫萱认真地看着莫沫，她那双美丽妖娆的眼睛撞上那泛着泪光的黑色眼眸。

"因为我，不是那场在他生命里绽放的烟火。"

宫玫萱将酒杯中的酒一饮而尽。

莫沫看着宫玫萱，心中的痛楚更加泛滥。她不知宫玫萱口中的那个"他"到底是谁，她更怕知道她口中的那个"他"是谁。

莫沫夺过宫玫萱手中的酒瓶，迅速将瓶中剩下的酒痛快喝完，一滴不剩。

"你是不是绽放在他生命里的烟火，决定权在你！他有没有抬头看到你，决定权在他。如果你没有勇气让自己在他的天空滑落一次，那你就放弃了唯一的机会！"

不管宫玫萱爱的那个人是谁，莫沫都是她最好的朋友。站在一个朋友的立场上，莫沫认真地对宫玫萱说。

宫玫萱看着这样的莫沫，无奈地笑着，眼泪却不自觉地落了下来。

她读懂了刚刚莫沫眼神里那份畏惧，猜到"他"是夏与冰的惶恐。可是就算这样，她依然站在她最好的朋友立场上替她考虑。她抹掉眼泪，像醉了那般用一只手搂住莫沫。

"过去的事不要再说了，来来来……喝酒！"

No.20

八点多。

"姐姐，你怎么能喝那么多酒，明天还要拍戏，这个……Oh my god，怎么办……"酒吧门口褚米架着一身酒气找不到北的宫玫萱，满脸惆怅地说。

"莫沫姐姐，你确定没人跟踪你们，要是我们姐姐被狗仔偷拍到就彻底完蛋了，还不知道会被他们怎么写，因为丢掉百花女主而酗酒萎靡不振这样的烂新闻……哦，怎么办！"莫沫和褚米把宫玫萱架上车，要关车门的时候简枝还在不停地碎碎念。

看着他们开车离开后，莫沫从手提包里掏出手机，刚刚看到十几个夏与冰的未接来电，还没来得及看那几条未读信息，所剩无几的电量导致手机直接自动关机。

"真是……"莫沫撇撇嘴，没时间抱怨了，立刻转身向外滩的方向跑去。

褚米开着车，眉头快拧成一团。刚离开没多久，迷迷糊糊的宫玫萱便醒了过来。

"停车！"宫玫萱大喊。

褚米吓了一跳，立刻刹车。

"姐姐，你……"

宫玫萱用力打开车门，从车上跳下来便是一阵猛烈的呕吐。

"玫萱姐！你没事吧？要不要去医院，"简枝从车上下来给宫玫萱拍背，"褚米快给我一瓶水。"

没有停下呕吐的宫玫萱脑海不停地回响着莫沫的话。

"你是不是绽放在他生命里的烟火，决定权在你……如果你没有勇气让自己在他的天空滑落一次，那你就放弃了唯一的机会。"

呕吐完的宫玫萱清醒了很多，她接过简枝手里的那瓶水，漱漱口。

"几点了？"

褚米看看手表："八点三十三。"

宫玫萱嘴角微微上扬："还不晚，还来得及去滑落一次！"

说罢，她迅速跑开，不顾身后大喊大叫的简枝和一脸茫然的褚米。

　　由于莫沫没有提前和夏与冰约定好见面的具体地点，现在她只能在偌大的南街广场到处找人群中的夏与冰。这种感觉，有些着急，又有些紧张和期待。莫沫相信自己一定找得到他，无论是在哪里，她都有勇气抓住他。

　　她四处张望，黑色的眸子在漆黑的夜里显得格外闪亮。

　　此时，夏与冰因为联系不上莫沫满脸的担心和焦急，却又不敢轻易离开身后的那盏路灯。他怕自己这样一走，莫沫来了找不到他。

　　她仍然四处张望着。

　　他在不远处看见了熟悉的身影："你怎么来了？"

　　这时，莫沫也在前方路灯下看到了一个熟悉的背影。她露出微笑向前跑去，内心的喜悦不言而喻。她知道自己一定找得到他。

　　只是，当她越来越靠近时，却看到了前面紧紧抱住夏与冰的宫玫萱，在她脸上洋溢着的分明是幸福的笑靥。

　　莫沫脸上的笑容顿时变得僵硬无比。她看着路灯下的他们，不知不觉地就定格了自己。

　　不知过了多久，她安静地转身，一步一步离开。

第八卷 踩踏事故

卷首语：

　　指缝里的天空就像是被分割了，可是，再破碎那也是我能抓住的全部。

No.22

　　宫玫萱看到路灯下的夏与冰后，立刻向他跑去。

　　夏与冰看着向他跑来的宫玫萱不由得惊讶："你怎么来了？"

　　她却没有闲暇理会他的吃惊，紧紧地抱住了他，换来的是他的更加震惊。宫玫萱深深呼吸着，露出灿烂的笑容。

　　"与冰，我还是找到你了。"宫玫萱偷偷在心里想。

　　"玫萱，你怎么了？喝酒了？"夏与冰面对她这突如其来的拥抱和一身的酒气，顿时不知所措。

　　就在宫玫萱微笑着的时候，她却看到了夏与冰身后那双早已失去焦距并闪烁着泪光的眼睛。

　　是莫沫，在看她和夏与冰。

　　宫玫萱紧紧抱住夏与冰的那双手渐渐松开，她咧开的嘴角也黯然失色。这时，莫沫却缓缓转身，慢慢离开，就像从未来过那般。

　　"玫萱，你为什么会出现在这里？"

　　当宫玫萱回过神来，耳边回荡的是夏与冰温柔的声音。

　　"哦……"宫玫萱立刻恢复了笑脸，"刚刚跟莫沫一起在酒吧，她说不舒服

第八卷　踩踏事故

041

就先走了，让我过来找你。"

夏与冰的脸上也闪过一丝失落："不舒服？她也喝酒了？打她手机也不通……不行，我得去找她……"

说着夏与冰转身就要离开。他就像在二十年前那个黄昏时，离开她身边的时候毫无牵挂。与之不同的是，这次宫玫萱没有放走他，而是用手拉住了他的胳膊。

"不要走，最起码，现在不要走。莫沫不会有事的，相信我，她没有喝醉。"宫玫萱声音轻轻的，接近哀求那般。

"玫萱，你……"

夏与冰觉得此刻眼前的宫玫萱不再像是他认识的那个坚强勇敢的她。

"与冰，今晚我们一起在这里看烟花好不好？"

夏与冰看着宫玫萱，右手却紧紧握着衣服口袋里那个精致的小盒子。

"玫萱，你很累了，我送你回去吧。"

看着夏与冰转身离开的背影，宫玫萱读出了他内心的孤独与失落。

No.23

钟家别墅。

"钟伯伯，我爸爸出差来不了，所以只能我一个人陪你和亦峰哥哥一起跨年啦！"任茜坐在饭桌前笑着说，一副馋虫的样子，"顾师傅的手艺真是越来越好了！嗯，好香！"

在这个家里，钟亦峰总是一如既往的沉默。仿佛他和与他一同吃饭的钟桓和任茜没有什么关系，甚至，他的存在跟这个房子以及房子里的人就像是毫无瓜葛那般。

这种低气压，很快就被打破了。

"亦峰？"

"亦峰！"

"哦？"钟亦峰在远方的思绪被钟桓厉声叫回。

"你在想什么，没听到茜儿跟你说话吗？"

"哦，什么？"

任茜看着心不在焉的钟亦峰，一时间没了言语。

"对不起，我有点儿不舒服，出去透透气，你们继续。钟亦峰说着便一个人离开餐桌。"

在花园内，一辆银色劳斯莱斯停靠着。钟亦峰坐上驾驶座，把钥匙插进钥匙孔内翻转，尔后他紧闭双眼，深吸口气，双手逐渐靠近方向盘。与此同时，他的内心像是沉船引起巨大漩涡那般旋转，窒息的感觉扼紧喉咙。

急刹车的刺耳声音仿佛要穿透他的耳膜，直冲脑海里最脆弱的记忆。哭泣声混杂着无助和冷漠一并袭来，这份疼痛比回忆中的逐渐昏厥显得更加真实。

他猛地睁开双眼，发现自己掌心全是冷汗。

"上海市民最新新闻播报，南街广场将于今晚举行烟火表演，许多游客将聚集在外滩源附近看 5D 灯光秀，守候滨江边看中心亮灯……"

听到车内音响里的声音，钟亦峰突然想起那个匆忙离去的身影。

"我马上过去找你，但是八点前我也必须赶到南街广场。"

钟亦峰看看自己的手表，已经过了九点。

"南街广场……"他小声嘟哝着，离开了驾驶座。

No.24

半个钟头后。

钟亦峰一个人安静地在南街广场附近兜兜转转，大脑一片空白。他不知道自己为什么会来到这里，他只知道现在的自己很享受这种大脑空空的状态，这样他可以丢掉理智去做一件事情。

也许他真的理智了太久，习惯了处处被设计好、千篇一律算计他人，只为保护自己的生活，习惯了提心吊胆地过日子只怕一个漫不经心就会被其他商业竞争对手吞掉。

理智的他，模糊了一个人本该有的感情，忘却了自己感性的样子。

他就这样一个人在外滩走走停停，不知过了多久……

突然间，漆黑的星空中烟火四起，闪烁的色彩打破灯光雾霭。

"哇，好漂亮！"

周围的人都抬起头仰望那天空中绽放着的烟火并啧啧赞叹。钟亦峰像他们一样，抬起头望向遥远的天空。他不自觉地缓缓抬起左手，纤长的五根手指挡住他的视野。

他看着指缝里的那片天空，烟火划过天际的刹那，星星格外明亮。

是这一霎的花火照亮了悬挂在夜空中的星吗？

钟亦峰将手插回口袋，收回那停留在远处的目光，却在无意间看到了更美丽的"烟火"，一闪一闪的光芒洒落在她的侧颜上，熠熠生辉的色彩点缀了她长长弯弯的睫毛。她正伸着左臂，黑色的双眸透过指尖看那片花火绚烂的天空。

"指缝里的天空就像是被分割了，可是，再破碎那也是我能抓住的全部。"

钟亦峰想，也许他一辈子都不会忘记，那个孩子说这句话时坚定而哀伤的眼神。

眼前的这个陌生女人，再次让他产生了错觉。

他看着她，眼神复杂，唯一能看出的就是那丝回忆氤氲的伤感。

烟火表演结束后，人群渐渐散开，莫沫的目光仍然停在那片璀璨的夜空里。倏地，她的头部剧痛。脑海里浮现出一幅幅模糊不清的画面，仿佛有谁的面容一晃而过，陌生的声音不停地回荡在耳际。

"你难过的时候，会做什么？"

"你难过的时候，会做什么？"

莫沫用手按着疼痛的头，向后退了几步，无力地坐在长椅上。

钟亦峰就站在莫沫身后不远处，静静看着她。

"你难过的时候，会做什么？"脑海中的声音仍未停歇。

"这些到底是什么？"

"如果真的是难过的记忆，就不要再记起来了，拜托……"

莫沫用力按着头，心中一直这样对自己说。她知道现在偶尔出现的那些画面，都是被她抛弃的九岁前那些星星点点的回忆。如果命运真的允许，她希望这一辈子都不要想起失去父亲时的那种难过，更不要想起被母亲狠心抛弃时她所承受的那份伤痛……

所以，不管这些记忆是快乐还是悲伤，她都不愿再记起。

如果逃避会更舒服一点，那就让她一直逃避吧……

钟亦峰似乎察觉到了莫沫的异样，微微皱起眉头并慢慢靠近她。

这时，莫沫起身，左摇右晃地冲到人群中。

钟亦峰在距离她不远的后面一直跟着她。

靠近南街广场观景平台的上下楼梯处时，人群一阵骚动。熙熙攘攘的人潮好像突然从四面八方涌来，莫沫觉得自己快要被这人群的洪流吞噬了。

女人的尖叫声和孩子的哭啼声不知何时开始入耳……

突然有人大喊了一声："不要再挤了！已经有人摔倒了！"

可是声音很快就被人群淹没……

就在更多的人被层层人群压倒覆盖的时候，莫沫狠狠地摔倒在地上。恐惧和崩溃立刻袭击了她，这种痛苦的感觉她并不陌生。好像，就好像以前也有过这种感觉！压倒性人群让她觉得无助崩溃，她根本帮不了自己，只能任凭别人踩踏着自己……

身体的疼痛剧烈散开，这种面临死亡的恐惧让她觉得似曾相识！

"就当作是救救我……救救我，求求你……"

"姥姥，我不要走！我不要走！不要走……姥姥……我不要离开……"

"救救我……"

莫沫失去了理智大声喊叫，哭喊声却被这一片混杂的声音覆盖。她的大脑早已混乱不已，眼泪直流。

"我不要走！我不要走！不要……"

"我不要离开……"

精神崩溃的莫沫没有发现自己已经感觉不到身体的疼痛了。

这不是因为她渐渐昏厥，而是因为，有一个人紧紧地贴在她的身上，努力撑起自己的身体护住瘦弱的她，不让她受伤。

当钟亦峰在人群中看不到莫沫的身影时，他立刻慌了。他来不及思考他为什么会慌张，只知道自己一定要找到她。当他找到她并且看到她恐惧无助的样子，心痛更是不可言喻。

他立刻倒在她的身上，用尽全身力气撑在她的身上，替她承受那些压倒和踩踏的疼痛。

"我不要走！我不要走！不要……"

"我不要离开……"

钟亦峰意识模糊，隐约听到莫沫的哭喊后不由得吃了一惊。

你，真的是她吗？

不知是不是身体太过疼痛的原因，钟亦峰觉得自己再次产生了错觉。

你，是她，是那个孩子。

一种眩晕感随之而来，他的眼前越来越模糊。在失去意识之前，钟亦峰用尽全身力气挪动自己满是鲜血的手，紧紧握住她冰凉的手。

"我……"

"我会……"

"保护你。"

钟亦峰用尽最后一点儿力气轻轻在莫沫的耳边说。

在这片混乱中，在精神完全瓦解的时候，莫沫隐隐约约听到了这句温暖的话。这声音，是不是在哪里听过？

她想努力睁开眼，看看说话的人是什么样子，但是她做不到，她第一次觉得眼皮这样沉重。她知道自己要沉睡了。也许这一切，只是一场梦。

第九卷　指缝天空

卷首语：

　　我也一直恨你，既然如此，我就不介意继续恨下去。在过去的十八年，在未来的八十年。

No.25

　　雪花从天空静静飘落着，阳光如约普照世间的每个角落。风吹过，吹来一阵白色风信子的花浪。公园里到处都是休憩的人，有三五成群嬉戏的孩子，也有相互搀扶缓慢行走的老人……

　　在公园里的某个角落，男孩看着终于不再哭泣的女孩，开口问道："你难过的时候，会做什么？"

　　女孩眨着大大的眼睛，没有回答。

　　"就……一直哭吗？我爸说，眼泪是这世界上最没用的东西！"

　　男孩抬起头看着湛蓝却飘落雪花的天空："如果我难过了，就会抬起头看看天。天空那么大，一定可以包容每个人所有的难过。"

　　女孩像男孩一样抬头仰望天空，雪花却纷纷落到她的眼前。她缓缓抬起左臂，用手挡在眼前，透过指尖的缝隙看向遥远的那片蓝天。

　　"指缝里的天空就像是被分割了，可是，再破碎那也是我能抓住的全部。"女孩轻轻地说，眼神透出的色彩不是一个孩子所应该有的坚定和哀伤。

　　男孩为眼前这个孩子所说出的话感到震惊。

"你，多大？"

"九岁。"

男孩看着这个比他小三岁的孩子，开始好奇她经历的那些故事："这个年纪的小孩子应该是被一个冰淇淋就能哄住的才对。"

"你怎么知道？我难过的时候会吃香草冰淇淋。"

男孩"扑哧"一声笑了起来。

莫沫在医院病房里躺着，沉睡在梦境里。她努力地想看清梦中男孩的脸，却始终都没有看清。

与冰？你是与冰吗？她在心里默默想，这难道是我第一次跟与冰遇见的时候？明明是晴朗的天空却飘起了雪花，一片又一片白色风信子的花海……

男孩的笑声还在耳边余音未绝，梦境的镜头一转，瞬间切换成了一场血腥的画面。

满地的鲜血。

紧紧握着的两只沾满鲜血的手却被硬狠狠地拉开。

"就当作是救救我……救救我，求求你……"

"姥姥，我不要走！我不要走！不要走……姥姥……"

"我不要走！我不要走！我不要离开……"

夏与冰在一旁帮莫沫换额头上的毛巾，似乎听到了她在小声嘟哝什么。

"沫沫，你说什么？"

莫沫依然重复着："不要离开……我……不要离开……"

"好，我不离开，我就在这儿。"夏与冰温柔地对莫沫说。

尽管医生告诉他莫沫只是有些轻微踩伤，受到惊吓才出现发烧的情况，并无大碍，但夏与冰对莫沫还是满脸的担心。

No.26

医院手术室。

钟亦峰戴着氧气罩，安静地在手术室的推床上躺着。

"主任，病人血型特殊，AB 型 RH 阴性血医院血库库存暂缺，可是据 CT 显示病人多根肋骨骨折并刺穿右肺叶，需要立刻进行手术。"

"立刻联系血站有没有库存，并且立刻联系病人家属……"

顾雷疯了一般跑进医院，四处找寻，最后到了医院手术室。被告知这种情况后，他正想打电话告诉董事长时，却犹豫了。

他想，钟少一定不会同意他这样做。迫于无奈，他拨通了另一个人的电话。嘟嘟几声之后，电话接通。

"喂，你好，我是夏与冰。"

No.27

医院大厅的屏幕上显示着东方卫视最新的新闻报道。

"于今日凌晨南街广场发生的踩踏事故，死亡人数已由 15 人上升至 23 人，受伤人数已由 29 人上升至 43 人，已查明身份者 19 人……"

不知过了多久……

"截至 1 日上午 11 时，踩踏事件已造成 36 人死亡，47 人受伤。除 7 人因轻微伤离院外，其余 40 人在院治疗，已查明身份者 33 人。"

钟亦峰在病房内安静地躺着，手术进行顺利，剩下的只是静养。

他眼睛微动，不一会儿，便睁开了眼睛。

"钟少，你醒了。"

睁开眼睛的钟亦峰看了看身边守着他的顾雷，尔后看看四周。他缓缓起身，觉得浑身疼痛，手臂和胸膛都被裹了很多绷带。

顾雷立刻过去扶他。

因为手术使用了麻醉，钟亦峰现在依然头晕目眩，但是他并没有忘记昏厥之前发生的一切，尤其是他拼了命去保护的那个人。

"她怎么样了？"

"她？是谁？"顾雷并不知道钟少在问谁，他来到医院后，只看到他一人。

钟亦峰立刻拔掉手上的输液针，不管顾雷的阻拦离开病房。穿着病号服的他摇摇晃晃地走到病房总服务台问护士："莫沫在哪？"

护士被钟亦峰的问题一下子问懵了。

"莫沫是谁？"

顾雷紧跟着钟亦峰，一步不敢离开。当他再次听到"莫沫"这个名字后，心中不由得一颤。

"跟我一起被送进来的病人！"

护士明显对眼前这个情绪激动的病人有些抵触，立刻坐在电脑前敲键盘："您稍等，我马上帮您查一下，她的名字是？"

"莫名其妙的莫，泡沫的沫！"

"找到了！在普通病房二十一号"护士站起来指着走廊尽头，"二十一号病房就在那里。"

钟亦峰立刻向二十一号病房走去。顾雷紧跟在他的后面。

当他们进病房的时候，却空无一人。只有一个护士在打扫病床。

"病人呢？去哪里了？"钟亦峰问道。

护士对突然闯进来的两个人感到诧异："已经办好出院手续了，刚刚离开。"

钟亦峰的脸上闪过一丝失落。他忍着身上的疼痛一路小跑到电梯处。他不知道为什么自己会这样，他也根本没有任何时间思考自己为什么会这样。

刚刚走过拐角到电梯处时，莫沫和夏与冰随着人群走进电梯，被挤到电梯最里面的角落里。

夏与冰温柔地看着莫沫，小声地问她觉得怎样，会不会太挤。莫沫摇摇头对夏与冰露出微笑，轻轻地告诉他没关系。

他们都没有注意到电梯外那个穿着病号服神情慌张的人。

钟亦峰在电梯前的走廊四处张望着，没有看到莫沫的身影。当他回望他们所搭的电梯时，电梯门正好紧闭。

钟亦峰无奈，只好从楼梯处往下走。

他还是不知道为什么自己会这样，也许他只是单纯地想要见到她，最起码要见到她安然无恙的样子，好像这样他才能安心。

医院一楼。

当钟亦峰穿过走廊，就要到大厅的时候。

他终于看到了她。

可是，他看到她时，表情僵硬，眼神冰冷到无言可喻。

没错，是他们一起走过了大厅。她身边那个跟她说笑的人，不是别人，正是夏与冰。这个人不是别人，偏偏是夏与冰！当他看到夏与冰看她时那温柔的眼神，就能感觉得到他和她并不是寻常的关系。

为什么！偏偏是夏与冰？

当紧跟着钟亦峰的顾雷看到夏与冰时，也不由得吃了一惊。他不知道为什么夏与冰到现在还没有离开医院。

十几个小时之前。

"喂，你好，我是夏与冰。"

"……"

"喂，你好？"

"我是顾雷。"

当夏与冰听到这四个字时，刻意走出了莫沫的病房。

"你好，找我有什么事吗？"

"钟少出了点意外需要输血，现在在中心医院，请您过来一趟吧！"

顾雷心里仍然有几分忐忑，直到听到电话那端的声音："我现在就在医院附近，你把具体位置告诉我，我马上过去。"

No.28

钟亦峰的眼睛越来越红，他缓缓地向前走去，走到大厅，看着他们离开的方向，心中思绪泛滥。

你到底是谁……

告诉我，你到底是谁……

这时，医院大厅正回放着踩踏事故发生后急救现场的采访，屏幕上的画面吸引了钟亦峰的注意。

"正如大家所看到的，现场一片混乱，好在我们的急救人员已经相继赶到。在我的前方不远处，有一对昏迷的情侣。尽管两人都已陷入昏迷，但是两只手依然紧紧地握在一起。现在我们的急救人员即将送他们去医院，让我们一起祝福他们……"

钟亦峰看着屏幕上两个人紧握着的沾满血的手，在急救人员分别将他们抬上单架的时候分开了。他的脑海中突然浮现出十八年前的画面……

那时，他满是血的手渐渐失去了力气，而她，最后还是松开了他的手。

"钟少，这是？"当顾雷看到了屏幕中的钟亦峰时，他大吃一惊。屏幕上紧握着钟少手的那个女人，正是刚刚和夏与冰一同离开的人。

"大雷。"

"是。"

"找到报道这则新闻的媒体，无论怎样，一定不要让这个报道再登上传媒。"

钟亦峰目无焦距地看着前方，心中思绪依旧泛滥。

不……

无论你是谁都不再重要……

就算你真的是她，那也只不过是一个抛弃了我十八年的人而已。所以，十八年后，你属于谁都不重要。就算那个人是我最恨的人，也不重要。

反正我也一直恨你，既然如此，我就不介意继续恨下去。在过去的十八年，在未来的八十年。

此刻，钟亦峰终于将自己的理智全部归还自己。他紧紧闭上眼睛，让自己的心绪平静。

顾雷注意到了钟亦峰的异常，轻声对他说："钟少，你刚做完手术，需要休息。”

“手术？”当钟亦峰听到“手术”两个字后，依然是躲避不掉的敏感。

“是的，你放心，血库存有 AB 型 RH 阴性血，所以目前还没告诉董事长你的情况。”顾雷回答，并且刻意避开了夏与冰为钟亦峰输血的事实。因为顾雷知道，钟少宁可选择死也不会接受夏与冰的任何帮助。

所以，倒不如直接掩盖这个真相。

钟亦峰闭上了双眼，轻轻地对顾雷说：“还有，深入调查一下就职于外交部的莫沫，特别是她的童年，并且重点调查一下，她和夏与冰的关系。”

“是。”

No.29

十八年前。

事故后的钟亦峰大量失血，由于他的血型稀少，是钟桓冒着自己的生命危险才把他救了回来。那段时间，他们的家也发生了很大的变故。钟桓没有时间来医院看钟亦峰，就连他的妈妈也没有在他的病床前出现过一次。

清醒后的钟亦峰也完全像是变了一个人，每天都在医院的窗前站着，一言不发。

不知过了多少天，他终于开口说了话。

“大雷，什么时候会再下雪？”

顾雷对钟亦峰这突如其来的问题感到疑惑。他看着窗外盛开的樱花，在这人间的四月天里，难道还会有大雪降临吗？

“钟少，你每天站在窗前，在看些什么？”

“等，下雪。”

钟亦峰轻轻地说，一个人在心里默默地想：也许下雪了，她就会来了。

不知等了多少日子……

直到一天浑身酒味的钟桓怒气冲冲地推门进来，对着窗前的钟亦峰挥过去就是狠狠的一拳。

“你他妈给老子醒过来！老子拿命去救的你，可不是让你像现在这样半死不活的。如果你没能力继承我的事业，就给我趁早去死！”

钟桓的拳头和咆哮让年仅十二岁的钟亦峰顿时落下眼泪。

“哭哭哭，你和你那半死不活的妈一样，就知道哭！老子不是告诉过你，眼泪是这世界上最没用的东西！从现在开始，你不准给我生病，不准再出任何事情，一心一意为继承桓旗做准备！老子就你这么一个儿子，救你回来可不是让你享福的！如果你再出任何差错，老子不会放过你！"

钟亦峰流着眼泪，不是因为他惧怕钟桓，而是因为他知道，她不会来了。他一直都以为，也许会有奇迹。只是，他不会再有更多的时间去等那个奇迹的发生了。

不管怎样，事实都是她先丢下了他，抛弃了他。

第十卷　生活如镜

卷首语：

　　如果你很难过，就努力表现出开心的样子。因为生活就是一面镜子，你表面越快乐，说不定哪天内心就真的快乐了呢！

No.30

　　一辆黑色悍马平稳地行驶在洒满阳光的公路上。

　　舒缓悠扬的轻音乐从音响中缓缓流出。这掺杂悲伤的柔声让莫沫觉得有些熟悉，仿佛在哪里听过。

　　"与冰，你怎么在这么霸气的车里放这种温柔的音乐？"

　　莫沫露出微笑，看着驾驶座上的人那帅气的侧颜。

　　"因为这是你最喜欢的呀，你不是一直都喜欢这种轻音乐吗？"

　　听到夏与冰的回答，莫沫不禁一惊。

　　没错，这是出国前的她最喜欢的曲风。只是，现在的她已经好久不再接触那么安静温柔的东西了。

　　一个人身在异乡，她习惯了用震彻人心的摇滚来麻痹内心的痛苦与孤独。两年的时间，也许不长，但是这短暂的岁月改变了太多。

　　轻音乐氤氲出的静谧气氛顿时让莫沫觉得悲伤难抑，莫名的恐慌不知从何而来。

　　夏与冰见莫沫不再言语，缓缓地说："不喜欢的话，那我就换掉。"

他关掉 CD，转到了调频。

"关于外滩踩踏事故的最新播报，截至今日上午 11 时，上海外滩踩踏事件已造成 36 人死亡，47 人受伤。除 7 人因轻微伤出院外，其余 40 人在院治疗，已查明身份者 33 人。在新年的钟声……"

这次，夏与冰索性关掉了音响，车内一片宁静。

昨夜的一幕幕还在眼前，他不想再经历一次那种恐惧—陌生号码打来电话，医院的护士告诉他，莫沫受伤昏迷在医院里。

"沫沫。"

夏与冰眼睛看着前方，声音轻而柔。

"嗯？"

"对不起。"

"对不起？对不起什么？"

莫沫显然对夏与冰突如其来的道歉感到迷惑。

"对不起，那个时候，我不在你身边，就在你最需要我的时候。"

是在那夺命的人群里，她一个人跌跌撞撞之时？

还是在异乡两年岁月，她一个人踽踽独行之时？

又或者是，在十八年前那场宛若梦境的事故中，那些生离死别中，她一个人默默承受痛苦之时？

也许一直都是，他跨越了她人生很长的一段纵向岁月，却总是在横向的时间里不停缺失。

莫沫安静地看着前方，沉默了一会儿。

她不敢再回想昨晚发生的一切，能够活下来，已经是她此生最大的幸运了。能够再次坐在他的身边，更是用尽了她一生的所有好运气。

"在我最需要你的时候，你一直都在我身边。是你告诉我的，生活是一面镜子，如果我难过的话，就努力表现出开心的样子。所以，因为你，我一直都很快乐。"

No.31

十八年前。青岛，某医院。

莫沫这一生都不会忘记，十八年前她在医院醒来时的悲伤和恐惧。尽管当时自己已经失去了部分记忆，但是苏醒过来她内心的疼痛丝毫未减。很长一段时间，她一个人在病房的窗前静静地发呆，甚至她自己都不知道自己在看些什么。

有一天，她还是一言不发地看着窗外的风景。突然，自己的模样立刻清晰地呈现在眼前。

是夏与冰。

他的左手正拿着一面大镜子，放在莫沫的面前，挡住了她望向窗外的视线。

"与冰，你做什么？"

"你看，"夏与冰伸出右手手指指着镜子里的面容，"你看镜子里那个九岁的小孩子，每天耷拉着一张脸，她不会笑。"

莫沫看看镜子里的自己——苍白没有血色的脸，无神的大眼睛，僵硬的嘴角。

"沫沫，你知道这是什么吗？"夏与冰摇晃晃手里镜子，认真地说。

"镜子。"

"不是，这不是镜子。"

"不是镜子，那是什么？难道后面还藏了什么东西？"

莫沫感到好奇，拿过夏与冰手中的镜子，将其反过来："它的后面什么也没有。"

夏与冰再次拿过镜子，站在莫沫面前，双手将镜子举在她的脸前，同时也遮住了自己的脸。

"这不只是镜子，它还是你的生活，你是什么样，它就是什么样。"

莫沫瞪着大大的眼睛，认真地看着镜子里的自己。

"沫沫，如果你很难过，就努力表现出开心的样子。因为生活就是一面镜子，你表面越快乐，说不定哪天内心就真的快乐了呢！是不是？"

夏与冰歪歪头，看看镜子前面的莫沫，露出微笑。

莫沫看着歪着头露出笑容的夏与冰，不禁笑了起来。镜子里那许久未曾上扬过的嘴角，终于显现出了久违的笑靥。

这时，医院窗外的那片风景里，仍然有一个十岁左右的男孩独自在梧桐树旁放着风筝。

忽然，一阵风猛地吹过，风筝不小心断了线，飞向了未知的天边。

No.32

夏与冰看着副驾驶座上微笑着的她，满是欣慰。她说自己快乐的时候，是笑着的。就像十八年前，那面镜子里反射出的温柔笑靥。

"沫沫，谢谢你。"

"嗯？"

"谢谢你，活了下来。谢谢你，那么体谅我。"

夏与冰一直都在想，如果莫沫真的出了什么事，他一辈子都不会原谅自己。

"对了，昨天夜里是不是做什么梦了？你一直都在说'不要离开我'。"

"不要离开我？"莫沫一觉醒来后，只零散地记得梦中的情境，但不曾记得自己说过"不要离开我"。

"与冰，我们第一次见面，是什么样子的？或者说，我们小时候，都去过哪里？"

"怎么了？为什么突然这么问？"

"你知道的，我对九岁前的事都记不太清了。我记得在梦里有一个男孩，那个是不是你？好像是在一个公园，有花……嗯……还说什么天空……"

夏与冰"扑哧"一声笑了出来。

"如果是白天，我就带你去看最蓝的天空。"夏与冰缓缓说道。

"什么？"莫沫仍然是一头雾水。

"如果想不起来，就不要想了。不过你要知道，那个男孩是我。"

No.33

元旦过后，莫沫已经投入到紧张而忙碌的工作之中。她好像忘记了自己刚刚经历过生死，忘记了看到宫玫萱和夏与冰相拥的那个夜晚，依然一个人沉默地过着平静如水的日子。

莫沫不想过分地猜忌什么，因为他们是她最珍惜的人。但也正是因为他们是她最珍惜的人，她的心痛就越发明显。

她日复一日地上班工作，开外交部例会。

这日，李世景坐在会议室的中间，对外交部所有的工作人员说："除以上的会议内容外，还有另外一件重要的事情要说。接上级领导安排，即将入驻桓旗国际商城的所有品牌都已经定了下来，在商城开业之前，我们必须将所有进口品牌的介绍以及每件商品的介绍全部译成中文，同时将非英语类的介绍译成英语，以便消费者选购。"

所有人都默不作声。

"郭茵副部长已经将所有的品牌按语种分类，此次任务以一类语系为一组，各个语系的系长为这次任务分组的组长，会议结束后各个小组的成员到邮箱接收资料，尔后组长根据实际情况分配任务。现在可以提问。"

有不少人纷纷举手。

"杰克，你说。"

"部长，公司给我们多少时间？"

这也是刚刚多数举手的人想问的问题。

"桓旗国际商城的事务都是由总经理亲自管理的，根据总经理的意思，现在商城的开业时间暂时还没有定下。但是公司给了我们10天的时间，也就是说，在一月二十六日之前，我们必须把所有的工作做好。"

依然是一片沉默。

"另外还有一点，接到设计部部长的通知，公司要求在商城开业之前必须要将宣传广告做出，设计部的初步设计是用中英双语做广告，所以英语小组特别注意邮箱新工作内容的接收。"

自从这次会议开完后，整个外交部的气氛就变得格外紧张。

不久，英语组就收到了设计部的广告设计。但是由于公司的要求，将英语类的介绍译成中文，并将非英语类的介绍译成英语，所以英语组所有成员需要在其他语种的分组译成中文后再译英文。整个过程，他们的工作量是其他分组的两倍。由于压力的原因，英语组的所有成员都焦头烂额。当然，也包括莫沫在内。

"由于我们组工作量的原因，所以只能选一个人去帮设计部做广告翻译。这个任务看起来轻松，但这涉及的是整个商城宣传的广告，所以必须做到翻译既准确，又唯美，还要深入人心。有没有人愿意自告奋勇？"英语组组长说罢，组内成员无人作声。

良久。

"我想尝试一下。"莫沫轻轻地说，这是她第一次这样底气不足地说话。

No.34

时光飞逝，一转眼，便到了一月二十六日。

钟亦峰坐在办公室里翻看外交部的工作日志，短短十天内，外交部所有成员加班熬夜最终完成了艰巨的工作任务。

"大雷，通知李部长，本月外交部所有员工奖金翻倍。"

然而，当他看完设计部的广告设计后，眉头紧锁，右手的大拇指和食指紧紧地捏着高挺的鼻梁骨，神色显出异常不满。

"大雷，设计部部长有没有说这广告的创意是谁的？"

"应该是郭婷部长她本人的，据说，她对这个广告很重视，从头到尾自己全程监制没有一点儿马虎。"

"郭婷？我怎么记得设计部部长不姓郭。"

"钟少，之前的部长今年刚刚退休，她由副部转正。你前段时间太忙，可能忘记了。人事部已经向你打过申请，你也已经批准人事调动。"

"是么？"

钟亦峰缓缓说道，可能最近他真的是太累了，甚至连设计部部长退休都忘记了。因为对上任部长的信任，没有要求上交设计文案得到批准后再进行拍摄，才造成了这样的失误。

其实，他本应该在医院多修养几天，可是怕耽误工作，他还是硬撑着离开了医院。任茜知道钟亦峰住院的事情后立刻去医院照顾他，而钟桓对这件事从头到尾一无所知。不知道也罢。若是钟桓知道，想必也只是担心他会不会耽误公司的事情而已。

"通知设计部将广告重做，一定要更改创意，这种水平的广告只是浪费观众的时间而已。还有，这英文翻译是外交部译的？"

"是，"顾雷翻动手中的资料，犹豫再三才说了出来，"呈递的名单上翻译者是外交部莫沫。"

"拿这种连外国人都看不懂的英文出去有什么用？我要的是深入人心，不是卖弄谁的英文水平最高！告诉设计部，保留中英双语的设计理念，更改广告创意，并且从今天开始设计部所有员工加班，包括莫沫在内，三天后必须交出一个让我满意的设计文案！"

钟亦峰的声音冷冽而决绝。

"是，钟少。"

顾雷觉得，眼前的钟少，比之前更加冷漠的同时，却又多了一分让人感伤的寂寞。

第十一卷　如履薄冰

卷首语：

其实很多问题，咬牙坚持过去就好了。但前提是你敢于面对，向问题发起攻击，而不是被它牵着鼻子走或者是干脆避之不理。

No.35

一月二十七日，距离交文案时日还有两天。

莫沫从网上搜索关于桓旗国际商城的讯息，尽管有很多报道但都是表面上的东西，对她来说毫无帮助。目前，她唯一知道的就是，自己的翻译工作没有做好惹得总经理大怒，所以在设计部准备新文案的几天内她都必须陪同加班。

可是设计部的工作人员到现在都丝毫没有动静，这样下去她一定会闷死的。

"丁零零……"

期盼已久的电话终于响起。

"喂，您好，我是外交部的……"

"沫沫。"

莫沫的话还没有说完，电话那端熟悉的声音已经说出了她的名字。

"啊，与冰，我还以为是设计部的人找我呢！"

正在开车的夏与冰看了一眼时间，关心地对她说："打你手机你也不接，怎么这个点了还在公司里？"

莫沫从办公桌的收纳盒中拿起在静音状态的手机，果然有很多夏与冰的未接电话。

"加班啊！还有，这居然就是传说中的加班……重点是不知道自己要加什么班……我要疯了，与冰！"

夏与冰微微一笑："吃饭了吗？"

"与冰，先不跟你说了，拜拜。"

莫沫匆匆挂断电话，因为郭茵副部长敲了敲她办公室的门，然后走了进来。

"副部长，有什么事吗？"

"还在加班吗？"

"是。"

郭茵看着眼前这个噘着嘴的女人，像极了幼儿园里一个没有得到小红花的孩子。

"是不是后悔接下了这个工作？"郭茵笑着对莫沫说。

"有一点点。"

其实莫沫的确觉得有点儿委屈，在自己已经身心疲惫的时候站出来，扛下这个担子。不管是一时冲动，还是对自己能力评估的失误，现在她都觉得自己快坚持不住了。

"既然选择了，就不能退缩。记得我刚当上副部的时候，也遇到过同样的问题。其实很多问题，咬牙坚持过去就好了。但前提是你敢于面对，向问题发起攻击，而不是被它牵着鼻子走或者是干脆避之不理。"

莫沫看着郭茵，这个女人也就三十出头的样子，已经在如此大的企业外交部坐上副部的位子，背后一定有很多不为人知的辛酸。

这番话，对莫沫的启发很大。

"副部长，谢谢你，我明白了，我不能再干等着设计部的消息了，我要主动去找他们，和他们一起努力。"

"设计部还没有联系你吗？"

"是，昨天和今天一直没有消息。"

"看来设计部也是焦头烂额了！莫沫，把你的手机给我。"

莫沫把手机递给郭茵。

郭茵在手机上输入一串号码："这个号码你存好，明天直接打电话找她就好。"

"这是？"

"我妹妹。"

"嗯？"

"设计部部长，郭婷。"

莫沫挂断电话后，夏与冰立即掉头，不久后将车停靠在一家餐馆前。

"老板，两杯香草奶茶和两碗西红柿卤面，打包。"

随后，夏与冰赶到公司。他刚进桓旗大厦 B 座大楼，值班的保安就向他微微鞠躬。

"夏总监好。"

夏与冰微笑，走向电梯，按下二十三层。

No.36

一月二十八日，最后一天，亦是下雨天。

总经理办公室。

"钟少，设计部部长想亲自去商城看看，看你是否同意。"

"批准。"

钟亦峰将办公室的灯光开到最大，但窗外的阴暗还是挤进了这个房间。

"大雷，今天上午有什么行程？"

"上午十一点，大会议室将开股东大会。"

钟亦峰看一眼手表上的时间，说道："走吧，我也很久没去商城看过了。"

莫沫来到公司开完晨会后便开始打郭婷的电话，可是一直都是无法接通，她只好一个人去设计部找郭婷。到了设计部她才知道，郭婷一早就去了桓旗国际商城。她沮丧地回到外交部，不知道郭婷什么时候回来，不知道她们的方案什么时候会出，更不知道她的工作该怎样进行下去。

莫沫回来的路上，正好碰到副部长。只是她两眼无神，丝毫没有注意到郭茵。

"莫沫？"

"啊？哦，副部长好。"

"怎么无精打采的？没联系设计部部长吗？"

莫沫把事情的原委告诉郭茵。

郭茵问："今天上午还有别的工作要做吗？"

莫沫一脸茫然："跟平常一样，没有什么特殊的工作。"

"你去商城找她吧，部长那边我会替你请假。总之都是工作，先把首要的做好。"

莫沫露出笑容："谢谢副部长！"

一辆出租车停在桓旗国际商城的大厦前。

"谢谢师傅。"

莫沫交车费后，道谢下车。就在她要进大厦的时候，两个保安立刻拦住她。其中一个保安对她说："请出示通行证，谢谢！"

莫沫一听，懵了。

"我没有通行证。"

"对不起，没有通行证，也没有总经理的允许，我们是不会让闲杂人等进入的。"

"我想你们是误会了，我不是闲杂人等。"莫沫将她在桓旗企业的工作证拿出来，"你们看，我是桓旗的员工，今天是有正事的。我要找郭婷，你们认识吗？就是设计部部长，因为那个宣传片……哎哟，我跟你们说不清楚了，总之你们就让我进去吧！"

两个保安似有似无地听莫沫说了一大通后，依然斩钉截铁地说："抱歉，没有通行证，没有总经理的允许，你不能进去。"

如果用四个字来形容莫沫现在的样子，那就是欲哭无泪。

此时，钟亦峰正在操控室里看着镜头内商城的每一个角落。整个商城的每一砖每一瓦都是他的心血，从他决定要打造商城的那一刻起，就注定要面对重重困难和是非舆论。诚然，到现在这一刻，他一瞬间明白了值得的深刻含义。

突然，他察觉到了入口处的异样。

"大雷，怎么了？谁在那里？"

由于摄像头录的是背影，所以钟亦峰没有看清门口的人到底是谁。

"我出去看一下。"

不一会儿，顾雷回来。

"是外交部的莫沫，说要来找设计部部长。需要我把她赶出去吗？"

要知道，桓旗国际商城自从一开始就像是一个谜一样的存在，它的内部设计和构造在开业之前是不允许被泄露丝毫的。所以，戒备森严是重中之重的任务，除却工作需要，没有任何人能进入这里。

见钟亦峰没有说话，顾雷准备出去让安保人员将莫沫撵走。就在这时，钟亦峰的声音轻轻的，宛若微风："让她进来。"

No.37

莫沫在门口跟保安大叔扯东扯西，无论她想要什么花招都不管用，就连内急忍不住要去厕所这种烂幌子她都编出来了，可是保安大叔仍然不给她面子。

就在她准备要号啕大哭博取同情的时候，其中一个安保人员接了一个电话。电话挂断后，莫沫好不容易挤出的眼泪正要落下的时候，保安大叔好似发了慈悲那般："现在你可以进去了。"

"什么？"莫沫抹抹脸颊上的泪，"你说什么？"

她的思绪瞬间停滞了，不敢相信自己突然这么轻松就可以进去。

"哦，好的。"回过神来的莫沫一溜烟跑进商城，却被另一个保安大叔抓了回来。

"把你的手机、相机之类能通讯拍照的东西都暂时交给我们保管，商城内不允许拍照，任何物品不允许私自触摸和毁坏。"

保安大叔说着拿安检的仪器在莫沫身上仔细扫过，以确保没有危险品。

等她终于能够进入商城之后，保安大叔又叫住了她。"你要找的人应该在六、七或者八层，电梯直走左拐，扶梯没开。"

由于商城内的灯没有打开，今天又是雨天，所以格外昏暗，经过好一番寻找，莫沫才找到了郭婷。说明来意之后，郭婷立刻露出了笑容。

"我姐姐告诉过我你会来找我！只是没想到我们会在这里碰上！"

莫沫想到刚刚在入口处那些场景，尴尬地笑道："呵呵，这可绝非偶然的相遇啊。"

经过郭婷的介绍，她才大致了解了整个商城的布局。原来整个商城共十一层，一、二层为化妆品售卖区，三、四层为超级市场，五层是珠宝，九、十、十一层是餐饮服务，而属于服装的楼层为六、七、八这三层。所以保安大叔才会告诉她郭婷在这三层，保安大叔明明什么都知道嘛，就是不让她进来而已。

"因为钟少对这个广告重点要求的是服装部分，至于化妆品、娱乐、餐饮等其他部分都不用我们操心，所以我现在重点考察的就是这三层！"

"那你有没有什么发现？"

"什么什么发现！简直是什么都没有，黑咕隆咚的，一点儿天幕城的感觉都没有！"郭婷冷不丁地抱怨道。

"天幕城？"

"对，桓旗商城的外观设计虽然是由著名设计师设计的，但总体理念都是由钟少提出的。"郭婷走向扶梯处，伸出手指指着商城的顶部，"喏，其实上面都是3D布景，就像真实的天空一样。我听说，这样的设计是因为钟少特别喜欢天空。"

和我一样，莫沫在心里想到。也不知道从什么时候开始，不管她开心与否，都会习惯性地抬头看看远处那片天。有时天很蓝，有时阳光很耀眼，有时星星很璀璨。

莫沫抿抿嘴说："那钟少肯定是一个感性的人。"

"不，你完全错了。莫沫，你不会是不知道钟少是谁吧？我们的钟总经理，出了名的苛刻。其实商人企业家不都是一样？心狠狡猾，唯利是图！不过也难怪，在公司很难见到他，就算见到他，他那张永远不会笑的'冰山'脸也会把你冻死的！"郭婷撇撇嘴说。

莫沫倒是对这个钟少颇为好奇。不知为何，她总觉得一个拥有这样设计理念的人不会像是郭婷所说的那样。

"啊，我刚刚说的心狠狡猾、唯利是图不是指钟少哦！你千万不要告诉别人我这样说过……"郭婷心虚地说道，心里直抱怨自己这张不说话就会死的大嘴巴。

"没关系。"莫沫微微一笑，转身要继续向前走的时候，不小心碰到了什么。

她抬头仔细看，原来是一座雕塑。尽管光线昏暗，她还是看清了那个雕塑的模样。

是胡桃夹子。

哪怕她已经记不太清胡桃夹子的童话故事了，但是看到这座雕塑，她还是感到一种莫名其妙的温暖在心间徘徊。

No.38

深夜。

一个十二岁左右的男孩和一个比他年幼一点的女孩，在古老的街巷来回穿梭着。两个孩子一前一后，脸上挂满了笑靥。阳光透过冰凉的雪花，融化了雪的同时，亦融化了女孩内心的冰冷。女孩在男孩的身后偷偷地看着他的背影，感觉是那样的温暖。

这，又是儿时回忆吗？

莫沫站在街道上，跟在幼时自己的身边，看着那时的自己是笑得那样灿烂。

原来，她曾那么开心，那么心安过。

只是那个男孩的脸，她依然看不清。她努力地向前走，想看清男孩的脸。突然一切都消失，一个胡桃夹子木偶出现在自己的眼前。这个木偶巨大，像一座雕塑。

幼时的自己看着雕塑，依然是微笑。

"你叫什么名字？"

莫沫突然睁开眼。

她经常做梦半夜惊醒，只是这次的梦与往日不同，没有血腥，没有伤痛，没有离别。相反，这次梦境里的清新和温暖竟让她有些恋恋不舍。

是白天的胡桃夹子进入梦境，还是往事重现？莫沫浑然不知，她起身到客厅给自己倒一杯水，此时客厅的手机开始震动。

"莫沫，最近我快要累死了！我让简枝帮我推掉了明天所有行程，你也向公司请个假，我们一起去逛街吧！"

第十二卷　胡桃夹子

卷首语：

　　如果我不可一世，就抬起头来仰望星空；如果我甚觉伤悲，依然会抬起头来仰望星空。请坚信，总有一颗星属于你。

No.39

　　很久很久以前，在一个陌生的国度里，有一个美丽的公主。

　　有一天，国王设宴，但是宴会的大部分食物却被老鼠偷吃了。国王大怒，下令将所有老鼠全部消灭。鼠王为了报复国王，便将公主变成了一个丑八怪。后来，国王为了恢复公主的美貌，寻遍天下医师，最后终于找到了能救公主的办法。

　　只要公主能吃克拉克图核桃的肉便可复原。但是克拉克图核桃不仅很难寻找，并且核桃皮异常坚硬。国王花了十五年的时间，终于寻到了一枚克拉克图核桃。可是无论用什么办法，都没能够打开核桃，取出核桃肉。

　　国王下令，若有人能将核桃打开治愈公主，便可娶公主为妻。

　　不知过了多久，一个名叫胡桃夹子的咬核桃木偶来到皇宫，愿意一试。胡桃夹子拼尽全力，终于将克拉克图核桃打开，但他用力过猛，自己的夹子坏掉，变成了一个丑八怪。

　　公主吃了核桃肉恢复了美貌，变丑的木偶却被国王赶走。后来，国王将美丽的公主嫁给了邻国既风度翩翩又腰缠万贯的王子。

　　公主大婚的那天，丑陋的胡桃夹子站在人群里，看了看花轿里幸福的公主，便转身默默离开。

朱煜晴坐在钟家别墅内花园里的石椅上，手里捧着一本手写的童话故事，里面每个故事都是她自己根据著名童话改编的。

她温柔地讲着故事，在秋千上荡来荡去年仅十岁的钟亦峰不知不觉地安静了下来。

"为什么？为什么胡桃夹子要默默离开？他应该去报仇，不应该白白受欺负。"年少的钟亦峰愤愤不平地说道。

"也许，这个故事还没有完。"

钟亦峰瞪着明亮的眼睛，好奇地问："妈妈，你快告诉我，结局到底是什么？"

一个激灵，钟亦峰从梦境中醒来。午后的时间总是让人疲惫。

他睁开眼睛，脸上有一种说不出的伤感。当时母亲并没有告诉他结局，可是很多年后，在整理母亲遗物的时候，他知道了故事的结局。

所有人都觉得公主一定很幸福的时候，她却每个夜晚都会哭泣。英俊富有的王子并不爱她，她只能默默承受着寂寞。

钟亦峰看着办公桌上的胡桃夹子，心里想着两个女人。

一个是他最尊敬的母亲；另一个，是藏在记忆深处很久未碰触过的人。可是，就在不久前，记忆深处的人频频浮现，搅得他不得安宁。

钟亦峰眉头紧锁，右手的大拇指和食指紧紧地捏着高挺的鼻梁骨。

敲门声响起。

"进。"

"总经理，设计部部长来了。"秘书轻轻推开门，毕恭毕敬地对钟亦峰说。

"让她进来。"

郭婷坐在钟亦峰的对面，向钟亦峰看着文案毫无表情的那张脸望去，手掌心直冒冷汗。

良久，钟亦峰终于开口："这是谁的创意？"

"是，是我一个朋友的，"郭婷紧张得有点儿口吃，"虽然，不，不是设计部的创意，但是整个广告的设计都是我们费尽心思的，呃……呃……意见借鉴而已。"

钟亦峰看着眼前这个女人，丝毫感觉不到她的成熟稳重。他开始怀疑上届设计部部长选人的眼光，但好在整个广告设计紧凑，细节处理得当，布景也很到位。多少说明眼前的这个人还是有可取之处的。

当钟亦峰看到广告语的时候，一丝震撼击中了他的内心！

"If I feel my skill is unmatched I will look at the sky.If I feel sad I will also look at the sky.There will be one star with you always."

"如果我不可一世，就抬起头来仰望星空；如果我甚觉伤悲，依然会抬起头来仰望星空。请坚信，总有一颗星属于你。"

No.40

昨天，和郭婷分开后，莫沫一个人走在街上。

不知这雨何时停歇，天已放晴，夜幕降临的时候，寥寥繁星点缀其上。

莫沫抬头看看天空，这时，灰黑色布满了那遥远的边界。除却霓虹和灯火，只剩那微微渺茫的群星。

此情此景，令她突然想起小 Sammy 给她的那张卡片。

"If I feel my skill is unmatched I will look at the stars.If I feel sad I will also look at the stars."

那么简单的英文句子却那么震撼人心，难以忘记。

也许，总经理所要求的广而告之的效果就是如此吧！

一道光在莫沫脑海闪过。如果用星空作为整个广告的大背景，将桓旗国际商城喻为星空，将每个品牌乃至每件服装都喻成群星，那这样的广告会不会深入人心呢？

她不知道答案！但是她还是拨通了郭婷的电话，将自己的创意告诉了她。

NO.41

下午。

莫沫坐在办公室，忐忑不安。终于，办公室的电话铃声响起。

"喂，莫沫！"

郭婷的声音从电话那端传来。

"我们的方案终于通过啦！这次多亏了你……"

莫沫已经听不清后面的话了，她甚至都不敢相信自己的耳朵！方案通过了，就证明她的工作和努力得到了肯定。从郭婷决定采取自己的创意开始，整个上午她都在设计部一起帮忙设计。虽然自己不懂什么广告设计的专业知识，但还是被采纳了部分意见以及广告语，当然也包括英文翻译部分。

一种莫名的喜悦在心间荡漾。莫沫情不自禁地伸个懒腰，心想今晚终于能睡个好觉了！

时钟嘀嘀嗒嗒地走，天空渐渐换了颜色，不知不觉今天的工作已经临近尾声。

"嗡……"

莫沫的手机震动起来，是一条信息。

"莫沫，我在桓旗总公司楼下对面的西餐厅。下班后别忘记过来，喝点东西后去逛街。我请客。"

看到短信后莫沫这才想起，昨天夜里和宫玫萱约好下班后见面的事情。

No.42

西餐厅内。

宫玫萱在餐厅内最隐蔽的一个厅里，眼神空洞地看着对面空荡荡的座位，手举起咖啡杯。喝一口咖啡后，黑咖啡的苦涩迅速漫延缠绕舌尖，这莫名的涩味让她微微皱眉。杯座旁边放着一款黑色的墨镜，懂时尚的人都知道这墨镜已经是一年前时尚圈流行过的样式了。

"玫萱。"

莫沫走近，坐在宫玫萱的对面。

"莫沫？下班了？"

"嗯。"

"这位小姐，请问您要喝点什么？"

服务员走过来对莫沫微笑。

"香草奶茶，谢谢。"

"好。"

服务员走开，一会儿奶茶便送过来了。

"不吃点儿东西？"

"不吃了，不喜欢吃西餐，在国外都吃腻了。"

"那好啦！喝完你的香草奶茶，我们去逛商场，好久没有一起逛街了！"

商场内。进入大厅，炫目的灯光照亮了每个店铺，各种国际知名品牌旗舰店让人应接不暇。美丽的喷泉上有天使的雕塑，喷泉下的水池中是释放着霓虹的鹅卵石，鱼儿在水中轻快地游来游去。

喷泉上空远处挂着水晶吊灯，宫玫萱的海报在温暖的灯光下显得格外夺目。海报上的宫玫萱画着淡淡的妆容，女王气质依然无法阻挡，身着白色婚纱的她站在喷泉前，手中捧着一束花，眼神空洞迷离，美得让人无法形容。

莫沫看看站在她身边的宫玫萱，心中除了羡慕就是祝福。莫沫小时候就觉得宫玫萱是他们三个人中最幸福的。

在莫沫的记忆里，她是被姥姥带大的，爸爸的面容已经模糊，妈妈在爸爸去世后就嫁给一个美国人，不久就出国了，直到自己出国留学才在美国见到了妈妈和她的新家庭。高中的时候姥姥去世，之后莫沫的生活更是孤独与拮据。

夏与冰从小被夏语翎带大，生活条件亦是一般。而宫玫萱从小被父母捧在手心，家庭不是很富裕，但一家三口非常幸福和满足。现在的宫玫萱，是桓旗集团最火的明星和模特，是娱乐圈最火的新晋花旦，也是时尚圈不忍放弃的宠儿，一流的演技以及完美的长相和身材让她无论是在国内还是亚洲都已红透半边天。

她们坐上观光电梯。透过玻璃，莫沫看到了上海城的霓虹闪烁和东方明珠的光鲜亮丽。她喜欢城市繁华的气息，确切地说，她爱的是在这片繁华中自己宁静的内心。看着人来人往，看着喧嚣热闹，莫沫总是有自己的思想和感触，仿佛她的一个皱眉、一个抿嘴微笑都会幻化成一片温暖的阳光。她不会随波逐流，也许她所做的一切很平凡，但这平凡又何曾不是一个聚光点。

电梯里只有她们两个人。如果说宫玫萱美得令人窒息，那么莫沫亦是美得不可方物。

出了电梯，宫玫萱撩撩头发，走进一家店。

"莫沫，这件衬衣怎么样？"

宫玫萱拿起一件白色的衬衣，上面有淡淡的蓝色纹络，在衬衣领口的一端还镶着一颗钻。这件衬衣简单大方却更能衬托出一个人的气质，只不过……

"玫萱，这是男款吧？"

店里的导购听到莫沫的回答，抿嘴一笑："当然啦！我们店所有的衣服都是男装。"

"你想尝试中性风格吗，玫萱？"

莫沫到宫玫萱身边，亲昵地摸摸她的额头看看她是否在"发烧"。

宫玫萱轻轻推开莫沫。

"拜托我的莫沫大人！你在胡思乱想什么？我想买这件衣服送人呐！"

"对呀，情人节快到了，玫萱姐是不是要送男朋友呀？"店员跟宫玫萱搭讪道。"

"没有的事不要乱说。"

"情人节？"

莫沫总是后知后觉，最近忙着工作连情人节的日子都没有注意到。

"下次再来哦，玫萱姐。"店员亲切地说着送宫玫萱和莫沫出门。

"你看，那是不是宫玫萱？"

"宫玫萱？宫玫萱！！我是萱姐的忠实粉丝啊！"

……

刚从店里出来的宫玫萱还没来得及戴上墨镜，被几个粉丝认出来了，原本稀稀两两的人纷纷聚集在一起引人注目。莫沫不知什么时候被成群的热情粉丝挤到了一边。

"宫玫萱，可以给我签个名吗？"

"宫玫萱姐姐，我非常非常喜欢你演的电视剧！跟我合影好吗？"

"宫玫萱也跟我合影好吗？"

……

看着被人群簇拥着的宫玫萱露出美丽的笑容，帮粉丝签名，一起照合影，莫沫欣慰地笑了。她提着自己的小包，一个人转身向扶梯走去。

莫沫从扶梯上四处望着，感叹着商场的华丽，一家店铺无意间进入了她的视线。

"查理的 DIY 巧克力工厂？"

莫沫露出了笑容，想起了自从看过《查理和巧克力工厂》这部经典的电影后对巧克力的热爱便犹如滔滔江水绵延不绝，一发不可收。

莫沫出于好奇，进入了这家与众不同的店铺。

"您好，有什么可以为您服务的吗？"店主面带微笑向莫沫问道。

"那个，是什么意思？"莫沫指向店外的牌子。

"您可以看一下这个。"店主递给莫沫一张价目表，上面有各式各样的巧克力牌子，牌子下有巧克力颜色。果然不是普通的店，价目表上最便宜的巧克力五十克要三百人民币，莫沫心想。

"您选择巧克力牌子后我们会给您液态的巧克力，然后您做成自己喜欢的样子就可以啦！我们这里也有已经做好的 DIY 巧克力。"

莫沫顺着店主指的方向看到了玻璃柜内各种可爱的巧克力，有的巧克力做成了书，书上写着浪漫的"我爱你"；有的巧克力则被做成了天空，上面刻画着零碎的星光；有的巧克力被捏成了可爱的卡通头像……

莫沫想起刚刚店员跟宫玫萱的对话，露出了笑容。

"情人节……"莫沫小声嘟哝着。

"我要做巧克力，我要这个……"

在灯光的闪烁与钟表的嘀嗒之间，莫沫在世界的这个角落留下了她的笑容与耐心。她认真地在店里做着巧克力，不停地傻笑着。如果说这个女孩的微笑能把冬日里的冰雪融化，那也不足为奇。

第十三卷　错综交织

卷首语:

她比我漂亮，比我身材好，比我有名，比我有钱。但是，她没有我喜欢你。

No.43

二月干净的天空，洁净如洗。

嫩绿的草坪上点缀着几朵在风中摇曳的花，蝴蝶在园中翩翩起舞。鹅卵石铺垫的小径上铺着洋溢着幸福的红地毯，泡沫在阳光下闪烁着自身的光泽。温暖的圆顶白色教堂内，莫沫穿着婚纱期待着她的新郎。

一双柔软的手推开教堂的门。

一个面容帅气身着白色西装的男人进来，他手里捧着一大束红玫瑰。玫瑰一层一层地连在一起，像是一扇圆形的窗户。

"与冰。"

莫沫温柔地喊道。

夏与冰缓缓地向她走来，面带微笑，眼神却像是透过她看另一个人。

他静静地向她走去，莫沫开心幸福地笑着，这一刻，她等了太久。

越来，越近。

当他走到她的面前后，他却没有停下，而是穿过她的身躯，继续向前。夏与冰继续微笑着向前走，莫沫表情僵硬，瞪着大大的眼睛满脸惶恐。

她迅速转身，看到了夏与冰离她远去的身影。这时，他停下脚步。莫沫看到夏与冰的身边站着一个穿白色婚纱的女人，他把玫瑰花递给她，并亲吻了她。莫沫用力挤眼睛，却无论如何无法看清女人的面孔。

难道是……她？

莫沫闭着眼睛，用力地摇头，不敢相信眼前的一切。

当她再睁开眼睛的时候，女人手中的玫瑰花红得像是滴出了血。突然间，红玫瑰幻化出一阵剧烈的黑色风暴，风暴裹缠着莫沫的身体，将她无情地卷走。

"与冰，救我。"

夏与冰自始至终都没有看莫沫一眼。

"与冰……"

被风暴卷出教堂的莫沫，发现教堂的风格已经变成了蔓延着恐怖气息的哥特式，教堂上方的彩色圆形玫瑰窗让莫沫心中一颤。

"与冰！"

睡梦中的莫沫惊醒。瞪着大眼睛的她发现一切只是一场梦，才放松地叹了一口气。她拿起床头的手机看时间——二月十四日凌晨四点十分，她有些无奈，然后又躺回床上。侧过身子，莫沫双手合十放在头部下面，看着床头橱上安然放好的精美盒子，露出了欣慰的微笑，慢慢地合上了双眼。

No.44

上海桓旗集团总公司。

"嘀嗒嘀嗒……"办公室里的钟表指针形成一条竖直直线。

莫沫在办公室里安静地看着书，眼睛时不时看着桌子上的礼物，不知何时何地才能将它送出。莫沫一整日工作都略显心不在焉，也难怪，今天是一个特殊的日子。

一阵短促的短信铃音响起。莫沫拿起手机。

"莫沫，下班后来我办公室吧！我有些话想对你说。"

看到夏与冰的短信，莫沫露出了微笑，她把礼物小心翼翼地放进包里，满心喜悦地离开了办公室。进电梯后，按下了十五层楼的键。

当她走近夏与冰的办公室时，心怦怦地跳个不停。每次莫沫上班的时候会故意经过 A 座大厦十五层的"财务部总监办公室"，然后再从十五层的连通桥走向 B 座大厦十五层的电梯，只为期待的一场偶然间的相遇。然而，现在她真的要进他的办公室了，心里却七上八下的。

自己该说些什么，怎么把巧克力送给他呢……

莫沫带着一串问题走到了办公室门前，却发现门半开着。

夏与冰的办公桌上放着一个大大的纸袋子，上面牌子标志名称莫沫清晰地记得。

"玫萱，这是男款吧？"

"你想尝试中性风格吗？玫萱？"

"拜托我的莫沫大人！你在胡思乱想什么？我想买这件衣服送人呐！"

"对呀，情人节快到了，玫萱姐是不是要送男朋友呀？"

……

眼前的情景更让莫沫不敢再前行。夏与冰在办公桌前背对着她，宫玫萱双手抚着他的脸，踮着脚尖紧贴着他。

他们……他们……

他们，在接吻。

莫沫迅速转身背对着他们，急促地呼吸着，但是她却不敢发出一丝声音。莫沫快步地向电梯走去，清晨的梦境再次浮现在她的眼前。梦里的那个女人，真的是宫玫萱吗？她紧紧地咬着下嘴唇，狠狠掐着自己的胳膊一遍又一遍地问自己。

恐惧与悲伤泛滥在莫沫的心中，从小到大的不安与困惑顷刻释放。莫沫闭上眼睛不想让眼泪流出，但是泪水还是不听话地一次次从眼眶溢出。

是逃跑吗？这令人措手不及的一切，让莫沫不得不落荒而逃。

桓旗广场上的风瑟瑟地吹着，莫沫明亮的大眼睛闪着泪光，双手扶着广场上略显复古气息路灯的杆子，喘着粗气，神情恍惚。她身后矗立的桓旗大厦的橱窗中泛着白色的灯光，她的四周喧嚣着浮华，来来回回行走着形形色色的人，更衬托出她的孤独与寂寞。

随后莫沫用背靠着路灯，面向花坛，身体无力地倾靠在灯杆上。她抬起头看着天边坠落的那被紫红色渲染着脆弱的太阳，泪水肆无忌惮地流淌在她的脸颊上，心里那种弥漫的痛苦犹如承受着翻船的海洋，卷起了巨大的漩涡。

No.45

上海外滩。

黄浦江面的波纹寻觅着彼岸高楼大厦华灯初上的身影。各种风格的建筑被金色的光芒环绕着身躯，建筑之间重叠交错的光线在漆黑的夜里萦绕出紫色抑或红色的雾霭。每一栋大厦顶端的美丽修饰都像是在聆听来自夜空中明亮的星星的呼唤，星星悄悄地告诉他们，它深深地爱着这座城市的美丽夜晚，永生相惜，不离不弃。每当初升的红日在东方带来黎明的致意，它就会抹去泪水，笑着迎接光明，笑着面对短暂的白日的分离。

上海城给居住在这里的人的感觉，就是这样浪漫神秘又乐观的。外滩附近正在散步的情侣紧握着的双手，倚在仿古的亲水栏杆上的清新女生被风吹起的发丝，白头到老依然依偎前行渐渐远去的身影……

此时此刻，上次和宫玫萱一起喝酒的酒吧里，莫沫一个人不停地给自己灌酒。

酒吧外招牌灯火绚烂，停靠着几辆豪车。酒吧里没有一贯嘈杂的人群，拥有的是一片寂静的气氛。昏暗的灯光仿佛是怕打扰到每一颗在这里诉说寂寞的心，驻唱的歌手清晰的声线通过他们的耳朵，幻化成柔软的手掌触碰到了心中最脆弱的地方。

莫沫面前的酒桌上摆着大大小小的各种空酒瓶。不胜酒力的莫沫好像被酒精麻痹了身体的每一个细胞，意识渐渐消失。

"MIMIMIMIMIMIMI MIMIMI ONLYMIMI MIMIMIMIMIMIMI MIMIMI SEXY MIMI……"

莫沫昏昏沉沉地从手提包里拿出手机，看到联系人显示是夏与冰后，她果断拒接电话，关掉手机继续喝酒。最后，她跌跌撞撞地走出酒吧，提着自己的手包，摇摇晃晃地踱步到了外滩。

"美丽的泡沫，虽然一霎花火，你所有承诺，虽然都太脆弱，爱本是泡沫，如果能够看破，有什么难过……哈哈哈哈……"

风吹过她红红的脸颊，她大声在这片寂静祥和的夜色中唱着找不到旋律的歌。不顾路人的异样眼光，她放声大笑，没有人注意到她眼角噙着泪水。

她不知摇晃着走了多久，终于在一个灯光暗淡、人迹稀少的角落坐了下来。天气渐凉，她不顾形象地坐在地上，努力睁开自己的眼睛。

黄浦江上模糊的灯光倒影让她的视线更加不清晰。

莫沫突然对着江面大喊。

"夏与冰，夏与冰！你这个大坏蛋！臭虫！大闸蟹！你，为什么，不喜欢我！"

"你，为什么，喜欢她啊？她哪点比我好啊？"

莫沫抓着自己的头发，用力把头发揉乱。

"她只不过就是比我漂亮，呃……比我身材好，比我有名，哦对，还有，比我有钱……嗯……"莫沫边说还边用力地点头肯定自己说的话。

"但是，她没有我喜欢你啊！"

莫沫充满气势，瞪大眼睛，看着江面，噘着嘴无辜地说。

"啊……总之，你怎么可以这么对我！"莫沫双手在嘴边呈放声状，向着江面大声地喊。

莫沫醉酒的眼睛中透露出一丝丝脆弱，她无奈地用右手敲敲自己的头，瞬间将头低下，像一只突然泄了气的皮球。

一个男人的手搭在莫沫的肩上。男人搂着她的肩，迅速在她身边坐下。

"小妹妹，是不是刚被男朋友甩了，心里特别难过啊？跟哥哥走，哥哥一定会好好对你的！"

莫沫没有说一句话。

"小妹妹？你是不是睡着了？"

男人的手离开莫沫的肩部，在莫沫身上游走。

"老娘不开心，你找死……"

莫沫低着头发出愤怒的声音，右手紧紧捏着男人那只放肆的手。

就在这时，男人被一个迅速出现的身影狠狠地抓了起来，对方二话不说一个发狠的拳头挥了过来。

男人捂着自己被打中的头部，手上可见斑斑血迹，愤怒地喊。

"谁？你！竟敢打我？"

一个身着深蓝色西装的帅气身影又迅速给了他一拳，男人狠狠地摔在地上，出了一声巨响，然后被人狠狠地抓住外套的衣领。

"给你一秒钟的时间，给我滚。"

说话人的眼神冷得没有一点光芒。

男人从地上爬起来，迅速逃跑。

后知后觉的莫沫跳起身来，想要打人的左手还悬在空中，不停地看着四周，连个鬼影都没有。于是莫沫又准备坐在地上，继续发她的牢骚。这时一只漂亮的手抓住了她要放下的左手，用力将她向前一拉。

莫沫迷茫的双眼欲睁又闭。她用力地眨眼，想看清眼前的人是谁。

视线模糊的她终于看清了眼前的人。

"是你，你终于来了……"

莫沫扑到他的身上，紧紧地抱住他。时间仿佛在这一秒凝结，她抱住他的那一瞬所散发出的光芒仿佛能遮掩整个上海城的璀璨。他身体一震，脸上没有任何表情。

有那么一刻，他想缓缓抬起右臂，抱住她。

第十四卷　你就是她

卷首语：

　　如果你真的忘记了我，那就请你不要再想起我。至少这样，我还可以恨你恨得心安理得。

No.46

　　二月十四日，接近中午十二时。上海桓旗国际商城。

　　商城前广场上的大屏幕正播放着商城的宣传广告。

　　宫玫萱穿着性感诱人的时装在星空下饮酒，望着天空的群星，这时的广告语是"如果我不可一世，就抬起头来仰望星空"

　　林庭悠身着一袭白色长裙在星光下翩跹起舞，最后，她莞尔蹙眉，泛着泪光的双眼凝望着远方的星空，轻吟"如果我甚觉伤悲，依然会抬起头来仰望星空"

　　广告的末端，各个品牌化作繁星点缀在桓旗国际商城内的星空天幕中，宫玫萱和林庭悠同时出现，共诉"请坚信，总有一颗星属于你"

　　商城前摆了一个偌大的舞台，舞台前面放有十箱礼炮和十箱烟花，寓意十全十美。开业仪式即将开始，商业界人才精英聚集，同时也汇集了不少知名的艺人，现场报道的媒体亦不在少数。桓旗董事长钟桓和钟亦峰在一楼大厅的入口处迎接贵宾，而暗夜夜总会集团的董事长任旗以及其女任茜也隆重出席。

　　礼仪上台主持，不久剪彩开始。当剪彩人钟亦峰剪断彩带的那刻，礼炮齐鸣，华丽雄伟的音乐顿时奏响，台下掌声一片。

"现在请各位来宾进入商城一楼参与派对用餐，然后将进行参观仪式。将由钟亦峰钟总经理亲自带领大家一起参观整个桓旗商城。"主持人说罢，台下再次掌声雷动。

整日下来，一直到傍晚时分所有的流程才全部结束。终于，来宾纷纷散去，商城关闭整理卫生，迎接明日的正式营业。这一日，无论是报纸头条还是上海市电视台各大新闻的报道，到处都是桓旗国际商城的消息。商城的广告更是以迅雷不及掩耳之速登陆传媒，林庭悠和宫玫萱强强联手的消息也遍布整个娱乐圈。宣传效果远远超出预计，钟亦峰再次获得业界一致好评。

就在钟亦峰也准备离开的时候，任茜出现在他的面前。

"亦峰哥哥！"任茜开心地喊。

"任茜，你没有跟伯父一起回去吗？"

"当然没有！今天一天你只忙着工作，连看我一眼的空都没有！现在你的工作结束了，剩下的时间当然是属于我的！亦峰哥哥，你难道不知道今天是什么日子吗？"

"是桓旗商城开业第一天。"

"除此之外，今天还是二月十四！"

钟亦峰被任茜说得有点懵："二月十四，怎么了？"

任茜噘嘴，不满地说："是情人节啊！亦峰哥哥！难道你都没有什么礼物送给我吗？"

钟亦峰完全没有想到情人节，最近一直忙于商城的事，早将这些抛之脑后。

任茜笑着说："安啦安啦！我就知道你会这个样子，走吧，我已经订好了餐厅。"

因为任茜订的餐厅在外滩附近，所以二人饭后顺道在外滩散步。两人并肩走着，距离却隔得很远。任茜突然止步不前，钟亦峰还是直直地向前走。任茜看着钟亦峰的背影，想知道他到底什么时候才能发现自己已经不在身边。可是钟亦峰已经走出去很远，却仍没有发现身后的她。

不知为何，任茜心中一阵难过。

"亦峰哥哥！"

钟亦峰没有回头。

任茜加大分贝："亦峰哥哥！"

钟亦峰似乎发觉有人在喊他。他停下脚步，张望四周，这才发现任茜已不在他的旁边。

任茜一溜小跑，跑到钟亦峰旁边。

"亦峰哥哥，刚刚，刚刚你在想什么？"由于一路小跑，任茜说话有些喘息。

"没有想什么。"

其实钟亦峰没有撒谎，他也不知道自己刚刚在想些什么。也许什么都没想，也许是因为想得太多所以没有记住。

"哥哥……"

"嗯？"

钟亦峰看着任茜的脸，不知什么时候那脸颊上的笑靥消失不见，取而代之的是钟亦峰以前没有见过的难过和悲伤。

"哥哥，跟我在一起时，你快乐吗？"

钟亦峰对任茜微笑："为什么突然这么问？"

"哥哥，我是认真的，你喜欢我吗？"

钟亦峰看着认真的任茜，一时间不知该怎样回答。

"我……"

就在钟亦峰刚要开口说话的时候，任茜却突然紧紧地抱住他："不不，你不用回答了！"

任茜感到了自己内心的恐惧，但还是微笑着说："哥哥，是我太多疑了！你一定是喜欢我的，只是你不知道怎样喜欢一个人而已，对不对？"

钟亦峰感觉到任茜用尽全身力气抱着他。

她怕他会跑掉，怕他会离开。

任茜缓缓地松开钟亦峰，踮起脚尖，想要吻他的唇。钟亦峰一动不动地站着，就在她的唇要触碰他的唇的时候，他猛地后退。

他还是做不到。在钟亦峰的内心深处，只当任茜是妹妹而已。他无法以一个男人的身份说喜欢她，去拥抱亲吻她。

任茜低下头，不敢看钟亦峰。她再也忍不住自己的泪水，任凭泪水肆虐，滴落在衣服上，滴落在鞋子上。

"亦峰哥哥……对不起，我先走了。"

说罢，任茜转身快步跑开。她去停车场开自己的车，一路上，她的眼泪像是决堤般释放，哭得像个孩子。她不敢去想钟亦峰到底爱不爱她，因为无论他爱不爱自己，自己都会爱他。

也许，在感情里，不忍放弃的那方永远是最痛的输家。

No.47

看着飞奔离去的任茜，钟亦峰一个人在外滩徘徊。他突然开始怀疑自己，不知道自己这样做是对还是错，为了让父亲满意就欺骗自己的感情，把一个自己不爱的人放在自己身边。他以为自己可以对任茜好，可是直到那个人再次出现在身边后，他才发现感情这种事全然不能被自己左右。

人这种动物，不是说想爱就爱，想恨就恨。生活总是给予很多因素，让人无奈。

他长叹一口气，望向黄浦江。他一直向前走，无意间看到了那个熟悉的人。莫沫正坐在地上，在她旁边还有一个陌生的猥琐男人。

只听莫沫大喊一句："老娘不开心，你找死……"

钟亦峰迅速跑过去，将男人打倒在地。

"谁？"男人看看钟亦峰，大喊，"你！竟敢打我？"

钟亦峰上前再给男人一拳，男人摔倒在地后，他狠狠地抓住男人的衣领，几度让男人觉得窒息。

最后，钟亦峰松开手，冷冷地说："给你一秒钟的时间，给我滚。"

男人逃跑后，钟亦峰上前想看看莫沫怎么样。刚刚靠近她，他便嗅到了她一身的酒味。他抓住了她悬在空中的左手，将她向前一拉。

她眯着眼睛看着眼前的人，明明是一副醉酒样，却又让人觉得心疼。

"是你，你终于来了……"

莫沫狠狠地摔倒在钟亦峰的身上，并紧紧地抱住他。在她拥抱他的瞬间，他的心一阵狂跳，尔后像是有一股电流通过他的身体，顿时他的大脑一片空白。有那么一刻，他想要缓缓抬起右臂，抱住她。

"与冰，你终于来了……"

听到怀里的她轻轻地说这样一句话后，他的心跳渐渐平息，随之而来的是一种莫名其妙的疼痛。

No.48

钟亦峰打电话给顾雷，不一会儿顾雷便赶到了他们所在的地方，两个人好不容易将醉醺醺的莫沫拖上了车。钟亦峰心想幸好之前调查过她，不然今晚得把她扔在大街上过夜了！

到莫沫居住的公寓楼下时，钟亦峰下车把莫沫挪到车门边，她斜靠在自己身上像不省人事那般，没有办法他只好抱起她来。从电梯出来后，钟亦峰将莫沫放在门前。她手里提着包斜斜地靠在他的身上，他单手抱着她，打开她的手提包找到了钥匙。

开门后，他在黑暗中摸索到了灯的开关。他再次抱起她，最后将她放在了卧

室的床上

"……不要走……"

"……不要喜欢她，不要……"

莫沫在梦中不停地呢喃，钟亦峰给莫沫脱去鞋子，盖好床毯。当他捡起床边莫沫掉在地上的手提包时，一个精致的盒子从包里掉了出来。

钟亦峰捡起盒子，打开后，看到了一个被摔碎的巧克力做的胡桃夹子木偶。他瞪大眼睛，惊讶溢于言表。尔后，他关上房间的灯，静静地离开莫沫的家。

电梯里，他看着手里那个精致盒子里破碎的胡桃夹子木偶，陷入沉思。

No.49

几天前，上海桓旗总公司总经理办公室。

"钟少，我已经仔细调查了莫沫。"

钟亦峰停下手中的工作，双眼望着办公桌，大脑一片空白。

"你说。"

"根据她资料表上的履历，我特意去她的家乡调查了一趟。莫沫是九岁那年失去父亲，然后母亲改嫁出国，由她的姥姥一个人把她带大。高二的时候她的姥姥病逝，那之后她一直一个人生活。"

顾雷说罢，钟亦峰恍惚。

在那个雪花飘落白色风信子摇曳的公园里，那个孩子曾经哭着对他说。

"爸爸离开我，妈妈不要我，现在，我连姥姥都不敢相信了。"

她们的一切都是那样相似。怪不得，在莫沫履历表的亲人一栏里，空无一人。

"她是由她的姥姥带大的……"

"是，她姥姥名字叫作刘翠芳，这是她本人的照片。"

当钟亦峰看到照片后，十八年前的一幕幕再次铺天盖地席卷而来！

他狠狠地闭上双眼！却还是无法忘记晕厥之前看到的那张坚硬恐怖的面容！那个孩子哀求哭泣的脸庞再次浮现……

"就当作是救救我……救救我，求求你……"

"姥姥，我不要走！我不要走！不要走……姥姥……我不要离开……"

钟亦峰缓缓睁开眼，心中剧痛。原来，你们真的是同一个人。可是，为什么要装作不认识我？

"我还去了当时莫沫在青岛住的医院，并且找到了当时治疗莫沫的医生。从那里了解到，莫沫当时醒后被诊断患有选择性失忆症，这些是找到的资料，里面有当时的住院记录。"

钟亦峰翻看资料，一九九七年三月四日，是当时莫沫住院的时间。而一九九七年三月二日，是他在上海遇到的那个孩子的时间。一九九七年，那个孩子遇到自己之前，到底发生过什么？

钟亦峰不知道是怎样的痛苦，让莫沫选择逃避，患上了选择性失忆症。他唯一知道的是，自己给她的回忆也是充满了伤心和痛苦的，否则她又怎会忘记了自己？

"还有……"顾雷有些犹豫。

"怎么了？"

"莫沫和夏与冰从小就认识，是青梅竹马，并且莫沫进桓旗，跟夏与冰也有关系。所以钟少，不管小时候发生过什么，不管她记不记得你，我们都必须小心提防，毕竟她是夏与冰那边的人。"

所以，事实就是她忘记了自己，却记得夏与冰！她丢下了自己，却跟夏与冰在一起！

"如果你真的忘记了我，那就请你不要再想起我。至少这样，我还可以恨你恨得心安理得。"

电梯里的钟亦峰看着盒子里那个被摔碎的胡桃夹子巧克力，将思绪牵回，在心里默默想到。

第十五卷　玛格丽特

卷首语：

爱情里面真的没有谁对谁错，一直存在我们之间的只是我的不敢去爱和你的根本不爱。

No.50

一辆黑色悍马车在公寓楼下停着，副驾驶上放着一束洁白的玛格丽特，鹅黄色的花芯点缀着漆黑的夜。

夏与冰在车里不停地拨打着电话，眼睛紧紧盯着公寓楼上的那扇没有任何光芒的窗户，脸上显露着焦急的神情。

"对不起，您所拨打的用户已关机……"

再拨。

"对不起，您所拨打的用户已关机……"

继续拨。

"对不起，您所拨打的用户已关机……"

他已经急得快要发疯了，这时候，远处开来的一辆车前灯的光亮进入了他的视线。当夏与冰看到这辆银色劳斯莱斯上的钟亦峰时，疑惑顿时堆积在心头。然而，当他看到钟亦峰扶着莫沫从车上下来的时候，心中除了疑惑更深一层外，更有一种宛如针刺的疼痛。

烂醉如泥的她倚靠在他的身上，他无可奈何只好抱起她。如果，换作是别人抱着莫沫，也许夏与冰能够立刻冲上去，将她抢回自己的手中。或许，如果真的是换作别人抱着醉醺醺的莫沫，他也不会像现在这般心如刀割的痛。

但是眼前的这个人不是别人，正是钟亦峰。

所以夏与冰没办法去问他，为什么情人节的时候他们会在一起，她还喝了那么多酒。夏与冰不希望莫沫的世界因为自己而变得复杂，又或许，现在的夏与冰还没有强大到能保护莫沫的程度。

钟亦峰双手架着莫沫，消失在夏与冰的视野中。

夏与冰一直在楼下等待着。他看到夏沫家窗户灯亮后，一直等到钟亦峰从公寓楼离开。

他看着钟亦峰的车离去。

夜晚空气中被扬起的尘埃在那辆劳斯莱斯离他远去后纷纷扬扬，夏与冰看着副驾驶座上的玛格丽特花束，陷入深深的回忆。

高中校园的图书馆内。

午间的阳光散发着绚烂的白色光芒，在画家的眼中，这白色是七彩的代名词。

莫沫在图书馆一角静静地捧着一本书，耳朵里塞着耳麦。各式各样的高考复习资料被这本彩色的书压在下面，当她翻到书的某一页时，被书里的内容深深吸引了。她从未见过这样的一种花朵，纯白色的花瓣勾勒出交错的弧线展露着清新脱俗的气质，花蕊的鹅黄色渲染着温暖味道。她情不自禁地用手触碰书上的图片，动作是那么轻柔，这脆弱的花朵美得令人不忍触碰。

"沫沫。"

温柔又熟悉的男声在莫沫耳边响起，她抬起头，眼睛里显露出惊讶的神色。

"与冰，你不是和玫萱一起去吃饭了吗？"

夏与冰推开莫沫身边的座椅，拉下校服的拉链，偷偷地将怀里揣着的小笼包拿出来。

"我当然是怕我们沫沫饿着肚子学习喽。你呀，那么认真是在看什么？"

夏与冰边说边探过头来看莫沫手中的书。

"没什么。"

莫沫迅速把书合上放在一边，然后用手狠狠地敲了夏与冰的脑袋。

"喂！你难道不知道图书馆是不允许带食物的吗？"

夏与冰摸着被敲的脑袋一脸无辜地看着莫沫，然后傻傻地笑着说："我知道，所以我才藏在衣服里偷偷带进来啊！"

……

莫沫对眼前可爱的夏与冰欲哭无泪，心中完全被温暖占据。

只是，夏与冰仍然瞟到了莫沫看的那书页页脚上的黑字：玛格丽特，花语——期待的爱。

沉浸在回忆里的夏与冰依然目光呆滞、面无表情地看着副驾驶上的那一束美丽的玛格丽特。他拿出手机，拨通了一个号码。

"喂？我想取消今晚在餐厅的订座。"

最后，一辆黑色悍马车在莫沫公寓楼下黯然离去。

No.51

上海桓旗集团总公司财务部总监办公室。

"宫玫萱小姐，夏总监现在正在会议室开会，请您在里面稍事等待。"一个文秘轻轻推开财务部总监的门，请宫玫萱进去。

"好。"

宫玫萱走进了夏与冰的办公室，把手上装着蓝格白色衬衣的袋子放在他的办公桌上。宫玫萱立刻注意到办公桌上他忘记携带的手机，她目不转睛地盯着手机，好像在思考什么。

宫玫萱看看办公室的四周，拿起手机，编辑短信。

"莫沫，下班后来我办公室吧！我有些话想对你说。"

找到联系人发送后，她立刻删除了这条已发送的短信，然后把手机放在办公桌上。

"玫萱，你怎么来了？"

夏与冰手里拿着文件推门进来，看到宫玫萱后很惊讶。

"我……"宫玫萱的声音中透露出一丝紧张。

"这是什么？"夏与冰绕过办公桌，走到宫玫萱身边，看着桌子上的袋子问道。

"情人节，礼物。"

夏与冰看着宫玫萱露出微笑，语气轻柔地说："玫萱，咱们那么熟悉的老朋友，节日还用送礼吗？"

宫玫萱的心中隐隐作痛。

夏与冰没有注意到宫玫萱的异样神情，饶有兴趣准备打开袋子看里面的东西。

"与冰，现在莫沫已经成功进入桓旗了。你也打算把一切都告诉她吗？包括那件事？"

"不，玫萱，你一定要替我保密，不要让除了你之外的人知道，特别是沫沫。"

"所以你才让我把你为了她买房的事也保密，是怕她猜到些什么？"宫玫萱问道，"可是，你究竟为什么不告诉她？"

须臾的沉默后，夏与冰的眼神些许失落。

"我只是不想让她变得像我一样复杂。在别人的眼里，也许她是坚强勇敢的。但是在我心里，她的内心像泡沫一样脆弱，我的责任就是保护好她。我希望她一直都是简单快乐的，这些事情我相信有一天都会结束。总有一天，我会带着沫沫离开，给她幸福。"

其实，夏与冰生活的巨大矛盾在夏语翎离世一瞬间犹如电光火石般爆发，他不想让自己这些错综复杂的过去扰乱莫沫，于是他自己扛下了这一切。

宫玫萱没有说一句话，而夏与冰的最后一句话深深地刺痛了她的内心。

总有一天，我会带着沫沫离开，给她幸福。

似乎在夏与冰的人生中只有莫沫一个人，而她宫玫萱自始至终都是一个可有可无的存在。她转过身，看着橱窗外渐黑的天空，忍着不让泪水落下。她的脑海中浮现出二十年前那个下午的画面。

"与冰，你看，这里有好多口味儿的冰淇淋！"

年幼的宫玫萱惊喜地拉着夏与冰的胳膊，开心地看着他。

"老板，我要这个草莓口味的冰淇淋。"宫玫萱透过冰箱上的玻璃，指着里面的冰淇淋对老板说道。

"与冰，你要什么口味儿的？"宫玫萱牵着夏与冰的手，对他微笑。

"老板，有香草味儿的吗？"夏与冰问老板。

"与冰，原来你喜欢香草味儿呀！怎么跟莫沫一样呢？"宫玫萱对夏与冰眨着大大的眼睛。

"有，小朋友，给你。"

"谢谢老板。"

夏与冰付完钱，转身后却看不到了莫沫的身影。

"咦？莫沫呢？"宫玫萱看不到莫沫后奇怪地问。

年少的夏与冰露出了些许焦急的神色。他挣开宫玫萱的手，立刻跑到马路对面的花火婚纱店去，环顾四周都没有莫沫的影子。宫玫萱随后也跑了过来。

"与冰……"

"玫萱，对不起。我要去找沫沫了，我不能丢下她一个人。"

夏与冰字字句句、认认真真地对宫玫萱说道。之后，他便迅速地跑开。

宫玫萱的泪水终于落下，她想起了那个黄昏里只身一人回家的自己。夏与冰不能丢下莫沫一个人，却可以丢下她宫玫萱一个人，任她被孤独侵蚀、被寂寞啃噬。

"与冰，我们真的，只是老朋友吗？"

宫玫萱轻轻地抹去自己的泪水，闭着眼睛缓缓问道。

夏与冰停止了想要打开包装袋的动作，被宫玫萱的问题震惊。

"玟萱……你……"夏与冰欲言又止。

"与冰,我喜欢你。我不相信你不知道我的心。"

夏与冰看着宫玟萱瘦弱的背影,眼睛中散发出一丝心疼和不忍。

"可是,我的心里只有她。除了她,再也容不下另一个人。"宫玟萱的泪水决堤。

"我知道,我都知道。我告诉自己不要想你,不要爱你。可是,每当我这样告诉自己的时候,我却更加想你,更加爱你,我根本控制不了自己的感情。"

"玟萱,对不起,这都是我的错。但是,原谅我以后会一直错下去。因为我对莫沫的喜欢,不可能停止。"

宫玟萱抹去脸上的泪,露出无奈的笑。

"夏与冰,爱情里面真的没有谁对谁错。一直存在我们之间的只是我的不敢去爱和你的根本不爱。"

宫玟萱说罢大步向办公室门走去,当她开门欲离开的时候,听到走廊里传来嗒嗒的脚步声后,她即刻停下脚步,转身向夏与冰走去,只留下了半开的门。

宫玟萱走到夏与冰面前,双手抚着他的脸,踮起脚尖向他的唇深深地吻去。

她看着门口惊慌失措转身离开的莫沫,缓缓闭上双眼。

低着头的夏与冰惊讶地瞪大眼睛,双手推开宫玟萱。

"我想,我们彼此都需要整理一下对方的感情。在整理好之前,就不要再见面了。"夏与冰拿起办公桌上的手机,毫不犹豫地离开了办公室。

宫玟萱看着夏与冰离去的背影,落下了泪。

离开办公室的夏与冰去花店取了自己预订的花束后便给莫沫打电话,却被她拒接。夏与冰觉得奇怪,再拨打电话时对方已关机。夏与冰立刻紧张起来,担心莫沫是不是出了什么事。他立刻把花束放在副驾驶座上,开车来到莫沫居住的公寓楼下。

他在莫沫门前用力敲门,里面却没有回应。

最后,他回到车上,在楼下一个人静静地等莫沫回来。

第十六卷 怎么是你

卷首语:

　　人就是这样一种脆弱的生物。永远都抑制不住那份因热潮而触及的喧嚣,一直都避免不了那种因感官而引起的疼痛。

No.52

　　莫沫微笑着,认真地做着那个胡桃夹子巧克力。

　　那是她第一次做那样轻松而美丽的梦,梦里的她和一个男孩那样开心,笑得那样灿烂。然而,毫无疑问,那个男孩肯定是夏与冰。

　　所以,如果她把这个胡桃夹子巧克力送给夏与冰,那么夏与冰肯定会很欣慰。

　　午后的阳光透过纱帘穿梭在莫沫的房间里,这一刻安静得只能听见钟表轮回的声音。

　　莫沫猛地醒来,缓缓睁开疲惫的双眼,头疼到仿佛大脑要裂开,她的左手摸着自己的额头从床上坐起身来。她努力地回想昨天发生的事情,却怎么都想不起来。只记得自己在酒吧喝多了,之后的全部都忘记了,更不知道自己是怎么回家的。

　　莫沫用力捏着自己的额头,脑海里只能回想起几个模糊的片段。记得自己好像是在某个地方,拥抱了某个人……与冰……莫沫突然想到后来自己好像是看到了夏与冰,随后莫沫又回想起了在他办公室看到的他和宫玫萱……

　　"夏与冰你不是只顾着跟宫玫萱在办公室玩亲热,搞暧昧吗?还有空管姐的死活？哦我的天呐，我的头……"

回忆起那一幕的莫沫有些激动地大声喊道，沉重的头更加疼痛。

莫沫不经意间瞟了一眼墙上的时钟，然后立刻瞪大眼睛，侧过头瞪着钟表上大大的一点钟，然后立刻从床上跑下来到窗边拉开窗帘看着午后安稳的阳光，疯了一般地喊道："完了！"

莫沫迅速跑回床上摸索手机，嘴里还碎碎念："居然是下午一点不是晚上一点。"

拿起手机后迅速开机，正好一个电话打进来。莫沫迅速接通电话。

"喂，电话终于通了，是莫沫吗？我是李世景。"

莫沫皱着眉，心想这次彻底完蛋了，这可是旷工一上午……

"李部长，我……"

莫沫在想怎么编谎告诉李部长她不是故意旷工的时候，李部长亲切的声音在电话那边响起。

"莫沫，听说你上午请了病假啊，是不是最近天气转凉感冒了？不急着来上班，先把病养好，身体要紧。"

莫沫再次瞪大眼睛，然后立刻捂嘴偷笑。简直是如有神助嘛！反应天生慢几拍的莫沫突然发现自己根本没有请假，难道是夏与冰……

想到这里，莫沫心中更加肯定昨晚出现在她身边的人是夏与冰。

"莫沫？"

"哦，李部长，我觉得身体好多了，就是还有点头痛，但是我下午一定会回去上班的。"

"嗯。"

"谢谢李部长，那……再见。"

莫沫挂掉电话，迅速跑去洗手间整理自己。

No.53

上海桓旗集团总公司。

莫沫静静地进入 A 栋大厦的电梯，习惯性地按下十五层的键，习惯性地出电梯门口右转。

诚然，当她看到"财务部总监办公室"几个大字的时候有些蹙眉。

原来习惯是这样一种可怕的东西，会在你漫不经意之间督促着你做一些本不该做的事。

莫沫的脑海里回放着昨晚的那个拥抱，她闭着眼睛，深深地呼吸一口气，然后推开夏与冰办公室的门。正在专心看资料的夏与冰缓缓抬头，看到莫沫后，先是惊讶，然后露出了迷人的微笑。

　　"沫沫，怎么那么早就来上班了？"

　　"下午了，还早吗？"

　　莫沫径直走进办公室，坐在一边的沙发上，淡淡地回答。

　　"哦，我还以为你今天不会来了呢，上午打你办公室的电话也没人接，就顺便帮你请了个假。"

　　夏与冰起身去饮水机那边，拿起一个玻璃杯给莫沫接水。

　　"那个……昨晚，是不是你？"

　　莫沫眼睛直直地盯着办公室的地毯，尝试着问夏与冰关于昨晚的事情。

　　"嗯？"夏与冰端着一杯水到莫沫面前，眼神中充满了疑问。

　　"我是不是在哪个地方发疯，然后就……抱了你？"莫沫接过水杯，喝了一口水，好不容易说出了口。

　　夏与冰无言，顿时没有了表情，身体僵硬。他的脑海中浮现出昨晚钟亦峰扶着醉酒的她下车的那个画面，心中宛如针刺。

　　"叮铃铃……"

　　这时，办公室的电话响起，缓解了这沉寂的气氛。

　　"莫沫，我先接个电话。"夏与冰努力向莫沫挤出一个微笑，转身去接电话。

　　……

　　"全体员工？现在？"

　　……

　　"好的，我这就过去。"

　　……

　　"再见。"

　　夏与冰放下话筒后，转身对莫沫说："沫沫，总经理秘书刚刚通知全体员工去大会议室开会，说是有重要的任务要布置，我们快去吧。"

　　莫沫跟着夏与冰一起离开。

　　这一路上看到了许许多多准备去开会的同事。来来回回的同事们议论纷纷，无不都在说总经理的事。

　　到底是不是与冰，要不要现在问……莫沫在心里不停地嘀咕。

　　"与冰……"莫沫对开会的事心不在焉，她决定再问一次，并且她一定要听到他亲口说，昨晚那个人就是他。

　　"怎么了沫沫？"

　　"夏总监，这是本季度的财务报表。还有有关上次开会提出的问题……"

迎面走来一个男人递给夏与冰一叠文件，跟他谈起了工作上的事情。莫沫只能一路跟在他们身后全然一副无奈的神情。

No.54

桓旗大夏顶楼。

偌大的会议室里面坐满了人，人物聚集的地方总是伴随着许多纷纷扰扰。莫沫索性自己站在窗边，看天上那些好像一伸手便能触碰的云彩，她的心里好像压了千斤巨石般沉重，仿佛此刻所做每一个动作对她来说都是那么的困难。

喧哗声骤起。

莫沫缓缓抬起下颌，一个轻柔的眼神望向喧闹的中心。当她看到宫玫萱撩动飞扬的发丝的时候，心里的巨石顷刻间破裂那般猝不及防。她的眼光迅速跳跃到夏与冰的身上，然而当她看到他那双望向宫玫萱的眼睛后，她的心更加麻痹。

"这不是宫玫萱吗，公司开会她怎么也会来啊？"

"不愧是宫玫萱啊！真人比电视上更漂亮！"

……

人就是这样一种脆弱的生物。永远都抑制不住那份因热潮而触及的喧嚣，一直都避免不了那种因感官而引起的疼痛。

在一片嘈杂中一个身穿深蓝色西装的帅气男人带领着公司高层领导现身，顿时安静无比。

当莫沫看到那个陌生又熟悉的面孔以及他身后的顾雷的时候，她原本僵硬的表情变得万分惊讶。仍然是那身经典的深蓝色西装，依旧是那张面无表情的"冰山式"面容。就在她快要将这个人遗忘的时候，他又猝不及防地出现了。确切地说，是莫名其妙地出现了！

当钟亦峰的眼睛看向窗边的人的时候，他绕过人群改变方向大步向前走过去，稍稍低头。

钟亦峰越来越靠近莫沫的时候，却故意放慢了脚步。

直到他距离她只有三十三厘米的距离。

钟亦峰站在莫沫面前，目光直视莫沫。如此近的距离，莫沫仿佛能够听到他均匀的呼吸。

莫沫顿时被这突如其来的情形扰得措手不及。

宫玫萱摘下墨镜，若有所思地看着钟亦峰和莫沫。夏与冰放下手中的资料，刚想要去莫沫身边的时候，宫玫萱一把拉住了他。

"怎，怎么……怎么是你……"

听到这断断续续的四个字，钟亦峰好像没有听到一般，一个箭步绕过莫沫，直直地面对窗户向前走，然后停步望向窗外。

刹那间，会议室内安静得似乎只能听见微弱的呼吸声。

大约十秒钟后，钟亦峰转过身，面对大家冷冷地说道："大会议室的窗户到底多久没有擦过了？会议结束后卫生主管到我办公室去一趟。"

一丝丝窃笑的声音轻轻响起，钟亦峰没有再看莫沫一眼，大步流星地走开。

莫沫瞪着离去的钟亦峰的背影，暗自小声嘟哝："真是一级臭虫！二流大闸蟹！"

No.55

钟亦峰站在会议室大屏幕前，耳边挂着麦克风，手里拿一份企划书。

原来这就是传说中的钟少！莫沫想起进入公司后听说的那些关于总经理的流言蜚语，又想起了郭婷的话，突然也觉得这一切说不定也可能是真的了……

"今天把大家聚集在这里，主要是跟桓旗集团今年的广告宣传微电影有关，今年是桓旗成立三十周年。董事会高层一致决定今年广告宣传片的主题以及剧本要求全体员工参与其中，可以利用年假的时间创作，也可以成立四人或六人组，入围的剧本公司将给予额外奖金。交稿时间为假期回来后的第二天，也就是三月二日。经过公司董事会及董事长的开会讨论，女主角依然由桓旗公司最具人气的模特宫玫萱担当，而男主角则一改之前惯例，由桓旗内部员工参与。会议最后决定今年的微电影由财务部总监夏与冰担任男主角，请问大家有疑义吗？"

钟亦峰话落，坐席一片哗然。

"夏总监虽然有偶像的外表，但毕竟是外行人，能行吗？"

"对啊，听说这个微电影广告桓旗今年投资近亿了呢！这么大的重任……"

"怎么又是夏总监，他到底什么来路……"

"天啊！这可是大好的机会啊，为什么好运从不会眷顾我一下！"

"还是好好想一下剧本吧！奖金最实在了！"

……

夏与冰进入公司直接晋升为财务部总监，年轻有为，长相傲人的他一直是公司私下里议论的热点。

这个消息于莫沫而言毫无疑问是晴天霹雳。夏与冰神情异常严肃，他之前从未预料到会接到这样的安排，在别人眼中如此幸运的他却觉得自己如此不幸。宫玫萱一直看着夏与冰，她知道，这对她来说无疑是在感情中再迈出一步的机会。

"我反对！"

坚定的女声在人群中响起，莫沫迅速站起来，不顾他人的眼光。夏与冰望向莫沫，眼中闪烁出一丝光辉。

钟亦峰看到突然站起来的莫沫，眼神依然冷漠空洞，淡淡地说："既然大家没有什么疑义那……"

"我说我反对，我是桓旗集团外交部的一名口译，是众多桓旗公司员工的其中一员。"

莫沫当机立断打断了钟亦峰的话。会议室里恢复了一片安静，氛围冷到似乎四周空气全部凝结。要知道，在整个桓旗企业，除了董事长钟桓最大玩就是他的儿子钟亦峰了。钟少的话没人敢去质疑和反驳，整个董事会都会让他三分。

钟亦峰的眼神反射出黯淡的冷光。

"散会。"

钟亦峰话音一落转身离开，董事会也跟着撤席，员工们随后起身纷纷离开。没有人注意到愤怒又落魄的莫沫，她渐渐被淹没在人群中。夏与冰走过来，轻轻对莫沫说："沫沫，我们走吧。"

莫沫没有看夏与冰一眼。她快步离开，只剩下他一个人傻站着。宫玫萱看到这一幕，默默地戴上了那副过时了的太阳镜。

莫沫快步追上离开的钟亦峰，跑到他面前伸出双臂拦住他的去路。

"借一步说话。"

钟亦峰看一眼身后的董事会高层们，他们很快便了解他的意思先行离开。

"深蓝，你上辈子是我的救星吗，所以这辈子必须要克我！你是天天琢磨着怎么接近我吗？还是天天琢磨着怎么整我！"

钟亦峰冷冷地看着莫沫，一句话没说便想绕过她离开。

"等等。"

莫沫一把抓住钟亦峰的胳膊，不让他走。当莫沫触碰他的时候，他的身体仿佛触电一般。而莫沫却没注意到他的异样，绕过他再次走到他的面前，距离他只有三十三厘米

钟亦峰听到了她略显急促的呼吸，他看着她的眼睛，一种从未有过的光芒在他的眼神中绽放。也许是灯光的反射让视线变得些许模糊，钟亦峰的脸颊泛起了一丝红晕。

"还有，靠别人那么近真的好玩吗？当众让我难堪你很开心吗？"莫沫越说距离钟亦峰越近，说完后便后退几步，松开抓住他衣袖的手，继续瞪着大眼睛看着他。

"你，说完了吗？"钟亦峰看着莫沫淡淡地说。

"没有！"

"拜托，你能不能取消夏总监担任男主角的决定？深蓝不是总经理吗？"莫沫降低了声音。

"什么深蓝？谁是深蓝？"

"你啊！你不是经常穿着一身深蓝西装的堂堂总经理吗？"

钟亦峰瞥了莫沫一眼，绕过她大步离开。莫沫立刻从身后追了过来。

"喂……"

"拜托啦！"

"公司那么多人……"

"换掉与冰吧，好不好。"

钟亦峰停下脚步，又是那样冷冽的眼神。

"我为什么要听你的换掉他，你当董事会的决定是儿戏吗？还有，他是你什么人，你问过他的意见没？你们好到他的决定都由你做主吗？"

莫沫被钟亦峰呛得的一句话都无法回答。

钟亦峰继续快步离开。此刻，他的心还在扑通扑通地跳个不停。他自己也不知道这是怎么了，只知道这种感觉着实让他难耐三分。因为这种感觉，就像是十八年前在那飘满风信子花香的地方第一次遇见她那般。

第十七卷　她在身边

卷首语：

　　我的思绪被渐入而行的记忆敷衍成一首哀怨的歌，那不是真的，我一遍又一遍地告诉自己。可是，就算那是真的又怎样？哪怕，你喜欢她，我还是没办法不去爱你。

No.56

　　黄昏深深地沉浸在天空的幻想之中，黑夜的前奏慢慢浮现在遥远边际。

　　莫沫在办公室的电脑前瞪着大大的眼睛，好像整个上身都快要贴在笔记本上，一副咬牙切齿想要杀人的样子，完全忘记了现在已经下班半个多小时了。

　　"这是什么宣传片，难道是模仿低级下流的三级片吗？不是搂搂抱抱就是卿卿我我！哇！这居然还亲上了，这是A片吗？还接吻？接吻！"

　　莫沫一个激动用力地将手中的鼠标一摔。

　　自从开完会回来，莫沫便从网络搜出前几年的桓旗宣传片，越看越按捺不住。

　　"不行！不能坐以待毙！"莫沫关掉视频，走出办公室急匆匆向A栋大厦走去。

No.57

　　上海桓旗总公司总经理办公室。

莫沫一路兜兜转转好久才找到总经理办公室，她礼貌性地敲敲门。

"进。"

莫沫推开门，径直走到钟亦峰面前，目不转睛地盯着正在通话中的他。

"嗯，我现在还在工作……"

……

"先不说了，今天应该会很忙"

……

钟亦峰挂断电话，漫不经心地看了莫沫一眼，便继续低下头忙他的工作。

"钟总经理，抱歉，之前是我鲁莽了，说话太冲，还请您原谅。"

钟亦峰沉默。

"还请您大人大量不要跟我计较，最后还是请您酌情考虑一下换掉夏与冰。"

钟亦峰继续沉默。

"钟总经理，请您酌情考虑一下换掉夏与冰。"

钟亦峰仍然沉默。

"钟总经理，请您酌情考虑一下换掉夏与冰。"

钟亦峰停下手中的工作。

"钟总经……"

"你到底跟他什么关系！你怎么那么爱管他的闲事？还是你的工作任务不重，太清闲了？"钟亦峰打断莫沫的话，认真地对她说。

"他的事对我来说不是闲事。"

"他对我来说，很重要，"莫沫轻声说，然后她低下头，缓缓闭上眼睛，"真的，很重要。"

钟亦峰看着眼前的莫沫，不知道为什么，他似乎在她的身上看到了些许脆弱。他明明知晓这个女人和夏与冰的关系，而当他听到她的亲口回答时，他的心里还是有一种压抑油然而生。

"夏与冰有什么一定不能参演的理由吗？据我所知，参演桓旗的微电影宣传片是很多人梦寐以求的。"

钟亦峰从衣架上拿下西装外套然后穿上。

"是我不希望。我相信，他应该也不希望的吧。"

莫沫的声音越来越小。如果这是以前，那么莫沫可以拍拍胸脯，咧开嘴角肯定地说与冰一定不希望。但是现在的她，却心虚得连自己都没有勇气去相信。

钟亦峰走到莫沫面前，靠近她。

仍然是三十三厘米，眼睛距离书本的标准距离。对于他来说，她就是一本让他永远都琢磨不透的书。

他看着她的眼睛，沉默无言。

而此刻她的心莫名其妙地怦怦跳，不知道眼前这个帅气的男人要做什么。

只见钟亦峰顺手拿起办公桌上的车钥匙，转身走出办公室。

后知后觉的莫沫等钟亦峰走远后才从他身后追来。

"深蓝，你真的很喜欢扔下别人自己走啊！"

……

"我们去哪儿？"

……

"喂！"

钟亦峰看了一眼手表，认真地回答："现在，我下班了，我饿了，我要去吃饭。"

钟亦峰的回答顿时让莫沫微微蹙额。不知为何，她总是觉得眼前这个成熟的男人似乎也很幼稚。

"那我要跟你一起吗？深蓝，深蓝，喂！"

"随便，不过……"

钟亦峰有些犹豫。每次接近这个女人时，他的理智总会不停地飞离他。明明想要恨她，远离她，却又难以拒绝她的靠近。

"不过，看着你会比较有食欲。"

"等等，你的意思不会是你吃饭我看着吧？喂！钟亦峰！你干吗走那么快，你等等我……"莫沫一路小跑紧紧跟在钟亦峰身后，一个人自顾自地说。

钟亦峰一副完全不想理会她的样子，为什么那么有情调的话在她的逻辑里都会变得那么可笑。而莫沫并不知道，刚刚钟亦峰再次靠近她时，只是想试试那心脏急速地跳动，到底只是一时还是其他。

"给你。"

在一辆劳斯莱斯前，钟亦峰停下了脚步，把钥匙递给莫沫："你，去开车。"

莫沫撇撇嘴："喂，你是不会开车吗？"

"现在是你有求于我，所以，你开还是不开？"

No.58

上海黄浦区公寓楼附近的小吃店"幸福之家"。

店里稍显昏暗的鹅黄色灯光交织着白色灯光辉映在夜晚的墨黑中，门口的大叔依然面带微笑地炒着香喷喷的菜。大叔动作娴熟，单手举高炒菜的锅，火焰迅速高起，熊熊火焰在黑暗中更显现出它色彩的温暖。

莫沫抱着一碗手擀打卤面开心地吃着，吃完后双手端起碗把汤喝得一滴都不剩。莫沫从餐桌上抽出一张餐巾纸，擦擦嘴满意地笑笑，这才看见对面的钟亦峰端正地坐着，一脸无奈地看着她，碗里的面一根没动。

"你不吃啊，你不吃我吃……"莫沫说着就要端走钟亦峰面前的面。

"这难道就是你说的人间美味吗？"

钟亦峰一脸嫌弃地看着这家简洁的店面和刚刚被莫沫端走的打卤面。事实上，是莫沫好不容易才拉钟亦峰进了这家店，只是他踏进这家店后，一直都是这种的表情。

"喂……我们山东的打卤面可是一绝呀一绝……啧啧啧……"莫沫边说边咂咂嘴。

"你现在可是身在上海。"

"没关系啊。我是一天早晨偶尔来到这家店的，自从来过后，我早晨就再也没有吃过泡面了！还有，自打吃过这家的打卤面后，啧啧啧啧，我深深地沦陷了，简直不比我们家乡的手艺差呀！啧啧啧！"莫沫噘着嘴，满脸的享受和开心。

"我看，下次还是我请你吃饭吧。"钟亦峰轻轻地说，看着对面笑容满面的莫沫无奈至极。

"好。"莫沫露出她的太阳撒花式招牌微笑，继续低下头享受她的打卤面。

外滩，人来人往。

吃完饭后莫沫就拉着钟亦峰来到外滩。

"为什么吃了那么差的晚餐还要跟你在这种鬼地方散步，每天都来你不嫌烦吗？"钟亦峰冷冷地说。

"喂！你有没有良心，没看到我现在那么难过吗？"莫沫指着快要撑破的肚皮扬声说。

"谁让你吃两碗面，你是猪吗？"钟亦峰说罢，转过头望向黄浦江面。

莫沫绕过钟亦峰，挡在他的面前，双手举起放在嘴边呈放射状，对着黄浦江面大喊："喂，黄浦江，你是猪吗？那么难看！"

"扑哧……"钟亦峰忍不住笑出了声。

"笑什么笑，原来你'钟大冰箱'也会笑。这可是上海的繁华地带，你居然说这里是鬼地方，真是搞不懂。再说，我哪有每天都来，只是我家住的比较近，所以……"莫沫转身，看着钟亦峰露出了疑惑的神情，"等等，你怎么知道我经常来？"

钟亦峰看着莫沫不说话，突然想起了那天在这里的那个拥抱，心就跳个不停。他只能装作若无其事径直向前走。

"喂，钟亦峰，到底能不能换掉夏与冰？"

……

　　"再说他演技根本不行的，高中的时候学校话剧演出都让他搞砸了！哈哈！"莫沫紧紧跟在钟亦峰身后，回想起过去的事情她忍不住开心地笑出了声。

　　"你们认识很久了？"

　　"没多久。"

　　心中知道他们是青梅竹马的钟亦峰对于莫沫的回答却感到了一丝喜悦。

　　"这是董事长的决定。董事会也都已经通过，很难改变了。从外在形象来说，夏与冰还是很合适的。"

　　"可你是总经理啊？深蓝！"莫沫突然跳到钟亦峰面前，双手紧紧地抓住他胳膊，近距离观察他。

　　"你干什么？"钟亦峰对于莫沫突然的动作感到惊讶和莫名的紧张，想挣脱她的手，但是她却越抓越紧。

　　"深蓝！你的姿色完全不次于夏与冰啊……"莫沫观察钟亦峰精致深邃的五官后赞叹道。

　　钟亦峰挣脱开莫沫的双手，冷冷地说："我不叫深蓝。"说罢，他继续径直向前走。

　　"你干吗不去演啊？并且你还是桓旗的总经理啊，影响力肯定非常大！桓旗的总经理居然是那么年轻那么帅气的男人！嗯！"莫沫边说边点头认同自己所说。

　　"我为什么要去？夏与冰不去，我就要去吗？"钟亦峰提高音量。

　　莫沫吓了一跳，不知是不是她听错了，她在他的语气中听出了抱怨和不满。

　　"不去就不去，那么小气。"莫沫碎碎念。

　　"喂！干吗走那么快！"

　　两人一路沉默地渐渐踱步，莫沫总是在不经意的时候就被钟亦峰甩在了身后。经过一个路口的时候，绿灯亮着，来来回回的都是过往的陌路人，钟亦峰却停下了脚步，等着身后的人。

　　莫沫一抬头，发现钟亦峰又甩了她一大截。她一溜小跑跑到钟亦峰的前面，转身看着他做鬼脸，一个人倒着走马路。

　　钟亦峰看着莫沫，惊慌却布满了他的脸，一时间他的大脑停滞思考。莫沫看到了钟亦峰的异样，就在她觉得奇怪的时候，钟亦峰大步流星地走进来往的人群里，走到她的身边，紧紧地牵住她的手，拉着她快速走到马路对面。

　　"疼。"莫沫甩开钟亦峰的手，不知道他为什么突然像疯了一般，用力地拉着她离开那冲撞的人群。

　　"你能不能不要总是把自己弄得那么危险！"

　　钟亦峰的声音很大，将莫沫吓了一跳。

　　"你的眼睛长在前面，所以以后你就不要倒着走！"

　　莫沫眨着大眼睛看看钟亦峰，完全搞不懂他为什么突然发脾气。难道有钱人都是这怪脾气？

钟亦峰似乎意识到了自己的失态，一言不发径直向前走去。两人之间变得更加沉默，在小区幽暗的灯光氤氲下他们走到了莫沫所住的公寓。

"我到家了，你开车回去小心。总之今天谢谢你。"莫沫转身向公寓楼走去。

"喂……"钟亦峰从身后叫住了她。

"如果夏与冰本人不想参加微电影拍摄，我会考虑更换演员。"

听完钟亦峰的话，一路闷闷不乐的莫沫终于露出了笑容，跑到他的面前来，把右手放在他面前伸出小拇指。

"做什么？"钟亦峰的脸上仿佛冒了三根黑线。

"拉钩啊！要不然你反悔怎么办？"

钟亦峰二话不说转身离开，留给莫沫一个高傲的背影。

"切，怎么会有这么傲慢的人。"莫沫噘嘴小声嘟囔着，然后笑着对那个背影大声喊，"说好了啊，不许反悔！"

钟亦峰一个人走着。其实在他的内心，他坚信夏与冰会参演宣传微电影。因为，这是那个人给予夏与冰的机会，换言之更是那个人的命令。他回到"幸福之家"的时候，看到了车前早已等候他多时的顾雷。

钟亦峰径直向前走，一只纤长手抓住他的胳膊。他转头，看到了一个穿着性感的漂亮女子。

"任茜，你怎么会在这儿？"

"亦峰哥哥，你跟那个女生，到底什么关系？"

沉默良久，钟亦峰淡淡地回答："我，不知道。"

"你太过分了，亦峰哥哥！你告诉我很忙，我却看到你开车和她从公司一起出来，一起吃饭，一起散步。"

"你跟踪我。"

No.59

夜深。

夏与冰家。

夏与冰坐在床边，床前灯幽暗的灯光衬托出他的孤单。他的手里紧紧握着手机，好像在等待某个人的联系。

他找到联系人"沫沫"，编辑短信却又删除，然后缓缓把手机放在床边，脸上带着些许忧伤和无奈。

莫沫家。

莫沫穿着可爱的睡衣，脸上敷着面膜平躺在床上，手里握着手机，看着联系人"与冰"按下通话键后立刻挂断，想要编辑短信却又不知该怎么说。

"呼……"莫沫深深地吐一口气。

她一把撕下脸上的面膜贴，去电脑桌旁边打开笔记本，登录自己的博客"泡沫之家"双手跳跃在键盘上，屏幕上被敲出这样的几行字。

"我的思绪被渐入而行的记忆敷衍成一首哀怨的歌，那不是真的，我一遍又一遍地告诉自己。可是，就算那是真的又怎样？哪怕，你喜欢她，我还是没办法不去爱你。"

第十八卷　奈何除夕

卷首语：

　　她早已根深蒂固地渗入他的生活，在有莫沫的地方，夏与冰总是看不到任何其他人的存在。

No.60

　　自从年假开始，莫沫便把自己一个人关在家里。她不记得年假具体是什么时候开始的，只知道今日又是除夕。

　　每年的除夕，都是最难熬的时候。因为每到这个时候，她都是形单影只。后来，有了夏与冰的陪伴她才觉得不是那么孤单。可是现在，她似乎已经很久没有见过他了。

　　自从情人节之后，她不知不觉地就与他产生了隔阂。她想相信他，却又做不到完全不去在意。她逼着自己去忘记那天看到的情形，也许一切只是一场误会而已。

　　就在她又胡思乱想的时候，她的手机铃声响起。

　　"沫沫，我在你家楼下。"

No.61

　　一辆黑色悍马车帅气地飞驰在高速公路上。

莫沫在车上打着瞌睡,大大的眼睛合上了眼皮又努力地睁开。夏与冰时不时地看看副驾驶上的她,露出一丝微笑。

夏与冰出现在她家楼下,他让她上车,她便没有多问。

好像从很久很久以前,她就有这种不管去哪里都跟他一起走的勇气了。

时间嘀嘀嗒嗒地溜走,不知不觉中好像已经过了很久。天色一点点变得暗淡,云朵一点点开始沉寂。

"沫沫,沫沫?"

……

"沫沫,醒醒,我们到了。"

莫沫眯着眼睛,伸了一个长长的懒腰。当她睁开眼睛的时候,眼前的景象让她不敢相信。莫沫用力揉揉眼睛,摇摇头,最后打开车门迅速地从车上跳下来。

"真的是 Destiny 耶!我们现在真的在青岛啊?原来不是做梦啊!"

看着眼前温馨又熟悉的奶茶店,莫沫又惊又喜。

"那么多年来我们沫沫一上车就睡的习惯还是没有改变呢!"

夏与冰从车上下来,脱下自己的外套披在莫沫身上。

"刚睡醒,会冷。沫沫,我已经告诉过你啦,还有,你真的不记得了吗?"夏与冰露出坏坏的笑容。

莫沫的脸瞬时通红。

"什么嘛,那个也不是梦啊……"

在上海通往青岛高速公路段的某个服务区内。

"沫沫,醒醒,你饿吗?我去给你买点饭吧?"夏与冰摇摇熟睡的莫沫。

……

夏与冰看看手表。

"沫沫,已经走了四个小时了,接下来还有好几个小时呢,你要不要去一下卫生间?"

……

"那好,沫沫,我现在要去卫生间,然后去超市给你买点东西。你等我。"

夏与冰下车,刚要按下自动锁车的键的时候,莫沫下了车,捶着自己的脑袋。

夏与冰微笑,对她说:"笨蛋,跟我走吧。"

莫沫跟在夏与冰后面,一直跟着,一直跟着到了男厕自己却完全没有察觉。

"天啊,这个女人,想干什么!!"

"啊啊……"

"小姑娘,你不能进来!"

"爸爸爸爸,你看这个阿姨居然进男厕耶!"

感觉到异常的夏与冰,转身回头看到莫沫正跟在自己身后,还有被昏昏沉沉中的莫沫无视的各个年龄段表情尴尬的男性。

夏与冰拉起莫沫的手立刻出了男厕。

"沫沫，你疯了，干吗去男厕？"

"你让我跟着你……"

……

回到车上后。

莫沫眼神迷离，若无其事地问夏与冰。

"咱们这是在哪儿啊？"

"在去青岛的高速公路上。"

……

等夏与冰侧过头看副驾驶上的莫沫时，她已经进入了沉沉的梦乡中。

"哈哈！看来你是想起来了啊……原来我们沫沫长那么大还分不清男厕女厕……啊！好痛！"夏与冰坏笑不停，莫沫当机立断给了他一记"爆栗"。

"我生气了！想让我原谅你的话，就请我喝香草奶茶吧！"

莫沫迫不及待地推开 Destiny 的门，身后的夏与冰看着莫沫，露出了开心的笑。

对于莫沫来说，Destiny 就像是她的第二个家。莫沫喜欢这家规模不大却充满温暖的可爱店铺，冬天放学回家的时候，莫沫会买一杯香草奶茶捧在手心，而夏天，她不会放过这家店铺的香草冰淇淋。

Destiny 的橱窗中，仿佛还存着当年小莫沫和小与冰的身影。而现在，橱窗中映出的身影，已经是美丽成熟的她和帅气稳重的他了。

"夏与冰！老实交代，带我回青岛干什么？还有，你怎么知道我想回家乡看一看呐……还有，你又是怎么知道我想喝 Destiny 的香草奶茶！"莫沫摇摇手中可爱的 HelloKitty 的粉色奶茶杯子。

"等会儿去个地方你就会知道了。"

咕……莫沫的肚子唱起了空城计。

"与冰，台东晚上的夜市上有好多小吃……"

"好吧！看来去之前我们还有一件更重要的事情要做……"夏与冰故意皱皱眉，做出一副严肃认真的样子。

看到他的表情，莫沫忍不住"扑哧"一声笑了出来。

No.62

二月中下旬青岛的夜晚在海风的吹拂下空气是冰凉的。但是在繁华的商业城附近，热热闹闹的小吃街洋溢着截然不同的温暖。五颜六色、灯火绚烂，抑制不住的欢声笑语才是这里最具标志性的建筑。莫沫和夏与冰总是毫不吝啬地把他们的笑容留在这里，无论是小时候，还是青春期，抑或是现在的他们。

"与冰，与冰，你看这个汤串好香。"

莫沫拿起一个杯子，开始挑冒着热气的汤串。

"嗯……这个好吃，还有这个，这个……"

"与冰，那边还有臭豆腐，我记得他们家的臭豆腐简直是一绝呀。"莫沫把手里盛汤串的杯子扔给夏与冰，忙不迭地跑到卖臭豆腐的那家店去。

"老板，帮我看一下多少钱？"

夏与冰把杯子递给老板。他看着穿梭于各个小吃铺的莫沫开心地笑着，紧紧地在她的后面跟着。

在莫沫被时光抹去的那段记忆中，从儿时那个承诺后，在夏与冰的世界里，永远都有在他前面跑着跳着的莫沫，在他身边沉默无言的莫沫，在他眼前会哭会笑的莫沫……她早已根深蒂固地渗入他的生活，在有莫沫的地方，夏与冰总是看不到任何其他人的存在。

No.63

不知过了多久。

青岛一座庄严而肃穆的大型公墓内。

莫沫摸着圆溜溜的肚皮心满意足地离开小吃城后和夏与冰一起来到这里。微凉的风轻轻地吹着，墓园里昏暗的灯光渲染了一分诡秘的寂静。他们踱着缓慢的步子，夏与冰在前面沉默寡言地走着，莫沫在后面一头雾水地跟着。

夏与冰在一座墓碑前面停住了脚步。莫沫抬起头，看到墓碑上贴的是夏语翎的照片。

一抹凄凉和哀婉涌上莫沫的心头。

自从上次无意间知道夏语翎去世的消息后，这种丝丝难过的情绪便隐藏在莫沫的心里。莫沫一个人的时候，会回忆起自己记忆中的夏语翎。莫沫小时候第一次见夏语翎的时候，她美得像一个从天而降的仙女，她温柔甜美的声音更是令人难以忘却。

夏语翎把莫沫和宫玫萱当成自己的亲生女儿一样对待，每次她们在夏与冰家玩的时候，夏语翎都会做她们最喜欢吃的饭菜。夏语翎给夏与冰买文具的时候，总会多买两份给她们。夏语翎有时也会带着夏与冰去莫沫的家里，陪莫沫的姥姥聊天，然后莫沫和夏与冰就在院子里玩躲猫猫、过家家的游戏。

只是，在莫沫的心里，夏语翎一直都是一个人。她外表的美让人深深感叹，她总是微笑着面对身边的每一个人，实际上她很孤单、很悲伤，但也很坚强。莫沫并不知道为什么夏与冰的父亲从来没有出现过，也不知道为什么夏语翎对夏与冰的父亲只字不提，更不知道在这样一个女子的身上到底存在着什么样的过去。

直到高三那年，夏语翎查出疾病。一个单身的女人自己供养一个孩子本身就是一件非常困难的事情，在夏与冰高三的那年，一切更是难上加难了。只是，夏语翎隐瞒了一切，她没有把钱花在治病上，而是选择供儿子读大学。

夏与冰从小听话懂事，诚善待人，各项成绩都出类拔萃，从来没有让夏语翎失望过。当他告诉莫沫这一切的时候，他很平静。但是莫沫知道，夏与冰晚上一个人在被窝里的时候一定偷偷哭过很多次。只是，夏与冰的个性太像夏语翎，那样坚强隐忍、理智清醒，他非常明白自己应该怎样做，这也是莫沫从小佩服夏与冰的地方。

墓碑上夏语翎的微笑依然那么美丽，只是，她再也不会回到与冰的身边了，也不会回到自己的身边，自己再也吃不到语翎阿姨做的那香喷喷的饭菜了……甚至在她病危的时候，自己都没能亲自到医院去看望她……语翎阿姨肯定对自己很失望吧……莫沫心里这样想着，顿时眼泪决堤。

"沫沫，是不是想到再也吃不到妈妈做的饭菜，你就哭了。"

夏与冰温柔地抹去莫沫的泪水。

"你怎么知道？"

天真的莫沫向夏与冰眨着眼睛，满脸一副不可思议的样子。夏与冰看着眼前的莫沫情不自禁地笑出了声。

莫沫一副气急败坏的样子："这个时候你还笑得出来。"

"如果她看到你这个样子，也该放心了吧。"

夏与冰眼神深邃地望着墓碑上夏语翎的照片，轻轻地说。

莫沫看着夏与冰，她不知道该怎么形容现在的他，虽然眼前的他依然高大、帅气，男人味十足，可是莫沫却觉得他像一个受了伤的孩子，显现出了她从没见过的脆弱。

"沫沫，我没有告诉你妈妈去世的消息，你会生我气吗？"

夏与冰眼神温柔得像一片海洋，莫沫觉得自己的心快要被淹没了。

莫沫故意把头扭向一边不看他，噘起了嘴，还时不时地偷瞄他的表情。夏与冰却认真起来，以为莫沫真的生气了，露出了些许焦急。

莫沫微笑着用右手食指刮了一下夏与冰的鼻子。

"语翎阿姨离开你的时候，你一定很难过。你不告诉我，肯定是怕我自己一个人在国外偷偷难过对不对？你不告诉我一定有你的理由，我相信你。"

莫沫一字一句认真地说道。

夏与冰露出欣慰的微笑，用同样深邃的眼睛看着莫沫。

"沫沫，原谅我有些事情无法告诉你。即使我对你隐瞒了一些事，但是相信我，我一定会处理好，我不想伤害你。"

夏与冰的话让莫沫听得云里雾里，琢磨不透。她的脑海浮现出那日在办公室夏与冰、宫玫萱二人亲吻的画面，难道这就是夏与冰所隐瞒的事，怕伤害她的事？

莫沫用力摇摇头，告诉自己不要再想下去，只觉心痛。

"与冰，有件事，我想问你。"

"什么事？"

"你会参加桓旗微电影的拍摄吗？"

莫沫瞪着大大眼睛，认真地望着夏与冰。而她，却在他的眼睛里读出了那份迟疑。

"对不起，沫沫。"

"我明白了。"

莫沫再次清晰地感觉到了来自心房的那份疼痛，却依然对夏与冰露出微笑。除此之外，她不知该做些什么。

No.64

年假前的最后一天。

上海桓旗总公司总经理办公室。

夏与冰推门进入，走到钟亦峰面前直截了当对他说："微电影的决定，可以取消吗？"

"是董事长的决定。"钟亦峰停下手中的工作，眼神冷冷地看着夏与冰。

夏与冰的眼神中似乎又多了一种叫作迟疑的东西。

"莫沫找过我了，你们的关系好像很好。并且，我知道是你让她进入桓旗的。但是如果我想让她离开，或者我想让她以后在翻译界无法继续发展，那都很容易。钟亦峰淡淡说道。"

夏与冰立刻变得紧张起来："你想做什么？"

钟亦峰站起身来，凑近夏与冰，眼神泛出冷光："我只是想让你知道，你不是我的对手。"

"这是我们两个人之间的事，不要牵扯其他人。那个宣传片，我会参演。我也会证明，谁会笑到最后。"夏与冰的眼神异常犀利，这是他之前从未有过的冷漠。

说罢，夏与冰迅速转身离开。

钟亦峰缓缓闭上双眼，双手狠狠地捏鼻梁。

No.65

除夕之夜，钟家别墅。

饭后，钟桓和任旗在书房里聊天。任茜和钟亦峰一起坐在客厅的沙发上，电视里播着每年这时都必不可少的春晚。两人彼此都非常沉默，一直不言不语。

若是常人，这个时间应该和家人围在一起，吃着热腾腾的水饺，看着电视上千篇一律却又不可或缺的节目，又或者是手里捧着手机，绞尽脑汁只为想出一个更好的贺词来祝福亲朋好友。

可是钟亦峰却从未感受过那样的温暖。确切地说，也许很小的时候他曾拥有过这份属于家庭的温暖。只是，他过早地失去了这一切，过早地对这些感情麻木不仁。

想到这里，钟亦峰的心不由得一痛。

也许除了他之外，在这世上还有一个人，在这个时候承受着比他还痛的苦楚。那个女人，在孩提时代就失去了父母，一直到现在为止都是一个人在这世上跌跌撞撞。每当这个时候，她又是怎么熬过来的？

"亦峰，茜儿，我们两个有话想对你们说。"

不知何时，钟桓和任旗从楼上下来，走到客厅。

"钟伯伯，什么事？"任茜对钟桓露出微笑。

"我和你父亲已经决定，等过完年后让你和亦峰订婚。"

而钟亦峰却立刻对钟桓说："爸，我说过我现在只想专心于事业。"

"我知道，所以我和你任伯父商量着一切从简。订婚仪式就只宴请钟、任两家关系好的朋友就好，等结婚仪式的时候我们再将所有礼节补上，将茜儿明媒正娶回钟家。"

钟亦峰见二老已下定决心，便看向了任茜，希望她能够和自己的立场一样。

"茜儿，你觉得这样可以吗？"

"好，一切就听您和爸爸的。"

任茜对二老露出微笑，对钟亦峰的目光视若无睹。

第十九卷　如梦初醒

卷首语：

原本有情人终成眷属的两人，在追求幸福的过程中，将遭遇另一个坎坷……

No.66

年假过后，公司举行第一次例行会议。

"公司目前在策划一个引进美国卡兹迩高档品牌化妆品生产并上市的方案，预计几天内美国公司会派人到上海桓旗总生产部去观摩考察。卡兹迩是横跨国际的大型企业，董事长要求我们亲自去美国考察，历时一个星期左右，以免出现差错。这个方案将由我亲自跟进，各部门做好后续工作。"钟亦峰在会议室荧幕前说。

"另外，此次工作的口译由外交部莫沫担任。"钟亦峰边说边看着会议室前排心不在焉的莫沫。

莫沫听到最后一句话时立刻抬起头，瞪大眼睛，她不知为何这次公司会把如此重要的一个项目交给她一个新人。

"等等，"莫沫说，"你的意思是说我要去美国？"

话刚说出口，员工们一片唏嘘。莫沫立刻意识到自己对钟亦峰的不尊敬。

"我的意思是说，接下来我工作的安排会跟公司派出的团队一起去美国吗？"

"是的。"

"如果没什么异议，那就这样决定了。还有，微电影宣传片的剧本已经选出，演员也已就位，明天开始将正式拍摄。散会。"

莫沫神情恍惚，但是这是她早已预料的结果，尽管自己曾经那么努力地去改变，最终也无济于事不是吗？也许，与冰他本身也愿意抓住公司给的这个机会。只是自己太过小肚鸡肠，太过偏见，总是将自己的想法强加到他的身上。

人生就是这样，总是在你对一件事努力过后才知道那只不过是一个玩笑。这些年断断续续下来，莫沫也早就明白了这个道理。

须臾，会议室剩的人已经寥寥无几。只有莫沫一个人坐在位子上，眼睛直直地看着前面空荡荡的桌子。

No.67

会议室外的一个角落。

钟亦峰双手撑着窗边的栏杆，空洞的眼神望向窗外。

"为什么这样做？"夏与冰站在钟亦峰身后不远处，看着他的背影问。

"什么意思？"

"为什么让沫沫去接这个案子？"夏与冰向前走到钟亦峰身边，像他一样看着窗外午后迷人的阳光。

"我只是觉得她是一个可造之才，才会给她这样的一个机会，谁能为公司带来效益我看得出来。"钟亦峰淡淡地说道。

夏与冰回想起之前他们两个人的对话，露出了怀疑的神色。

钟亦峰转身，眼神依然泛着冰冷的光，靠近夏与冰轻轻地说："既然是我们两个人之间的斗争，那我就不会干涉到其他人。"

钟亦峰转身离去。

夏与冰神情严肃地走过会议室，看到了莫沫一个人还坐在原位。他迈着轻轻的脚步走过来："沫沫。"

莫沫听到熟悉的声音，抬头望向他。

"你希望我去美国吗？"不知为什么，莫沫的声音竟然有些哽咽。她看着眼前距离她很近的夏与冰，却觉得他如此遥远，如此可望而不可即。

"这是一个机会。去吧，沫沫，对于刚进入公司的新员工来说，这更是一个可遇而不可求的机会。"夏与冰语气还是那样温柔，但是他的语气温柔到仿佛自己都失去了底气。

"是吗？"莫沫轻声说。

"对不起，沫沫。"夏与冰看着眼前的莫沫，不知除了这三个字自己还能说什么。

又是对不起。这段时间，他好像一直都在和她说对不起。可是他到底对不起自己什么？她并不知道！

"与冰。"莫沫站起身来，语气那么轻柔，眼中泛着一丝泪光，"这段时间你开心吗？"

夏与冰看着莫沫，不知该怎样回答她。他多想直接告诉她，他不开心，自从情人节那天看到她跟其他人在一起，特别是这个其他人居然是钟亦峰，他就一直没有开心过。

他多想告诉她，告诉她一切。可是他不能这么做，因为现在他的处境不容许他这样做。他唯一能做的就是让自己的羽翼变得更加丰满，这样才能为她遮风挡雨。

即使，那些所谓的竞争是他不想参与的，那些关乎名利的东西也是他不想得到的。

"为什么，我现在却觉得那么难过呢？"莫沫努力对夏与冰露出一个微笑，但是眼泪却在绽放的笑容中滑落。

她转身离开。

夏与冰听着莫沫离去的脚步声，看着她离去的身影，轻轻地说："对不起。"

他的声音轻到连他自己都听不到，只留下唇语发出的："我真的，喜欢你。"

No.68

时间偷偷溜走。

人间三月天。

雨后初霁，天空失去了云彩的晦翳，洋溢的碧蓝色招来了恣情飞翔的鸟儿。花蕊下纤瘦的枝干左右摇曳，飘零的花瓣在丛林中抚着微风翩跹曼舞。空气中灼烧着的是一种妩媚妖娆的情愫，仿佛此刻万物都在谛听这份静谧。

桓旗酒店的花园中心，夏与冰身穿一身白色西装，亲切地挽着宫玟萱戴着白纱手套的那纤细的手。

"林黎儿，你是否愿意这个男子成为你的丈夫并与他缔结婚约？无论疾病还是健康，或任何其他理由，都爱他，照顾他，尊重他，接纳他，永远对他忠贞不渝直至生命尽头？"

神父端庄而典雅地问。

"我愿意。"宫玟萱紧紧握住夏与冰的手，对她微笑。

"申智焕，你是否愿意这个女子成为你的妻子并与她缔结婚约？无论疾病还是健康，或任何其他理由，都爱她，照顾她，尊重她，接纳她，永远对她忠贞不渝直至生命尽头？"

夏与冰眼神温柔地望着微笑的宫玫萱，轻轻地在她耳边说："我愿意。此生不渝。"

"咔！"导演从摄像机前的座椅上站起来，语气中透露出激动和兴奋。

"太棒了！夏总监，没想到你演技那么专业，这样的场景居然一条就过了。"

"是金编剧和导演的细心和到位。"

"金小姐提供的剧本真的很不错，一对青梅竹马，他们从小到大然后慢慢一直老去，爱情坚贞不变。然后把每个具体情节与桓旗集团旗下的各个场所联系起来，同时也起到了相当大的宣传作用。"导演认真地说，对金编剧满是夸赞。

"谢谢夏总监和导演的夸奖，我是财务部员工金凌美，我会继续努力的。"一个个子不算高但长相漂亮的女孩子在摄影棚附近边鞠躬边对夏与冰说。

夏与冰走过去坐在休息椅上，仰望着天空上方比翼飞翔的鸟儿，眼神渐渐迷离。

"与冰，高中那时候话剧演出不是还被你搞砸了吗？这几年演技见长啊。"宫玫萱手里拿着一瓶矿泉水递给夏与冰，顺势坐在他旁边的休息椅上，半开玩笑地说。

夏与冰想到那段高中时光，露出微笑。

No.69

高中文艺会演后台。

莫沫安静地化着妆，等待着接下来的彩排。

"沫沫，加油，祝你演出成功。"夏与冰手里捧着一束鲜花，走近莫沫身边。

"与冰，什么时候来的？今天下午没有课吗？"化着淡妆的莫沫对夏与冰的到来感到惊奇。

"体育课，翘了呗。"夏与冰把花放在莫沫面前的化妆台上。

"社长，社长！"两个人说着话的时候，一个同学急切地推门进来。

"出事了！饰演尹赫炫的同学患了急性肠胃炎，今天的演出没法参加了！"

"什么？怎么不早说，马上就要彩排，晚上就要正式演出，搞什么搞？"社长推推鼻梁上的眼镜对推门进来的同学大声说。

"现在怎么办啊？"

"对啊，难道今年我们话剧社要放弃演出了吗？"

"天啊……我们努力那么久，难道前功尽弃了？"

话剧社社员听到这个消息立刻紧张无望起来。

莫沫从座椅上站起，走到社长身边说："社长，我觉得有一个人能够演尹赫炫。"

"谁？"社长瞪大眼睛看着莫沫。

"他，夏与冰。一直以来帮我对台词的都是他，他对剧本很熟悉。现在没办法，只能死马当活马医了！"莫沫指着夏与冰，对社长说。

社长立刻跳到夏与冰身边，抓着他的胳膊楚楚可怜地说："夏与冰同学，久仰大名！校草兼学霸，神一样的人物，这次一定要帮帮我们话剧社！"

"呃……好……尹赫炫，是沫沫的哥哥是吧。"夏与冰不好意思地把自己的胳膊从社长的手中"解救"了出来。

"对对！是沫沫，也就是湘湘的哥哥。女主尹湘湘是一个充满梦想的高中生，当然青春期下的她依然摆脱不了情窦初开的那种心跳和躁动。她与男主顾俊宇的爱情后来被严厉的母亲得知，母亲重重阻挠。但是在哥哥尹赫炫，也就是你的支持与鼓励下，他们二人最终考上了理想中的同一所大学。母亲被二人感动，二人有情人终成眷属！"社长滔滔不绝地对夏与冰说，最后说到"有情人终成眷属"的时候眼里还泛起了泪光。

"嗯。"夏与冰略显无奈地微笑着点点头。

"快，去把剧本给夏同学拿来，愣着干什么！"社长转头对刚刚冒冒失失进来的同学喊道。

"好的好的。"

"夏同学，你在后台仔细熟悉熟悉台词吧！彩排的时候比较简单，等到正式演出你再上，时间够不够？"社长对夏与冰露出了笑容。

"好。"

两小时后，话剧正式演出中。

某一幕。

莫沫饰演的尹湘湘拉着顾俊宇走上舞台。

"俊宇，走吧，让你去见我哥又不是见我妈，怕什么！我哥人很好的，再说他早就想见你了。"尹湘湘牵着顾俊宇的手边走边说。

"叮咚。"尹湘湘按响了门铃。

夏与冰饰演的尹赫炫站起来开门。

尹湘湘拉着顾俊宇进门，对尹赫炫露出笑容。

"哥，你看，这就是我跟你说的顾俊宇！怎么样，不错吧？我可是非常喜欢他呢！"

夏与冰目不转睛地盯着莫沫牵着别的男生的手，气不打一处来，居然忘了这是在舞台上，忘了自己是尹赫炫，更忘了这是一场剧！

"开什么玩笑？他有我帅吗？"

莫沫大吃一惊，她明明记得尹赫炫的台词是"真不错！但是湘湘你要小心咱妈，不过哥会帮你保密的"。

莫沫抿抿嘴，强迫自己微笑："哦，哥就是嘛，我说过你会喜欢他的吧！"

台下观众席传来了叽叽喳喳的声音。

社长在后台捏了一把汗。

另一幕。

"妈，你不能这么做。我是真心喜欢顾俊宇的！"尹湘湘带着哭腔对她的母亲喊道。

"小小年纪不学好，谈什么恋爱，怪不得你最近学习成绩下降了！"尹湘湘母亲严词厉色地说。

"只是一次模拟考试失误了而已。"

"失误，人生能容许你几次失误？等到高考再失误你非得后悔不可，还有几个月就考试了，你能不能安分学习？"尹湘湘母亲语气里掺杂着恨铁不成钢的情绪。

"哥，你倒是替我说几句啊！"

夏与冰饰演的尹赫炫却沉默无语。

"哥？"莫沫试探性地又叫了一声。

"哦？哦！就是啊，你谈什么恋爱！好好学习，比他好的男生多了去了。"

莫沫顿时不知所措。她明明记得，尹赫炫应该是劝母亲接受他们两个，可现在却截然相反。

社长在后台一直不停地出冷汗。

最后一幕。

尹湘湘和顾俊宇面对面站在舞台上。

顾俊宇微笑着拥抱："湘湘，我们终于毕业了，也考上了理想的大学！最重要的是，我们还在一起！"

"是啊。俊宇，我的妈妈也终于同意了我们在一起！我喜欢你，顾俊宇。尹湘湘微笑。"

顾俊宇轻轻将尹湘湘推开，准备吻她。

"停停停！"夏与冰从后台"杀出来"一把将顾俊宇推倒在地。

"干什么！剧本上有说要拥抱，还要接吻吗？"夏与冰在舞台上喊道。

台下观众席哄堂大笑，一片哗然。

社长被汗水浸湿的衣服直接压得他抬不起头看舞台上的场景。

"旁白！旁白！脱稿，自由发挥！"社长瞪着眼睛咧着嘴对旁白小声喊。

"呃……原本有情人终成眷属的两个人，在追求幸福的过程中，将遭遇另一个坎坷……"

No.70

"夏总监，玫萱小姐，我们继续拍摄下一条片子吧。"

导演的声音让沉浸在美丽回忆中的夏与冰回到略显冰冷的现实中。

第二十卷　让我陪你

卷首语：

　　莫沫的心仿佛快被撕裂一般，眼泪直流，但是她还是不停地安慰自己，这是眼疼，不是心疼。

No.71

　　一星期后。

　　鹅黄色的路灯照耀着漆黑的世界。

　　一辆银色劳斯莱斯在莫沫的公寓楼下停着。

　　"钟少，现在要给莫沫小姐打电话吗？"顾雷问。

　　钟亦峰看一眼手表："不用。"

　　不知不觉，黎明在东方泛出了一丝光亮，渐渐点燃了原本漆黑的世界。

　　"MIMIMIMIMIMIMI MIMIMI ONLYMIMI MIMIMIMIMIMIMI MIMIMI SEXY MIMI……"

　　莫沫听到铃声立刻从床上跳起来，瞪着浮肿的大眼睛，她拿起手机，看到了一个陌生的号码。

　　"喂，你好，我是莫沫。"

　　"现在，下楼。"电话那边传来钟亦峰的声音。

　　"深蓝？你怎么会在我家楼下？"

　　"今天上午不用去公司，直接去桓旗酒店开会，美国那边的代表已经到了。"

钟亦峰淡淡地说。

"哦，那我马上下去，再见。"

莫沫挂断电话后看到手机上显示的时间，说："该死的闹钟又没听到……"说罢，她扔掉手机去洗手间整理自己。

上海桓旗大酒店的贵宾专属会议室内，时间一分一秒地流逝，钟亦峰与美国合作伙伴认真地交谈着，莫沫也认真地翻译着。两个小时的长谈，莫沫的翻译毫无瑕疵。

"Thanks for your cooperation." 美国合作伙伴微笑着跟钟亦峰握手。

"And your translator is perfect." 美国友人转过头对莫沫露出笑容。

"Thankyou." 莫沫与美国友人握手。

等美国的合作伙伴和桓旗董事会的人离开后，莫沫立刻跑到饮水机旁接了一大杯水，喝了下去，然后又接了一大杯水。经过两个小时的口译，她简直脱水了。

"莫沫小姐，请去餐厅用餐吧。"顾雷轻轻敲大敞着的会议室门，站在门口对莫沫说。

莫沫看了一眼左手上的手表，原来已经中午十二点了。

"哦，好的。谢谢你啦大雷！我喝完水就去。"莫沫扬扬手中的杯子，对顾雷微笑。

No.72

饭后。

"午后的阳光真的好温暖！"莫沫一个人在酒店后面的花园里散步，伸了一个长长的懒腰。刚刚去找酒店的餐厅找了好久，桓旗酒店的规模以及装修的豪华度也远远超过了她的想象。只是，午饭的时候钟亦峰不在，她本想问问他饭后是否可以回公司。

刚刚走出餐厅，花园的美丽和温馨立刻吸引了她。在这浓浓阳春三月的气息中，白色花坛中央怒放的斑斓风信子毫不吝惜绽放它美丽的身姿，在风中缓缓摇曳着。蜜蜂在花坛边与飞翔的蒲公英编织了属于自然的最美丽的舞蹈。

莫沫绕过花坛，看到了前面不远处，好像有摄影组正在拍摄。

"是哪个电视剧，会不会看到明星！"天生爱凑热闹的莫沫一蹦一跳地向摄影组走近。

好美的画面。

好美的女主角。

身穿白色西服的新郎用左手拉起新娘的右手，深情款款地说："黎儿，我以上帝的名义，郑重发誓：接受你成为我的妻子，从今日起，不论祸福，贵贱，疾病还是健康，我都爱你，珍视你。直至死亡。"

话音刚落，新郎握住新娘的手用力拉她进怀里，右手抚摸着新娘那白皙的脸颊，然后深深地吻了下去。

好美的夏与冰和宫玫萱。

莫沫站在远处静静的没有一丝言语，当她看清了新郎、新娘的面容后，她便不敢再靠近。

他的手环在她纤细的腰上，温柔的唇瓣紧贴着她的唇。

阳光流淌过他们的每一寸肌肤。

或许是光线太过强烈，他们的深情拥吻闪烁的亮光反射于她的视野，让她觉得格外刺眼。莫沫抬头看向天空，泪水还是从眼角溢出。她第一次发现，遥远的碧空中有那么多倏忽变幻、遥不可及的寂寞。

"咔！"导演激动地喊道。

夏与冰放开怀中的宫玫萱，轻轻拨动她被风吹起的发丝，对她微笑着。

这微笑，在莫沫眼里看来，拥有着说不出的宠溺。

"夏总监，您的演技真的是太棒了。您根本不像是在演嘛！不知道的还真以为你跟玫萱小姐是从小一起长大的青梅竹马呢！钟总经理，您可真会选人。这次桓旗的宣传片播出，肯定会再次引起一番剧烈轰动的！"导演开心地笑着说。

钟亦峰听到导演的话，嘴角略微上扬。

"好，接着拍下一条……"

导演的话回响在莫沫耳边，世界仿佛瞬间回归宁静，她似乎再也听不到任何声音，只剩那反反复复的字眼深深刺痛她的心。青梅竹马……真的是她宫玫萱，还是，从来不曾是我……莫沫的心仿佛快被撕裂一般，眼泪直流，但是她还是不停地安慰自己，这是眼疼，不是心疼。

钟亦峰无意间侧了一下头，当他看到神情恍惚的莫沫时，身体立刻在椅子上直立起来，表情变得严肃。尔后，莫沫跑开时，他直接站起身来。

"大雷，这里先交给你了。我有事出去一下。"钟亦峰的话语中露出了一些紧张的语气。

"好。"顾雷微微鞠躬。

钟亦峰向着莫沫离开的方向迅速跑步追去。

看着迅速离开的钟亦峰，顾雷不禁吃了一惊。他跟了钟少那么多年，从未见过从容镇定的钟少如此紧张过。

莫沫带着满脸的泪跑出桓旗酒店，在门口拦下了一辆出租车。

钟亦峰追到酒店门口，看到了拦下出租车的莫沫。

"开车。"莫沫打开后车门，迅速上车后带着哭腔对司机说。

"好的，小姐去哪儿？"

莫沫突然说不出话，她也不知道自己要去哪里。她突然觉得很寂寞，在这繁华地带来来回回路人脸上的笑容，甚至是坐落在这里的每栋高楼大厦都在嘲笑她的失落。

"向前走。"

只是无论多痛，她都无处可逃，只能一个人向前踽踽独行。她狠狠地掐自己的左手，右手指甲盖深陷在白皙的皮肤里。

上海黄浦区某段公路上，一辆出租车在另一辆出租车后紧追不舍。钟亦峰眉头紧锁，回想到莫沫刚才神情恍惚地看着夏与冰，还有她那慌张逃离的身影，他便一直在车上坐立不安。

No.73

上海浦东国际机场。

当莫沫看到这八个大字的时候，她被风吹干的眼睛中闪过一丝光。

"师傅，停车。"

莫沫走进机场大厅，直奔售票处咨询服务人员："最快的飞往青岛的航班是几点的？"

"您好，请稍等，我帮您查一下。"服务人员对莫沫露出标准微笑。

"您好，目前距离下一班飞往山东青岛的航班最近的是两个小时后，也就是三点十五分的班机。"

"就这班吧。"

莫沫拿到机票后，一个人向候机室走去。机场大厅来来回回的人中，有依依不舍别离的恋人，有送孩子离开的父母，亦有一起远行出游的家庭，还有那些大大小小形状不一的行李箱和背包。只有莫沫，一个人，形单影只，连个陪伴她的行李包都没有。

她略微浮肿还存有泪水痕迹的眼睛透露出一丝寂寥深邃的眼神，仰视看着大厅的时钟。时间在一分一秒地流动着，她的悲伤却仿佛在那一刻骤然而起，顿时汹涌泛滥，宛如世界末日般摧残她的世界。

既然无处可逃，那我就回家吧，也许就不会那么疼了。莫沫心想。

丝丝莹动的光在她的眼中浮现，她深呼吸一口气，平视眼前的候机室，迈开步子要向那里走去。

这时，一只手急迫地握住了她的胳膊，顺势拉着她转身。

"要去哪儿？"钟亦峰的声音有些急促和颤抖。

莫沫看着眼前的人惊讶万分。

"你怎么会在这儿？"

"这倒是我想问你的。明天上午就要飞美国了，现在你要去哪儿？当逃兵吗？"钟亦峰冷冷地对莫沫说。

莫沫立刻挣开钟亦峰的手，瞪着眼睛看着他。十秒钟后，她绕过他，往售票处的方向走去。

钟亦峰转身想紧跟莫沫的时候，手机却突然响了起来。他拿出手机，显示屏上显示"任茜"。

钟亦峰索性直接挂断电话。他根本顾及不到，此时电话那端打扮漂亮却惶恐不安的任茜。

"请给我一张明天早晨最早从青岛返回上海的车票。"

"您好，请稍等，我帮您查询一下。"

"您好，最早的一班航机是六点三十分。"

"好，就这班机。"

拿到返程机票后的莫沫转身看着追过来的钟亦峰向他走去。

"这是明早六点三十分的返程机票，保证不会耽误公司明天上午的行程。如果你觉得我是在开玩笑或者不可理喻的话，你现在可以立刻解雇我！"

钟亦峰看着眼前的莫沫，眼神冷淡却又有一丝温柔。

要知道从来没有人敢对他钟亦峰这样说话，眼前的这个二十七岁的女人此刻却像个小孩子一样无理取闹，全无丝毫理智和成熟。

他明明应该生气的，然后毫不客气地对她说，你以为桓旗是什么人都能进来的吗？你以为工作是儿戏吗？现在立刻走人！

但是，现在钟亦峰的心里却不由自主地多了一份心疼。

他看着她微肿的眼睛，他知道她为了准备这个项目每天晚上都在加班，很晚才回家休息。每次他走过她办公室门口的时候，都能看到她忙碌的身影。只是，那双大眼睛下的泪痕让他明白了一些不曾明白的事情。

再坚强再勇敢的人，都会有一个硬伤。一旦这个伤口被碰触揭露，甚至公布于众，那颗再坚强勇敢的心也会瞬时变得不堪一击。

莫沫绕过静默无言的钟亦峰离开。

她离开的脚步声沉重地落在他的心上。钟亦峰不明白自己到底是怎么了，他只知道自己不能让她就这样一个人走。

"等等。"钟亦峰轻轻地说。

第二十卷　让我陪你

119

莫沫停下脚步。

"怎么？钟总经理，还有什么事情要吩咐吗？"

"没有。"

莫沫继续向前走，却听到身后传来坚定的声音

"如果你想离开，让我陪你。"

第二十一卷　共返青岛

卷首语：

　　沉淀在脑海底部的那些岁月瞬间浮现，那些原本定格在岁月里的旧照片一张一张被重新翻阅。这么多年来，原来她真的一直都是一个人。

No.74

　　飞往青岛的航班上。

　　飞机在云端上平稳地飞行着，一层又一层的洁白云彩沉淀在飞机的羽翼间。原来这城市上空的天是如此湛蓝。

　　钟亦峰闭着眼睛，头靠在座椅上，均匀地呼吸着。

　　莫沫双手紧握，安静地坐在飞机的座椅上。眼睛时不时地瞥向右边的钟亦峰。

　　"怎么？钟总经理，还有什么事情要吩咐吗？"

　　莫沫只想静静地一个人待会儿，不让任何人看见她的脆弱，可是就连这样都不被允许。

　　"没有。"

　　莫沫继续向前走。

　　钟亦峰却轻轻地说："如果你想离开，让我陪你。"

　　莫沫大吃一惊，以为自己听错了。

　　钟亦峰绕到莫沫面前，双手握住她的肩，看着她认真地说："我允许你哭，允许你任性，但是我不能让你一个人就这样离开。"

莫沫瞪着大大的眼睛看着钟亦峰。他的这句话让她顿时手足无措，她看着眼前的他似乎些许不同。仿佛，仿佛现在的他一眼就能把她看穿。

"那个……深蓝，那个……"莫沫吞吞吐吐地说，眼睛不停瞥向座椅右边的人。

"嗯……"钟亦峰透露出慵懒的声音。

"你……你，你就这样没理由地跟我走，不会耽误你的工作吗？"

"你不要多想。我只是怕你明天耽误公司的行程。"

"哦，总之，谢谢你。"

"谢什么？"

"刚刚那番话。"莫沫小声说，然后像钟亦峰那样倚靠在座椅上，轻轻闭上双眼。她丝毫没有注意到此刻钟亦峰脸上那若隐若现的红晕。

No.75

三月的青岛，空气中总是弥漫着一种海滨城市特有的新鲜气息，湛蓝的碧落，飘浮的纤翳，还有那抹近殆的微弱阳光。

莫沫打开出租车的车窗，迎面的风仿佛从另一个世界逃荒而来，肆无忌惮地侵蚀她的脸颊。她看着窗外这熟悉的城市，眼中释放出落寞的光。坐在莫沫身边的钟亦峰眼睛目视前方，静默无言。他知道，他需要安静地陪着她，不需要提任何问题，提问只会让她更加困扰。

她迷惘的眼神像是在扑朔迷离又无边无际的黑暗中寻到充满梦之希冀的光明出口。

"师傅，停车。"

Destiny 的招牌在充满寂寞的下午依然那么明亮，店内的粉色装潢洋溢出的温暖却不能给那颗冰凉的心升温。莫沫在下车的地方笔直地站着，目不转睛地看着这家店，但那黑色的瞳孔更像是透过这家店回味在时光里不停穿梭却又突然停滞的记忆。

那段美丽的时光中，Destiny 奶茶店点餐处，三个孩子的身高差不多与店内柜台平齐。

"姐姐，要一杯香草奶茶、蓝莓奶茶还有黑咖啡。"夏与冰颇有礼貌地对店内服务员说。

"哦不，要两杯香草奶茶和一杯蓝莓奶茶！"夏与冰立刻补充道。

三个孩子在橱窗边找到位置坐下。

"与冰，你怎么换口味儿了，不喜欢黑咖啡了吗？"宫玫萱看到手里捧着香草奶茶的夏与冰慢慢说。

"不是，尝尝鲜嘛！"年少的夏与冰露出迷人的笑容。

那时的莫沫对这个细节不以为意，现在回忆起来却是那么甜蜜，尽管这甜蜜于这段时光中化作一把利刃刺痛她的心扉。只是莫沫一直都没有发现，从那以后，夏与冰的手中一直很少出现黑咖啡的影子。

不管是快乐或痛苦的回忆，总是少不了眼泪的陪伴。也许是一阵风吹过，吹起莫沫发丝的同时，亦吹进她眼睛里一些沙子。

钟亦峰静静地在莫沫身后看着她，他不知道她站在这里做什么，他也不知道她为什么一直看着眼前这家店。但是他的潜意识告诉他，这是充满他们回忆的一家店。这份回忆的女主人公是莫沫，男主人公却不是他。

因为她，早已全然将他忘却。

"我们，走吧。"钟亦峰靠近莫沫轻轻说。

No.76

晚霞的余晖倾漾海面。

海洋上泛滥着的光芒变得温柔莞尔，幻化出道道紫色和鹅黄色的光辉悬挂天边环绕着她。微风吹拂着远处明亮的海面，化作圈圈涟漪和层层波浪，每层涟漪和每朵浪花绽放着婉约的姿态。

近处的海面波光粼粼，仿佛大海上不停闪烁着跳跃的金子，又像是片片破碎的镜面流动着。在海风的抚摸下，海岸处涌动着一触即发般剧烈的浪花，激愤地拍打着岸边礁石。

飞蛾扑火般的浪花在一声巨响后，借着夕阳的光辉变换成支离破碎的晶莹水滴，在风中霎时消散。

岸边上狭小而干净的沙滩上鲜有人迹，通往沙滩的村庄是一片祥和的气氛。干净的水泥道路和家家户户阔气的二层洋房无不充满了现代化的味道，只有屋顶上氤氲着炊烟的烟囱才令人感受到农家的气息。

紧挨着村庄的是一座海拔不高的低山，山上多半是荒草和墓碑，略显突兀的是那几株不知名的花簇在风中寂静飘零，蒲公英的种子在山间四处飘散。

莫沫和钟亦峰在山间一前一后走着。

钟亦峰一直在莫沫身后安静地跟随着，他依然没有提问。

前面的莫沫停止了脚步，钟亦峰也跟着停了下来。他顺着莫沫视线的方向看过去，看到了两座紧挨的墓碑。当钟亦峰看到了墓碑上的名字后，他便猜到了这里安歇着的两位长者是谁。

"爸爸，姥姥，莫沫回来了。"

"你不好奇我为什么会带你来这里吗？"莫沫侧过头，看着身边的钟亦峰说。

"是我跟着你过来的，可以当我不存在。"

钟亦峰看着莫沫湿润的眼睛，心中又泛出了一丝莫名的不忍和痛楚。

"我很小的时候父亲就去世了，父亲去世不久母亲就嫁给了一个外国人，出国了。我是跟着姥姥长大的，但是高中的时候姥姥也离开了，就剩我一个人。所以每当我难过，我一个人的时候，我都会来这里，跟他们说说话。或者说是来这里给自己'充电'吧，每次我撑不下去的时候，我都会在这里重新拾起生活的勇气。"

钟亦峰完全不能相信她说这些的时候竟是如此淡然。

"你……经常……一个人吗？"

莫沫被钟亦峰的话震惊。

一个人……一个人……

沉淀在脑海底部的那些岁月瞬间浮现，那些原本定格在岁月里的旧照片一张一张被重新翻阅。这么多年来，原来她一直都是一个人。

莫沫回想起了那些她一个人在这里哭泣的日子，回想起了一个人在国外的孤独无助，回想起了她一个人兼职时遇到的那些是非，回想起了她一个人在背后默默看着她的两个好朋友……

莫沫心里静静地想，眼泪不由自主地泛滥。

"瞧我，难过什么……"莫沫一把抹去脸颊的泪水，努力挤出一个微笑，"我哪有一个人，现在不是有你陪着我！"

莫沫的话让钟亦峰心里的痛楚更加彻底。只是他自己都不知道，这时在他心底漫延的那种情愫，是想让他一直陪着她到很久以后。

遥远的天空终于彻底地沉睡，星星影影绰绰地点缀在夜幕中。村庄里每座房子的灯光渐渐亮起，安静的风悄悄地掠过地面。

两个人在白色的灯光照映下穿梭在村庄中，左转右转，绕过一条条小路。

"就是这儿！"莫沫停在一扇锈迹斑斑的红色铁门前面，露出了微笑。

莫沫打开手提包，从里面拿出了一串钥匙，立刻跑到门前打开了门。

眼前是一座简单的平房。这房子与村里其他那些二层洋房相比略显陈旧，瓦砾屋顶，水泥墙。房子前面的院子不大，但是由于院子里没有任何东西便显得很空旷。莫沫推开屋子的门，钟亦峰跟在后面进去。

莫沫在黑暗中一下子就找到了灯的开关的位置。昏幽暗黄的灯光亮起，这屋里没有繁华的装饰，客厅有一个堪称古董的电视机和一个极其简单朴素的沙发，家具上堆积的灰尘表明这里已经很久没人居住了。吸引钟亦峰的是墙上挂着的那张二十寸左右的照片，年轻的夫妇微笑着抱着一个婴儿，女人的旁边还站着一个上了年纪的老人。

"那是我父母和姥姥，怎么样，我长那么漂亮全是因为基因好！"莫沫对看着照片的钟亦峰半开玩笑说。

"是吗？我怎么觉得这张照片的精华在于那只猴子呢！"钟亦峰说着看看莫沫，又看看照片上的婴儿。

"猴子？哪有猴子？"莫沫靠近照片仔细地看，然后回头看着钟亦峰说："哪有什么猴子，我看这张照片看了二十年了也没看见猴……"

话还没说完的莫沫突然反应过来，立刻靠近钟亦峰，装出一副怀疑又凶悍的样子仔细看着他的眼睛。

"你！不会是在说我是猴子吧……"莫沫故意压低了声音。

突然靠近的莫沫再次扰乱了钟亦峰心脏跳动的频率。

"有，有吗？哪有？"钟亦峰小步后退，故意不看莫沫，淡淡地说，"哦，好像是吧。"

"喊！一点都不好笑。"莫沫对钟亦峰摆摆手，然后向厨房走去，打开了厨房的灯，"这是我小时候生活的地方，不过上大学后一年也就在这里住个几天吧，总之次数很少了。"

钟亦峰走进厨房，看到了煤气灶上有一口锅和一个勺，却有不少蒸笼。莫沫打开橱柜，里面空空如也。然后拎了一下煤气罐，很轻松地就拎动了。

"果然是什么东西都没有！难道要饿死姐吗！"莫沫边说边走出厨房。

打开卧室的灯，莫沫在床头柜中拿出了一把钥匙。然后走出了屋子，在房子侧面的储藏室的门前停下，借着别家幽暗的灯光将钥匙插入钥匙孔。钟亦峰一直跟在莫沫后面，搞不懂她在做什么，一片茫然。

"哈哈！深蓝，今晚我们有东西吃了。"

打开储藏室的门，莫沫开心地对钟亦峰喊道。

第二十二卷　烧烤啤酒

卷首语:
　你又不是我，你怎么知道我没见过。

No.77

　　当钟亦峰进入储藏室的时候，看到莫沫正蹲着研究一个大大的黑架子。

　　"这是什么？"钟亦峰看着眼前的莫沫，完全摸不到头脑。

　　"这个？"莫沫拍拍这个黑架子，看着钟亦峰说。

　　"这你都不知道？这是烧烤架呀，并且还是可以移动的！喏，你看，带轮子的。我记得以前每年夏天最幸福的事就是在海边吹着海风，吃烧烤喝啤酒！啧啧啧啧……"莫沫想到这儿便不知不觉地流口水。

　　"难道你从来都没有吃过烧烤吗？"莫沫看着钟亦峰惊讶地猜道。

　　"没有。"

　　莫沫站起来，转身看着钟亦峰，无奈地摇摇头："唉！可怜的孩子，不过也是，像你这种身份肯定从小到大都是娇生惯养的！今天我让你见识见识什么是真正的人间美味！"莫沫边说边拍拍自己的胸脯，一副胸有成竹的样子。

　　想起上一次莫沫信心十足地告诉自己去吃人间美味之后的窘迫，钟亦峰露出一副无奈的表情。

　　青岛某所大型超级市场内。

　　钟亦峰一脸无辜地推着超市里的推车，推车被塞得满满的。在他前面的莫沫不亦乐乎地在超市内采购各式各样的东西。

“日用品区。嗯……需要……打火机、竹签、报纸、一次性手套、刷子……”

“羊肉串、猪肉串、鸡翅尖……”

“哇哇哇哇！好大的扇贝！看着就好有食欲！”

“蛤蜊蛤蜊……深蓝，你看这蛤蜊吐的水居然能飞那么高！”

“盐、孜然、调味酱……”

……

在饮品专卖区内。

“要几提啤酒呢？两提不够吧……”莫沫从超市货架上抓了三提啤酒放入推车内。

“喂，要那么多啤酒干什么？”

“喝呀！你一个大男人不喝啤酒吗！”

“不喝。”钟亦峰说着便去拿推车里的啤酒，欲放回货架上。

“骗人！哼，你不喝拉倒，我喝。”莫沫立刻过去拦他，不经意间用手紧贴住钟亦峰放在啤酒上的手。

触电般的感觉让钟亦峰觉得不自然，他立刻将手抽了出来。

“你还是别喝了吧！”钟亦峰故作无事地说。

“为什么？”莫沫完全没有注意到钟亦峰的异常，眨着大眼睛看他。

“因为……”钟亦峰脑海中浮现出上次在外滩和她醉后的那个拥抱，脸色绯红，“因为你醉后真的很恐怖。”

“嘁！你怎么知道我喝醉后会很恐怖，你又没见过。”莫沫绕过钟亦峰，握住推车的车把，推着车向前走去。

“你又不是我，你怎么知道我没见过。”钟亦峰跟在莫沫身后，噘着嘴小声嘟哝。

No.78

路边太阳能的白色灯杆挺着笔直的身躯，灯杆头部散发着幽幽的白色灯光。钟亦峰和莫沫一人一个大包，一人一个小包地在路上并排走着。

“哦，对，我们得先去个地方。”莫沫走到一个分岔口的时候没有朝家的方向走去，而是转了弯。

走了没多久，便看见一个规模不大的院子，院子内外摆满了白色的桌椅，几乎每张餐桌上都有就餐的顾客。院子前的招牌上写着“老李烧烤”，招牌下有一个中年男人在烧烤架前的烟雾缭绕中工作着。

"李叔。"莫沫在不远处对着中年人喊道。

李叔抬起头看着声音的来源,眯着眼睛看了很久还是没有认出莫沫。

莫沫快速向李叔的方向跑去。

"沫沫吗?"直到对方的身影越来越近,李叔才敢确定眼前的人,"真的是沫沫!沫沫你怎么回来了,李叔可真是好久没见你了呢!哎呀我们沫沫真是越来越漂亮了!"李叔放下手中的活,双手握住莫沫的手用青岛方言亲切地说。

钟亦峰从后面慢慢走过来,站在莫沫身后。

"这位是?"李叔看着莫沫身后的钟亦峰疑惑地问。

莫沫微微侧头,看了钟亦峰一眼后对李叔笑着说:"哦,你说他呀,他是我的上司。"

"你好,我是钟亦峰。"钟亦峰非常礼貌地对李叔说。

"老李,这是谁呀!"在院子外餐桌上吃烧烤的顾客问。

"你不认识了吗!这是咱村刘翠芳的外甥女呀!"李叔对餐桌上吃饭的人说。

"哦!是莫沫吧!哎呀,这漂亮嫚儿(青岛方言,女孩的意思),长大了真是认不出来了!"餐桌上的另一个顾客说。

"可不是嘛!这不带着男朋友回来了!小伙子长得多帅呀!"李叔拍着钟亦峰的肩对餐桌上的人说。

李叔碰到钟亦峰肩的时候,钟亦峰有些吃惊。从小到大无论是父亲还是顾雷从来都没有这样对过他,然而听到李叔的话,他不经意地露出了鲜有的笑容。

"不是不是,误会了误会了。"后知后觉的莫沫立刻解释,回过头时无意间看到了露出微笑的钟亦峰。

"喂……深蓝,你能不能不那么幸灾乐祸!"莫沫小声对钟亦峰说,一副恨铁不成钢的样子。

"嗨,不用解释了。我虽然老了,但是你们年轻人的那点心思我还是懂的。"李叔靠近莫沫,小声说,"小伙子真不错,闺女一定要把握住哦!"

李叔的话让莫沫无奈至极:"哎呀,算了,李叔,说正事,我是来跟你借木炭的。"

尔后,钟亦峰提着三个大包,莫沫提着两个小包。两个人回到了小屋。

"才走那么一小段路就不行了?果然是养尊处优的大少爷!就该让你多吃点苦。"莫沫看着钟亦峰脸颊滴下来的汗水露出坏笑。

"喂,这些东西很沉,要不你提提试试。"

"提就提。"莫沫过来拎袋子,刚离开地面一点,就立刻放下了。

"看吧,我说很沉吧!"钟亦峰看到提不动包的莫沫立刻说,满脸的得意。

莫沫噘噘嘴,没有说话。在储藏室的一侧找出铲子,慢慢将大包里的木炭铲到烧烤架里面。

　　"深蓝。"莫沫轻轻地说，"以后不要总是像'冰川'一样冷，天天板着一张脸。就像现在这样，会笑，会计较，会开玩笑，多好。"

　　听到莫沫的话后，钟亦峰不由得一震。他突然意识到，只有跟莫沫在一起的时候，总是不由自主地紧张，不由自主地心跳，不由自主微笑，不由自主地去做他曾经以为这一辈子他都不会做的这些平凡琐碎的事。

　　"喂，愣着干什么，还不快过来帮我！"莫沫对站在一边愣神的钟亦峰说。

No.79

　　三月中旬，青岛的夜晚。

　　沙滩上寂静得只能听到海浪与礁石碰撞，阵阵浪花拍打的声音。轻轻吹拂的海风并没有想象中那么冷，反倒让人觉得神清气爽，岸边小报刊亭上的霓虹灯闪烁着七彩的流光幻影。

　　月亮的光从海面上延长出一条倒三角的银线，繁星在深紫色的夜空中点点闪烁。仿佛在漫无边际的海中央有一条大大的美人鱼甩动着鲜亮的尾巴和飘逸的长发，空气中弥漫的海洋芳香是由她身上散动的钻石般耀眼的水滴幻化而来。童话般的醉人仙境陶冶了每颗来这里释放感情的心。

　　钟亦峰和莫沫两个人将挂着两个购物袋的烧烤架推到沙滩上。

　　莫沫拿出报纸铺在沙滩上，将海鲜取出，戴上一次性手套。

　　"你看，戴着手套把海鲜肉从贝壳里取出来，然后穿到竹签上面。就像这样，懂了吧！一个竹签大概能穿四个扇贝吧！"莫沫边说边示范给钟亦峰看。

　　钟亦峰像莫沫一样戴上手套，重复刚才莫沫的操作。

　　"聪明！不愧是桓旗集团总经理啊！哈哈！有谁会相信桓旗集团的总经理现在会跟我一起在沙滩上烧烤呢！哈哈！"

　　钟亦峰看了莫沫一眼，无奈地摇摇头，继续串海鲜肉。

　　都弄好后，两个人去烧烤架准备点燃木炭。

　　"呃……点木炭是个技术活……"莫沫拿出剩下的报纸，用打火机点燃，扔进木炭堆里，报纸快燃尽的时候木炭便被烧着了。

　　"但是绝对难不倒聪明的莫沫！"看到木炭烧着后，莫沫开心地笑了。

　　莫沫拿出几串肉串便像李叔刚才那样烤了起来："看，就像我这样烤。"

　　钟亦峰在一旁认真地看着莫沫。

　　"然后，火候差不多的时候刷酱。"莫沫从烧烤架一侧拿出放在酱里的刷子将几串肉串里里外外地刷了一遍。

钟亦峰的神情里存在了些许疑惑。

"然后，火候再差不多的时候，撒盐和孜然。"莫沫抓起了一小把盐撒上去，又抓了一小把孜然。

钟亦峰终于忍不住了："火候差不多，什么意思？"

莫沫瞪着大大的眼睛看着钟亦峰，不知怎么回答。

"呃，这个火候差不多……就是差不多嘛！你过来我们一起烤，烤几串你就知道了。"

钟亦峰半信半疑地拿起几串肉串站在莫沫身边，两个人在烧烤架边一起烤起了肉串。

"钟亦峰！你跟盐有仇呀，你到底撒了多少盐呐！这几串你一会儿统统给我吃掉！"

"深蓝！烤糊了，都黑了哎哟喂！"

"我的钟总经理，您老是不是忘记刷酱了！"

……

美丽的时光在这个夜晚尽情绽放，悲伤不会残忍到在一个人一生的每分每秒中都漫延。此时，他们的笑声伴随着海浪声在海边一阵阵回荡。

第二十三卷　流浪的星

卷首语：

　　孤单的月亮像不像是在星群中流浪。你不曾知道，我愿做那颗永远陪你流浪的星。

No.80

　　"怎么样，烧烤的味道还不错吧！"莫沫面朝大海坐在沙滩上，手里拿着一串肉串，骄傲地对钟亦峰说。

　　"就是咸了点儿。"钟亦峰坐在莫沫的身边，抿抿嘴唇。

　　"哈哈，喝罐啤酒。"莫沫从身边的购物袋里掏出一罐啤酒扔给钟亦峰，"不过，我觉得还是姥姥做的香草包子最好吃，简直是天下第一呀！"

　　"香草包子？"钟亦峰的神情充满了疑问。

　　"是啊，是不是觉得很奇怪。我也觉得很奇怪呢，至今为止，除了吃过姥姥做的包子有香草味儿的，别的地方都没有呢。"莫沫自己也打开了一罐啤酒。

　　"什么是包子？"钟亦峰眨眨眼问。

　　"噗……"莫沫刚刚喝下一口啤酒便喷了出来，"不是吧？深蓝，你连包子是什么都不知道……"

　　"逗你玩儿的。"

　　"喊……"

　　随着时间的流逝，沙滩上立着的、倒着的啤酒罐越来越多。

"早该知道泡沫一触就破，就像已伤的心，不胜折磨……美丽的泡沫，虽然一霎花火……相拥着寂寞，难道就不寂寞……当初炽热的心，早已沉没，说什么你爱我，如果骗我，我宁愿你沉默……"

莫沫白皙的脸颊变得通红，醉酒后的她深情地哼唱一首《泡沫》，脑海中不停地浮现出夏与冰的面容，还有他和宫玫萱那深情的吻。

钟亦峰静静地听着莫沫唱歌，看着她眼角快要溢出的泪水。一瞬间，他真想亲手替她擦去眼角那晶莹的泪滴。

"别喝了，"钟亦峰夺过莫沫手中的啤酒。

"还给我，我没醉。"莫沫抢钟亦峰手里的啤酒，却一不小心扑倒在钟亦峰的怀里。莫沫拿到啤酒后立刻从钟亦峰怀里离开，然后喝了一大口啤酒。

莫沫抬头望向遥远的夜幕，缓慢地眨一下眼睛，眼神迷茫。

"深蓝。"

"嗯，在……"

"你看，天上挂着的那个东西……那个孤单的月亮像不像是在星群中流浪……"莫沫右手握着啤酒罐，伸出纤长的食指指向天边悬挂的月亮对钟亦峰说。

钟亦峰像莫沫一样看着星空里的那轮明月。莫沫将视线从天边移到海面，喝一口啤酒，淡淡地说："我真的好像那个月亮。"

钟亦峰听到了这句话后，看看莫沫的侧脸，然后再次抬头看向天空，尔后黯然地望向无边的海。

"深蓝。"

"嗯？"

"其实我一直都记不太清九岁之前的事，因为小时候失去父亲又被母亲抛弃后好像生过一场大病似的，总之在医院里醒过来后就什么都不记得了。"莫沫眼神深邃地望向海。

"这样其实也挺好的，忘掉那些痛苦的事，忘掉让你觉得很累很疲倦的人，不是吗？"钟亦峰喝一口啤酒，眼神复杂。

"可是事实上我还是记得的。"

钟亦峰的脸上掠过一丝惊讶，看着身边的她不说话。

"我记得在医院醒过来后那种揪心的痛，即使不记得了还是痛。那时候我还以为自己要死了，我每天只会站在窗前傻傻发呆。"

钟亦峰更为惊讶，不由得想到了那段时光里的自己。

"那你站在窗前，都看些什么？"

"等，等一个男孩。"

钟亦峰的眼神里闪烁一丝光辉，好像看到了莫名其妙的希望似的。

"谁？"

"其实我也不认识。只是那时候在医院里有个男孩子，每天都会在楼下不定时地一个人在一棵梧桐树下放风筝。很奇怪吧，我也不知道为什么，明明很普通的事情却让我不由自主地入神。我觉得那个男孩很孤独，看着他我就觉得很难过。"

钟亦峰看着莫沫，不再说话。谁也无法读出他眼里那复杂的情愫。

他突然想起了那年在公园放风筝的自己，一不小心将手中的线全部放走，追着风筝跑的时候，遇到了她。

那时候的你，和现在的你，还是同一个你吗？若是，那现在你看到我，还会难过吗？钟亦峰突然觉得，也许她忘记自己是好的。最起码，这样的话她见到自己后，就不会再难过。

良久，钟亦峰开口："后来呢？"

"后来我就振作起来了，因为一个人，是他教会我快乐。这个人对我来说很重要，一直都是。可恶的是，九岁那年，我却连他一并忘记了。医生说失忆是身体机能自我保护的一种意识，防止那些痛苦侵蚀人心。可是我却连他也忘了，难道他在我的回忆里也是属于难过的那部分吗？"

莫沫缓缓说："我甚至都忘了自己是什么时候喜欢他的，只是我一直都觉得喜欢他是一件很幸福的事。"

莫沫再开一罐啤酒。

"我也忘了他是怎么喜欢我的，现在又突然觉得，也许他不曾喜欢过我。一切都是我的错觉，爱到最后，只剩我冷暖自知。"

莫沫对眼角溢出的泪水浑然不自知，她咕咚咕咚将这罐啤酒一饮而尽。

"可是就算这样，我也不能不喜欢他，不能不爱他。他早就融入我的生命里，他也是我在这世上唯一可以依赖可以相信的人了。他就像我的亲人，你知道的，我没什么亲人。所以，我更珍惜他，更不能伤害我的亲人。"

钟亦峰看着流泪的莫沫，心疼不言而喻。他不知道这些年她怎么过来的，他只知道生活从不会对任何人手下留情。

莫沫继续喝酒，钟亦峰却没有再阻拦她。

他也打开一罐啤酒，一饮而尽。

"他，是夏与冰吗？"钟亦峰轻轻地问，心底却异常紧张。他突然觉得害怕，害怕得到肯定的答案。

"你怎么知道……"莫沫轻轻地回答，却醉倒在他的肩上。

当钟亦峰听到莫沫的回答时，露出了无奈的笑容。其实他早已猜中答案，只是他没有猜中的是，当他真正听她亲口说出来时，会觉得痛，那么痛。

他仿佛觉得自己的灵魂一下子被抽空了一般，那种难过和失望无法言喻。

钟亦峰轻轻侧一下头，看着在他肩上均匀呼吸的她，眼神被心疼和悲伤填满。

在钟亦峰的心里，他希望这一刻可以定格。

她可以忘却悲伤，忘却劳累，忘却一切，无忧无虑地在他的肩膀上睡去。而他，可以不再难过，不再心痛，不再失落。

如果莫沫累得话，他可以把肩膀借给她依靠。如果莫沫愿意的话，他更可以随时把肩膀借给她依靠。

No.81

那栋陈旧的房子里。

钟亦峰轻轻地把怀里的莫沫放在床上，打开卧室里的衣柜，找到了一床被子。他动作轻柔地脱掉莫沫的鞋子，然后将被子盖在她的身上，最后替她关掉手机。

"睡吧，忘记那些，安稳地睡一觉。"钟亦峰眼神深邃地望着她轻轻地说，然后弯下腰，在她额头上印下一个轻轻的吻。

钟亦峰转身离开，关掉卧室的灯，轻轻合上门。

这时他的手机铃声响起，他接起电话。

"钟少，我现在已经在门外了。"

钟亦峰挂掉电话，打开那扇锈迹斑斑的大门，看到了顾雷和那辆银色劳斯莱斯。

"飞机票订好了吗？"

"订好了。两个小时后起飞，从这里到飞机场大概一个小时的车程。"

"好。听我说，现在我去机场。明天你不用跟我去美国，今晚留在这里看好莫沫，明天等她醒来你们再开车回上海。明天、后天不用让莫沫上班，给她放两天假。她去美国的行程取消，立刻联系外交部，让部长再安排一个人。还有，我不在的这一个星期里，随时观察莫沫，有什么事立刻向我汇报。"

"是，我送你去机场吧。"

"不用。来回两个小时，把她一个人放在这里太不安全了，我自己打车走。"

钟亦峰说罢，转身离开。没走几步，回头对顾雷嘱咐："大雷，明天早晨不用叫醒莫沫，让她睡到自然醒。"

"是。"顾雷鞠一躬，犹豫再三说道，"钟少，我想问你一个问题。"

"说。"

"为什么要这么做？你最近，真的跟以前有些不一样。"顾雷看着钟亦峰高大的身影缓缓说，以前他从未见过这样的钟少。确切地说，自从那次事故以来，这十八年里，他第一次见到原本温柔的钟亦峰。

"大雷。"钟亦峰的声音轻轻的。

"我，不想再恨了。十八年了，真的够久了。"

昏暗的灯光下看不清钟亦峰的脸颊。

"只是，直到现在我才发现，恨了她十八年，却也记了她十八年。甚至，在这十八年中，我无时无刻不在想着她。"

No.82

时光倒流。海边。

莫沫抬头望向遥远的夜幕，缓慢地眨了一下眼睛，眼神迷茫。

"深蓝……"

"嗯，在。"

"你看，天上挂着的那个东西……孤单的月亮像不像是在星群中流浪……"莫沫右手握着啤酒罐，伸出食指指向天边悬挂的月亮对钟亦峰说。

"我真的好像那个月亮。"

钟亦峰听到莫沫轻轻地说出这句话，撇过头看到了她脸上的难过。当他看着莫沫难过的样子时，他的心剧痛。他立刻将视线再次放入天空，不敢再看莫沫。

莫沫，泡沫。现在他面前的莫沫，就像那阳光下的泡沫，虽然外表七彩绚烂但是实质却脆弱无比，宛若那一霎花火，转瞬即逝。

莫沫，这轻薄的泡沫，此刻却穿过钟亦峰心底最深的保护层，稳稳地在那里驻停。

霎时，那遥远的碧落间点缀的繁星突然不停地跳动。时间仿佛在这一秒定格，所有星星在黑色的夜幕中重新排列组合，在他的心里形成了一片字幕。

他不再望向星空。他知道，自己已经被身边的这个人彻彻底底打败。

那些重新排列组合的星星依然在天空释放着最耀眼的光芒。

你不曾知道，我愿做那颗永远陪你流浪的星。

第二十四卷　宣布订婚

卷首语：

你瘦了。

No.83

时间褪去喧嚣后，在安静的嘀嗒声中悄悄溜走，在莫沫酣睡的鼻息中缓缓掠过。

世界就是这样，总是在人们迷离之际悄无声息在天边释放它的光彩。

阳光透过白色的纱帘照在莫沫的眼睛上。她用手揉揉眼睛，然后慢慢睁开。她缓缓坐起身，用手摸着床上的被子，头疼得像要开裂一般，只记得昨天晚上和深蓝在沙滩上喝酒，后来就完全不记得了。

"深蓝？"莫沫在床上对卧室外面喊道。

"深蓝，你不在吗？"

……

"这么不仗义！居然把我一个人扔在这里。"莫沫�“着嘴碎碎念，看一眼左手上的手表："什么！九点了！"

莫沫立刻从床上跳下来，从卧室出来。当她出来看到坐在沙发上，头撇向一边轻轻入睡的顾雷时不禁吃了一惊。

"搞什么？"

莫沫的表情写满了"不敢相信"四个大字。她靠近顾雷，用右手食指轻轻地碰他的衣服，顾雷一下子醒过来，看见了莫沫。

"啊，我怎么睡着了。莫沫小姐，你醒了吗？"顾雷对莫沫礼貌地微笑。

"你，你怎么会在这儿，深蓝呢？"

"是钟少让我来接你的，他现在已经去美国了。深蓝是……钟少？"

"那我岂不是误了公司的行程！"

"没有，钟少都已经安排好了，你放心吧。他说让我接你回上海，然后给你两天的假期整理自己的事情。"

"什么？"

莫沫眼睛瞪得更大，惊讶至极。

No.84

接下来两天的休假莫沫几乎全部都是在那张软绵绵的床上度过的，她经常手里握着手机然后睡去。她一直在等夏与冰主动联系她，可是最后等来的都是失望和一个人在漆黑中渐渐入睡。

休完假回公司上班的时候，她特意经过 A 栋大厦的第十五层一那个熟悉的办公室门口。她想推门进去的时候，却发现门推不开。

他最近应该是一直在忙微电影的拍摄吧。莫沫心里静静地想，一个人孤单地向连通桥走去。光线将她的影子拉得特别长，漫延出了寂寞的味道。

一个星期后。午后的阳光照进桓旗总公司 B 栋大厦的 23 层走廊。

"叮铃铃……"

办公室电话铃声响起。

莫沫接起电话："喂，你好。"

"莫沫，一小时后大会议室开会。"李部长的声音在电话的那头响起。

"嗯。好的，李部长。"

四十五分钟后，莫沫拿起文件夹向大会议室走去。这一个星期来，她每天循规蹈矩地工作，仿佛这是她人生中的全部。

她安静地走进电梯。

"小雅，听说钟少今天上午刚回国，美国卡兹迩的案子已经顺利解决了。"

"我早听说了，你怎么总是把历史当新闻，还有我们钟少总是那么帅……"

莫沫站在电梯的最前面，无意间听到身后的员工的谈话，不用看就知道那是怎样花痴的两张脸。当楼层到了的时候，她漫不经心地撩撩头发，安静地向前走。

莫沫选择会议室中间靠前的位置坐下。

一会儿，当那个身穿深蓝色西装的熟悉身影进门后，会议室里立刻变得安静起来。莫沫看到钟亦峰后，露出了惊讶的表情。

"钟少不是上午刚回国吗？怎么立刻就上班了！"

"是啊！我也觉得很吃惊！"

"果然是个工作狂……"莫沫听到了旁边的员工小声的对话，自己碎碎念道。

钟亦峰一如既往的"冰山"脸，将耳麦戴上后，淡淡地说："今天把大家召集在这里，有一个重要的事情要宣布。在各个团队的共同努力下，美国卡兹迩的案子已经成功完成，这无疑将会使公司的国外市场更加广阔，也会使公司在中国市场的根基更稳。另外，电影《寄书》的拍摄也已完成，下一步全体传媒部的员工应将重点放在宣传上。还有，桓旗本年度的宣传片拍摄已经接近尾声，过程进行非常顺利，相信登陆荧屏后必然能引起各界媒体的关注，再次为公司带来效益。"

钟亦峰的视线方向在人群中游动，最后在一个人的身上定格。

"众所周知，今年是桓旗成立第三十周年。为庆祝公司成立三十周年，将于下周一晚八点在上海桓旗规模最大的酒店举行庆祝宴会，并且将首映桓旗本年度微电影宣传片，希望所有员工届时参加，欢迎携带家眷。散会。"

钟亦峰话音刚落，大家纷纷起身离开。三三两两的人聚在一起讨论关于庆祝宴会的话题，都兴奋不已。

只有莫沫一个人坐在位子上没有动。他还是没有来……莫沫心里静静地想。

"最近还好吗？"钟亦峰站在会议室的前面对莫沫说。

莫沫抬起头，才发现会议室已经只剩他们两个了。

"你瘦了。"钟亦峰的声音轻轻的，像风一般。

No.85

上午。

钟家别墅内，复古又高调的华丽装饰，一个头发花白、戴着金边眼镜的男人坐在卧室里的桌前看报纸。

顾雷开着那辆银色劳斯莱斯，后座上钟亦峰大开着窗户，任凭风涌进车里。

这辆车驶进钟家别墅，停下了车。

钟亦峰安静地上楼，礼貌地敲敲男人卧室的门。

"进来。"男人用右手从桌子上端起一杯茶，轻轻品了一口。

"爸。"

"美国卡兹迩的案子怎么样了？"钟桓的眼睛没有离开报纸，语气平和又冷淡。

"已经成功拿下了。"

"亦峰，做得不错。可是，有一件事，你做错了。"钟桓放下报纸，面容严厉地看着钟亦峰。

"对不起。"钟亦峰低下头，微微鞠躬。

"你对不起的不是我！你对不起的是茜儿！订婚宴上那么多人，都是我和你任伯父的朋友，你就这么撇下茜儿不管，你让她的脸往哪儿搁，让你任伯父和我的脸往哪儿搁？"

"对不起，我只是提前去了美国，没有考虑到后果，我感到很抱歉。"

"是吗？茜儿也是这么对我说的，你应该庆幸自己有这样体贴的未婚妻，"钟桓说，"男人专注于事业是好事，但是也不要太过分，亦峰，我绝不容许你再有这样的失误。"

"是。"

"还有，今年桓旗三十周年庆祝会交给你着手去办吧，安排在下周一晚。我已经联系好了你任伯父，到时候他和任茜也会出席参加，宴会上我会亲自宣布你和任茜订婚的消息。"

钟亦峰看着钟桓，惊讶至极。

"难道不可以再推迟一下吗？"钟亦峰的语气急迫。

"为什么要推迟？你不小了，也该成家了，我早就告诉过你，任茜是你未婚妻的不二人选。"

"我觉得有些事我还没有跟她整理好，现在订婚实在是有些仓促。况且，您知道我……"钟亦峰第一次委婉地拒绝钟桓的决定，但是他心底的答案又是那么肯定。

钟桓打断钟亦峰的话："我希望你们在一起。给你一个星期的时间，整理好你们之间的问题。好了，这件事就说到这里。一会儿留下在家里一起吃顿饭吧，你顾叔叔应该快把午饭准备好了。"

"不了，我要赶回公司，还有些工作要做。"

"什么事，那么急吗？"钟桓看着钟亦峰问道，虽然他现在几乎不在公司露面，但是公司里的大事他每天都会亲自过目。据他所知，目前一切都进行顺利。

"我去联系一下桓旗酒店，把宴会这件事办好。"

"你可以选择交给外联部的人来做。"

"还是亲自来做比较放心。"

"那就先去忙吧，但是亦峰，我希望你不要让我失望。无论是工作，还是你个人的私事。"

须臾，一辆劳斯莱斯再次穿梭在上海的公路上，在午后的阳光照射下，这银色如此耀眼。

"她，怎么样？"钟亦峰问驾驶座上的顾雷。

"很好，"顾雷轻声回答，"钟少，为什么那么着急回公司？"

钟亦峰没有回答。他也不知道为什么，自己在美国的时候第一次有了对一个人坐立不安的担心和思念。此刻的他，只想回公司，只是单纯地想见到她而已。

他拿出手机，拨通了一个号码。车里只剩钟亦峰淡淡的声音。

"安排一个小时后在大会议室召开会议。"

第二十五卷　冷暖自知

卷首语：

为什么现在的我们会变成这样，为什么这份爱到头来只是我一个人的冷暖自知。

No.86

周一，中午。桓旗大厦一楼餐厅内。

莫沫一个人在靠近橱窗的位置安静地坐着。她没有买饭，手里只是捧着一杯香草奶昔，眼睛看着窗外熙熙攘攘的路人。

"沫沫。"

夏与冰温柔的声音从莫沫背后传来，他手里握着一杯香草奶茶，顺势坐到莫沫的对面。

"不吃午饭吗？"夏与冰看着面前只有一杯饮品的莫沫，关切地问道。

莫沫看着眼前的夏与冰，竟然一时没了言语。她甚至都不知道他是什么时候回到公司上班的。

"好久不见。"

夏与冰不由得心头一紧。看着面前口气漠然的莫沫，他竟然想起了一个人——钟亦峰，她的口气好像他。

"哦，呵呵。是呢，好久不见了。最近还好吗？"夏与冰装作没事的样子依旧温柔地说。

莫沫的心却越来越痛，她不知道现在的自己应该以什么样的身份再站在夏与冰的身边。

"还好。"莫沫轻轻地回答，"你呢？"

夏与冰的第一反应是非常不好，但是他却努力微笑着对她说："还好。"

莫沫点点头，没了言语。

"沫沫，晚上的宴会，你会参加吗？"

"会参加的吧。"

"有人陪你去吗？"

"有。"一个干脆而响亮并充满磁性的男声从远处传来。

钟亦峰的出现让两个人都惊讶不已。

"我会陪她去。至于你有你的任务，到时候会有很多的娱乐记者，你必须要跟宫玟萱同时出席。"钟亦峰冷冷地对夏与冰说，字字句句却像利刃般刺透莫沫的心。

No.87

晚六点整。

莫沫一个人在办公室里坐着，眼睛出神地看着电脑前的屏幕。因为今晚桓旗酒店的宴会，下午五点公司所有员工就已提前下班去准备。现在，只有莫沫一个人的办公室还亮着灯。

莫沫把自己的博客"泡沫之家"从头到尾再次翻阅一遍，发现这些曾经自己经历过的事情，再次回味的时候某个地方依然在隐隐作痛。

"某年某月某日：哈哈！今天第一次写博客，以后这里是我第二个家！耶！

……

某年某月某日：今天与冰居然像个小孩子一样来图书馆给我送晚饭，好开心……还有，今天爱上了一种小花，她的名字叫作玛格丽特。

……

某年某月某日：今天话剧演砸了！不过为什么没良心的我只有一点点难过呢？……与冰今天是吃醋了吗？哈哈哈哈哈哈……好可爱的夏与冰！

……

某年某月某日：今天无意间听到了一首歌，后来好不容易才知道是邓紫棋的《泡沫》。晚上一个人听这首歌的时候，不知怎么地居然流下了眼泪。好吧，从此博客改名！泡沫之家！嘎嘎嘎嘎嘎！

……

某年某月某日：今天我很开心！因为我终于回到了自己的祖国，见识到了美丽的上海，并且即将要见到我的青梅竹马！我真的好爱他！还有我两年未见的好朋友，一会儿见喽！

……

某年某月某日：我的思绪被渐入而行的记忆敷衍成一首哀怨的歌，那不是真的，我一遍又一遍地告诉自己。可是，就算那是真的又怎样？哪怕，你喜欢她，我还是没办法不去爱你。"

莫沫看着自己的博客，努力不让泪水从眼角溢出。片刻后，她在荧幕上敲出了一行字。

"为什么现在的我们会变成这样，为什么这份爱到头来只是我一个人的冷暖自知。"

"MIMIMIMIMIMIMI MIMIMI ONLYMIMI MIMIMIMIMIMIMI MIMIMI SEXY MIMI……"

这时，她的手机铃声响起，来电显示是钟亦峰。她接通电话，还没来得及开口说话就听到电话那端传来了两个字，这语气的冰冷仿佛透过时空直接冰冻了她手里握着的手机。

"下楼。"

"你怎么知道我在公司……"

"嘟……"

"喂……深蓝！钟亦峰！"

桓旗广场，一辆银色劳斯莱斯停靠在路灯下。一个长相十分秀气的男生笔直地站在车旁等候着。莫沫从桓旗大厅出来，看到这耀眼的车后便小步奔跑过来。

"莫沫小姐，上车吧。"顾雷看到莫沫后为她打开副驾驶的车门。

"钟少让你来这里接我的吗？他怎么会知道我在公司？"

"钟少说你不会去别的地方。"

莫沫听后无奈地微微一笑，他一定是知道，她无处可去。

No.88

晚七点二十分。

上海桓旗国际商场顶层，贵宾接待室。

"大雷，我们来这里做什么？"莫沫好奇地问顾雷。

顾雷没有理会身边的莫沫。

"喂，顾雷，你不要学深蓝一样目中无人好不好！"莫沫一个人在顾雷身旁碎碎念。

一个留着长发、满身肌肉且充满艺术气息的男人走出来，看见顾雷后开心地笑着说："大雷！好久不见，最近可好？"

"老样子！Simpson，钟少说把她的形象设计交给你。二十分钟必须搞定，八点前我们必须赶到桓旗酒店参加宴会。"顾雷一把拉过莫沫，把她往前一推对Simpson说道。

Simpson绕着莫沫走了一圈，上下打量她："不错，嗯，不错……看样子是个淑女哦！不过……这，这不会是钟少的女人吧！"

"开什么玩笑！"莫沫瞪大眼睛，大声地向Simpson吼道。

这一吼不仅惊到了Simpson，也惊到了顾雷。

"真的很淑女……"顾雷看着表情狰狞的Simpson，露出了坏笑。

时间在秒针的轮回中安静流逝着。

晚七点四十分。

"OK！完工！"Simpson拍拍手，激动地大喊。

Simpson把莫沫推到镜子面前，当莫沫看到镜子里的自己时，竟然一时惊讶得说不出话来。

Simpson将莫沫的长发做一次性卷发后束成一个高高的马尾，如花朵般绽放的卷发在她的肩头懒洋洋地躺着。薄薄的齐刘海儿下是一双灵动的大眼睛，长长的下睫毛覆盖着的卧蚕上氤氲着银白色的妆容，俏挺的鼻梁下的双唇被红色渲染。嫩白的皮肤、精致的五官为性感的红唇增添了那么几分可爱的气息。

略显复古气息的流苏耳环下是带有娃娃领的白色连衣裙，胸部以上镂空的花边正好显现出莫沫性感的锁骨，瘦纤的腰被这连衣裙上的珍珠修饰。手上配着一个蝴蝶结样式的包包，脚上一双约为十公分的奶白色高跟鞋，珍珠链一直延伸到脚腕以上。原本一米七五的个子，在高跟鞋的装饰下更加凸显出既修长又纤细的腿。

"这还是我吗……"莫沫双手捧着脸颊，脸上泛出红晕。

No.89

上海桓旗国际酒店。

晚八点整。

在桓旗酒店门口，穿着黑衣服的安保人员在维持秩序。拿着各种摄像机的媒体记者在门口拥堵着。

一辆银色劳斯莱斯停在酒店门口的红毯前。顾雷下车，打开副驾驶车门，莫沫从车里出来，顿时一道道白光向她袭来。

"这是谁？桓旗新签约的模特吗？好漂亮、好高啊！"

"这辆车，这辆劳斯莱斯好像是钟总经理的车。"

"头条！头条！难道是钟亦峰的未婚妻？"

"绝对的头版新闻！不是说今晚桓旗董事长要公布大事吗？"

……

伴随着莫沫的出现，现场沸腾一片，记者蜂拥上前。

"你好，这位小姐，请问你是桓旗企业新签约的模特吗？"

"请问你跟钟亦峰钟总经理是什么关系？据我所知，这辆劳斯莱斯应该是钟总经理的专车吧！"

"请问你叫什么名字？"

"对不起，请让一下。请不要提问，谢谢。"顾雷走过来用手挡住前面的记者，护着莫沫。

此刻，钟亦峰正在酒店内的露天阳台上抚着栏杆看着人群中的这美丽的焦点。他的眼神温柔又寂寞，不知道从什么时候开始，在他的眼里，只有她一个人了。

"是夏与冰和宫玫萱！"一个举着照相机的记者喊道，向别的方向跑去。

记者们三三两两地向他们的方向走去，莫沫侧过头，看到了他们。夏与冰一身白色西装出现，身着白色晚礼服的宫玫萱亲昵地挽着他的胳膊。

"夏先生和宫小姐，今晚将是微电影的首映，二位作何感想？"

"夏与冰先生，您有没有想过借这次机会打进娱乐圈？"

"宫玫萱小姐……"

人群中的他们，仿佛是金童玉女般的存在。莫沫的眼眶湿润了，就连她都觉得他们很般配，自己只不过是一个行路匆匆的过客而已。

趁着记者群疏松的机会，顾雷迅速带着莫沫走过红毯离开。

拉着莫沫离开的顾雷没有注意到还在不停向后张望的莫沫，而远处看着她的钟亦峰却能感觉到此时她那润湿的双眸。

第二十六卷　桓旗庆宴（一）

卷首语：

现在的我，只能跟你站在同一个夜空下，看同一场烟火，却再也走不到一起了。

NO.90

桓旗酒店的规模和华丽程度是令人难以想象的。

高高低低的彩色音乐喷泉后的整个宏大的花园，正是宴会的主要场地。

五颜六色的气球遍布整个花园，美味纷繁的食物被摆放在桌子上，到处都是身着黑色西装的服务者和安保人员。在穿着华丽服装的人群中央是一个偌大敞亮的舞台，舞台的 3D 荧屏上显示着"桓旗集团三十周年庆宴"

以舞台为中心四周是绚烂的灯光，充满激情的音乐乐符在风中肆意地炫舞着。酒店上空有几架直升机来回巡飞，打下来的光线穿梭在酒店的各个角落。

每个人的脸上都挂满了笑容。各大娱乐媒体的记者都握着摄相机不停地捕捉这繁华的场景和那在安静中酝酿着的惊人头条。

莫沫一个人在一块几乎没有人的绿油油的草坪上心不在焉地慢慢走着。迎面走来一个个子很高，却将头上帽子的帽檐压得很低的男人，他似乎不小心撞上了莫沫。

"啊！"不擅长穿高跟鞋的莫沫重心不稳向一侧跌去，不慎扭到了脚。

然而这一声并没有引来多少人的关注，因为莫沫的声音完全被这里聒噪的音

146

乐掩盖了。

　　"莫沫，你没事吧！"宫玫萱恰巧经过，立刻搀扶摔在地上的莫沫。

　　"你怎么走路的！"宫玫萱厉声呵斥男人。

　　"对不起宫玫萱小姐，对不起莫沫小姐，我不是故意的。"

　　"我没事儿，玫萱，"莫沫在剧痛下不停地用手揉脚踝，"让他走吧。"

　　"还不快滚。"宫玫萱对男人喊道，然后轻轻地对莫沫说："莫沫，试着站起来一下，看看能不能站起来。"

　　"不行，脚好痛。"莫沫指着脚踝对宫玫萱说。

　　"这样吧，莫沫把鞋子换一下。高跟鞋你是穿不了了，正好我今天穿的是平底鞋。"宫玫萱用手抓起裙子的一侧，露出了自己的鞋子——是一双普通却不失可爱的白色平底鞋。

　　两个人换好鞋后，宫玫萱嗖的一下利索地站起来。

　　莫沫"扑哧"一声笑出了声。

　　宫玫萱弯下腰轻轻地敲了敲在地上坐着的莫沫的头："傻丫头，你笑什么？""果然我们玫萱才是穿高跟鞋的高手！"莫沫露出微笑。

　　"那是必须的，二十公分的不在话下啊！来，我扶你起来，看看能不能走。"

NO.91

　　晚八点二十七分。

　　一个头发花白的老人带着十几个穿着黑衣服的保镖一起登台。空气中舞动的音乐戛然而止。

　　"欢迎各位来宾。我是桓旗集团董事长，钟桓。"

　　舞台下掌声雷动。

　　"今天是桓旗公司成立三十周年的庆典，希望到场的来宾们能够度过一个愉快的夜晚。下面让我们一起来期待八点三十分的烟火表演，之后我们将首映本年度的桓旗微电影宣传片，微电影播放结束后我将向现场所有人公布之前承诺过要宣布的'消息'内容。"

　　钟桓话音刚落，舞台上的 3D 显示屏上更换成一个十秒钟倒计时的时钟。

　　"十。"

　　"九。"

　　"八。"

　　"七。"

"六。"

几乎现场所有的人都一起在倒计时。

"五。"

"四。"

"三。"

"二。"

"一。"

倒数声刚刚完毕，礼炮齐鸣，烟花一齐绽放天际。整个桓旗酒店的四周都是烟火的燃放地点，这些色彩缤纷的烟火毫无间歇地在黑色的夜幕中释放自己一瞬间的美丽。

莫沫一个人在人群中寻视着。当她看见夏与冰微笑着仰头看天边的烟火时，看到他身边同样微笑着的宫玫萱的时候，她也像人群中其他人一样仰望那绽放于天际的烟火。

只是，在莫沫视野中绽放的色彩却越来越模糊。

与冰，我们的距离真的好近，我们之间不过隔了几个陌生人的距离而已。

与冰，我们的距离好远，我们之间只是隔了一个宫玫萱的距离而已。现在的我，只能跟你站在同一个夜空下，看同一场烟火，却再也走不到一起了……

莫沫的眼泪悄悄地落下，无声无息。

然而，她没发现有一个人在人群中，这个人的眼睛从未离开过她的身上。他真的很想过去对她说一句"今晚的你好美"，他真的很想告诉她不要再难过了，他真的很想亲手为她擦去现在她脸颊上的泪水。

当他准备向她走过去的时候，一只涂满黑色甲油的纤细瘦长的手拉住了他。

"亦峰哥哥，我们谈谈。"

No.92

上海桓旗酒店花园的一个角落内。

安静的风吹拂着四周的树叶，天边喧嚣着的烟火依然未歇。这里不像宴会主场地那样热闹，相比之下，这里些许黯淡的灯光漫延出的是一种清幽。

"亦峰哥哥，你还在生我的气吗？气我之前跟踪你，不信任你。"任茜的右手轻轻地抚摸着钟亦峰的脸，她漂亮的眼睛里却显出了一丝柔弱。

"没有。"钟亦峰握住她的胳膊，顺势将她的手拿开。

任茜深呼吸一口气，努力微笑着对钟亦峰说："青岛怎么样，美吗？"

钟亦峰看着任茜，不知该说什么。即便她对他微笑着，却仍旧挡不住脸上的悲伤。

那天午后。

任茜在化妆台前坐着，化妆师正仔细地为她补妆。她第一次摒弃浓妆，淡妆装饰下的她儒雅又精致。她一身白纱裙，波浪卷发上佩戴五彩的花环，美丽动人。这天是她和钟亦峰订婚的日子，她一想到这儿心就不停地怦怦跳。

"茜儿。"

"钟伯伯。"任茜笑起来像一朵美丽的花。

"你给亦峰打个电话，他到现在都还没有来。"

一丝慌张出现在她的脸上，她立刻拿起化妆台上的手机。

"对不起，您所……"

任茜挂断电话，再拨。仍是同样的回应。

开始，她以为他在忙，于是一直在等他的回电。隔了很长一段时间，她还是没有接到回电。当她再次拨打他的电话时，却已是暂时无法接通。

任茜十分慌张，晚宴的时刻快到了，而亦峰哥哥还没有来，况且这日出席的都是钟桓和任旗的朋友。这要出了差错可怎么办？她顾不得其他，立刻开车去桓旗公司，当她到的时候，天空的颜色已经渐渐暗沉了。而钟亦峰的办公室却空无一人。她给顾雷打电话没有打通。任茜去一楼咨询处询问，员工告诉她今天一天钟总都没有来过公司。

她变得更加慌张起来。正当她想离开的时候，顾雷恰好打着电话从电梯中走出来。

她立刻从身后追上来，却听到了顾雷对电话那端的人说："好的，钟少，我知道了。我现在立刻开车赶去青岛。"

"你都知道了。"钟亦峰声音极其平淡。

任茜却再也笑不出来，她从没想过他会那么冷漠。她忘不了那日赶上顾雷之后，她所听到的一切。

"大雷，亦峰哥哥在哪里？在青岛吗？"

"是的。"

"他去青岛做什么？"

"他要我去青岛接一个人，是我们公司外交部的一个员工。"

"是谁？"

"任茜小姐你应该不认识，她叫莫沫。"

任茜的世界仿佛划过一道晴天霹雳！又是莫沫……

在飞机上的一幕幕浮现。

"我二十三，我叫任茜，你叫什么名字？"

"莫沫，莫名其妙的莫，泡沫的沫。"

她不知道，为什么在飞机上遇到的那个"姐姐"，后来会跟亦峰哥哥一起吃饭、一起散步，过马路的时候，亦峰哥哥还会牵着她的手。

她曾经一度因为这个跟钟亦峰怄气。结果却发现他仍是沉默，从不解释，更不去掩饰自己的内心。现在，钟亦峰在订婚当天把她一个人抛下，而他们却一起去了青岛！

"谢谢你没有告诉钟桓事实。"钟亦峰语气依然平淡。

"你难道没有什么要对我说吗？钟亦峰！我怎么告诉钟伯伯？你告诉我，我怎么说！我难道要告诉他，你不喜欢我了，你喜欢上了另一个女人，还是说，你根本从来没有喜欢过我！你告诉我啊！"任茜双手抓住钟亦峰的胳膊激动地说着，泪水从眼里流了出来。

钟亦峰看着眼前的任茜，轻轻地推开她。

那年，钟亦峰十七岁，他刚刚失去了母亲。

在母亲的葬礼上，父亲没有流一滴泪，父亲的冷漠他都看在眼里。十七岁的钟亦峰终于明白，母亲生前说的都是真的。她只是父亲成功的工具，她只是父亲为完成事业之路的一个牺牲品。

母亲下葬的那天晚上，钟桓一个人在阳台上喝酒。

钟亦峰走过去坐在钟桓旁边，打开一瓶啤酒，跟钟桓一起喝。

"亦峰，对于你来说，最重要的是什么？"钟桓问钟亦峰。

钟亦峰想起母亲临终前对自己说的话，他毫不犹豫地说："事业。"

"好，哈哈，不愧是我儿子，男人就应该以事业为重。钟桓拍拍钟亦峰的肩膀，大笑着说。

"亦峰，你觉得任叔叔的女儿，任茜怎么样？"

"任茜？暗夜总裁的女儿？"

"对，爸爸希望你们能在一起。"

"现在说这个会不会太早？我对她没有任何感觉。"钟亦峰喝一口啤酒，认真地说。

"记住，不要用自己的感情去爱上任何一个女人。你爱她越深，她就越成为你成功的阻力。所以，任茜很适合你。"

由于钟桓的希望，钟亦峰就一直没有拒绝过任茜。尽管，钟亦峰知道自己从没喜欢过她。

然而，莫沫于钟亦峰来说，是年幼时光的相遇留下了太多的未知和遗憾，所以一直埋怨，一直难以忘怀。猛然之间他才明白，也许这就是爱。

"对不起，"钟亦峰对任茜说，"但是我不能再骗任何人，我们只能做普通朋友。"

任茜的泪停不住："钟亦峰，你知道，今天钟伯伯会宣布我们订婚的消息吗？现在你却告诉我，我们只能做普通朋友！你真的从来没有喜欢过我？从来都没有？"

烟火不知什么时候幻灭于天际。此时此刻，这里变得安静无比。

钟亦峰看着眼前几近崩溃的任茜，心中虽然有些许不忍，但他还是坚决地说："是。"

"那你喜欢莫沫？是不是？"任茜的声音略带颤抖。

"是。"钟亦峰的语气更加坚决。

"我明白了。"任茜轻轻地说，绕过钟亦峰离开。

钟亦峰听着任茜离开的脚步声，静默无言。对于钟亦峰来说，他的世界很简单，只有喜欢或者不喜欢。他知道，让她痛一场好过那些犹豫和欺骗。

"钟亦峰，你听着，我不会放弃的。我会让你知道，我才是最能帮助你的人，我才是最配得上你的人。你会爱上我的，你也只能爱上我。"任茜抹去脸上的泪水，认真地说。

任茜离开后，钟亦峰一个人站在这里。当他准备回去的时候，却听到了不远处说话的声音。他往树林的方向走，躲在一棵树后面，静静地看着在不远处花园桥上发生的一切。

No.93

庆宴会场内。

被桓旗集团邀请来的媒体在舞台下纷纷拍照，还有重量级的电视台现场直播报道。

"观众朋友你们好！这里是卫星电视台，经过烟火表演和微电影首映后，现在我们即将现场为您直播报道桓旗董事长钟桓的讲话。"

钟桓和一个跟他年龄相当、充满戾气的男人站在舞台上，他们身后的保镖更多了。男人身后的保镖穿着黑色半袖 T 恤，黝黑的皮肤上都是文身。

"感谢大家的配合。现在我要宣布一件事……"

"等等！"一个具有穿透力的女声响起，钟桓居然真的停止了讲话。场面顿时安静无比。

任茜穿过人群，走上舞台。她一袭黑衣，性感无比。台下闪光灯不停地闪动。任茜走近男人和钟桓，在钟桓耳边轻轻地说："钟伯伯，我想取消订婚。这是我和亦峰哥哥两个人共同的决定。"

"茜儿，怎么了？是亦峰惹你生气了？"钟桓温柔地说道。

"任茜，这可不是你说了算的。"男人的语气却非常冰冷。

台下开始小声唏嘘起来。

"我知道，可是……"任茜话音未落，远处传来一声尖叫："啊！"

声音急促的同时却又越来越微弱！

"救命……与冰，救命！救救我……"

这声歇斯底里的嘶吼仿佛能穿破云霄。

"救命！"

这阵阵惊慌的叫喊迅速引起了轩然大波。

"是谁在喊救命？"

"快过去看看！今天有很多猛料！"

记者们迅速向声源地跑去，人群纷纷散开。

当夏与冰听到尖叫的时候，他立刻像疯了一样从宴会场内跑开。

"是沫沫，是沫沫的声音。她一定不要出任何事，不要！"夏与冰神情紧张急迫，心里默念道。

第二十七卷　桓旗庆宴（二）

卷首语：

喜欢就是喜欢，不喜欢就是不喜欢。喜欢的话就好好把握住她，不喜欢的话，就干脆不要给她希望。

No.94

绚烂的烟火绽放于天际，给上海这座不夜城的上空增添了道道光辉。这场烟火如此美丽，又是如此短暂。这不由得让莫沫想到了那句话，美丽的泡沫也不过一霎花火。如果说这深沉宁静的夜空深深地爱着这场转瞬即逝的烟火，那么这美丽的繁星是不是夜空的泪滴呢。

"我爱你，因为你的光芒遮住了我的眼泪。"漆黑的夜幕伤感地对短暂易逝的花火说道。

殊不知，这场花火虽然短暂，却是倾尽其一生，只为在夜空的世界中留下它经过的痕迹。

不知何时，烟火停止。人群中赞叹声不已。

舞台大荧屏上一片漆黑，音响中传出低沉浑厚的男低音："二零一五桓旗巨献，倾情打造微电影，首映即将开始……"

莫沫想逃离，莫名其妙地想迅速离开这里。这种疼痛的感觉压得她快要窒息。

这时，她感觉到包里的手机在震动。

"莫沫，我在宴会会场后面的花园桥边等你，有些话想对你说。"

　　花园桥在莹亮的湖面上懒洋洋地栖息着。这美丽的白色大理石砌成的小桥四周是低低的霓虹灯围栏，跳动着的灯光仿佛是暗夜里的精灵一样闪烁灵动。

　　一个踩着白色高跟鞋身着白色晚礼服戴着黑色墨镜的女人站在湖畔的桥上，风轻轻吹动着她的发丝，夜晚暗淡的光线环境为她更加填涂了一笔神秘美。她精致美丽的五官后却隐藏着那么多说不清道不明的忧愁，她的背影瘦削而悲伤。

No.96

　　下午的阳光渐渐地从天边消失。

　　桓旗集团艺人化妆休息室内。

　　宫玫萱御用化妆师在仔细地为她上妆准备今晚庆宴的出席。宫玫萱美丽的脸上充满了笑意，因为她接到公司的消息夏与冰会来接她一起出席。她可以挽着他的胳膊，在摄像机的全程拍摄下，在众人的仰视下与他一起走过那红毯，这是她梦寐以求的事情。

　　一会儿，便传来敲门的声音。

　　"请进。"宫玫萱温柔地说。

　　如她所料，面前的镜子里反射出夏与冰帅气的脸庞。他走进来，将门关上。

　　"你来了。"宫玫萱从镜子里对夏与冰露出了微笑。

　　"玫萱，我想跟你谈谈。"

　　"好，"她对身边的化妆师说，"珍，你先去休息室吧。有事我会叫你。"

　　"好的，宫小姐。"化妆师对宫玫萱露出微笑，然后向夏与冰致意后离开。

　　宫玫萱起身，转身去化妆室里面的房间准备好两杯黑咖啡端了出来。

　　"有什么话坐下说嘛！"宫玫萱将咖啡放在茶几上，坐在沙发上对夏与冰说。

　　"玫萱，还记得我上次对你说过的话吗？"夏与冰坐下，语气淡然。

　　宫玫萱的心里骤然一紧，没有回答。

　　"我说过，在我们整理好彼此的心情之前，不要再见面了。"夏与冰看着眼前冒着热气的黑咖啡，没有看宫玫萱的眼睛。

　　"我觉得现在这样的处境，对你，对我，对沫沫来说，都是一种伤害。我知道工作上，我们不得不见。既然如此，我们还是做普通同事的好。保持一定距离吧，希望你一切都好。"

"为什么突然这么说，你的意思是我们连基本的朋友都做不成了吗？"

夏与冰没有回答，尽管他知道自己那么做很自私，但是他真的不能再让莫沫受伤。一如钟亦峰所说，伤害莫沫的，一直都是他自己，而非别人。

安静的午后，钟亦峰路过餐厅，看到了熟悉的两个人，他靠近的时候正巧听到了他们的对话。

"我会陪她去。而你有你自己的任务，到时候会有很多的娱乐记者，你必须要跟宫玫萱同时出席。"

他坚定地对眼前的夏与冰和莫沫说。说罢，他便离开餐厅，向电梯的方向走去。

电梯门即将关闭之际，一只修长的手阻止了要上行的电梯。夏与冰走进电梯，站在钟亦峰的左边，眼睛直直地盯着钟亦峰。

"你到底想做什么？"

钟亦峰笔直地站着，好像完全没有听到夏与冰的话。

"请你离莫沫远一点儿。"

钟亦峰的眼神向左边瞥去，同样冷漠地看着他，然后转过头，面向电梯的门。

"夏与冰，她很难过，甚至很痛苦。"当钟亦峰说这句话的时候，眼睛里满满都是心疼。

"喜欢就是喜欢，不喜欢就是不喜欢。喜欢的话就好好把握住她，不喜欢的话，就干脆不要给她希望。并且，伤害她的一直都是你，不是我。"

"叮咚……"电梯门打开，钟亦峰笔直地走出电梯。

突然，钟亦峰停下脚步，背对着夏与冰。在电梯门快要关上的时候，他淡淡地说："说不定，有一天她也会被别人追走。"

电梯门关闭。

没有人看到夏与冰的表情如此惊讶又悲伤，没有人看到钟亦峰的表情充满难过与心疼。

"是。不再做朋友，你有追求幸福的权利。我也不能再去伤害莫沫，我要直接告诉她，我喜欢她。从小到大，我对她的爱从没有变过，没有停止过。"夏与冰坚决地对宫玫萱说。

"那我呢？你有没有考虑过我的感受，你一点点都没有在乎过我吗？"宫玫萱的眼眶发红，表情非常痛苦。

"就是因为不想再伤害你们任何一个，所以我必须要把一切说清楚。"夏与冰的神情露出一丝伤感，但是眼睛里却充满了决绝。

宫玫萱的眼泪落了下来。

夏与冰站起身，准备离开。宫玫萱立刻站起来，从身后抱住了夏与冰。

"与冰，你不要这样！不要……"宫玫萱的眼泪越来越多，刚化好的妆容立刻变花。

夏与冰觉得很心疼，他又有什么资格让玫萱那么爱自己，而他又有什么资格去伤害她？他们三个从小一起长大，谁都没有想过有一天会变成现在这个样子。现在，他唯一能做的就是让她放下这份充满痛苦的爱，去寻求属于自己的幸福，尽管这个过程会很残忍。

"放开吧，玫萱。"夏与冰闭上眼，轻轻地说。

宫玫萱却越抱越紧。

"玫萱，我真的很爱沫沫。如果她难过，我会比死还难受。我根本不可能去伤害她，不可能。从小到大都是这样，爱她，早就是我生命中一个最重要的习惯。"

宫玫萱的力气越来越小。

"与冰，如果没有莫沫的话，你会喜欢我吗？"宫玫萱小声地问。

"没有她的话……"夏与冰轻轻地说，"应该也不会有我吧。也许，我就是上帝派来去守护她的。"

这次，宫玫萱终于松开了手。

如果没有她的话，就不会有我。这句话再次化作一把利刃刺透宫玫萱的心。

她抹去自己的眼泪："我懂了。我会放弃你，我会听你的，跟你保持距离。但是我有最后一个请求，今晚的宴会，我希望你会一直在我身边。像守护莫沫一样守护我一个晚上，好吗？不要……不要像二十年前那样……扔下我一个人。"

夏与冰心疼不已。

"好，我答应你。"

No.97

宫玫萱缓缓闭上眼睛，任风吹乱她的发丝。她走到花园桥的中间，静静地等候着。

"玫萱。"莫沫的声音越来越近，"一个人在这里做什么呢！搞得那么神秘！"莫沫走近玫萱，站在她的身边，对着湖面伸了个懒腰。

"穿这种衣服简直快要累死人了！玫萱你真是太可怜了，天天都要穿那么一本正经的衣服面对各种摄像机说哭就哭说笑就笑啊，好累呀！"莫沫对宫玫萱微笑，弯弯腰，身体左晃晃右晃晃，然后对着湖面大喊，"以后再也不要穿成这样！耶！"

"莫沫，我找你来，是有事情要对你说。"

"什么事？是不是又觉得闷了，让我陪你去逛街？"

"莫沫，你喜欢与冰，对吗？"宫玫萱的眼睛望向远处的湖面，她眼中闪烁的光芒像湖面一样明亮。

"怎么，突然，说这个？"

"我喜欢他，小时候第一次见他的时候，我就喜欢他了。我们三个从小一起长大，一直都是好朋友。我知道他也是喜欢我的，但是他怕伤害你，所以一直不跟我在一起。"

莫沫听到这番话后，手脚开始冰凉。她不想听。

"玫萱，我不想说这个。"

"我真的很爱与冰。他是我的全部，他是我的整个世界。莫沫，你是我最好的朋友。我不想伤害你，但是，你仍然会祝福我和他的，对不对？"宫玫萱摘掉墨镜，看着莫沫说。

莫沫的心如刀割。她努力克制自己的感情，她想逃跑，不想面对这一切。她一直都以为夏与冰是爱自己的，至少在她出国前，他还是爱她的。然而回国后，她发现他们走到了一起，她选择了沉默，一个人默默地什么都不说，甚至不敢去奢求他的一个解释。可是现在，她最好的朋友却跑过来要她祝福他们。她的委屈和痛苦一触即发，她的眼泪再也忍不住了。

"是，我知道他爱你，但是我不会祝福你们，绝对不会。"

莫沫说罢立刻转身离开。

宫玫萱立刻拉住莫沫的胳膊说："莫沫，你不要生气，更不要生与冰的气，莫沫……"

莫沫用力挣开宫玫萱的胳膊喊道："够了！我不想再听了，我要走了。"

"啊……"一声尖叫声响彻云霄。

"嘭……"一阵巨大的浪声响起，当莫沫回过神来后，桥面上只有一只零散的高跟鞋和撒了一地的珍珠。

"救命……与冰，救命！救救我……"宫玫萱在湖泊中挣扎着，努力露出湖面，却又一次次沉入湖中。

"玫萱……玫萱！玫萱！"莫沫被眼前的场景吓得不知所措。

莫沫心脏跳动飞快……她心乱如麻，是自己把玫萱推下去的吗？她多想立刻跳下去救宫玫萱！可是自从小时候父亲出海遇难后，她便从此畏惧接近任何水深的地方，更不要提曾经很擅长的游泳了！

"救命！"莫沫歇斯底里地嘶吼一声，仿佛被击垮般崩溃地瘫倒在地上。

第二十八卷　医院惊魂

卷首语：

够了！只要玫萱脱离危险，我就离开。

No.98

"钟亦峰，听着，我不会放弃的。我会让你知道，我才是最能帮助你的人，我才是最配的上你的人。你会爱上我的，你也只能爱上我。"

任茜背对着钟亦峰，所以他看不到她的表情。他唯一能够感受到的就是，眼前的这个任茜似乎不再是以前那个叽叽喳喳像个孩子一样的她了。

任茜走后，钟亦峰也准备离开，在这时他却听到了不远处说话的声音。他往树林的方向走，躲在一棵树后面。

钟亦峰看到了花园桥上的莫沫和宫玫萱。

她们好像在争执，然后他亲眼看到莫沫甩开宫玫萱的胳膊后，宫玫萱坠落湖中。不，是宫玫萱自己跳进湖里的。钟亦峰可以肯定。

他听到了她们的喊叫，钟亦峰立刻向她们跑去。

这时一个白色的身影从宴会方向迅速向她们跑去，是夏与冰。

"沫沫，你怎么了……"

"与冰……快去救玫萱，都是我不好……快去！"莫沫指着湖面，流着眼泪对夏与冰喊道。

夏与冰愣了一下，立刻转身跳进了湖中。

大批的媒体记者和宾客纷纷向这边赶来，钟亦峰立刻跑到花园桥上，抱起莫沫转身向树林的方向快步走去。

"深蓝？你做什么，放开我！"莫沫回过神的时候已经被钟亦峰抱在怀里，不知所措的她向钟亦峰喊道。

……

"钟亦峰！你疯了吗！"莫沫试图挣脱钟亦峰，他却越抱越紧。

"闭嘴。"钟亦峰对怀里的莫沫说，语气有些着急。

"你放开我，我要去看看玫萱有没有事。"

"我知道。现在她身边有夏与冰，你不用担心。"

莫沫被钟亦峰的话震惊。傻傻的莫沫不知，现在最危险的是她自己。

No.99

上海某私人医院。

晚十点整。

急救室的"手术中"的灯亮着，格外刺眼。

莫沫双手紧握，两眼无神坐在座椅上，身上披着一件深蓝色的西装外套。她神情恍惚，嘴里不停地说："都怪我……如果不是我们换鞋子，她就不会出事……如果我不挣开她，她更不会掉进湖里……"

"都怪我，都是我的错……"

钟亦峰坐在莫沫身边，眼神略显温柔地看着她。他知道，这并不是她的错，但是他不知道怎么告诉她真相。然而，对于莫沫来说，真相会比现在这样的情况更加残忍。

夏与冰在手术室前来来回回不停地走着，不停地走。

"到底是怎么回事儿？玫萱怎么会掉进湖里？"夏与冰停下步子，站在莫沫面前。

"不要再问了，这件事以后再说。现在莫沫已经非常痛苦了。"钟亦峰代莫沫答道。

"可是现在宫玫萱在手术室里生死未卜，难道跟她一点关系都没有吗？"夏与冰的语气冰冷，当他说出这句话后，自己都感到震惊。尽管自己心底里很担心宫玫萱，但是，这不是他的初衷，其实在他心底，他始终愿意相信这不是莫沫的错。

可是当他看到桥面上莫沫的高跟鞋的时候，当她听到莫沫刚刚说的话的时候，他潜意识里默默相信了。可是这又怎样？如果是莫沫的错，他愿意替她承担一切责任。宫玫萱是他们两个共同的朋友，但是莫沫是他夏与冰从小到大的唯一。最让他不能理解的是，在他送宫玫萱到医院后，莫沫是和钟亦峰一起来的医院，她的身边居然一直都有他钟亦峰！

莫沫的心都碎了，她听出了夏与冰话中的意思，他在怪她，怪她这样伤害宫玫萱。

此刻，莫沫的眼泪流下来。她不知道自己为什么流泪，她只知道自己这段时间特别喜欢流泪。

看到莫沫流泪，钟亦峰的愤怒立刻被激起！

他站起身，单手抓住夏与冰的衣领，眼神冷到仿佛可以冻结一切："你疯了吗！你知道这是怎么一回事吗，你就怪她？"

而夏与冰看到如此为莫沫说话的钟亦峰亦是愤怒无比："这跟你有什么关系，你为什么那么在意她！我自己拥有判断力，用不着你多管闲事！"

"够了！"莫沫看着快要打起来的两个人，仿佛是在绝望之前用自己最后的力气喊道。

"只要玫萱脱离危险，我就离开。"

No.100

晚十一点三十五分。

夏与冰坐在椅子上，头埋在双手下。钟亦峰坐在椅子上，眼睛盯着一处入神。莫沫站在墙边，仰视天花板。

"手术中"的灯熄灭。

穿着白大褂的医生走出来。

三个人不约而同地向前走去。

"宫玫萱已经脱离了生命危险。但是身体还非常虚弱，需要多休息。"医生摘下口罩，松了口气说。

莫沫急切地问："那她什么时候会醒过来？"

"明天清醒后就可以转普通病房，但是要留院观察。不能掉以轻心。"医生严肃地说，然后径直离开。

晚十二点零一分。

一辆劳斯莱斯奔驰在公路上。

原本是晴朗的夜已然看不到星星的痕迹，这时候偏偏下起了淅淅沥沥的小雨。莫沫右手的拇指和食指捏着下嘴唇，眼睛看着窗外，非常沉默。钟亦峰在一侧看她一眼，不知该说些什么。顾雷看到这样怪异的两人，也是沉默无言。

"你好，现在星空电台将继续为您报道艺人宫玫萱神秘落水事件。据桓旗官方称，昨晚十一点三十五分宫玫萱已脱离生命危险。至于整个事件的前因后果……"

顾雷伸手转换了车内的调频。

"深夜不眠的人，多半会有些许愁思。人生苦短，但是相伴而来的委屈、痛苦、惆怅却是那么的长。夜深了，不妨放下心中的包袱，一起聆听一首 *Kiss the rain*。宛若细雨般的思绪点点滴滴敲中你的心房，泪水和相思都将飞往天堂。就像在寂静的夜里站在海边聆听海浪……"

音乐的旋律淡入，莫沫被这悲伤的旋律打动，眼眶微微湿润。

旋律的伤感渗入了莫沫的心，她任凭自己悲伤，此刻她唯一能做的是不让自己再作任何掩饰。她要彻底地释放心中的苦楚。

公寓楼下。

"谢谢你送我回来。"莫沫淡淡地说，欲开车门下车。

"还有什么事吗？"

"不要再难过了，这不是你的错。"

"谢谢你相信我，但是我很清楚，这一切都是我的错。或许今晚，我就不该出现在宴会上。"

莫沫语气冷淡地说完后下车。她的背影在雨里是那么瘦削，她的语气是那么的冰冷脆弱，让人心疼。

钟亦峰打开车门，立刻下车去追她。

他简直觉得自己的心快要碎了，如果再看她那么压抑着自己，他会比她先疯！会比她先崩溃！他从来没有这样在乎过一个人，从来没有这样心疼过一个人！从来没有！

钟亦峰追上莫沫，握住她的胳膊，让她转过身。

他清晰分明地看到了她脸上都是泪水，不是雨水。

他立刻紧紧地抱住她，当他抱住她的那一刻，感觉到她浑身的冰冷。

她到底有多脆弱，但是她又装得多坚强。

莫沫开始想挣脱钟亦峰的拥抱，钟亦峰却越抱越紧。

"哭吧，尽情地哭。我在这儿。"钟亦峰的右手紧紧抚着她的头，把她拥在怀里。语气里除却温柔还充满了心疼。

莫沫终于停止了挣扎，她放声大哭，歇斯底里。

没有人能够理解她内心的痛。她的世界仿佛全部都乱了，失去了家人后，她的生命中最重要的两个人就是夏与冰和宫玫萱。对她来说，他们就是她的家人！可是，最后的结局却是，对她来说最重要的两个人走在了一起，但她只能选择沉默！每晚她都把泪水流在了心里，第二天，她还要装作什么事都没有去向别人微笑……

即使这样，她最好的朋友还要她去祝福他们，她不是神，她只是一个普通的女人，她也会痛，会难过，会被这千万吨重的悲伤压到窒息！

她不想伤害任何人，特别是对她来说很重要的人。然而，她却无意间伤害到了宫玫萱，让她的生命悬于一线！她无法原谅自己！

也许，这所有的一切，都是宿命。只是这苦苦痴缠在一起的命运，终究不会在她撕心裂肺的哭声中停止。

第二十九卷　媒体抨击

红豆薏仁粥。

No.101

经过一晚上淅淅沥沥的小雨，第二天清晨天空终于露出了一点阳光。

上海桓旗总公司。

钟亦峰在办公桌前，神情严肃地看着电脑屏幕。

"桓旗集团三十周年庆宴，神秘女子现身红毯，疑为钟总经理未婚妻……"

"桓旗集团三十周年庆宴，夏与冰携手宫玫萱共走红毯，郎才女貌……"

"桓旗集团三十周年庆宴，神秘黑衣女子阻止钟桓讲话，疑为暗夜集团董事长任旗之女……"

"桓旗集团三十周年庆宴，演员宫玫萱神秘落水，夏与冰跳水相救，二人被爆热恋已久！"

"桓旗集团三十周年庆宴，夏与冰舍身相救宫玫萱，两人假戏真做，爱恋十足！"

"桓旗集团三十周年庆宴，疑似钟桓将公布神秘继承者身份，钟亦峰继承出现危机……"

"桓旗集团三十周年庆宴，艺人宫玫萱神秘落水事件黑幕！"

最后一条新闻的点击率居然过亿。钟亦峰看到最后一条的时候，他立刻焦急地打开查看其中的详细内容。

"桓旗集团三十周年庆宴，艺人宫玫萱神秘落水事件黑幕！"

"桓旗集团三十周年庆宴中的爆料点不少，最劲爆的当数艺人宫玫萱落水事件！据桓旗官方称，昨晚十一点三十五分，宫玫萱已脱离生命危险。千万粉丝终于可以松一口气了！"

"回顾整个事件，最温馨的当数夏与冰为宫玫萱奋不顾身跳水相救！"

"夏与冰，桓旗集团财务部总监，年轻有为，外表出众的他于不久前与桓旗旗下模特宫玫萱共同参与拍摄本年度桓旗微电影宣传片。二人于拍摄前期就被爆料拍摄之余举止亲昵，宛若现实中青梅竹马！"

"此次夏与冰舍身相救，更加显现出夏与冰对宫玫萱的在意！恐怕二人早已坠入爱河，彼此相爱不能自拔！两人可以说是地位相当，门当户对，若结为连理必定是喜事一桩。"

"网友们也在网上纷纷呼应两人在一起是天经地义的事！"

"但是，人们也不得不关注的是，为什么宫玫萱会在花园桥附近落水？当时难道只有她一个人？如果有人约她去那里见面，那当事人又去了哪里？"

（附一张莫沫下车时的照片，但是她脚上的高跟鞋被圈了出来。又附一张宫玫萱的照片，她脚上的平底鞋被圈了出来。）

"请朋友们注意她们的鞋！"

（附一张宴会上莫沫站立时的照片，她脚上的平底鞋被圈了出来。附一张宫玫萱落水地点桥上的散落一地珍珠的鞋子，最后一张是夏与冰抱宫玫萱上岸后的照片，她脚上剩下的一只珍珠高跟鞋亦被圈出来。）

"看到这里，想必网友们看懂了些什么！两双神秘的鞋子背后又将隐藏着什么样的故事？第一张照片上的女人是宴会开始时的焦点，她来桓旗酒店所乘坐的车正是桓旗总经理钟亦峰的劳斯莱斯！从年前桓旗集团已被爆出现神秘继承人，现在宫玫萱落水事件与此事有何关联？第一张照片中的女人又是谁？恐怕将是接下来调查的重点！"

钟亦峰的眼神越来越冷，他最担心的事情发生了。

"钟少。"顾雷敲敲钟亦峰办公室敞着的门。

"进来。"

"这是您要的所有报刊。"顾雷将一摞厚厚的报刊递给钟亦峰。

钟亦峰翻看完毕后，将报纸重重地扔在桌子上。

"这些记者什么都不知道就随便乱写！这样下去，所有的矛头都将指向莫沫，她的个人隐私被这些记者调查出来也是迟早的事！立刻通知人事部，严格把守莫沫的个人信息，不许有丝毫差错，绝对不能让莫沫受到社会舆论的抨击。并且通知桓旗传媒部召开新闻发布会，澄清宫玫萱落水事实！"钟亦峰的话语中充满了愤怒。

"钟少，关于神秘继承人的新闻不予理会吗？"

"能爆出这个新闻的人一定不是普通人，看来公司已经出现内鬼了。但这件事先搁置一边，先把莫沫这边的风头压下去。"钟亦峰眉头紧皱，语气冷冽又坚决，"总之，这件事跟莫沫无关。迅速联系各大报刊新闻媒体，立刻停止对这件事的跟踪报道。如果再出现类似的报道，我钟亦峰绝对不会放过他们任何一个！"

"是的。钟少，我立刻去办。"

顾雷说罢向钟亦峰鞠躬，转身离开，刚迈开几步，他又退回来。

"钟少，有件事我不知当讲不当讲。"

"说。"

"昨天晚上，我在桓旗酒店洗手间出来之后，无意间听到了宫玫萱打电话的内容。现在想想，我觉得这件事跟她落水之间有什么联系……"

周一，晚八点十分。

桓旗酒店大厦一层。

由于在这里举行桓旗三十周年庆宴，三天前这所酒店就已被封闭，宴会秘密进行准备。所以现在这栋大厦安静无比，几乎没什么人出没。

顾雷从洗手间出来后，准备前往宴会会场的时候，却无意间听到了宫玫萱的声音。

"你只需要照我说的去做，找一个机会去撞我给你的照片上的那个人。撞倒她，最好是让她扭伤脚，但是注意一定要找人少的地方，千万不要引起轰动！"

他转身向反方向走去，在拐角的门口看到了宫玫萱在打电话。他躲在拐角的角落中，不让她发现。

"对，你只需要负责撞倒她，然后剩下的交给我来处理。按照我说的去做，照片拍好，明天再按照我说的报道出来保证你们的头版头条！"

……

"事成之后我自然会把薪金转给你。"

……

"就这样吧，我先挂电话了。"

……

钟亦峰听顾雷说完后，突然明白了事情的前因后果。他终于明白了为什么莫沫没有推宫玫萱，宫玫萱却坠入湖中，他更加明白了为什么桥上刚好会留下一只高跟鞋，他也明白了为什么他明明将莫沫带走但所有的矛头仍然指向她。

如果，这一切早就被设计好了，那就算莫沫不在，媒体记者掘地三尺也会将这些"蛛丝马迹"披露，将所谓的"真相"公布于众。

到底是什么仇恨，会让宫玫萱这样针对莫沫？！宫玫萱在娱乐圈打拼已久，她早已深悉这些可怕的媒体报道和社会舆论会给莫沫带来怎样的麻烦和打击！钟亦峰右手紧握拳头，他一定要调查出事情的真相！

"大雷，让安全部的人调出昨晚所有参加过宴会的来宾。并且调出所有监控录像，找出那个撞莫沫的人。"

"是的，钟少。"

这时钟亦峰的手机响起，他拿起手机，看到了联系人"莫沫"，他立刻接起电话。

"莫沫。"

"深蓝，我想请假。"

No.102

莫沫居住的公寓楼。

窗帘半开着，阳光透过明净的窗照耀着窗前肆意跳动的尘埃。莫沫的心情却沉重得拉不开眼皮看眼前美丽的一切。

这是莫沫第一次没有设置闹钟。

她侧过头，看到现在是早晨六点钟。她起床，去洗手间。

"啊……这是个什么东西！鬼！鬼啊！"当莫沫看到镜子里的自己后，双手握住自己的脸。瞪着肿得不能再肿的核桃眼尖叫着。

半小时后，莫沫打开公寓门，探出一个头来。她戴着一副几乎可以遮住整张脸的墨镜，看看四处没有人后才放心地走出来。

莫沫像往常早晨一样，走去"幸福之家"。她仿佛忘记了昨天那个痛得像要死掉一样的自己，但是她心中隐藏的那份苦楚只有她自己知道。

"老板，我要一份香草燕麦粥，带走。"

"姑娘，今天格外早。"老板娘对莫沫露出微笑。

莫沫露出一抹浅浅的微笑，她抬起头，无意间看到了收银前台上的海报。

"新上市，红豆薏仁粥？"莫沫看着海报若有所思地说。

"是呢！三月二十五日第一天上市哦！"老板娘微笑依旧。

"今天是……三月二十四日。"莫沫轻轻地说，语气里有些许失落。

当她离开"幸福之家"后，像往常那样向地铁的方向走去。

思忖许久，她还是停止了前进的脚步，拿出手机，在联络人中找出"深蓝"，按下拨号键。

电话很快就接通了。

"莫沫。"钟亦峰轻轻的声音从电话那边传来。

"深蓝，咳咳，咳，我想请假。"莫沫有点儿忐忑地说。

"生病了吗？"

"呃……不是……那个……"莫沫支支吾吾，不知该怎么说。

"那你好好在家休息，不要出来乱跑。"

莫沫对一向蛮横霸道视工作为生命的钟亦峰突如其来的"好说话"所震惊。其实，在钟亦峰看来，她现在不出现在公司里对她自己来说也是一种保护。

第三十卷　红豆开花

卷首语：

我们要一起长大，一起老去，永远不分离。

*No.*103

大型超级市场内。莫沫左手推着推车，右手握着平板电脑，墨镜后面的眼睛在超市上下左右四处寻找着什么，嘴里还不停碎碎念着。

"冰糖……"

"冰糖在哪里 ......"

"冰糖，你到底在哪里？"

"找到了！"

找到冰糖后，莫沫低下头划一下平板电脑，左手推一下脸上的墨镜。

"接下来是……红豆！好，红豆！出发！"莫沫边说边推着车一溜烟跑开。

从莫沫身边经过的女人牵着一个小孩子。小孩子不停地拽着女人的手喊道："妈妈！妈妈！那个姐姐好奇怪！她在跟红豆说话哎！"

经过一个小时左右在超市的"厮杀"，莫沫提着大包小包回到了家。进家门后，她用脚一踢门，将门关上后把袋子往地上一扔，双手插在腰间，对着旁边的厨房大声喊道："看我莫沫大人亲自把你拿下！"

莫沫把从超市买来的东西放到厨房的操作台上，然后把平板电脑摆在最显眼的位置，开始亲自烹饪那传说中的"红豆薏仁粥"

"第一步，将红豆、薏米浸泡半日。"莫沫盯着平板上的步骤，嘴里念道。

"好，浸泡。"莫沫低下头，拿出两个盆，开始接水。

"等等！半日？什么？半日！"莫沫才反应过来，看看左手上的手表："现在是八点半，到中午十二点应该差不多。"

说罢，莫沫把红豆和薏仁分别倒入两个盆中，水立刻溢出来。红豆和薏仁顿时占据了两个盆。

"呃……是不是买有点多了……"莫沫小声嘟哝。

时钟的表快速转动，一不小心到了中午十二点。

莫沫走过来划一下平板电脑："第二步，清洗红豆和薏仁。"

"不是吧！这个要怎么洗！"莫沫惊讶，完全摸不着头脑。

"有了，我换盆水再泡它两个小时就当作洗了！"

两个小时一晃而过……

"第三步，要先煮红豆，因为红豆需要煮得时间长一点儿，煮开后，添一些凉水，再煮开后，再添凉水，如此反复至红豆开花。"

此刻仿佛一道闪电劈中了莫沫，她的头发立刻竖了起来！

"开玩笑！怎么那么麻烦！还得开花啊？"莫沫仍然在抱怨中继续进行"煮粥"活动。

"加凉水……加凉水……"

"咦？怎么那么稀？我再加红豆……"

"妈呀红豆都快炸了，再加水……"

如此反复不知多少次后……

"这红豆怎么还不开花……"

"话说这红豆开花到底是个什么样子……"

……

原本晴朗的天空又再次变脸，阳光在这三月的末尾不知所踪，代替这阳光的是片片聚集堆积的深沉的云。

不知莫沫折腾了多久之后……

她终于将薏仁倒进了锅中，用大火煮开，然后撒上白糖，调成小火。十分钟后，她终于鉴证了一下她亲手烹饪的"红豆薏仁粥"。

"什么……这还是粥吗？怎么搞得像米饭一样！"

莫沫打开锅盖后，大吃一惊。

重新烹饪，时间流逝中。

第二次，开锅！

"这次看着还不错，"莫沫用勺子舀出一点儿粥尝了一下，立刻吐了出来，"呸！怎么会那么咸！"

第三十卷　红豆开花

莫沫从右手边拿过袋子瞪大眼睛仔细一看，"食盐"两个大字彻底让她崩溃。

"我明明记得是'白糖'啊！"

再次烹饪，时间飞逝中。

第三次，开锅！

莫沫迫不及待拿勺子舀出一点品尝一下："终于成功了！果然我莫沫是无所不能的！哈哈！"

此时的莫沫像个小孩子一样开心。再看整个厨房，现在凌乱到只能用"一片狼藉"来形容了。

No.104

宫玫萱入住的私人医院。

由于阴天的原因，天黑得格外早。这脆弱的天空仿佛一碰触就会支离破碎。

莫沫缓缓踏上电梯，手里紧紧握着一个可爱的饭盒。她清楚地听到了自己心脏的快速跳动。她从来没有像现在这样紧张过，她已经给夏与冰打过电话，知道宫玫萱已经醒了。但是她不知道一会儿如果他们看到她的突然到来，会不会觉得尴尬。

换句话说，她不知道自己能不能像之前那样跟他们在一起笑、一起闹。

她的脚步越来越慢，越来越慢。她距离病房越来越近，越来越近。

"呼……"莫沫在距离病房两米处深呼吸一口气，"迟早都是要面对的。"

她走近病房门口，手放在门把上，刚想推开的时候，却听到了夏与冰声音。

"是的，玫萱，我喜欢你。"

莫沫听到这句话时，立刻抬起头，瞪大眼睛。

她透过门上的玻璃向里看去，夏与冰站在窗帘的前面，眼睛看着病床上的人，语气温柔。

莫沫停止了开门的动作，一个人转身静静地离开。这一次，莫沫没有神情慌乱，她只是感觉原本飞快跳动的心脏突然停止。

莫沫跑着离开医院，走在黄浦江边的街道上。

此时，上海的夜寂静得只能听到雨滴落到黄浦江面的声音。街上的路灯被雨水浸湿，将这昏黄的灯光一点点打碎，残缺的光落在莫沫的脸上，透过皮肤渗入她的心中。

"是的，玫萱，我喜欢你。"

一句话，足以毁灭一个人一直以来的希冀和追求。如果说之前莫沫还仍然残留一丝希望的话，那么现在，这黑暗之中唯一的荧光亦顿时燃为灰烬。这一句话，让她的世界只剩下那零星的一抹煨尘。

一张张照片在她的脑海里回放。

在夏与冰的办公室里，宫玫萱温柔地抚摸着夏与冰的脸颊，轻轻地吻下去。

微电影拍摄的时候，夏与冰握着宫玫萱的手，就像情人节前夕她做的那个梦一样，他喃喃地在她耳边说着我爱你。即使是拍戏都那样真实，不容置疑。

还有他迫不及待跳下去救宫玫萱的身影。

最后，他说"玫萱，我喜欢你"时候的温柔与深情。

莫沫知道自己再也没有资格去问夏与冰在他心里的那个人是谁，她更没有资格再去怪任何人……

莫沫，你要学会坚强。你早已经习惯了一个人，不是吗？现在，你还是一个人走在街道上，看寂寞的路灯，将自己的影子拉长。

莫沫努力对自己挤出一个微笑，但是笑容出现在脸上的时候，她还是落下了泪。

一阵风吹过，凉意袭进莫沫单薄的衣服。她用双手抚摸着自己的胳膊，不小心松开了握住饭盒的手。

"哐……"红豆薏仁粥在漫不经意的时候洒落一地。

莫沫蹲下身子，看着红豆薏仁粥，泪水不止。雨滴无情地落在她的身上，亦混入她的眼泪中。

为什么命运作怪，偏偏让我爱上你，与冰？我到底该怎么办，我不能再这么自私地去伤害你和玫萱了，可是你让我怎么收回自己的感情，让我怎么不爱你？

爱他，是她曾经认为这一生都会为他做的一件事。

然而，现在看来，把爱他这件事永远埋藏在心底，是她这一生唯一一件能为他做的事。

莫沫起身，在哭泣中迅速跑开。

雨中，仿佛一切完好如初，什么都没有发生。只有那碗无意洒掉的红豆薏仁粥，擎着一份真挚的感情，粉碎了一段美丽的回忆。

No.105

那年，莫沫九岁。

原本过着平淡幸福生活的她，从未想过暴风雨会在她的世界中疯狂席卷而过。

她在懵懂的年纪，失去了父亲。父亲是一个渔夫，他的职业是每天漂浮在大海上通过自己的双手谋生计。

年幼的莫沫从来没有想过，有一天亲爱的父亲清晨出海后再也不会回来了。

父亲死后不久，姥姥在村子附近的山坡上给父亲立了一个碑，说虽然是空坟，但是如果父亲的魂魄回来了好歹也有个落脚处。

年仅九岁的莫沫，一瞬间突然长大了很多。她第一次尝到了孤独的滋味。她很久没有去过学校，把自己憋在家里，不想跟任何人说话。直到那天，夏与冰和宫玫萱一起来家里找她。他们知道了莫沫的遭遇，所以他们不能抛下她。

"莫沫，我们一起去海边玩嘛！"宫玫萱牵着莫沫的手，微笑着说。

"沫沫，不要把自己关在家里面。出去透透气，你不是最喜欢游泳潜水嘛！"夏与冰附和道。

"是啊，沫沫你跟与冰和玫萱一起出去玩吧！咱不能把自己闷坏了。"姥姥看着犹豫不决的莫沫说。

村庄附近的沙滩。

夏与冰和宫玫萱一人牵着莫沫一只手，把她拉到了海边。阳光照耀在波光粼粼的海面上，如此的美丽，然而这美丽的背后又埋葬了多少逝去的魂灵。

不知怎么，莫沫看到这片汪洋大海，竟然有些恐惧，呼吸急促。

宫玫萱站在沙滩边，风吹过海浪拍打在她的小腿上。夏与冰走向海的深处，转过身来对莫沫喊道："沫沫，快来呀！我们一起游泳，看谁游得快。"

"是呀，沫沫快去吧！你知道我不会游的，我在岸边等你赢与冰的好消息哦！"宫玫萱的微笑在阳光下尤其亮丽。

但是莫沫觉得腿发抖，呼吸越发的急促，这是一种从来都没有过的感觉。倔强的她一步步向深海走去。海水漫过她的腰，她觉得整个世界都变得苍白无力，海面反射的阳光格外刺眼。当海水漫过她的胸部时，她觉得自己快要窒息了。恐惧的感觉浸没了她的全身。

"我，要死了吗？爸爸，我要去找你了吗？"莫沫心里想着，慢慢失去了知觉。

当莫沫醒来后，她身上穿着宫玫萱的衣服，躺在宫玫萱的床上。

"莫沫，莫沫你醒了！你终于醒了！"宫玫萱看到睁开眼睛的莫沫开心地喊。

莫沫睁开眼，看到了宫玫萱、夏与冰，还有宫玫萱的爸爸和妈妈。

她努力坐起来，声音轻轻的："我，怎么了？怎么会在这里？"

"莫沫，你晕倒在海里了。幸好我们发现的及时，不然……"宫玫萱焦急地说。

"是啊，莫沫。到底怎么回事？告诉叔叔和阿姨，你身体不舒服吗？来，先喝点水。"宫玫萱的妈妈坐到床边，倒一杯热水给莫沫并喂她喝下。

"我也不知道为什么，到海边的时候就觉得很晕，很恐惧。"

"以后就不要再游泳了。莫沫应该是因为家里父亲出了事，留下了阴影，我们出去吧，让孩子们陪着她。"宫玫萱的爸爸总是那么善解人意。

"好的，孩子，我这就去把给你煮的粥端过来，祛祛寒。"宫玫萱的妈妈温柔地对莫沫说。

须臾，宫玫萱的妈妈把粥端了进来。这碗红红的粥，让莫沫冰冷的身体顿时温热起来。不一会儿，莫沫就把整碗粥喝光了。

"这是什么粥？"

"红豆薏仁粥。"宫玫萱微笑着说，接过碗放在床头柜上。

"真好喝。"莫沫咂咂嘴，"哦，对了，玫萱，谢谢你没有送我回家。"

"傻瓜，这里就是你的家。我还不了解你？送你回去的话，你一定会怕姥姥担心你的。"宫玫萱轻轻地说，坐在床边。

"记着，莫沫，你永远都不会孤独的，我和与冰一直都是你最好的朋友，我们永远不会离开你的！"宫玫萱看看夏与冰，看看莫沫，眼神坚定地说道。

夏与冰走过来，用右手食指轻轻地刮莫沫的鼻子，温柔地说道。

"我们要一起长大，一起老去，永远不分离。"

第三十一卷　莫沫失联

卷首语：

你对我来说像是妹妹，她对我来说，是唯一。

No.106

经过一场雨的洗礼，第二天上海的天空彻底放晴。

钟亦峰坐在办公椅上，右手边的桌子上放着一杯茶。

"钟少。"顾雷敲敲门。

"进。"

"钟少，各大报刊的报道已经压住了。但是之前的报道引起大众的关注度仍然持续不减，还有庆宴上的确有一个可疑的男人，是芮风出版社的一个编辑。我已经跟他见过面，他同意跟我们合作，承认自己答应宫玫萱撞了莫沫。这是他和宫玫萱的通话录音。要怎么处理？"顾雷把U盘递给钟亦峰。

"那篇文章是他们出版社刊登的？"钟亦峰接过U盘问道。

"是的，他说是按照宫玫萱的要求做的，宫玫萱给了他十万酬金。"

"以后凡是与桓旗有关的报道，都不允许那家出版社进行报道。并且要求他们出版社公开赔礼道歉，特别是那个编辑，必须公开向莫沫道歉！"

"是，我立刻照您说的去做。"

"宫玫萱现在怎么样了？"

"昨天下午已经醒了，各项检查都合格，现在没什么大碍了，估计几天后就可以出院。"

"发布声明谴责之前进行乌龙报道的报刊，并且说明宫玫萱出院后将立刻召开新闻发布会，澄清落水事实。"

"是的，我现在立刻去办。"

顾雷鞠躬离开。

钟亦峰看看左手上手表的时间，已经九点了。他拿起办公室的电话，拨通了莫沫办公室的号码，却迟迟得不到回应。他微微皱眉，又连续拨了几遍，仍然没有人接电话。

一个小时后。

钟亦峰去开会前特意经过莫沫的办公室，还是没有看到莫沫的身影。

又两个小时过去了。

开完会，钟亦峰再次经过莫沫的办公室，莫沫仍然没有来上班。他看看左手上的手表，已经十二点了。

"叮铃铃铃铃……"这时，莫沫办公室的电话响起来，并且一直响不停。

钟亦峰推门进去，接起电话。

"莫沫，你终于接电话了。给你打手机老是关机，打办公室电话你也不接。宫玫萱的声音从电话那边响起。"

"你找她有事吗？"钟亦峰听到是宫玫萱的声音，语气冷淡并且带有警觉。

"你是？"

"钟亦峰。"

"钟少，莫沫呢？怎么是你接的电话？"宫玫萱的语气中充满了疑惑。

"这个你不必管。你只需要养好你的身体就可以了，并且，离莫沫远一点。不管你找她有什么事，我希望你们以后不再有什么瓜葛。

宫玫萱被钟亦峰的话震住。

"呵呵，钟少，您为什么突然这么说？"宫玫萱勉强笑着说。

"那天晚上，你们在桥上谈话的时候，我都看到了。"

宫玫萱瞪大眼睛，不知自己该说什么，只听到电话那头传来"嘟……嘟……"的声音。

钟亦峰挂断电话后立刻离开了公司，现在最让他着急的是立刻找到失去联系的莫沫。

No.107

一天前。

宫玫萱入住的私人医院。

下午的阳光悄悄躲起来，失去了耀眼的色彩。

窗帘拉得很严实，病房里开着灯，夏与冰坐在沙发上，一个人静静地出神。

伴随着医院特有的消毒水味道，宫玫萱缓缓地睁开了眼睛。她侧过头，看到了床头上那副黑色墨镜后，松了一口气，发白的嘴唇上扬，露出了微笑。

"与冰。"宫玫萱轻轻地喊了一声。

夏与冰立刻站起身，走到床边。

"你醒了。"

"嗯。"宫玫萱想坐起来，夏与冰赶紧坐到床边，把她从床上扶起，把枕头放在她的身后，让她倚在上面。

"看到你醒了我就放心了。肯定很饿吧，我去帮你买饭。想吃什么？"夏与冰依旧温柔地说道。

"不，我不饿。我睡了多久？"

"不到一天，"夏与冰说，"不饿也要吃东西，我现在就去买。"

"不要离开我。"看到夏与冰要站起来离开，宫玫萱立刻从身后抱住他。

夏与冰被宫玫萱弄得不知如何是好。

他轻轻拿开宫玫萱抱住他的手，缓缓站起来，对她说："不要任性。玫萱，必须要吃东西。这样才能快点儿恢复健康。"

"如果我恢复健康你就要离开我的话，那我宁愿一辈子都生病。"

"你太任性了。"

"与冰，我不相信，你不喜欢我。你不喜欢我，为什么救我？现在又为什么陪在我身边？"宫玫萱不依不饶。

夏与冰看着眼前的宫玫萱，除却一分无奈更有一丝心疼。他看着床头柜上那副黑色墨镜，思绪仿佛回到了两年前。

那时候夏与冰还在一家小公司做高管。那天他在公司升职加薪，宫玫萱请他吃饭作为祝贺。

"恭喜我们与冰高升！"宫玫萱端着一杯啤酒跟夏与冰干杯。

"谢谢。"

"与冰，以后赚的钱越来越多了准备做什么？"

"嗯……除了给妈妈看病，剩下的都用来缴话费，跟莫沫打国际长途吧！"夏与冰开玩笑说。

宫玫萱听到后勉强笑笑。

"吃完饭带我去电影院看场电影吧，最近真的快闷死了呢。"

"可是今晚还有工作耶！"夏与冰喝一口啤酒后说。

宫玫萱看着夏与冰，一副可怜的样子。

夏与冰"扑哧"一声笑了："逗你玩的，陪你去。上刀山下火海也义不容辞啊！"

看完电影后，两个人并排走在街上，夏与冰送宫玫萱回家。

"喏，给你的。"夏与冰从上衣口袋里掏出一个包装精致的盒子递给她。

"这是什么？"宫玫萱拆开包装，打开盒子后看到了一副黑色的墨镜。

"与冰！你怎么知道我看中了这款墨镜？"宫玫萱看到墨镜后欣喜不已。

"上次逛街的时候你看到这墨镜都走不动了，那么明显我还看不出来吗？简直就是在说，与冰大人与冰大人送我这副墨镜当生日礼物好不好！"

"原来你记得今天是我的生日！"宫玫萱听到夏与冰的话后觉得心里暖暖的。

"可是与冰，你从哪里弄的钱买这副天价的墨镜？"宫玫萱突然想到这个现实的问题。她知道，夏与冰为了给夏语翎治病，已经到了穷困潦倒的地步了。

夏与冰故意叹一口长气："我省吃俭用两个月呗！"

当夏与冰把宫玫萱从湖里抱起来的时候，他看到她的手里仍然紧紧握着这副墨镜。

他不知道为什么在她有生命危险的时候她仍然紧握着这副墨镜不肯放手，他只知道她真的好傻。这么多年一路走来，宫玫萱一直以一个朋友的角色在他身边，她默默地爱了他那么久，又承受了多少的痛苦。

其实，她对他来说也非常重要，特别是当她坠入湖中的时候，他的惊吓与慌张都是真实存在的。在朋友的关系限定里，他喜欢她，非常喜欢她。

"是的，玫萱，我喜欢你。"夏与冰看着宫玫萱，认真又温柔地说。

宫玫萱的眼睛闪烁着光芒。

"但是，那种喜欢只是单纯的对朋友或者是对亲人的一种喜欢。"夏与冰接着说，"你和沫沫对我来说都很重要。你对我来说像是妹妹，她对我来说，是唯一。"

第三十二卷　永不分离

卷首语：

傻瓜，你怎么会那么傻……一切都值得吗？尽管他，根本不明白你的心。

No.108

一辆银色劳斯莱斯停在公寓楼下，顾雷在车上等着。

钟亦峰从电梯出来，立刻到莫沫门前敲门，却发现门虚掩着。

钟亦峰立刻推开门大喊："莫沫！"

没有人回应。

他四处张望，看到了凌乱的厨房，眼中更加多了一丝焦急。然而，当他看到在床上趴着睡觉的莫沫时，顿时松了一口气。

钟亦峰靠近床边，目不转睛地盯着莫沫，确切地说，是盯着莫沫身上令人不得不"想入非非"的"被子"。

钟亦峰纵观整个房间后才觉得这里不是刚刚被哪个国际大盗洗劫过，就是被龙卷风光临一番。

落地窗上方悬挂的窗帘被扯得破烂不堪，只剩一角还顽强撑着，剩下的窗帘一直被扯到床上，大半个窗帘被卷在了莫沫身上，而此时披头散发的她就像裹在蝉茧中那般趴在床上熟睡着。

距离床铺不远的电脑桌上更是狼藉一片。电脑桌上笔记本的显示屏依然连播着苦情的韩剧，它的周围全部是七零八落的零食袋子和乱七八糟掉落的零食残渣，还有直立着的醋瓶和十几听东倒西歪的啤酒罐以及以各种姿态抢镜的纸巾和几个大大的空纸巾盒子。

一副无奈又略带嫌弃的表情在那张帅气的脸上浮现，看着这个不像是卧室反而更像是垃圾场的屋子，钟亦峰仿佛看到了昨天发生的一切。

No.109

昨天傍晚。

雨越下越大，莫沫只身一人在形形色色的伞群中穿梭着，来来回回的路人不论男女老少都会多看她几眼。一个在初春时节穿着浅色裙子的漂亮女人面无表情地穿梭在雨中，任凭豆大的雨滴打落在她的发丝上，浸湿那微卷的长发。

多么美丽的画面。

看到她的路人都会忍不住发出几声叹息或者投来一些怜悯的眼光，或许此时应像电视剧般出现某个白马王子为她撑伞，对她说"美丽的公主请不要再哭泣"之类的浪漫话语。但是这一切几乎是不可能发生的—因为，莫沫此时正在人群中咧着嘴号啕大哭，完全不顾形象，以一种歇斯底里的嘶吼方式宣泄她的痛苦，这些掺杂雨水的泪滴好像世界末日般地存在。

所以，那些投射过来的眼光多半是无奈和诧异。

当莫沫经过距离公寓楼不远的便利店时，她一把抹掉脸上的泪水，头也不回地走了进去。由于下雨的原因，在便利店橱窗边的座椅上坐满了避雨的人。

毫无疑问，当莫沫走进店里的那一刻，她再次成为焦点。一个年纪不大的女收银员看到莫沫时立刻拉了拉她旁边另一个收银员的衣角，小声地说："这个姐姐是不是受刺激了……"

莫沫完全无视那些闲七杂八的眼神，提起购物篮便直奔食品区。

不到十分钟的工夫，莫沫便草草结束了这场购物。结账的时候，那个年纪不大的收银员不停地看向她，情不自禁地笑出了声。由于睫毛膏的晕染，莫沫又红又肿的大眼睛下黑漆漆的一片，而从嘴角附近开始外溢的口红颜色几乎遍布了整张脸。

"小姐，一共一百块零八毛。"

莫沫打开包后，拿出了湿漉漉的钱。收银员尴尬地接过钱后，莫沫提着东西离开便利店，继续回到雨中。

"天啊，两瓶醋，九袋薯片，十二听啤酒……这得受了多大的伤害啊……"

除了哗哗的雨声，只剩下收银员惊讶的声音未歇。

回到公寓后，莫沫径直走到电脑桌旁，把东西放在电脑桌上后打开笔记本，开始看那些扣人心弦，爱到撕心裂肺的苦情电影。女主成珠熙为了死去的吴俊河哭得泣不成声的时候，莫沫嘴里塞满了薯片也不忘哭得比珠熙更加痛苦更加难过更加肝肠寸断……她就这样一部接一部地看苦情爱情电影，边看边吃边喝，当然，也边哭，这是绝对不能少的发泄疗伤方式。

　　整洁的电脑桌渐渐变得不堪入目，空零食袋和啤酒罐堆得越来越多……

　　喝醉的莫沫索性跑到落地窗边，拉开窗后跑到露天阳台上对着对面公寓楼大喊："夏与冰，你这个混蛋！混蛋！混蛋！"

　　"美丽的泡沫，不过一霎花火！花火！喔！花火……花火！！喔喔！！！"

　　一声又一声的女高音在深夜蔓延开来，对面公寓有几户人亮起了灯，探出脑袋来看看到底发生了什么。

　　还有脾气不好的大叔直接破口大骂："大晚上的不睡觉，神经病啊！他妈的，老子好不容易刚睡着！"

　　一会儿，莫沫又跑进屋里，双手抱着窗帘，看着窗帘上正大笑着的加菲猫，放声大哭。

　　"与冰，与冰……与冰，你不能不要我……呜呜……与冰……"

　　"与冰，我这么爱你，你怎么……这么对我……"

　　莫沫突然疯了一样用力摇晃窗帘："为什么为什么为什么为什么！"然后她又用更大的力气撕扯窗帘，"我不让你走！不让你走……"

　　窗帘被硬生生地扯下来，不知怎的缠在了莫沫身上，转了几个圈后，她便倒在床上，然后昏厥般趴在床上睡去。

No.110

　　钟亦峰无奈地摇摇头，帮着莫沫从床上翻过身来，然后将她抱起，把缠在她身上的加菲猫窗帘一圈又一圈绕开后，让她平躺在床上，给她盖好太空被。看到妆容都花在脸上的她，钟亦峰微微一笑。他伸出手温柔地抚摸她的脸颊，却发现此时的她滚烫无比。钟亦峰立刻用掌心抚摸她的额头，发现她在发高烧。

　　"莫沫，莫沫。"钟亦峰急切地尝试叫醒她。

　　……

　　"醒一醒，莫沫。"

　　莫沫撇撇嘴，还是没有回应

　　"莫沫。"

这时莫沫突然眯着眼睛从床上坐起来，连滚带爬、跌跌撞撞迅速冲进洗漱间，随后呕吐声传出。钟亦峰立刻跑过去，不停地拍着她的后背，眼中充满了疼惜。她吐得昏天黑地，仿佛要把整个胃给吐出来那般揪心。吐到差不多的时候，钟亦峰快速接了一杯水递给她，温柔地说："漱漱口。"

　　昏昏沉沉的莫沫接过水杯，漱口后想转身离开却因为浑身没有力气倒在钟亦峰的身上。他轻轻地把她抱回床上。

　　"莫沫，你发烧了，我必须送你去医院。"

　　"不去……"

　　"不行，我现在就送你去。"钟亦峰说着就要抱起莫沫出门。

　　"不去，求求你，我不想离开家。"

　　钟亦峰看着病恹恹的莫沫不由得心疼，此时的她是那么虚弱又脆弱，而他，根本无法拒绝她的请求。

　　"好，那我现在去给你买药，你等我。"

　　钟亦峰转身要走，莫沫却抓住了他的手。

　　"别扔下我自己。我好难受。"

　　钟亦峰转过身，握住那只滚烫的手："好，我哪里都不去，就在这儿陪你。"

　　听到这句话后，莫沫放心地闭上眼睛再次沉沉睡去。钟亦峰用温水和毛巾把莫沫的花脸擦干净后，又用冷水打湿毛巾敷在她的额头上，坐在床边静静地守着她。

　　三十分钟后。

　　门铃响起，钟亦峰开门。

　　"钟少。"

　　顾雷带着一个身着白大褂、头发花白的医生进门。

　　"快进去看看，她在里面。"

　　三个人匆匆地走向卧室。

　　掺满化学物质的液体滴答滴答地从输液器中走过，融入莫沫的血液中。两个小时后，滴完两瓶点滴后的莫沫终于发汗，体温从四十摄氏度降到了三十七摄氏度。退烧后，医生留下了一堆药，仔细说好用法后，这才和顾雷一起放心地离开。

　　钟亦峰帮莫沫盖好被子，开始收拾脏乱的屋子。打扫完厕所后，便轮到了电脑桌。他看到桌上放着莫沫的手提包，里面仍然还是湿的，而完全被雨水浸泡后的手机已经开不了机了。

　　"怪不得联系不上。"这时，钟亦峰无意间看到了桌子下面似乎有一张纸。钟亦峰捡起来看清楚后，大吃一惊。

　　是一张照片。

　　尽管照片上的三个人穿着校服，但是钟亦峰一眼就认出了中间的男孩是夏与冰，他右边那个大眼睛女孩是莫沫，最让钟亦峰惊讶的是他左边的那个女孩，尽管她的打扮与现在截然不同，钟亦峰仍然非常确定她是谁。

钟亦峰顿时明白了为什么当初莫沫坚决不想让夏与冰参演微电影拍摄，明白了为什么莫沫看到他们在一起演戏时反应会那么激烈，也明白了为什么宫玫萱要做那些伤害莫沫的事情。

原来，这就是整个故事的前因后果，尽管被他们深深刺痛，她依然装作什么都没有发生，跟他们在同一个公司工作，见面，甚至微笑。而她是在多么巨大的勇气驱使下，在多么泛滥的泪水滴落后，才能把这沉重的一切伪装得那么微不足道？

钟亦峰翻过照片，看到了一行漂亮到刺眼的文字。

与冰，玫萱，我们要一起长大，一起老去，永远不分离。

"与冰……与冰……不要生气，我不是故意……不是故意的……"

"不是故意伤害玫萱的……"

"与冰……不要离开……"

"与冰……"

昏睡中的莫沫小声嘟哝着。钟亦峰用力捏着那张照片，眼神温柔又疼惜地在远处看着她。

"傻瓜，你怎么会那么傻……一切都值得吗？尽管他，根本不明白你的心。"

第三十三卷　香草包子

卷首语：

　　他把内心的爱和感激都萦绕在指尖，用食物温暖她的胃，当然，他更希望能够温暖她那颗坚强又脆弱的心。

No.111

　　夕阳的余晖洒在厨房的操作台上，钟亦峰的汗水顺着笔挺的鼻梁从鼻尖滴下，纤长的睫毛下那微微睁开的眼睛蕴含着些许疲倦却又洋溢着丝丝幸福。微弱的光线与他完美的侧脸构成了这个季节中最完美的一幅画面。

　　钟亦峰最后清理完厨房后，打开冰箱，发现里面空空如也。

　　"这个笨蛋，做饭都不会吗？"钟亦峰皱着眉头看着插着电却未存放任何食物的冰箱，露出一副"真奇怪"的疑问表情，亦有些心疼的情愫从他的眼神中透露出。

　　钟亦峰回到卧室，看看熟睡的莫沫，放心地轻轻掩住房门离开。

　　上海某市场内。

　　钟亦峰推着推车回旋在水果蔬菜区附近，他看到各个种类的蔬菜，起初挑了很多，但是最后他又放下了，然后他几乎把所有种类的水果各买了一份才离开。

　　推着推车的钟亦峰在商场中穿梭，他回忆起上次在青岛商场内，在他身边蹦蹦跳跳到处乱窜的莫沫，情不自禁地露出了微笑。

　　钟亦峰微微侧头，眼睛在货物架上定格，流露出闪亮的光。

"香草粉。"

钟亦峰看着这三个字，似乎想到了什么。

上海凌晨的夜晚并没有多么消寂，就像人的心情，是一种宁静的感觉。不一会儿，一辆熟悉的银色劳斯莱斯停靠在楼下。

钟亦峰从车上取下大大小小的包裹中的一个，进入公寓电梯。他进门后，先去卧室看了看莫沫。看到依然安睡的她，他的嘴角露出了一抹轻轻的微笑。

然后，他再次离开。

他和顾雷前前后后上下电梯三次才把买的所有东西都带回莫沫的家中。

"大雷，你先开车走吧，我明早直接回公司。"钟亦峰取下车上的最后一个包裹后对顾雷说道。

NO.112

莫沫家。

钟亦峰把买来的东西各归各位后，戴上围裙，打开厨房的灯。

世界的每个角落在这个时刻上演着不同的故事，有些人困意难耐却迟迟无法入睡，渴望着一场仿佛永远不会苏醒的梦；有些人正沉醉在没有预期的梦境中，那些梦或甜或咸。

而在这里，有一个人在深夜里为他心里默默爱着的那个人做着一份早餐。这对以前的他来说，无疑是个最不现实的梦。他没想过，他会再见到儿时曾经偶遇的她，他更没想到，自己有一天会毫无征兆地爱上了她。

他会因为她流泪而难过，会因为她受委屈而愤怒，会因为曾经拥有过跟她在一起的那些时光而傻傻微笑，甚至会因为她无意间的一句话特意去请教顾师傅，学习怎么烹饪出她口中的天下第一"香草包子"。

厨房的鹅黄色温暖灯光照在他英气逼人的五官上，此时的他，脸上写着的都是幸福——也从未感受过的幸福。

新鲜的牛奶沐浴在面粉里……

被香草汁浸泡香薰的薏米……

他把内心的爱和感激都萦绕在指尖，用食物温暖她的胃，当然，他更希望能够温暖她那颗坚强又脆弱的心。

镜头越缩越远，漆黑的夜宛若暮期的蔷薇悄无声息绽放着，钟亦峰认真的样子在这里留下了痕迹，直到黎明。

清晨的阳光透过洁净的落地窗照进莫沫温暖的床。

一串柔和的音乐在六点整准时在闹钟的躯壳里响起。

莫沫瞬间从床上坐起："上班，上班！"

但是她很快又支撑不住沉重的头，躺在了床上，她觉得自己好像睡了很久，她记得好像自己在看韩剧，后来睡着了，又做了一个梦，梦见自己生病了，还梦见了钟亦峰。莫沫侧过头看看房间的四周，觉得一切似乎变得奇怪，却说不出哪里奇怪。

"窗帘！我的窗帘哪里去了？"莫沫看到空荡的落地窗后猛然想起，迅速起身穿上拖鞋蹦到窗户附近。

"我可爱的加菲猫窗帘怎么突然就不翼而飞了！"莫沫从阳台上东瞧瞧西瞧瞧，再进卧室左看看右看看到处都找不到窗帘的影子。

这时，莫沫从电脑桌上看到了一张粉色的便利贴，一行漂亮的字体格外引人注目。

"如此没品窗帘我帮你扔掉了。钟亦峰。"

原来那不是梦，深蓝他真的来过！那么，到底发生了什么？

尔后，莫沫走进洗漱间，看到了洗漱台上接满水的漱口杯和挤好了牙膏放在漱口杯上的牙刷，以及镜子上夺目的便利贴——洗漱完记得吃早饭，在厨房。如果身体不舒服的话，今天准许你不上班，但是仅此一天。钟亦峰。

一股暖流泛滥心头，看完便利贴后的莫沫露出了微笑。

洗漱完后莫沫来到厨房，看到了冰箱上的便利贴一水果和牛奶都放在冰箱里了，还有矿泉水，以后少吃零食少喝啤酒！钟亦峰。

莫沫打开冰箱，看到了冰箱被各种水果和牛奶塞得满满的。她微微转头，看到厨房操作台上的一个庞然大物，顺手撕下上面的便利贴一早餐在电饭煲里。第二个壁橱里有刚买的微波炉，喝牛奶前记得先热一下。钟亦峰。

当莫沫打开电饭煲时，扑鼻而来的浓郁香草味儿让她立刻垂涎三尺。她拿起一个包子，一口咬下去。充满香草气息的薏米馅缠绕在舌尖，莫沫开心地笑道："真的是香草包子！"

莫沫开心地拿出一个盘子，把所有香草包子从电饭煲中取出，然后从冰箱里拿出一盒牛奶，倒进碗里在微波炉里打了两分钟。

她端着自己的早餐走到客厅的餐桌，发现在客厅一角立着一个全新的粉色加湿器。等她坐在餐桌前准备享受早餐的时候，又看到了桌子上的一个包裹和便利贴——早餐用完后四十分钟记得吃药。钟亦峰。

"吃药？难道我病了吗？"莫沫好奇地打开包裹，看到了里面每盒药上都附有一张便利贴，上面写着每种药的详细服用说明。

温暖完全占据了莫沫的内心，原来那一切不是梦，而是真实存在的，这一张张便利贴就是最好的证据。

No.114

午后的阳光静静地流淌在桓旗广场上。

办公室，莫沫手里握着一支笔在纸上随便写写画画，眼睛看着前方愣愣出神。

办公室的电话响了很久，她才意识到接电话。

"喂，你好，我是莫沫。"

只听电话那端冷冷的声音传来："到我办公室来一下。"

不一会儿，莫沫便来到了总经理办公室的门前，她毕恭毕敬地推开门。

批改文件的钟亦峰没有抬头，而是淡淡地说："你来了。"

莫沫惊讶地说："你怎么知道是我？"

"别人会不敲门吗？"

……

"愣着干什么？坐。"钟亦峰抬起头，指指他对面的椅子。

莫沫坐下后，钟亦峰递给她一个精致的盒子。

莫沫好奇地打开，看到了一款漂亮的白色智能手机。

"这个……"莫沫看着手机，不知说什么好。

"通讯卡也给你选好了，以后就用这个吧，别再联系不上就行。"

"这个……"

"不要想太多，我只是不希望我的员工旷工还失联。"钟亦峰看着一脸尴尬的莫沫语气淡然地说。

"不是，我是想说，我要是再不请你吃饭我就太不仗义了！"莫沫瞪着大大的眼睛看着钟亦峰说。

钟亦峰的表情显露出些许无奈，他还以为她是因为这一连串的事情而觉得不好意思所以才吞吞吐吐。

第三十四卷　牛奶香草

卷首语：

　　从今天开始，我们正式成为好朋友了！以后，你同样也是一个对我来说很重要的人！

No.115

　　傍晚，上海黄浦区。

　　霓虹闪烁的街道弥漫着繁华的味道，生生不息。

　　外滩附近某街道拐角处的一家高档西餐厅店。

　　莫沫举起红酒高脚杯，跟钟亦峰碰杯。

　　喝一口红酒后，莫沫右手拿刀，左手拿叉准备开吃。

　　"深蓝，我现在对你充满了疑问，你知道吗？"莫沫看着钟亦峰说。

　　"什么疑问？"钟亦峰挑挑眉。

　　"你居然会做饭，我都不知道！"

　　"你不知道的事情还多着呢。"钟亦峰意味深长地看着莫沫说道。

　　"我可一直都以为你只是衣来伸手饭来张口的钟大少爷！重点是你居然会做香草包子，到底是怎么做的，我拜师学艺好不好……"

　　"不教。"

　　莫沫像一只泄了气的皮球："为什么啊？"

　　"不为什么。"

"喊！那你怎么知道我喜欢喝牛奶的，买那么一大堆牛奶！"莫沫拿出一张餐巾纸擦擦嘴巴。

"因为香草。"

钟亦峰想到了顾师傅对自己说过的话，回答说。

No.116

那是从美国回来后的第三天，钟亦峰一个人站在卧室的落地窗前。这日，他在钟家别墅留宿。遍布繁星的夜空映照在游泳池上，水光粼粼。他抬头仰望这片星空，想起了在青岛时跟莫沫吹海风吃烧烤时的那片星空。

诚然，从美国回来后，他总是喜欢一个人站在窗前看这片星空。

"香草包子……"钟亦峰脑海里突然浮现出莫沫的那句话。

钟亦峰微微一笑，转身下楼，迅速跑到顾师傅的房间。

"顾师傅，再教我一门厨艺可好？"钟亦峰直接推门进顾师傅的房间。

顾师傅正坐在桌旁研究新的菜式花样，对兴高采烈突然闯进来的钟亦峰充满了讶异。顾师傅是看着钟亦峰和顾雷一起长大的。在钟亦峰的眼中，顾师傅甚至是比父亲还亲的亲人。

"亦峰呐，这都好些年没有跟顾师傅学做菜了，怎么今天突然想起来了？是不是谈恋爱了！"顾师傅拖动一下眼镜框，和蔼地笑道。

钟亦峰进屋坐在顾师傅的床边，抿抿嘴："哪有啊！"

"我还不了解你这个孩子嘛……上次学做菜是为了你妈妈，这次肯定也是为了你最爱的人……"顾师傅笑眯眯地说，"走，我们去厨房。"

钟家厨房之大毫不逊色大酒店餐厅的后厨，九十平方米的厨房，偌大的冰库里存放着各式各样新鲜的蔬果。

"亦峰，想学什么？"顾师傅打开厨房的门，开灯。

"香草包子。"钟亦峰脱口而出。

"香草包子？呵呵呵呵……"顾师傅左手推推眼镜，呵呵地笑道。

"我还以为是什么难的呢！这个很简单啊！但是要做好了也不容易。"顾师傅边说边来到烹饪区，"现在，我做一遍给你看。"

"首先呢，做包子当然要用蒸笼，这样做出来的包子最好吃，如果没有蒸笼的话用现在市场上那些什么电锅之类的也可以，就是口感有些差别……"

"记得一定要用香草粉加热浸泡薏米，这样薏米馅儿就会充满香草的味道了……"

"话说回来，这个香草嘛，终究还是离不开牛奶的。很多美食评论家都说什么香草的味道就是香草的味道呐，牛奶的味道就是牛奶的味道呐。虽然话是这么说没错，可是我们做厨师的，看重的就是大家的舌头啊！其实很多人喜欢香草，继而喜欢牛奶；或者喜欢牛奶，继而喜欢香草。就是这个简单的原因，才让香草和牛奶更难区分，更加分不开嘛！"

"所以，如果在糯米皮里面添加牛奶的话，会让香草包子更加香的！"

……

"亦峰，这就是全部的过程了。也许很简单，但是真正做好是要你付出感情的。每份食物都是烹饪者的心血，而烹饪者的心情也会影响食物的口感。顾师傅相信你既然为了那个人肯学习，那你就是真的用心了。接下来，你来做一遍我看看……"

"嗯。"钟亦峰点点头。

不知过了多久。

"亦峰呐，你果然很聪明！"顾师傅咬了一口钟亦峰做的香草包子，竖起大拇指。

"最后再教你一招，千万不要把香草包子的做法告诉你想做给她的那个人。"顾师傅眼睛放亮，露出笑容。

"为什么？"

"如果她爱上了你做的食物，就会更加依赖你啦！当年我可就是这么追上的大雷他妈……"

No.117

想到那晚顾师傅滔滔不绝地讲述他冗长的情史，钟亦峰不禁露出微笑。

"那你告诉我，你为什么要扔掉我可爱的窗帘！"莫沫故意瞪大眼睛问他。

"那么没品位的窗帘，并且还被你扯坏了，干吗要留着？"

"什么，我扯坏了？我把窗帘扯坏了？怎么可能？"莫沫听到钟亦峰的话后越来越心虚，拼命地在记忆中搜寻关于窗帘的这件事情，却怎么都想不起来。

"喂！你骗我的吧！深蓝，肯定是你半夜偷偷潜入我家，图谋不轨……"莫沫叽里呱啦说着钟亦峰听不懂的话，嫌她聒噪的钟亦峰索性用左手的叉子"硬生生"地往莫沫嘴里塞了一小块牛排，堵住了她的嘴。

莫沫面对突如其来的牛排没有嚼就咽了下去，结果就是，差点没噎死。

傍晚，医院内。

"姐，这是一部新戏，希望找你当女一，你看一下剧本和行程安排，看看要不要接。"简枝坐在病房床边的椅子上，把剧本递给宫玫萱。

这时夏与冰推门进病房，端着刚刚洗好的水果。

"夏总您好。"简枝见到夏与冰后站起来，微微鞠躬礼貌地说道。

夏与冰微微一笑，把水果放在病床前的桌子上。

"玫萱，你最近有没有跟莫沫联系？我给她打电话总是打不通。"

宫玫萱握着剧本的手突然一紧，她想起了那天给莫沫打电话，钟亦峰接电话后对她说的话。

"有……有呢，但是我也打不通，"宫玫萱装作漫不经意地说，"不过那天给她打电话是钟总经理接的电话呢，他们好像一直在一起。"

夏与冰听后眉头紧锁，想要说什么却没有说出口。

"玫萱！玫萱！我的女儿！"

这时，一对中年夫妇急匆匆推门进入病房，中年女人看见宫玫萱后立刻过来抱住她。

"妈，爸，你们怎么来了？"宫玫萱看到父母后大吃一惊。

"玫萱啊，你说我们两人平常也不看什么报纸啊娱乐新闻的，可是你住院的消息居然还要让我从公司同事那里听说，你说你……哎……给你打电话吧，你总是关机，幸好有与冰啊……"宫玫萱的父亲既无奈又心疼地说。

宫玫萱看着为她担忧的父母立刻觉得愧疚，自从那天跟钟亦峰通完话后，宫玫萱索性关了机。她也不知道自己为什么会这么做，但是她清楚地明白自己到底在怕什么。

"玫萱，我的孩子，让妈妈好好看看你……你看看你瘦的……"宫玫萱母亲的右手温柔地摸着她的后脑勺，落下泪水。

"妈，你哭什么，我现在已经没事了。"宫玫萱努力对母亲露出微笑。

"与冰啊，真的非常感谢你救了我们玫萱，真的。"宫母转头对夏与冰说道。

"玫萱妈妈您这么说太见外啦！"夏与冰对宫母微笑，"玫萱，既然爸爸妈妈都来了，他们陪你我也就放心了，我还有事，就先走了。"

夏与冰说完转身离开病房。

"与冰……"宫玫萱轻轻地喊道。

他却没有回头。

与冰，难道我真的留不住你吗？还是，就算我留住你的人，也留不住你的心呢？宫玫萱看着夏与冰离去的身影在心里默默想道。

她亦清楚地知道，夏与冰要去哪里。

No.119

一辆黑色悍马车快速奔驰在上海的公路上，最后停靠在莫沫的公寓楼下。

夏与冰接连几遍拨打莫沫的手机，仍然是暂时无法接通。他去公司找她，她却已经离开公司了。现在，他在莫沫门前敲门，没有人回应。

最后，他一个人神情恍惚地开着车在附近徘徊，试图找寻莫沫。

不知不觉，他转到了外滩附近的几条街。他告诉自己，小时候他曾经找到过她，并且牵起她的手，给了她一个承诺，现在他照样可以。

他不停四处张望着她，终于在街道对面的一家西餐厅的橱窗中看到了莫沫的背影。

让他惊讶又难过的是她身边还有一个人——钟亦峰。

钟亦峰喂了一块牛排给她。夏与冰亲眼看到的。此刻，他想起了钟亦峰曾经说过的话。

"说不定，有一天她也会被别人追走。"

现在，就算我能够找到你，能够牵起你的手，但是，你还会像二十年前那样毫无顾忌地跟我一起走吗？夏与冰站在路灯下，一个人寂寞地看着橱窗里的他们。

NO.120

一辆出租车停在莫沫公寓的楼下。

莫沫跳下车，回公寓楼。她突然想起了什么般转身，走到车边敲敲后座车窗。钟亦峰没有摇下车窗，而是打开车门直接下了车。

"怎么，要我送你上去吗？"

"不是不是！"莫沫连忙摆摆手。

"我只是想说，深蓝，谢谢你。真的，非常感谢你做的一切。从今天开始，我们正式成为好朋友了！以后，你同样也是一个对我来说很重要的人！"

莫沫看着钟亦峰认真地说道。钟亦峰看着莫沫，一时竟没了言语。

"好啦！我现在要上去了。"莫沫伸出手指指指楼上，对钟亦峰微笑着说，"你回去也早点睡，晚安！"

　　钟亦峰看着莫沫转身离开的背影，直到她的背影消失在视线中。他的嘴角微
微上扬。准备离开时，一个充满磁性的声音在他的身后响起，使得他的身体不由
得一震。

　　"哥"

第三十五卷　与冰身世

卷首语：

　　两个人在这个世界上，相遇，不容易；相爱，更是难上加难。爱情，永远都是爱的那一方无休止地付出，不求回报。所以，爱得越深的那方受的伤害会越多。

NO.121

　　一年多前。萧瑟的秋刚刚降临人间，风凉衣厚。街上的人们彼此之间少了些许言语，仿佛空气骤冷的同时也微凉了气氛。夏语翎脸色苍白，嘴唇毫无血色，闭着眼睛在病床上躺着。

　　"医生，你说什么？"夏与冰瞪大眼睛看着医生，几欲崩溃。

　　"我们真的已经尽力了，最初接受治疗的时候我就已经跟您说过了，看病太晚，癌细胞已经扩散，患者身体各个器官已经出现衰竭的现象，我们无能为力了。"医生看着绝望的夏与冰唉声叹气地说道。

　　"医生，你不能放弃，她才四十六岁，她不能死。"夏与冰连声音都在颤抖。

　　医生看着夏与冰，无奈地摇摇头："我们真的尽力了，真的很抱歉。为夏语翎女士准备后事吧，就这两天了……"

　　医生缓缓转身离开。

　　"医生，医生！"

　　"与冰，冷静一点，不要这样！"

　　宫玫萱抓住夏与冰的胳膊难过地说，阻止他去追医生，她清楚地感觉到了他在颤抖。

"玫萱，怎么会这样……妈妈，她……"

"不……妈妈不会离开的，她不会舍得丢下我一个人的……"

夏与冰眼神冰冷绝望地看着医院压抑的白色墙壁，泪水顺着眼角流下来。

"与冰，不要这样，谁都不想……"

"啪！"一声清脆响亮的耳光声回响于此。

"与冰，你在做什么！不要这样，我求求你，不要这样好不好……"宫玫萱看到自己扇了自己一耳光的夏与冰立刻变得慌张起来，她既难过又心疼。

"都是我拖累了她！如果不是为了我，她的病不会耽误那么久，也不会到现在这个地步！"夏与冰一个拳头砸在地上，此刻他真的非常恨自己。

"与冰，你肯定懂语翎阿姨的心，我相信你的。只是，别那么对自己好吗？与冰……"宫玫萱的声音轻轻的，接近于哀求。

熟睡的夏语翎终于睁开了美丽又疲倦的双眼。似乎人的生命走到尽头，睁开眼睛都是一件困难而又费力的事情。

她看到了床边对她微笑的夏与冰，悬着的一颗心终于落到地上。

在这个世界上，他是她唯一的牵挂。自从那件事后她早就想过永远地离开这个世界，是夏与冰给了她活下去的希望，让她多活了这二十七年。尽管这二十七年很累很苦，但是每每看到夏与冰的脸颊时，她都清楚地知道这一切是多么的值得。她亲眼看着夏与冰那张稚嫩的脸颊蜕变成成熟稳重又帅气的面容，这真的已经足够了。她不奢求陪他走完剩下的人生，她会换一种方式在另一个地方为他祈祷。

这种爱，便是最纯挚的母爱。

"与冰，我睡了多久？"夏语翎对夏与冰露出微笑。

"好久呢，都快一个世纪了。觉得身体还好吗？"夏与冰同样微笑着对夏语翎。

对于夏与冰来说，现在跟妈妈在一起的每分每秒都至关重要，他怕她就这样沉醉在睡眠的美梦中不再醒来。

"嗯。"夏语翎转头望向窗外，看到了布满繁星的夜空。

"与冰，我想出去走走。"

偌大的医院后花园中充满了静谧，唯一能听到的声音只有车轮碾过凋零的落叶的沙沙声。

"就在这儿停吧。"轮椅上的夏语翎伸出食指指向一个空荡荡的长椅。

"好。"

"与冰，你坐下吧。"夏语翎的声音轻轻的，仿佛要被风带走一般。

"好。"

夏与冰坐在长椅上，手扶着轮椅的车把。夏语翎右手轻轻地抚摸夏与冰的脸颊，眼里充满了泪光。

"孩子，你终于长大了。"一滴泪滑过那随岁月老去却依然美丽的脸。

"是的，妈妈。"夏与冰努力对她微笑。

"妈妈知道自己的身体状况，在离开你之前，有些事我一定要告诉你，我不想带着遗憾离开。"

"别这么说，你一定会好起来的，一定会的。"夏与冰看着头发鬓角些许泛白的她，心中的疼痛难以形容。

夏语翎浅浅一笑，眼睛看着那从梧桐树上缓缓飘落的落叶。

"我第一次见到你爸爸那年，我十七，他三十五。我从小是在青岛的一所孤儿院长大的，没有人真心对我好，也从来没有感受过爱。可是他的出现，改变了我。那时候我在上海的一所希望小学教书，开学的第一天，他作为出资人来剪彩。记得那天我是剪彩仪式的礼仪小姐，那也是我第一次穿高跟鞋，在台上的时候，因为紧张站不稳，后来跌倒了，把当天本来要颁给他的水晶奖章摔碎了。我害怕极了，但是他却扶我起来，关心地对我说'你没事吧，有没有摔到哪里'后来，他亲自送我去医院，一直陪在我身边。从那之后，我知道我这一生注定要为这个男人付出，我的心就给了他。后来我们在一起了，尽管知道他有妻子和孩子，但是我还是无法控制自己的感情。"

在微凉的秋风来回穿梭中，在点缀的繁星不停闪烁中，夏语翎静静地诉说着。

"后来，他的妻子发现了，她威胁过我很多次，但是我都没有屈服。我知道，他不爱他的妻子，他告诉我，他跟她在一起是别无选择。就这样，我们在一起了两年。两年后，我知道了真相。她的妻子告诉我，我跟她一样可怜。她的妻子是他事业的牺牲品，而我只不过是他爱情的替代品。开始我不信，直到我看到了一个女人的照片，我突然明白了什么。我第一次知道，原来在这个世界上居然有长得那么像的两个人，尽管我们两个人并没有血缘关系。到现在我都清楚地记得她的名字，樊樱。后来我问你爸爸，他当初为什么跟我在一起，他坦白地告诉我是因为樊樱。我问他有没有爱过我，他说没有，就算有那么一点，也是因为我长得像樊樱。他说他这一辈子只爱樊樱一个人。"

"很可笑，是不是？我坚持那么久的爱情到最后成了一个笑话。再后来，我离开了他。一个人从上海回到青岛，那时候我真的不知道自己该怎么面对以后的人生，我也想过自杀，因为我觉得我死了，不会有人牵挂我，不会有人替我伤心。我第一次对人生那么绝望，看不到一点希望。"

"可是，有一天我发觉了你的存在。你那么的脆弱，悄悄地生存在我的身体里，就像上天赐给我的一个礼物。你给了我活下去的勇气和希望，有了你以后，与冰，你就是我的一切。现在，我完成了我的使命，你长大了，我也能够放心了。更何况你身边还有玫萱和沫沫，你不会孤单的。"

夏语翎露出了一抹释怀的微笑，看着泪流满面的夏与冰。

"妈，你不要这样说。"

"孩子，我知道你喜欢沫沫，相信沫沫也是喜欢你的。你一定要好好珍惜，两个人在这个世界上，相遇，不容易；相爱，更是难上加难。爱情，永远都是爱的那一方无休止地付出，不求回报。所以，爱得越深的那方受的伤害会越多。与冰，不要怕受伤害，好好对待沫沫，她是个好姑娘。一个女孩子在国外不容易，我不让你告诉她我住院的消息，是怕她担心，所以，我死后，也不要告诉她。这孩子从小受了不少苦了。"

"妈……"

"与冰，今天告诉你这些，其实是有另一个目的。"夏语翎从颈上摘下项链后，又从口袋里拿出一张照片递给夏与冰，"我想让你在我死后，去找你的亲生父亲，把这两件东西交给他。毕竟你是我们两个的孩子，我这一辈子，对一个人掏心掏肺，用尽一生的力气去爱一个人，便无怨无悔了。与冰，答应妈妈，不要恨你爸爸，替我完成最后的心愿，好吗？"

"好。"夏与冰坚定地点点头，他不知道除了这么做，他还能做别的什么让她更开心。

No.122

三天后，夏语翎去世。葬礼后。

"这就是整个故事。"夏与冰看着宫玫萱，认真地说。

"所以，你要去桓旗集团找钟桓，也就是你的亲生父亲？"宫玫萱除却惊讶，更多的是不敢相信。

"是，这是我现在最想做的事，我不想让妈妈的人生留下任何遗憾，况且，我已经答应她了。"夏与冰的口气中充满了坚定。

"可是这不是一件容易的事，他可是桓旗集团的董事长。"

"我知道，但是我一定会做到。"这次，夏与冰更加坚定。

No.123

上海桓旗集团总公司董事长办公室。

这是夏与冰认父后的第二天，一切就像梦一样。他清楚地记得昨天钟桓看到那照片和项链后露出痛苦的表情，他始终相信，钟桓对自己的母亲是有过爱情的，也许这点连钟桓自己都不知道。

昨天回到酒店后，夏与冰的银行账户上莫名多了很多钱，钱的数目多到让他立刻就知道是谁做的。今天一早，有人给他打电话让他九点来桓旗大厦董事长办公室。他清楚地记得，他没有给钟桓留下自己任何的联系方式。

然而，今早钟桓早已提前在这里等他。钟桓给了他一套房子和一辆黑色悍马，夏与冰拒绝，但是钟桓的强势让他根本无法拒绝，仿佛作为钟桓儿子的他能做的只有接受。

不一会儿，传来了敲门的声音。

"进。"

一个身着深蓝色西装模样、英气逼人的男人推门进来。

"董事长。"

"亦峰，你过来。这是夏与冰，以后将担任我们公司财务部总监一职。你可以批准李世景申请的人员调动了。"

这是钟亦峰第一次见夏与冰，警惕、理智的他立刻察觉到了什么。

"董事长您亲自到公司来就是为了招新员工吗？"钟亦峰挑挑眉，试探性地问道。

"亦峰，他是你弟弟，同父异母的亲弟弟，我已经证实过了。以后与冰进入公司后，你们两兄弟相互帮助，共同打造桓旗。"

钟亦峰淡淡地看一眼夏与冰，他明白董事长的意思，以后，夏与冰将和他一同成为桓旗企业继承人选，夏与冰的出现威胁到了他在桓旗的地位。只是，他并没有多么惊讶。反而，他瞬间懂得了为什么他的母亲朱煜晴去世前告诉他一定要专注于事业，一定要继承桓旗。

"董事长，我并不想进入桓旗。"夏与冰急切地说。

"与冰，我不会看错人的，我看得出你的才能。今天开始，你将和亦峰一起纳为继承者的候选人。我已经老了，不及当年，是时候选出一个能够继承我事业的人了。"钟桓缓缓地说，"当然，从今天开始，我也会从各个方面考验你们，到底谁更有资格做我的继承人，我期待着你们的表现！"

一阵轻轻的敲门声响起。

"进。"

"董事长，我是李世景。"一个中年男人推门进来后毕恭毕敬地深鞠一躬。

"这就是夏与冰，带他去熟悉工作吧，做好工作交接。以后你就任外交部部长，你也是桓旗的老员工了，对我的安排还满意吧！"钟桓看着李世景不紧不慢地说道。

第三十六卷　醉后同床

卷首语：

这渐行渐远的距离，让他们回不到过去，摸不透现在，看不清未来。

No.124

"哥！"

夏与冰站在钟亦峰身后，眼神悲伤地看着他。他一直都远远地跟在他们后面，直到莫沫上楼，他才靠近。

"哥，你到底想做什么？！"夏与冰的语气中充满了绝望和愤怒。

钟亦峰冷冷地看着夏与冰，淡淡地说道："别叫我哥，我不承认你是我弟弟！"

"那钟亦峰，你告诉我，你到底想做什么？！"夏与冰突然像一只受伤的狮子一般咆哮而来，狠狠地抓住钟亦峰的衣领，"明明是我们两个人之间的事情，为什么一定要把莫沫牵扯进来？我告诉你，我绝对不允许你动我最爱的女人！"

钟亦峰听到"最爱"两个字眼后彻底被激怒，反手抓住夏与冰的衣服，一个拳头向夏与冰挥去。夏与冰一个趔趄跌在地上，嘴角溢出了血丝。不甘示弱的夏与冰立刻从地上跳起，亦挥起拳头向钟亦峰砸去。

"夏与冰你最好给我清醒一点！这不是我们两个人之间的事，而是你们三个人之间的事！还有宫玫萱！"听到这句话的时候夏与冰愣住了，而钟亦峰抓着白色衬衫的手却越发有力。

"你到现在还不明白吗？她早就知道宫玫萱喜欢你了！她一直都隐忍退让，可是后来你给了她什么？只有伤害！"钟亦峰抑制不住咆哮嘶吼，紧接着又一个拳头落在夏与冰身上。

"夏与冰，你还是不是男人！是男人就给我还手！"钟亦峰的语气已经冰冷到极点。

"我告诉你，连我钟亦峰舍不得让她难过的女人，谁都不能让她难过！而你就这样一次次的让她坠落悬崖，万劫不复，现在还口口声声说最爱？"钟亦峰的语气中除却愤怒还有一些疼惜的色彩。

"夏与冰！你给我说话！"

夏与冰的眼神停留在钟亦峰身上的时候，空洞无比。

他看着眼前这个处于愤怒中的英俊霸道又骄傲的男人，突然明白一件事。

也许，这种人一旦不小心去爱了，才是真正的万劫不复。

No.125

深沉暗黑夜幕下的霓虹灯闪烁着街道悠悠蔓延出的寂寞，冰凉的风吹过枝丫，没有留下一丝痕迹却越发的孤独。来来往往的行人少了平时欢笑的气氛，这无言的沉默像极了暴风雨来临之前的那份静谧。

暗夜酒吧的招牌释放着花花绿绿世界中最耀眼的光芒。

在繁华纷纭的背后总有那么一群人，在午夜特有的酒精香气围绕中忘情地跳迪斯科。夏与冰在吧台边把一瓶又一瓶啤酒灌进自己的体内，仿佛自己就是一台专门喝酒的机器。他大口大口喝着啤酒，脑海里浮现出一幅又一幅画面。

钟亦峰把醉酒的莫沫从车上抱下来，送她回家后的第二天莫沫却这样对自己说……

"那个……"

"昨晚，是不是你？"

"我是不是在哪个地方发疯，然后就……抱了你？"

在他想约莫沫一起参加桓旗宴会时，突然出现的钟亦峰用他那决绝的口气让夏与冰不知不觉地明白了些什么。

宫玫萱落水后，钟亦峰陪她来医院时那充满焦虑的眼神，让他永远不会忘记。他清楚地知道，钟亦峰这从未有过的温柔眼神，只有在落到莫沫的身上才会出现……

霸气高傲的钟亦峰却在莫沫的身边露出笑容，温柔地喂她吃东西……

而今晚，他那充满愤怒又心疼的眼神，彻底地让夏与冰震惊。

"夏与冰！你给我说话！"

"你爱上她了，是不是？"夏与冰看着原本理智甚至冷血的钟亦峰现在却变得如此失控，而他变成这样的原因也是那样明显。

钟亦峰瞪着夏与冰的眼睛渐渐回归平静。

良久，他终于吐出一个如此坚定的字。

"是。"

到底是从什么时候开始的，钟亦峰，他同父异母的哥哥跟自己爱上了同一个女人？而又是从什么时候开始，他和莫沫之间的距离越来越远。

这渐行渐远的距离，让他们回不到过去，摸不透现在，看不清未来。

"为什么……"

夏与冰的声音轻到甚至连自己都听不见，只能稍稍感觉到自己的声带振动。他再次拿起一瓶啤酒，让自己深深地沉醉在这酒精的蒙蔽之中，却没有感觉到口袋里此时在拼命振动的手机。

当夏与冰跌跌撞撞从暗夜酒吧出来的时候，上海城早已被雨水浸湿。喝醉后的他完全没有顾及这场措手不及的倾盆大雨，任凭雨点滴在自己身上。这个在雨中街道上冲撞不停的背影却蔓延出了一场无休无止的寂寞。

"莫沫！"一声嘶吼直冲在城市上空聚集着的乌云。

"我爱你！"夏与冰的声音宛若刺透了亿万光年。

就在这大雨倾盆人烟稀少的街道上，一个穿着白色衬衫的年轻人在雨中将自己的感情挥洒得淋漓尽致。这份爱，从二十年前宛若一条河流流动到今天，只增不减。但是，却突然在生命的这段光景停滞不前，只是河水的源头依然汩汩流淌，如今，那洋溢的爱在漫不经意之间变为一种泛滥到无言可喻的疼痛。

这时，一辆红色跑车的车主看到街上这孤独的身影后，立刻停车。

"与冰！"宫玫萱的声音在雨声中格外清晰。

从车上跑下来的宫玫萱从背后紧紧地抱住夏与冰，心中充满了疼惜。

"夏与冰，我不允许你这样伤害自己，绝对不可以！"她的声音中充满了决绝。

"沫沫……"夏与冰的声音轻轻传出，"沫沫……我爱你，我真的好爱你……"

宫玫萱听到夏与冰说的话后，用力地拉着醉后的夏与冰。

"走，与冰，我带你回家。"

一辆红色跑车奔驰在上海城的马路上，车胎驶过溅起的雨水比车身都高。

"沫沫……"

副驾驶上接近昏迷的夏与冰嘴里不停地呼唤着一个人的名字。

No.126

晚上宫玫萱把父母安顿好后，却怎么都打不通夏与冰的手机。最后，她抑制不住担心一个人从医院跑了出来，在莫沫的住所附近到处寻找。她知道，他一定就在这附近，因为这里有他最牵挂的人。最终，她在这场瓢泼大雨中再次看到了那熟悉的身影。

不知过了多久，那辆红色跑车在一栋普通的公寓楼前停下来。

这是夏与冰在上海临时租的房子，当时钟桓让他住在钟家的别墅里，他怎样都不肯。宫玫萱清楚地知道，钟桓给夏与冰的那些钱，他一点都没有动过。宫玫萱更加了解，进入桓旗，根本不是夏与冰的本意。他无心与钟亦峰争抢些什么，对夏与冰来说，他只想过平淡的生活，做一个平凡的人。他只想把自己最好的一切都给莫沫，那便是他最大的幸福与满足。

莫沫回国半年前，夏与冰便将自己所有的储蓄拿出来在黄浦区为她买了房子。宫玫萱永远都忘不了当她开玩笑时夏与冰那认真的样子。

"堂堂桓旗董事长之子，财务部夏总监还要贷款买房吗？"宫玫萱手里捧着一杯黑咖啡，对首付完后再次穷困潦倒的夏与冰开玩笑说。

夏与冰微笑的侧颜却格外坚定："我要靠自己的实力给莫沫幸福，我要证明我是这个世界上最有资格给莫沫幸福的人。"

他真的一直都是这样做的。进入桓旗后的夏与冰尽管年轻，与老一辈们相比却丝毫不逊色。而他之所以会选择在这昂贵的地段买房，只是因为这里距离外滩近，每日与莫沫牵手漫步在黄浦江边，仰望傲人自立的东方明珠，这就是他内心所向往的幸福了吧。

只是，在桓旗的夏与冰却不再那么快乐。来自董事长的压力自然是他无法抉择的，他不情愿却无法避免被卷进这场与钟亦峰的继承战争中。尽管桓旗的继承人，他真的不想当。但是钟亦峰给予一次又一次的威胁与挑战，让夏与冰不得不继续这场争斗。

即使这样，夏与冰的心中，最原始的初衷仍然是莫沫。他只想自己变得强大，不让任何人伤害到她。

宫玫萱花了很大的力气才把夏与冰从一楼架到六楼。好不容易打开门后，宫玫萱用尽了最后一点力气把夏与冰扶到床边。

"沫沫……"浑身湿透的夏与冰躺在床上嘴里念的都是莫沫的名字。

宫玫萱无奈地浅浅一笑。原来她自己早就习惯了这样爱着莫沫的他。好像从认识他的那天起，他无论开心还是难过，无论做什么都是为了她。就像他说的那样，他就是为了莫沫而存在的。

突然间，夏与冰连着打了几个喷嚏。

"与冰，这样下去你会感冒的。我得帮你脱掉衬衫……"宫玫萱看着夏与冰，心中充满了疼惜。

宫玫萱伸出的右手刚触碰到衬衫的纽扣，夏与冰突然紧紧抓住她的手。

"沫沫，你喜欢的是我，不是他……"

"是我……"

"不是他……"

宫玫萱左手轻轻地抚摸在昏暗灯光下夏与冰那棱角分明却略显脆弱的脸颊。

"与冰，你好累，是不是……"

夏与冰缓缓睁开眼睛，右手用力地反握住宫玫萱。宫玫萱还没有反应过来的时候，夏与冰的唇已经紧紧地贴在了她的唇上。刚刚被雨水浸泡后的身体渐渐升温，在这美丽的夜晚中，夏与冰的吻铺天盖地而来，像火焰一般灼灼燃烧着。他紧紧地抱住宫玫萱，转身将她压在身下。

"与冰，你……"宫玫萱清楚地知道接下来将会发生什么。

他再次深深地吻下去，但在这唇齿相依之间，宫玫萱却感觉到了他的吻中的绝望。他的吻，仿佛要把她融入到自己的身体中那般。

这时，夏与冰却突然停了下来。

他趴在一侧，头深深地埋在宫玫萱的耳边。

她能感受到他快速的心跳声渐渐缓和，他急促的呼吸声慢慢平息。此刻的宫玫萱，大脑几乎一片空白，停滞思考，直到她感受到身边的夏与冰的异常。

他……

在流泪……

尽管他没有出一丝声音，她还是感觉到了，他在哭。

夏与冰的右手轻轻地抚摸着宫玫萱的脸。他侧过头，泪水滑过满是泪痕的脸颊。

只见夏与冰轻轻地咬住她的耳朵，喃喃地说："沫沫，如果我告诉你我爱你，你，还会爱我吗？"

尽管他的声音沙哑，却字字清晰。

听到这句话后的宫玫萱不由得瞪大了眼睛。

泪水登时从她的眼角滑落，她狠狠咬着牙克制泪水落下，但眼泪还是不停地从眼角溢出。原来，她的爱自始至终都是如此卑微，尽管是这种情形，她还是没有勇气推开夏与冰。

她不能推开他，因为现在的他，甚至比她还要脆弱。她宁可自己受更多伤害，也不想让他再难过下去。

她用右手抹去自己的眼泪，闭上眼睛，向夏与冰的嘴唇吻去。

与冰，我爱你，我一直都在用我宫玫萱的生命去爱你。

第三十七卷　复杂关系

卷首语：

去哪儿？

没有你的地方。

No.127

我……我好像做了一个很幸福的梦。

我梦到，沫沫穿着大红色的婚纱，我挽着她的手一起走进教堂。

我们，脚步轻盈地走在红毯上。沫沫的笑容，好美。

我愿意为了这笑容倾尽一切，一直都是。现在，她终于属于我了。终于。

这是，妈妈？真的是妈妈！她还是那么美，穿着礼服，坐在嘉宾席的最前方微笑看着我和沫沫。在她身边坐着的，是爸爸。真好，妈妈终于又跟她爱的人在一起了。钟桓的脸上褪去了严肃，拥有了我从未见过的笑容。

"与冰，恭喜你和莫沫！"玫萱也微笑着对我和沫沫这样说。

此刻，我觉得我是世界上最幸福的人。

"等等！"一个充满戾气的声音突然响起。是他！这熟悉的声音，我永远都不会忘记

一个身穿深蓝色西装的身影渐渐靠近我和沫沫。

钟亦峰，他还是来了。

"莫沫，你不能跟他结婚。你爱的其实是我对不对？"钟亦峰的声音温柔无比。

"哥，放下吧。沫沫，爱的是我。"

我紧紧地握着沫沫的手，坚定地对钟亦峰说。

而这时，沫沫却突然放开了我的手。慢慢地走到钟亦峰的身边，握住他的手，一句话都没有说，只是对他微笑。

不，不，不！这不是真的！

"沫沫，你爱的人是我，不是他钟亦峰，对不对？"我惶恐地说。

她却仿佛没有听到那般，仍然对钟亦峰微笑。

No.128

"沫沫！"声音仿佛一瞬间刺透了屋顶。

夏与冰裸着上半身从床上坐起来，满头大汗，大声喘着粗气，幸好刚刚是梦，他心里暗自想道。

"与冰，怎么了？"宫玫萱睁开蒙胧的睡眼，看着夏与冰缓缓说。

当夏与冰看到宫玫萱后的惊讶是无法用任何言语来形容的！他不明白到底是怎么一回事！他也不想再去弄明白到底怎么了，他只想知道，昨晚，发生了什么？

"昨天晚上，我们，怎么了？"夏与冰瞪着眼睛，质问一般看着眼前的宫玫萱。

"你都忘记了吗？"

夏与冰看着眼前穿着不整的宫玫萱，再看看自己，他能猜到已经发生了什么，只是他不愿意承认而已。他不敢相信自己居然做出这种事，对不起莫沫，又伤害了宫玫萱。他甚至想一把刀捅死自己，他始终不明白为什么一切会变成这个样子。

特别是，当夏与冰看到床单上那鲜红的血渍的时候，他真的快恨死自己了！

"对不起。"

不知过了多久，夏与冰终于说出了这三个字。他不知道除了这三个字，自己还能说什么，做什么。

宫玫萱的眼泪落下。

夏与冰缓缓转过身。

宫玫萱抓住夏与冰的胳膊，流着泪问他："与冰，你真的没有爱过我吗？真的，从来都没有吗？"

夏与冰没有说话，背对着宫玫萱，穿上拖鞋想要离开。

这时宫玫萱却立刻从背后抱住夏与冰。

她的眼泪，仿佛一刻都没有停过。

"我知道你不爱我……我知道你那样对我只是把我当成了沫沫……我知道我知道我都知道！可是我就是不能不爱你，我就是没有勇气推开你！因为我懂那种爱一个人的感觉，那种痛不欲生的感觉。当我看到你为了她也这样痛不欲生的时候，我的心疼早就超过了我的嫉妒！"

"我不想伤害任何人，我也不想伤害莫沫！可我就是爱你，你让我怎么办，与冰……我从小就喜欢你，我不知道为你哭了多少次，不知道为你绝望过多少次，可是我都没有放弃，也没有怨过什么……"

"昨晚的一切，我是心甘情愿的。我不会要求你什么，如果你觉得这件事会让你痛苦，那么你就忘掉吧。与冰，无论我做什么，都是为了你，我永远都不会伤害你。我一直都想从沫沫手里夺走你，可是当昨天在雨里找到你时，我就知道，一直以来我都错了。"

"其实，到头来，对我最重要的，还是你开心，你快乐。"

夏与冰的眼泪缓缓落下，他的右手轻轻掰开了宫玫萱的手，一个人离开。

最后，在夏与冰的卧室里，只有宫玫萱的哭声铺天盖地弥漫开来。

No.129

上海桓旗总公司，莫沫办公室，电话铃声响起。

"喂，你好，我是莫沫。"

……

"好的，我马上下去。"

一楼大厅，贵宾招待处。莫沫并不知道是谁找自己，但是对方说有很重要的事，她便来了。

当她推开贵宾室的门时，看到了一个陌生却略微熟悉的背影。纤细却健美的身体轮廓，一身黑色紧身衣，连背影都这样性感妖娆。

"你好，请问你是……"

那个黑色背影缓缓转身。

"是你！"

莫沫看到那张即使画着浓妆却依然精致的面容，喜形于色的同时，并努力从脑海中翻出关于眼前人的那段回忆。

"任茜，对吗？"

然而，莫沫的微笑却没有换来眼前人的一丝温柔。

"今天我来，是有事要提醒你，"任茜冷冷地看着莫沫，"你的上司钟亦峰……"

莫沫看着任茜那张冰冷的脸和冷淡的语气，顿时一头雾水。

"深蓝，他怎么了？"

"深蓝？"

"哦，钟少，他怎么了？你们认识？"

任茜不知这女人是真傻还是装傻。

"不仅认识，他还是我的未婚夫！所以，请你以后离他远一点儿。"

莫沫被眼前人的话震惊。

未婚夫……

她从没有听钟亦峰提起过……

莫沫看似淡然地说："哦，呵呵，你找我来就是要说这个？可是，你为什么要这样做？"

任茜却被莫沫的淡然所激怒："你以为他喜欢你你就了不起了吗？他只是对你感觉一时新鲜，你最好不要有什么攀上枝头变凤凰的想法！有钱人家的公子哥都是这样三心二意，毕竟这个花花世界，我可以体谅，但是你真的愿意把你的一生赌到一个你注定会输的局里？"

这次，莫沫彻底被眼前人的话震惊！

你以为他喜欢你你就了不起了吗？

深蓝，喜欢我？莫沫彻底被任茜搞得一塌糊涂。从飞机上偶然遇到的人突然出现在她的面前，告诉她离自己的上司远一点儿，因为自己的上司是她的未婚夫……

这世上还有比这更乱七八糟的关系吗？

并且，连她自己都不相信的事，眼前这女人到底是从谁那里听信谣言的，更何况深蓝一定不是这样的人……

"我想你是误会了，任茜，钟少不可能喜欢我。你对他的为人还不清楚吗？他怎么可能是那种朝三暮四……"

莫沫的话还没说完，就立刻被任茜打断："难道他抛下我们的订婚宴，跟你跑去青岛，这还不够明显吗？"

莫沫哑口无言。她回想起之前深蓝和自己在青岛的时光，心都在颤抖……

并且他还是把自己的订婚宴弃之不顾……

她到底做了什么……

这时，贵宾室的门却被突然打开。

"任茜，你要做什么？"钟亦峰的神情明显露出些许慌张。

顾雷在一楼大厅无意间看到了任茜，得知她找莫沫后，便将此事告诉了钟亦峰。知情后的钟亦峰便迅速赶来，看到眼前对他的出现都感到极为惊讶的任茜和莫沫，他也无法判断出自己担心的事是否发生。

"亦峰哥哥，是只有这样你才能感到慌张吗？只要有什么事是关于这个女人的……"

钟亦峰迅速打断任茜："你不要乱说话！"

"好，莫沫，现在他来了，你可以亲自问他，我说的是不是真的。"

面对任茜的无理取闹，钟亦峰顿时明白了自己担心的事还是发生了。莫沫缓缓望向钟亦峰，看着那张英俊的面容，无法开口。莫名的恐惧感向她袭来，她也不知从什么时候开始，她已然把钟亦峰看得很重。

好像每次自己受伤难过的时候，他都在身边。她把他当作朋友，当作知己，却没有想到会有这样的一天，他们之间的关系变得如此尴尬，像是隔了一条无法逾越的鸿沟。

用最简单的话来说，就是，她不想失去深蓝。

但是，又不知怎么面对钟亦峰。

她就这样看着他，浑然不知泪水正在自己的眼眶打转，此刻，她只想快步离开。她踱步而出，钟亦峰迅速追了出来。他抓住她的胳膊，绕到她的面前。

"去哪儿？"钟亦峰问。

"没有你的地方。"莫沫抬起泪眼，咬着下嘴唇努力不让眼泪掉下来。

"我想，以后我们还是划清界限比较好。"

钟亦峰缓缓地放开了抓住她的那只手。此刻，他清楚地看到了她的难过和纠结。这让钟亦峰瞬间懂得了，原来自己的爱对莫沫来说一直都是负担。不管是儿时，还是现在。

看着她离去的背影，他无能为力。

"亦峰哥哥。"

任茜不知什么时候出现在他的身后。

"我……"

"以后，请你再也不要打扰她，我们二人之间的事与她无关，"钟亦峰的声音冷冽，表情满是说不出来的复杂，"否则，我不仅不会爱你，更会恨你。"

第三十八卷　黑色魔药

卷首语：

　　我不要失去你。

No.130

　　暗夜酒吧地下广场，暗夜夜总会。

　　上海名流贵族最多的地方，有钱人烧钱的场所，合法的黑社会聚集地。

　　嘈杂的迪厅里，五颜六色的灯光闪烁着那些吸了冰粉亲热中的男男女女，在舞台上穿着比基尼跳舞的女郎，还有在贵宾包厢赌博的大亨……

　　此时，一个女人坐在 VIP 包厢内，已经抽完了一盒烟的最后一根。

　　"茜姐，什么事让你这么愁？"一个头发略长、皮肤偏黑并充满戾气的男人拿着两瓶啤酒走进来。

　　"我不想看见你，滚。"任茜性感的红嘴唇边一抹烟雾纷飞，深深的双眼皮散发着黝黑的光芒。

　　"哟，发这么大脾气，跟你清纯可爱的性格完全不符。"这男人连微笑都折射出邪恶的光芒。

　　"你不是说像亦峰哥哥那样的男人都喜欢可爱单纯的女人么？我都做到那个地步了，为什么他还是不爱我？"任茜说罢，拿起一瓶啤酒，熟练地将瓶盖咬掉。不一会儿，整瓶啤酒就被一饮而尽。

　　"我为他做了那么多，到头来他还是不爱我。所以，你一定是骗我的，以后我才不会相信你给我出的那些鬼主意。"

男人看着任茜，他知道，现在这副样子的她才是真正的她。一直以来由于他的劝告，她都一直努力在生活里扮演一个与她实际大相径庭的形象。

"怎么了，他不要你了？"男人点燃一支香烟。

"是"任茜点头，并且递给男人一张照片，"照片上这个人，你立刻去给我调查一下，要彻底调查，一丝不漏。"

当男人看到照片上那个挽着麻花辫亮眼明眸的女人时，一种莫名其妙的感觉突然涌上心头。

见多了浓妆艳抹穿着性感暴露的女人的他，不知道这世上竟还有人拥有这般澄澈的眼神和暖心的笑容。

"是谁？"男人问。

"勾引亦峰哥哥的贱人。这年头，贱人都爱生得一副好皮囊，把人七魂六魄都勾引没了！"任茜狠狠地说，"不过，你一定要隐秘地调查她，我不想因为她再让亦峰哥哥跟我翻脸。我要让他知道，谁才是最配得上他，最有资格和他在一起的人。"

她还是忘不了那日钟亦峰的决绝，但她也是真的很怕因为莫沫钟亦峰便恨了她。

男人点头应道："茜姐，除此之外，还有件事你要做。要知道钟少是桓旗集团的继承人，也许他对这个女人的迷恋只是一时的，但是桓旗集团对他的重要性是肯定不会改变的。所以，如果在继承桓旗集团的问题上你若能帮了他，还怕他看不清眼前的现实么？"

任茜被男人话里有话弄得一头雾水："黑魔，什么意思？你把话说的再明白一些。"

这个叫作黑魔的男人小心翼翼地推开 VIP 包厢的门，观察门外情况确信这里安全隐蔽后，便将自己的想法对任茜娓娓道来。

No.131

三天一晃而过。

这日清晨，莫沫从桓旗 A 栋大厦 15 层的电梯快速走出，当她用力推那扇标识着"财务部总监"的门时，仍是推不开。

已经连续三天了，夏与冰都没有来，并且他的电话也是打不通。她想去找他，却不知该去哪里找他。莫沫这才发现，原来回国后的她和夏与冰之间的关系竟是这般脆弱。

傍晚，如约而至。

他还是没有来，抑制不住的担心在她的身体里蔓延。她在桓旗认识的人并不多，要想知道夏与冰的情况，只有去问那个人了……

不一会儿，莫沫便来到钟亦峰办公室的门前。

自打那日之后，她便没有再见过他。开始，她还寻思怎样躲避他。后来她发现，根本没有那个必要。他一直都很忙，除了开会的时候他本身就很少出现在公司。

她也不知道他现在是否在里面。那日，明明是她先说话那样决绝的。现在却又跑来找他……

算了。反正是为了与冰，莫沫心想，豁出去了……

她轻轻地敲门，便听到了里面干脆的回应。

"进。"

当钟亦峰看到推门进来的人后，不禁感到惊讶。莫沫缓缓地走到他的面前，扭扭捏捏没有开口。

"我……"

"我想问，夏与冰夏总监为什么三天没有来上班了……"

如果说原本钟亦峰还因为她主动来找他感到一丝喜悦的话，那么现在这个情况，只会让他的那丝喜悦全无。

原来她来找他，只是为了夏与冰……

原来在她的心里，真的只有夏与冰……

一种无言可拟的疼痛在心间泛滥，一种无法诉说的苦楚让他难以开口。

"深……不是，钟少，请你回答我，谢谢。"

莫沫并不知道自己的语言和行为到底有多伤害他，而她又何需如此急迫地和他划清界限呢？

"我为什么要告诉你？"

莫沫没有想到，钟亦峰的语气会如此冷淡。

"你没有任何权力从我这里获取任何信息。当然我可以告诉你，但是你也必须付出代价。"

莫沫想，是他知道了她想划清界限，所以就提出平等交换吗？不知为何，钟亦峰这样平淡冷漠的语气让她觉得难过，些许窒息。

"什么代价？"

钟亦峰没有回答，只是拿起手机，打通电话："大雷，马上到公司来接我。"

半小时后，在一家日式料理餐厅的包厢里。到这儿后，钟亦峰叽里呱啦说了一堆莫沫从没有听过的料理名，不一会儿空荡荡的桌子便被摆得满满当当的。莫沫从头到尾都目瞪口呆地看着身边的一切，难道，代价，就是请他吃饭吗？

莫沫咽一口口水，一看这环境就知道这些料理肯定价格不菲……完了，她这一月的工资能不能够了……

"吃啊。"钟亦峰看着纹丝不动的莫沫，终于开了口对她说话。

"你怎么不吃？"莫沫看着照样纹丝不动的钟亦峰说。

"我不喜欢吃这些甜的东西。这是之前欠你的一顿饭，现在两清。"

莫沫的心里咯瞪一下。明明是她先要和他划清界限的，现在她却难受至极。

"那你还胡乱点一通，那么多，我要一个人吃完吗？"说着，莫沫用勺子舀了一下面前软绵绵的未知物体放入口中。

凉凉的，香草的味道萦绕在舌尖。

"香草冰淇淋！"

"不开心，难过的时候就会吃香草冰淇淋。"钟亦峰出神地淡淡说道，想到了眼前的人儿眼中含着泪说过的话。不料却换来了莫沫诧异的眼光。

"你怎么知道？"

她难过的时候就会吃香草冰淇淋，这是她从小就已经养成的习惯。可是，深蓝他是怎么知道的？

"是你告诉我的，你忘了？"

莫沫疑惑地看着钟亦峰，不明白为什么现在的他看起来是从未有过的复杂，似乎是一种难过的情绪掺杂在其中。

"我，说过吗？"

钟亦峰突然回过神来："哦，我记得听你说过而已。"

是的，她忘了，她早已全然把他忘记。

"既然付出了相应的代价，现在你可以告诉我与冰去哪里了吗？"

而她记得的，关心的，在意的人也就只有夏与冰而已。

钟亦峰淡淡地说："出差了，至少一个星期。"

其实事实是夏与冰莫名其妙地不来公司，他这样说只是为了让莫沫安心而已。诚然，在莫沫心里，却又荡起了另一层涟漪。与冰出差，从头到尾她都不曾知晓。现在，他们现在的关系居然已经淡到了这个地步。

原来，一切都是她一厢情愿而已。她从桌子的边上拿起一个盅样式的陶瓷物，毫不犹豫地便将里面的液体灌了下去。是酒，但味道很奇怪，有点儿辣和苦，却正符合她这段时间以来的心境。

醉吧，彻底地醉吧，也许醉了就可以忘掉一切苦痛。

钟亦峰一直沉默不言地坐在莫沫对面，看她不停地吃东西，不停地灌酒，还有她的眼泪，不停地在眼睛里面打转。

不知过了多长时间，她似乎已经醉倒在桌上。

"深蓝……"她轻声呼唤。

"嗯？怎么了？"

"深蓝……"

她似乎是全然没有意识地趴在桌上，嘴里念的，却是他的名字。

"深蓝，你这个笨蛋……"

钟亦峰用从未有过的眼神温柔地看着莫沫。

"你跟与冰一定是，一定是不一样的……你不是任茜说的那样的……你不是那样沾花惹草、朝三暮四的人……所以，所以请你不要喜欢我……"

"请你不要喜欢我……我们是朋友，是朋友……我不要失去你……"

钟亦峰看着醉酒的她，眼神复杂。他不知道她是真的醉，还是借着醉意把心里的话一吐为快。

她，不想失去他？

她说，她不要失去他！

钟亦峰才知道，原来，他已在她的心里占一席之地！

而莫沫，说的都是真的，她从小失去父亲，被母亲抛弃，后来姥姥去世，现在她的挚友却在感情里给予她深深的背叛。这么多年来，她都是这样——个人，踽踽独行。钟亦峰却愿意放下自己的身份给她温暖，陪伴她，关心她，她都感觉得到。

所以，她对他说那句"从今天开始我们正式成为好朋友"的时候，不是开玩笑，而是用足了百分之百的真心和勇气。

她不敢相信深蓝像任茜说的那样，有未婚妻却三心二意。她更害怕的是深蓝是喜欢自己的，因为怕失去，怕伤害。

钟亦峰抬起右手缓缓触碰她的头发，温柔无比，同时，心疼万分。

第三十九卷　曾经相见

深蓝，在这片白色风信子花海里，在阳光下簌簌飘落的雪花里，我是否曾经见过你？

No.132

翌日清晨。

上海郊区，钟亦峰的家里。

莫沫从床上醒来，头昏脑涨。当她睁开眼时，整个人都惊呆了。她对眼前的环境感到陌生至极，偌大的卧室，简单的装饰，给人以干净和安逸之感。

可是，这是哪里？

她只记得昨日和钟亦峰出去吃饭，然后她喝醉了……

昨天晚上。

钟亦峰看着醉倒在桌上的莫沫，轻声喊道："莫沫？"

钟亦峰晃一下她，完全没有反应。他只好熟悉地再次扛起醉得一塌糊涂的她，准备送她回去。

他架起她的时候，她却突然耍赖那般抱住他，黏在他身上不动。顿时，钟亦峰的心怦怦地跳个不停。

"莫沫？"

而莫沫完全没有理会他，就像橡皮糖黏在他身上，嘴里还碎碎念："加菲猫，你怎么变得那么胖，加菲猫睡觉觉……"

钟亦峰想起了莫沫家里床头上那个又肥又大的加菲猫，头上立刻冒了三道黑线。

不一会儿顾雷到餐厅来接他和莫沫，顾雷看到醉醺醺的莫沫紧紧抱着钟少后哭笑不得。到达莫沫公寓楼下的时候，她依然紧紧抱着钟亦峰不松手。最后无奈至极，顾雷只好把车开到了钟亦峰的家。

No.133

莫沫努力回想大脑却仍是一片空白。她缓缓起身，离开卧室，穿过客厅，隐约看到了院子里的那穿着深蓝色西装的背影。当她走出落地门看到外面的风景时，不禁一惊。

晴蓝的天空释放出的色彩照耀着复古铜色铁门，别墅前院被一片又一片的白色风信子花海挤满，四月正是这花怒放的时节。阳光穿过树叶的缝隙洒在花瓣上，微风拂过，花浪颤涌，花香随之扑鼻而来，这香气顿时渗入人的血液，在浑身汩汩流淌。

不知为何，莫沫突然觉得自己像是被一道白光击中，眼前这片景色给予的感觉竟是那般熟悉。

"你醒了。"

注意到缓缓走出来的莫沫，钟亦峰淡淡地说。

"嗯，这是哪里？"

"我家。"

这是钟亦峰真正意义上的家，简单而又低调。这里只有他一个人，他喜欢一个人的静谧，至少不会再有那些属于家庭的腥风血雨和疼痛残忍的过去。

"今天，你想不想听听我的故事？"

"从小到大，我都特别畏惧我的父亲，并且从没有感受过父爱，父亲真的很严厉，一切只因为我是桓旗集团的继承人。十二岁的时候，我出过一场很严重的事故，就在那场事故后，我被喜欢的人抛弃，还失去了母亲的爱。"

十八年前。事故后，钟亦峰从医院回到家里不久。

这日，钟亦峰再次把自己关在屋子里，听着门外的父母争吵。

"你又要出去找那些贱人吗？我以为夏语翎走后你就能收敛一点儿，可是这些年来你一点儿改变都没有！这个世界就是那么多下贱的女人，不要脸的婊子！"钟亦峰母亲朱煜晴尖锐刺耳的声音传来。

在钟亦峰的眼里，母亲一直都是一个温柔贤惠的女人。可是自从他从医院回来后，母亲就变了。变得疯狂，变得骄躁，变得不安。她不再关心自己，不再给自己讲故事，不再跟自己说话。钟亦峰隐约知道这一切的改变也许是因为那个叫夏语翎的女人，都是她害自己的母亲变成现在这副模样，害得原本相敬如宾的父母变得这般视如仇敌，他已经对那个叫夏语翎的女人恨之入骨了。

"你自己又好得到哪里去？当年你是怎么对樊樱的，你真的以为我什么都不知道？"钟桓的声音像野兽般咆哮而来。

"什么？是谁告诉你的！"朱煜晴的声音里顿时充满惊慌。

"哈哈！根本不能怪我，这樊樱跟夏语翎一样，都是贱婊子！这种勾引别人丈夫的人活该被千人骑，天生的贱……"整个房间充斥都是朱煜晴的大笑声。

"啪……"

一个响亮的耳光声回荡在这偌大的房子里。

"贱人，闭上你的嘴。我不准你那么说樱子。"

"啪……"

"我让你说……"

"啪……"

"你这张贱嘴……"

"啪……"

……

一个接一个耳光声不绝于耳。钟亦峰在房间里听到这一切，忍住不让眼泪落下来。他背靠着门慢慢蹲下来，手脚发麻，浑身冰冷。这便是事故后的他的童年，他感受不到家庭的温暖，每次从学校回家后，他都会听见父亲跟母亲吵架甚至动手。他所感受到的，是父亲的凶暴残忍，还有母亲的歇斯底里。

不知过了多久，偌大的钟家别墅里只剩下朱煜晴的哭泣声。当天晚上，她便被发现在浴室里割腕了。

钟亦峰永远都忘不了那一地的鲜红的血。只是，每次陪她在医院的都不是钟桓，而是年少的钟亦峰。

"亦峰，永远都不要相信这个世界上有爱情。女人爱的都是男人的钱，男人的物质。不管男人女人，都是一样的东西……"在钟亦峰的记忆里，这是母亲对自己说过的最多的一句话。

再后来，记忆里的母亲不再穿光鲜亮丽的衣服，不再化妆，每天穿着朴素的衣服，吃斋念佛。仿佛她的整个人生荒芜得就只剩下那尊佛像。

钟亦峰对此感到害怕极了，他看着她越来越瘦的身体，看着她每天不知所云。为了让母亲开心，让母亲跟他说一句话，他去找顾师傅学习烹饪。顾师傅起初听钟亦峰这样说非常惊讶，这个小家伙居然信口雌黄说要学习做菜。但是后来顾师傅听他说明缘由后，便一口答应了。

因为，他不能扼杀一个未长大的小男人对自己母亲的责任心。

只是，顾师傅没想到钟亦峰这一学竟学了五年。五年来，他一直没有停止学习，尽管母亲从未吃过一口他亲自做的菜，因为母亲的心，母亲的魂灵，好像早已不属于这个世界。

某日午后，钟桓急冲冲地赶回家。

"你到底在调查些什么？"钟桓狠狠抓着正在佛像前念佛经的朱煜晴的衣领。

"给我说话，贱人，装什么死。"钟桓抑制不住自己的愤怒，一个耳光将母亲扇倒在地。

"我告诉你，如果真的是我钟桓的骨肉，你休想动他一分！"钟桓右脚狠狠踢朱煜晴的肚子，她却一句话也不说。

"你就这么肯定，你会比我更早找到她吗？"朱煜晴冷笑道。

"我打死你这个不要脸的贱货，孽种！"气极，钟桓用力地踹她的身体。

"别打了，别打了，爸爸，别打了。"钟亦峰跑过来，用瘦小且弱不禁风的身体护住母亲。

"你以后最好给老子老实点儿。"钟桓冷漠地看着冲过来的钟亦峰。恶狠狠地对朱煜晴说完这句话后便生气地扭头离开。

"妈，你为什么不跟他离婚？"钟亦峰抱着母亲，流着泪问她。

"因为你。孩子，你现在还不懂。你外公把他的一切都给了钟桓，我不能让这一切毁于其他女人手中。所以，将来你一定要继承桓旗，否则我死不瞑目。"

No.134

"为了完成母亲的心愿，我一直都在为了桓旗集团努力，为了顺利继承桓旗，我也尽量不忤逆钟桓。所以当他希望我和任茜在一起的时候，也就没有拒绝。可是我们之间什么都没有，我只是把她当作妹妹。"

莫沫不知道钟亦峰为什么要和她解释他跟任茜之间的关系，但是当她听到他童年的那些事时，心疼不言而喻。谁说的有钱人家都是幸福的孩子，如果钟亦峰可以选择自己的父母，他一定不会选择生在这样富裕却冷漠的家庭里。

"莫沫，你觉得这个世界上真的有爱存在吗？"钟亦峰问道。

"有吧。就算没有，我们也要相信它是存在的。"

"为什么？"

莫沫微微一笑："因为，相信爱存在，至少还是有希望的，至少还是可以勇敢前行的。

钟亦峰温柔地看着莫沫，莫沫亦是目不转睛地望着他。

许久。

"深蓝。"

"嗯。"

"你喜欢我吗？"莫沫看着钟亦峰深邃的眼睛，认真地问。

钟亦峰刚要开口，眼神里却拥有了一份迟疑。

"我根本不值得你……"

就在莫沫还没有说完的时候，钟亦峰就打断了她。

"不喜欢。"

这三个字如此简单，如此清晰地从那性感的嘴唇脱口而出。

他说得那般轻松，那般让人不得不相信。

而听到他的回答后莫沫脸色煞白，气氛不禁变得尴尬起来，为了打破这份尴尬，她傻乎乎地呵呵笑道："啊这样哦，对了，深蓝，为什么院子里会有那么多的白色风信子？"

"出事故前，妈妈陪我在公园里面一起放风筝。那是我最后一次和妈妈相处的快乐时光，当时在那个公园里，满满都是白色的风信子。"

一阵四月的微风吹拂过脸颊，带来了无数的花香。莫沫看着钟亦峰，满是对他的心疼。

"深蓝。"

"嗯。"

"你有没有听说过，如果在风吹来花香的时候许个愿，愿望就会实现。"

"现在我闻到了风信子的花香。我想许个愿，希望这些花早晚有一天可以消失不见。这样的话，说明深蓝不再伤心，不再难过。"

钟亦峰认真地看着莫沫，不言语，眼神又是充斥着说不出的温柔。

又是尴尬的气氛。

莫沫故作轻松笑道："哎，你说这么美的景色，要是下雪就好了。"

"这么好的阳光，怎么会下雪？"

"谁说出太阳的时候不会下雪，我们第一次见的时候，不就下起了太阳雪吗？"听她说罢，钟亦峰像是被晴天霹雳击中那般。难道她还记得？他们第一次见面的场景？还记得那片白色风信子花海，还记得那阳光下飘浮的白雪？

莫沫注意到了钟亦峰的异样，心里有点打颤地说："难道我们第一次在机场见的时候，不是下的太阳雪吗？"

原来如此，在她的记忆里面，他们第一次相遇，是在浦东机场的那场太阳雪里。失望的情愫在他的心间顿时繁衍生息。

"是，"许久钟亦峰淡淡地说，"但这才真的糟糕了呢。

"怎么了？"

钟亦峰轻松笑道："因为，下太阳雪时相遇的人，都是命中注定要遇到的人，然后会在彼此的生命里写满痕迹。难道，以后你会一直缠着我？"

下太阳雪时相遇的人，都是命中注定要遇到的人，然后会在彼此的生命里写满痕迹！

下太阳雪时相遇的人，都是命中注定要遇到的人，然后会在彼此的生命里写满痕迹！！

为什么会有这样熟悉的感觉？这句话，她一定听过！刚回国的第一天，耳畔似乎就是回响这些文字……她瞪着大大的眼睛，望向钟亦峰！

不知过了多久，她略显失神地缓缓地对他说道。

风安静地吹，洋溢着一片花海。

深蓝，在这片白色风信子花海里，在阳光下簌簌飘落的雪花里，我是否曾经见过你？

第四十卷　神秘死亡

卷首语：

　　对于她来说，他就像是十八年前橱窗里那个胡桃夹子木偶一样，就这样被她遗忘在时光里。

No.135

　　莫沫认真地看着钟亦峰深邃的眼睛。她真的好怕眼前这个英俊帅气的男人喜欢她，如果是这样，他只会变得不幸。

　　因为她觉得，单恋着夏与冰的她，真的很不幸。犹豫再三，她还是说出了口。

　　"你喜欢我吗？"

　　钟亦峰听到她的问题时，想脱口而出那句"我喜欢你"。但是昨晚他的决定却突然浮现……

　　顾雷开车把莫沫和钟亦峰送回钟亦峰在郊区的别墅里便先行离开。只是后来由于莫沫把钟亦峰抱得很紧，他只好安静地和她一起躺在床上。

　　她睡得沉稳，呼吸均匀。而钟亦峰的心跳从未停止过，他把头转向莫沫那侧，看着她白皙细腻的皮肤和纤长的睫毛，像极了她小时候的模样。

　　他从未想过，她会再次闯入他的生命里。如果不是长大后再次遇到她，他更不会明白原来十八年前第一次见她的那种心动就是爱。是她，让他第一次有了想保护一个人的欲望；是她，让他难以忘记并只能收藏在回忆里不忍碰触。也是她，现在安静地躺在他的身边，紧紧抱着他入睡。

过往的云烟重新凝聚片片袭来，无论忧伤抑或快乐，现在他都可以理智坦然地去面对，不再逃避。因为，现在，她在身边。可是，她终究不是属于自己的。因为，对于她来说，他就像是十八年前橱窗里那个胡桃夹子木偶一样，就这样被她遗忘在时光里。

钟亦峰看着熟睡的莫沫，丝毫没有察觉到一丝泪迹漫延眼角。

他突然明白了为什么当时胡桃夹子会看着公主大婚默默离去。不是因为懦弱而不敢争取不敢报复，一切只是因为他真的很爱公主，很爱很爱，爱到可以放弃他们，放弃自己。

所以，莫沫，我会放弃我们，放弃自己。成全你和他，让你幸福。

"不喜欢。"钟亦峰说道，声音坚定。

不喜欢你，却是因为我爱你。钟亦峰心里默默想，却始终无法将这句话说出口。

正是因为如此，所以在她回忆起关于他的蛛丝马迹的时候。他只能说："不可能。""我们一定没有见过。我又没有失忆，对以前发生过的事都记得很清楚。""在我的记忆里，没有过你的存在。"

莫沫看着认真回答的钟亦峰，觉得刚刚可能只是她的一个错觉。也是，说不定这句话就是她九岁前某天在某本书上看过的一句话而已。

这时，钟亦峰的手机突然响起，他迅速接起电话。电话那端的人不知说了什么，他脸色大变。

"延期召开记者发布会，但是将她去法国的行程提前。"

No.136

几天后。在媒体社会舆论正闹得沸沸扬扬之时，宫玫萱澄清落水事件的记者发布会举行。熙熙攘攘的记者围堵在发布会现场，焦急地等待发布会的开始。

"请大家安静，记者招待会马上开始。"简枝在舞台中央用麦克风说道。

现场到处都是闪光灯晃过的影子。记者们在自己席位上就坐，提问的心早已跃跃欲试。

几分钟后，宫玫萱一袭紧身黑色裹衣出席，戴的墨镜是今年欧美时尚圈的最新款，几乎遮住了整张脸，整个人都透露着性感无比的味道。

只是，此刻只有那熟知她的坐在电视机前的人，才能看得出，她又瘦了，瘦了好多。

自从那天之后，这一个多星期以来，夏与冰没有一天出现在公司里。他只是日日醉酒在家中，细细品味着痛苦和愤恨的味道。因为他不知道自己该怎样去面对莫沫，也不知道自己该怎样去面对宫玫萱，愧疚和懊悔无时无刻充满他的内心。

"召开这次记者招待会，主要是有两件事。"简枝坐在她的旁边，拿着麦克风缓缓说。

"第一件事，是关于上次宫玫萱小姐落水事件的澄清。自从桓旗宴会上出现意外以来，媒体进行了不少的乌龙报道。今天在此澄清，玫萱之所以会掉入湖中，是因为醉酒路过花园桥时不小心踩空才会出现事故，与任何人都没有关系，并在此给他人造成的困扰表示抱歉，对萱迷们也表示深深的歉意，让大家担心了。"

话音刚落，记者们喧哗起来，闪光灯不停地闪动。

"第二件事……"

记者们安静下来，无不以为是宫玫萱将对那个事件做出正面回应。

"宫玫萱小姐将于后天前往法国拍摄新电影，并且同时将在法国进行时长三个月的学习。"

记者们立刻躁动不已。

电视前的夏与冰双手紧紧地握起了拳头，不知公司为何会做出这样的决定，让她在这紧要的关头退而不前，他更不明白的是宫玫萱居然答应了这样的安排。

"下面请记者们进行提问。"

"北区第五排右边第三位记者。"

"您好，宫玫萱小姐，我是来自新语报社的记者，我想问一下，您此次突然出国学习是否跟感情有关？据说前些日子有网友拍到你跟夏与冰在雨中吵架，现已分手。这次您出国是因为感情不顺利从而出国疗伤吗？还是因为跟林庭悠的意外死亡有关？据媒体报道，您和林庭悠从大学期间便开始不和，所以这次去法国也是为了逃避谴责吗？"记者言辞犀利，句句不饶人。

现场顿时沸腾。

简枝看着一言不发的宫玫萱，手掌心里满满的都是汗。她知道玫萱姐已经几乎一个星期没有好好吃饭、好好睡觉了，她天天把自己关在家里，谁都不见。直到昨天从桓旗总公司出来后，她突然告诉简枝，她要去法国，走之前要先召开记者会。简枝没有问为什么在舆论的矛头尖端都指向她的关键时刻退缩，而是直接答应了她。

因为，这是整整一个星期以来，她第一次在宫玫萱的眼睛里，重新看到了光芒。

就在经纪人想要开口替宫玫萱辩解的时候，一个温柔却坚定的声音响起。

"不是感情疗伤，不是躲避谴责，只是单纯地去找回自己，最真的自己，仅此而已。"

第四十一卷　玫萱离开

卷首语：

　　喜欢一个人，你会记得她的好。而爱一个人，你会想怎样做才是对她好。

No.137

　　"知名演员林庭悠在家中意外死亡……"

　　"当红演员兼模特林庭悠神秘死亡，院方尸检结果证实其为坠楼摔碎脑干致死，并且院方承认在其体内检测出死前服用过毒品……"

　　"据警方推测，林庭悠死因是其吸毒过后不慎坠楼身亡……"

　　这些天来，林庭悠意外死亡的消息甚嚣尘上。而宫玫萱从林庭悠死的那刻起就被无辜地卷入了社会舆论中，因为当年她们还只是大学同学时便不和，后来共同从模特转行演员，在娱乐圈更是明争暗斗。现在林庭悠突然身亡，尽管警方已证实与宫玫萱无关，但是在大众的眼里还是和宫玫萱脱不了干系，社会舆论的矛头越来越指向她。

　　但从那晚之后，宫玫萱便一直萎靡不振，连续几日将自己关在房里不吃不喝。在她的眼里，无论世界因为她乱成什么样她都不会在乎一丝一毫。她唯一在乎的就是即便那晚之后，夏与冰仍是头也不回地离开了她。这次，她的心真的被伤得彻底。

　　这日，简枝接到桓旗公司的消息，让宫玫萱回公司，公司将对她做出下一步的安排。宫玫萱鼓起勇气敲响了标识着"总经理办公室"的那扇门，她差不多可以猜到钟亦峰找自己到底是有什么事情，有些事该面对始终都要面对。

"进。"

宫玫萱轻轻推门进去。

"总经理。"

钟亦峰抬起头看了她一眼，示意她坐在办公桌的对面。

"你对林庭悠突然死亡的事件怎么看？你是怎么想的？"钟亦峰没有停止手中的工作，淡淡对宫玫萱说道。

"我觉得很累，总经理。"

"是因为这件事？还是因为夏与冰？又或者是，因为莫沫？"钟亦峰停下手中的工作，看着宫玫萱说。

宫玫萱惊讶地看着钟亦峰，她不知道现在眼前的这个男人到底对他们三个有多了解。她分明看到了，他说莫沫名字时那从未有过的犹豫和温柔。

"四月十三日去巴黎，拍摄桓旗新投资的电影，三个月后再回来。走之前召开记者发布会，澄清落水事件的事实。"钟亦峰字字清晰。

宫玫萱看着钟亦峰，她能明白他到底是什么意思。

"这个时候离开，不就正顺了记者的心意吗？他们会怎么写我，说我是什么畏罪潜逃？"宫玫萱对公司的安排显然不满，逃避不是她宫玫萱的风格。

"清者自清，只要你什么都没做，怕什么乌龙报道？去法国避避风头，没什么不好。并且，你也不会在乎什么新闻媒体对你的评价不是吗？"

这点钟少说的的确没错，她确实不怕那些记者乱七八糟写她什么。她若在乎那么多，就不可能在娱乐圈混到今天。警察找过她，但是正如钟亦峰所说，清者自清，这件事自然是与她无关。但是在这个关头让她离开，绝非偶然。

"钟少是怕我留在这里，继续伤害莫沫吗？"

除此之外，她实在想不出别的任何让她离开的理由。既然钟亦峰知道了桓旗庆宴她落水的真相，那么一切都变得相当明显。

"是，你清楚你自己做过什么，所以，我绝不允许任何人再伤害她。"

"又是莫沫，为什么每个人都会喜欢她，对她好！"宫玫萱生气又绝望地说，"既然你喜欢莫沫，为什么不把她从夏与冰手里抢过来，你明明可以这样做！并且，我也可以帮你。"

此刻宫玫萱的心里燃烧的满是嫉妒之火，愤懑之感油然而生。

"我没有说过我喜欢她。"

"可是我早就看出了你的感情，自从那次开例会时看到你看她的眼神，我就已经知道了。钟少，我可以帮你，得到莫沫。"

"你最好打消这个念头，我已经很容忍你的行为了，我不会再让她难过。她喜欢夏与冰，夏与冰也喜欢她，他们应该在一起。公司已经对你的行程做好了安排，离开这里，努力忘记这一切吧。"

钟亦峰转过座椅，背对着宫玫萱，望向霓虹闪烁的窗外。

"你难道就甘心把你爱的人让给别人？到底是怎么做到的，是爱得不够深吗？"

宫玫萱不知道为什么，心里莫名地疼痛。

橱窗照映出钟亦峰那英俊的轮廓，模糊的影子却让人看不清他此时是怎样的表情。

"如果你真的足够爱夏与冰，你就应该明白为什么我会这么做。"钟亦峰轻柔的声音透过空气介质传到宫玫萱耳朵里，"喜欢一个人，你会记得她的好。而爱一个人，你会想怎样做才是对她好。"

所以他不喜欢她，是因为他深爱她。所以他会放手，为了让她幸福。

所以，我不喜欢你。但是，我爱你。

No.138

两天后，下午一点整，距离飞往法国的班机起飞一小时。上海浦东国际机场。

宫玫萱穿着一身白色的连衣裙，化着淡妆，失去了往日的傲气和性感，多的是一份柔弱和迷人。她坐在大厅的座椅上，若即若离的眼神不停地望向机场大厅的入口处，手里紧握手机，唯恐一个疏忽就错过了期待着的电话。

"玫萱，既然决定了离开，那就不要再恋恋不舍了。"简枝坐在她的身边，看着她说。

宫玫萱把眼睛从入口处挪开，低下头，看着手里的手机。

良久之后，她轻轻地说。

"是呢，经历了那么多，最后我还是什么都没得到。或许说我曾经拥有过那些最真挚的感情吧，但是好像都被我一点点亲手毁掉了。"

那日。

"如果你真的足够爱夏与冰，你就应该明白为什么我会这么做。"钟亦峰轻柔的声音透过空气介质传到宫玫萱耳朵里，"喜欢一个人，你会记得她的好。而爱一个人，你会想怎样做才是对她好。"

"而我，偏偏是爱上了她。"

宫玫萱闭上眼睛，泪水从眼角溢出。

"莫沫从没有怪过你，到现在，她都一直把你当成她最好的朋友。你做过哪些事，你自己最清楚。过去的事就让它过去，不要再提，我不想再让她伤心。我只是希望三个月后的你，能够放下对夏与冰的感情，还是莫沫最好的朋友。钟亦峰透过窗望向天空中点点欲坠的星星，眼神深邃。"

过去的一幕又一幕浮现在宫玫萱的眼前，三个人的欢声笑语，三个人的打打闹闹，夏与冰曾经给予的温柔和关心，莫沫天真的笑容和信任……都被她亲手粉碎了吗？

没错，这些原本幸福的点点滴滴，都被她亲手粉碎了！！

"啊！……"宫玫萱抱住自己的头，无力地跪倒在地，歇斯底里地喊，仿佛灵魂抽搐那般。

泪水再次遍布了她那张美丽无比的脸。其实，从那晚之后，宫玫萱已经开始后悔了。因为，她已然知道，无论她怎么做，夏与冰都不会爱她。既然如此，她过去的所作所为到底意义何在呢？

钟亦峰起身，走到她的面前，缓缓将她扶起。

"我们三个还能回到过去吗？还可以吗？真的，只要与冰开心，他能幸福就好。莫沫……我也不要再伤害莫沫了，我不能再伤害她了，绝对不能！"宫玫萱泪流满面，看着钟亦峰说。

"可以，只要你放得下。"

"那，你呢？你放得下她吗？"宫玫萱看着钟亦峰，终于明白刚才那阵疼痛的缘由。现在，她眼前的钟亦峰仍然是那张冷峻的脸，但是却又那么让人不由得心疼。

"放不下。钟亦峰无奈地浅浅一笑，眼睛里闪过一道晶莹的光，这笑容繁衍的是一种莫名的痛彻心扉。"

"但是我会深深藏在心里，不让她看见，不让她知道。"

所以，我不喜欢你，但是我爱你。这将成为一个永恒的秘密，不被发现，不被揭晓。

第四十二卷　贝壳珍珠

卷首语：

　　我，宫玫萱，从今天起就是你莫沫的专属小贝壳，你也是我的小珍珠，我要一直保护莫沫，一直做莫沫最好的姐妹！

No.139

　　午后，上海桓旗总公司餐厅。

　　莫沫一个人在靠近窗户的位置坐着，不停地向窗外望去。餐桌上的食物还没有吃就已经被她手中的叉子戳得乱七八糟，这些日子以来她一直都在无休止地工作，早晨八点开始，晚上也经常加班到十一点，总经理给了她相当大的工作量，她都尽自己最大努力完成了。只是她没有注意到，晚上每次加完班时，恰巧出现在她身边，并且送她回家的钟亦峰。

　　夏与冰已经一个多星期没有来上班了。然而宫玫萱也一直没有联系自己，莫沫只知道她出院了，仅此而已。

　　仿佛，一瞬间她的生活从大风大浪的海洋中回归一湖清水，波澜不惊。而这份安静却又在带给她更多的折磨，就像让她身处车来车往的十字路口中央不知向哪儿走那般束手无策。

　　"莫沫。"

　　一个熟悉的声音在她的一侧响起，钟亦峰顺势坐在莫沫的对面。

　　"深……总经理，有什么事吗？"当莫沫注意到身边的同事都在看他们两个的时候，她便改了口。

钟亦峰很少出现在公司的餐厅里，第一次，是夏与冰跟莫沫面对面坐着说话的时候。第二次，就是现在。

钟亦峰看一眼手表，抬起头看着莫沫说："现在是十二点十五分，宫玫萱的飞机下午两点起飞，现在应该还来得及。"

"飞机？起飞？她要去哪里？"莫沫一片茫然。

"法国。三个月后回来。你应该想去见她。"

莫沫二话不说从座椅上冲了出去。

钟亦峰看着她离开的背影，眼神温柔而深邃

NO.140

莫沫在出租车上看着手表上的时间轮回着流逝，现在已经一点十五分了！

"师傅？能不能再开快一点？"莫沫着急得直拍司机师傅的车座。

"姑娘，你看这车堵得水泄不通，我也是干着急啊！"司机师傅的额头满是汗珠，右手不停地按喇叭也无济于事。

"算了，就送我到这里吧。谢谢师傅。"莫沫从包里掏出一张一百元钞票递给司机，迅速打开车门从车上跑了出来。

司机师傅把头从车窗里探了出来，看着莫沫的背影大声喊道："姑娘，找钱！"

只是这个背影并没有回头，而是一直倔强前行。

虽说四月上海的太阳并没有那么炎热，但是每寸光都拂拭她宛若灼灼燃烧的皮肤，晶莹的汗滴流淌过带来隐隐约约的些许疼痛。在风中奔跑着的莫沫紧紧地咬着下嘴唇，眼神复杂。

玫萱，我不知道你为什么突然离开，我也不知道你为什么都没有告诉我，我只知道，我一定要去见你一面。否则，我会很难过。等我，等我！莫沫在心底竭尽全力呼喊，她逐渐感觉到血腥的味道在嗓际蔓延开来，她的呼吸越发急促，她的双腿像无法进行血液循环那般沉重而僵硬。穿着高跟皮鞋的脚踝早已经受不住那反反复复地摩擦，鲜红的血溢到黑色的皮鞋上，她却全然不知。

她依然没有停下奔跑着的步伐。因为莫沫清楚地知道，那即将远行的人，对她来说，很重要。

一点三十五分。

"姐，我们走吧。"简枝拉着行李，站起身来对依然望着入口处的宫玫萱说。褚米站在她们两个身边，一言不发。

"嗯。"宫玫萱收回目光，蹙眉略显失落地说，"是该离开了。"

一点三十六分。

莫沫的脸通红，头发凌乱地冲进机场。她四处张望，到处寻找，都没有宫玫萱的影子。她看看手表，还来得及、来得及，莫沫不停地对自己说。按照莫沫的性格，她早就应该扯开嗓子在飞机场大喊"宫玫萱，你在哪里！你给我出来！"之类的话，但是，她知道如果现在她在这种公共场合大喊宫玫萱的名字，只会引起轰动惹来不必要的麻烦。

一点四十分。

宫玫萱刚刚过了安检，准备登机。

她还是回头看了一眼，但是终究还是失望。她转过身，闭上眼睛，深深地吸了一口气。她想要微笑，却怎样也笑不出。就在她抬起腿再前行一步的那刻，广播响起。

"下面将为您播报一则寻人启事，有位莫沫女士丢失了她非常重要的宝贝一小贝壳。请……"广播员还没有说完，莫沫的声音便在广播里传了出来，"小贝壳，你在听吗？我相信你一定听得到，我就在这里等你，请你回来后一定要来找我。因为，珍珠不能失去贝壳，失去贝壳的珍珠，就不再是珍珠了……我等你！"

宫玫萱听到广播后，极为震惊。

"失去贝壳的珍珠，就不再是珍珠了……"

泪水从宫玫萱美丽的眼睛里流出。

"莫沫，对不起……等我回来，一定会再次成为你的那个小贝壳……一定……"

宫玫萱的声音轻轻的，像脸颊两侧缓缓滴落的泪水那般轻盈。

No.142

十八年前。青岛。

温柔的阳光斜斜映照在金色的沙滩上，海浪在风的涌动下不停地向岸边飞奔而来。这种日光海岸的生活，温存于莫沫心中最温暖的角落。

她脖颈间戴着一串简单的项链，上面挂着一颗珍珠，刻着"Momo"。这是她出院后，回到学校收到的第一份生日礼物。因为是宫玫萱送的，所以她格外珍惜。

然而，她也想回赠给宫玫萱一份礼物。昂贵的礼物她支付不起，廉价的礼物又没有任何意义。想了半天，她终于想到了一份具有意义的礼物。

这天下午，她和宫玫萱一起来到海边。两个可爱的小家伙脱掉鞋子，一起去海边拍浪。

海水不停地涌向脚边，海浪的声音中还掺有孩子爽朗的笑声。

莫沫左手拿着一个小桶，右手拿一个小铲子，在浪花还未涌来之际在海里铲一把沙子，运气好的话会铲到贝壳，运气更好的话还会铲到美丽的贝壳。

时光就像黏附在贝壳上的泥沙被海浪缓缓冲走。一下午的时间，莫沫捡了不少贝壳。

"莫沫，捡那么多贝壳做什么呀？不是有很多叔叔阿姨都在卖这些东西吗，那些可比这些好看多了呀！"宫玫萱眨着大大的眼睛，看着莫沫问道。

莫沫笑而不语。她们离开沙滩的时候，莫沫去沙滩边的摊贩上买了一个精致的首饰盒。海蓝色，是宫玫萱最喜欢的颜色。

莫沫把好看的贝壳挑出来，放到首饰盒里，然后笑着对宫玫萱说："玫萱，这是送给你的礼物。虽然不太好看，但这是我亲手捡的！"

宫玫萱的脸颊绯红："莫沫，原来这是……没关系，我很喜欢它们！"

莫沫吐一口气，看着夕阳渲染的天空，淡淡地说："其实玫萱适合珍珠做礼物，我才适合贝壳呢！玫萱那么漂亮，那么讨人喜欢……"

"呸呸呸！"宫玫萱当机立断打断莫沫的话，"在玫萱的心里，莫沫一直是最善良，最可爱的。"

宫玫萱笑着对她说："莫沫，你知道吗？珍珠是藏在贝壳里面的，贝壳是珍珠的避风港。我，宫玫萱，从今天起就是你莫沫的专属小贝壳，你也是我的小珍珠，我要一直保护莫沫，一直做莫沫最好的姐妹！"

莫沫永远都不会忘记那天，夕阳的余韵照红了宫玫萱的微笑着的侧脸。

从那天起，宫玫萱就成了莫沫生命中最重要的人之一。在那颗年幼脆弱的心里，是她的鼓励让莫沫第一次觉得自己也可以很优秀。而莫沫一直觉得自己的最优秀之处，就是拥有这样一个好姐妹，那个可以当作她的避风港的小贝壳。

No.143

一点五十八分。

夏与冰的公寓楼。

客厅的电话铃声响起。夏与冰坐在窗边喝着酒，眼神迷离，没有理会。

"您好，我是夏与冰，现在有事不在家，请在'嘟'的一声后留言。"

"与冰，我是玫萱。我要去法国了，飞机起飞前，给你的最后一通电话。我只是想告诉你，珍惜莫沫，这个傻姑娘，我相信她是爱你的，希望你们幸福。再见了，与冰。下次见面，我希望会见到一个全新的你，和一个全新的我。"

第四十三卷　财务亏空

卷首语：

她不好，但是比起你现在的处境，要好得多。

No.144

四月末。

空气的温度渐渐变暖，就像人的心，经历了那么多后，再麻痹偶尔也会感到一点温度的变化。

"夏总监，你好。"

"夏总监，早上好。"

"夏总监早。"

夏与冰身着一身黑色西装走在公司里，到处都是同事对他的问候。他一一微笑着回应。

"与冰，你回来了。"

夏与冰看着眼前这熟悉的人。她的面容有些憔悴，比之前更加瘦了。

他日夜不停思念的人，真正见面后，千言万语却顷刻间堵在嗓际，这般地如鲠在喉令他顿时无法发声。

许久。

夏与冰对莫沫微笑："是，我回来了。"

宫玫萱走后的第三天，夏与冰决定回公司上班，面对这一切。他知道自己做错了事情，但他还是抵挡不住自己对莫沫的思念，他不奢求莫沫会原谅自己，他自己更不会原谅自己。但是，他对莫沫的爱根本不可能因为这件事情而去改变，这点是毋庸置疑的。

"已经将近两个星期了。夏与冰，你休息够久了。"夏与冰把家中的啤酒瓶白酒瓶各种酒瓶通通扔进垃圾桶里，轻轻地对自己说。

但是，出人意料的事情就在不知不觉中悄悄发生了。

No.145

当天，桓旗公司例行会议。

这次会议除了提前召开两小时之外，还特意缩小规模，只有各部门部长和总监以及总经理参加。

"看来大家都在对会议的临时改变议论纷纷。"钟亦峰手里拿一份文件进入大会议室，语气冰冷。

当夏与冰再次在会议室里见到钟亦峰后，他没有一点改变，眼神依然那么冷漠，说话惜字如金。但是，只要一想到他和他厮打在莫沫楼下的那个夜晚，夏与冰就知道，他早就变了。

钟亦峰有了软肋，只不过，他的软肋跟夏与冰他自己的那根，别无二致。

"刚刚接到董事长的通知，公司上季度财务报表出现问题，财务部一千万资金不知去向。"钟亦峰冷冷地说，眼神转向夏与冰。

夏与冰眉头紧蹙，不知为什么刚回公司就会遇到这种事情。每个季度的财务报表他都是自己严格把关，上季度财务报表同样也是他亲自过目，根本不可能出现纸漏。

"针对这件事，刚刚董事会决定，夏总监暂时停职，已经得到董事长的批准。接下来公司将会对这件事进行调查，事关重大，有必要通知各个部门的领导，但是董事长希望此事不要声张。待公司查明一千万去向与夏总监无关后，夏总监便可复职。"钟亦峰说。

夏与冰无言，他知道这种时候说什么都无济于事。

"如果大家没什么事情的话，散会。"

各部门的领导们纷纷小声议论着离开。须臾，会议室里只剩下了钟亦峰和夏与冰两个人。

钟亦峰等其他人离开后，也起身准备离开。

"哥，她，这段时间好吗？"夏与冰眼神空洞地看着会议室的桌面，轻轻地问。

夏与冰没有想过,有一天他还要从别人嘴里知道莫沫的近况。而这个"别人",不是他人,正是钟亦峰。

"她不好,但是比起你现在的处境,要好得多。"钟亦峰看着夏与冰,淡淡地说。

在钟亦峰眼里,夏与冰一向是谨慎的人。夏与冰进入桓旗后,他的工作能力也是钟亦峰自己亲眼目睹的。又或者说,他清楚夏与冰为人,他相信这件事与夏与冰无关。如果他们两个人的身份不是桓旗的继承者,如果他们不是同父异母的兄弟,并且不是同时爱上同一个女人的话,他们也许会成为朋友。

"我会亲自调查出来这一千万去向。"夏与冰看着钟亦峰的眼睛,坚定地说。

No.146

中午,上海桓旗总公司总经理办公室。

"深蓝,为什么与冰会停职?"莫沫径直推开总经理办公室的门迫切地问。

钟亦峰抬头看她一眼,没有回答。

"我在问你话。"莫沫更加着急。

"你是怎么知道的?"钟亦峰看到莫沫额头上细密的汗珠,淡淡地问。

"我们约好中午一起去餐厅吃饭,等了半天他没来,我去他办公室就已经没人了!东西都收拾走了,我来找你的路上听同事议论,才知道他已经被停职了!"莫沫说话的时候喘气还有点厉害,显然是一路跑过来的。

看到这样为夏与冰着急的莫沫,钟亦峰的心里很不是滋味。

"财务部上季度报表出现问题,亏款一千万。"

"什么?"莫沫惊讶地看着钟亦峰,"怎么会这样?"

她不知道为什么会出这种事,但是她坚定地相信绝对不是夏与冰私自动用公款,这其中肯定是某个地方出了差错。

"与冰是清白的!肯定是某个环节出了错……"

"我知道,但这不是一件小事。所以真相大白之前,夏与冰必须要停职,这是董事会和董事长的决定。"

No.147

林庭悠死后第二天,关于她意外死亡的消息满天飞。

这日，暗夜酒吧地下广场，暗夜夜总会。任茜坐在 VIP 包厢里，不停地刷着手机屏幕，脸色大变。

"知名模特林庭悠在家中意外死亡，其经纪人已证实……"

"昨夜午时，林庭悠意外死亡，死亡原因不明……"

黑魔推门进来。

"这是怎么回事？"任茜把手机扔给黑魔，屏幕上都是关于林庭悠死亡的报道，"不要跟我说你不知道！"

冥冥之中她坚信着这事跟黑魔脱不了干系，因为就在几日前……

"茜姐，除此之外，还有件事你要做。要知道钟少是桓旗集团的继承人，也许他对这个女人的迷恋只是一时的，但是桓旗集团对他的重要性是肯定不会改变的。所以，如果在继承桓旗集团的问题上你若能帮了他，还怕他看不清眼前的现实么？"

"黑魔，什么意思？你把话说得再明白一些。"

黑魔小心翼翼地推开 VIP 包厢的门，观察门外情况确信这里安全隐蔽后，便将自己的想法对着任茜娓娓道来。

"在桓旗集团，钟亦峰的地位高，但是再高也高不过他的老子啊！只要钟桓还没死，钟桓就仍然是桓旗最大的人物。当然钟桓已经老了，以后公司一定也会让钟亦峰继承，毕竟他是他唯一的儿子。但是，现在钟桓特别宠幸一个女人，那个女人很年轻，并且据我所知，她还是虎三哥那边的人。"

"什么？"

在上海黑道里，虎三和任旗的名号不相上下。唯一不同的是任旗总是将自己的表面往白道上贴，而虎三简单明了，只往黑社会里靠。

"任老大和钟桓的关系人尽皆知，虎三当然会采取什么对策。我觉得，钟亦峰在未来继承桓旗的道上一定会遇到不少困难，目前最大的阻力就是那个女人。"

"那个女人是谁？"

任茜的神色慌张起来，她绝对不允许有任何人会对钟亦峰构成威胁。

"林庭悠，这女人在娱乐圈混得还挺有名的。"

"这女人我见过一次，她和玫萱姐一起拍过电影。可她是娱乐圈的人，毕竟是个公众人物……"

"是，公众人物，直接对她做什么会有点棘手。"

"黑魔，这件事交给你去办，既然是虎三那边的人，那就开更有利的条件把她拉到我们这边为我们办事。如果不听，就威胁她。"

而不出几日，林庭悠死亡的消息便传了出来。

"是我做的，"黑魔点燃一支烟，不紧不慢地说，"昨天我闯进林庭悠家里，这女人实在嘴太硬，什么都不肯说，并且还扬言说要整个桓旗。不过茜姐放心，我保证警察查不出什么来。"

诚然，黑魔说得没有错。

在潜入林庭悠家里之前，黑魔早已将附近的情况考察一番。不管是街区还是林庭悠家里所有摄像头都被他躲过。实际上，黑魔不是故意杀死林庭悠的。

那日，闯入林庭悠家时，不巧的是这女人正兴致勃勃地吸食禁毒。黑魔从远处一看便知这是最新毒品"喵喵"。这种新型毒品更能令人兴奋，迷幻，甚至会有偏常行为。在喵喵的作用下，林庭悠失控一般向他扑来。在楼梯口推搡之间，黑魔错手将林庭悠推下楼，一路滚了下去。

当黑魔下楼试她的呼吸时，她已经断了气。黑魔并没有慌张，毕竟这种场面他不只是第一次遇到了。他上楼拿起林庭悠用过的冰壶，小心翼翼地将余下的"喵喵"全部注射到林庭悠体内，擦掉指纹后迅速离开。

而一切如他所料，警方果然查不出任何端倪，只能推测林庭悠为吸毒过量后制幻坠楼而死，将著名女星死亡事件暂时搁置一边。

"茜姐，除此之外，你让我调查的照片上这个女人，已经清楚了。"

"哦？"任茜立刻被黑魔的话语吸引。

"她叫莫沫，祖籍山东青岛，从小在青岛长大，并且没什么家人亲戚，去年年底留学回国到上海，不久在桓旗择业。她在上海也是一个人，不是虎三哥那边的人，但是……"

"但是什么？"

"她现在住在上海黄浦区，房子的所有权归夏与冰所有。据我调查，二人是青梅竹马。所以莫沫回国后立刻能在桓旗就业，跟夏与冰脱不了干系。"

"夏与冰，是谁？"

"桓旗总部财务总监，另一个身份就是，桓旗公司的继承者候选人，钟桓的私生子！"

"你是怎么知道这些的，消息确切吗？"

任茜显然被这个消息震惊，她知道黑魔在社会上人脉广泛，但是事关重大，连她自己都难以置信！

"千真万确！"

"所以，莫沫是夏与冰那边的人……亦峰哥哥却被这个女人蛊惑了，他们的目的……"

任茜越来越不敢想，原来亦峰哥哥现在正处在最危险的时刻，可是他自己却浑然不知！

"但是事情也因此而变得简单了，茜姐，只要你把夏与冰从桓旗踢走，莫沫自然而然就会在钟亦峰身边消失了。"

黑魔的一席话，让任茜顿时惊醒。

"既然是钟伯伯的儿子，一定不能再动杀机，更不能再出现任何差错！他不是财务部总监吗，黑魔，你想办法进桓旗财务部制造一千万财务亏空……"

财务亏损，既能让钟桓对夏与冰失去信心，又能让公司的人对夏与冰议论纷纷，那么他一定会知难而退。

任茜点燃一支香烟，露出微笑。亦峰哥哥，我一定会让你知道，谁才是最配得上你，最值得你爱的人！

第四十四卷　一生一世

卷首语：

> *活这一生，爱这一世，就够了。不去在意结局，努力去爱。*

No.148

上海桓旗总公司大厦 B 座 23 层。

莫沫办公室外。

已经晚上十一点了，莫沫仍然坐在电脑前不停地翻阅上个季度桓旗的所有账目报表。这是她辛辛苦苦从财务部弄来的资料，夏与冰离开后，她跟财务部的其他人也不熟。并且财务报表这种东西属于公司内部机密，不是说想得到就能得到的。

她用了各种办法，最后是设计部部长郭婷帮了她的忙，联系到财务部的一个员工，前前后后花了三天的时间才将这些报表全部弄到。而现在，她已经连续四五天午休的时间，下班后的时间把自己浸泡在这些暗无天日的数据里。尽管数据多得不能再多，但是她仍然坚持着希望能找出一丝漏洞。

而此刻，钟亦峰站在她办公室的门外，静静地看着她。

她的一举一动钟亦峰全部都看在眼里。他知道，她只是在尽自己最大力量帮助夏与冰。

"大雷，你先走吧。"

"钟少，已经十一……"钟亦峰举起左手，示意大雷不必再说下去。

"是的，我明白了。"顾雷转身离去。

钟亦峰坐在走廊的座椅上，任凭时间一分一秒地流逝。

莫沫目不转睛地盯着这些令人眼花缭乱的数据，并且不停地用笔在本子上记着什么。

钟亦峰把头靠在走廊的墙壁上，眼睛直视天花板，无声无息地陪着她。

顾雷在电梯口看着钟亦峰的侧影，深深地叹了一口气。

"钟少，这样看着她的你，连影子都很寂寞。"

不知过了多久。

在走廊座椅上打盹的钟亦峰突然醒过来，他看看左手腕上的表，已经半夜两点多了。他起身走进莫沫办公室，看到她已经趴在办公桌上睡着了，电脑依然开着。

钟亦峰轻轻推门进去，脱下外套，披在莫沫的身上。替她把数据保存后，拿起空调的遥控，打开空调制暖。然后一个人安静地离开。

No.149

第二天，春日最温暖的阳光依然如约而至。

莫沫醒过来，伸了一个懒腰。当她睁开惺忪的睡眼后，看到了一个精致的饭盒，还有一杯在日历上那行醒目的黑字前冒着热气的咖啡。饭盒上还有一张便利贴，上面写着两个字——早餐。

莫沫还未打开饭盒，闻到那扑鼻而来的浓郁香草味儿的时候她就已经知道这是谁做的了。这熟悉的便利贴和漂亮的字体，再加上披在她身上的那件深蓝色西装外套，答案更加清晰明了。

No.150

上海桓旗总公司总经理办公室。

一抹春日的阳光透过干净的玻璃窗洒进来。敲门声传来。

"进。"

"钟少。"

顾雷走进办公室，对钟亦峰微微鞠躬。

"大雷，从我的账户调出一千万填补到公司财务部。钟亦峰的声音轻轻的，却是那么坚定。"

"钟少，你不能这样做，这是一个把夏与冰踢出桓旗的好机会。"顾雷的声音中显出一丝着急，他从小到大跟着钟少，他深知钟少不是一个感情用事的人。实际上，这些年来钟少早已是一个理智甚至冷漠的人。但顾雷一直都理解着钟少，如果他不这样，会有无数人在他背后等待着找寻机会捅他一刀，希望他永世不得翻身的人实在是太多。

但是，自从那个叫莫沫的女人出现后，钟少变了太多。他可以为了她做他从未做过的事，现在，他又为了她去帮助他一直忌恨的人，帮助他最大的敌人。

"你这样做个人利益牺牲太大了！你不是从不相信爱，不是一直都恨夏……"

"够了，就按我说的做。立刻去办。钟亦峰语气冰冷，眼神复杂。

"钟少，你到底为什么这样做？就是为了莫沫，让她不再那么辛苦？你亲口说过，这世界上根本没有什么爱，所以你答应董事长，选择跟任茜在一起。那现在，你又是在做什么？"

顾雷措辞激烈，此刻的他，是以一个跟钟亦峰从小一起长大的朋友身份跟他对峙。他不能看他糊涂，不能看他为了一个女人而迷失了自己，更何况，这个女人根本不属于他钟亦峰。

他是不相信爱。可是遇到她后，他才知道原来他所相信的那些名利和权势的冰冷。

钟亦峰的语气轻轻的，是顾雷从未见过的温柔："是莫沫让钟亦峰再次变得有血有肉，变得像他自己。所以，我现在只是在用我的方式去报答她。"

No.151

第二天。

上海桓旗总公司总经理办公室。

"这到底是怎么回事？"夏与冰站在钟亦峰面前，眼睛直直地盯着钟亦峰。

这些日子以来，夏与冰一直都在家里核对上季度的财务报表，发现的确有一千万的资金对不上账。但是敏锐的他发现报表中有几张残留着被人动过手脚的痕迹，他去公司保安部调取录像，却发现有部分录像已经事先被人删除了。

夏与冰明显感觉到是有人在其中作梗，并且，这个人是厉害人物。

他不是没有怀疑过钟亦峰，但是他清楚地知道，在桓旗的这一年多时间，钟亦峰要想除掉他何不早动手？他也深知钟亦峰的为人，虽然钟亦峰没有帮过他什么，但是他也没有对自己的工作做过任何阻挠。

换句话说，钟亦峰也相信自己的实力，他想赢得正大光明。在这场继承者的战役中，他认定了自己不会输给他夏与冰。

"为什么会突然告诉我事情解决了让我来公司？"

夏与冰看着钟亦峰继续问。

正当他想下一步怎样调查的时候，却接到了复职的通知。这一切让他百思不得其解，他唯有问钟亦峰。或许，钟亦峰查到了些什么。但是，钟亦峰为什么又会帮他去调查这件事？无论从哪个角度上来说，他们明明是对彼此充满了敌意，不是吗？

这一连串的问题让夏与冰困惑不已。

"没有为什么。事情解决了，你自然复职。"钟亦峰抬起头，扬起眉毛，眼神冷涩地看着夏与冰。

"请告诉我是怎样解决的。"

钟亦峰没有立刻回答。

良久，他对夏与冰说："是莫沫。她每天熬夜替你查那些报表，找出了漏洞，证明了这件事与你无关。"

尽管夏与冰心里清楚事情肯定不是这样解决的，但是当他听到莫沫为他熬夜的时候，他还是惊住了。他想到她为他着急的样子，他就不由自主地心疼起来。也难怪，自从那件事后，他们见面的次数实在是寥寥可数，他们也好久都没有坐下来静静地谈谈心，或者漫无目的只为听听对方的声音煲电话粥了。

在生命的这段时光里，他忽略了太多关于她的细节。她的悲伤，她的难过，她的眼泪，他一直都没有看到。这样的状态，仿佛已经持续太久了。

"夏与冰，你还在犹豫什么？"钟亦峰轻轻地说，这是夏与冰从未在他身上听到过的口气。

"莫沫她一直都在等你。你不该不信她，不该怀疑她对你的心。现在你们两个之间最大的阻碍已经没有了，你还在犹豫些什么？"钟亦峰从座椅上离开，望向窗外，背对着夏与冰慢慢地说。

最大的阻碍……

宫玫萱……

"与冰，我是玫萱。我要去法国了，飞机起飞前，给你的最后一通电话。我只是想告诉你，珍惜莫沫，这个傻姑娘，我相信她是爱你的，希望你们幸福。再见了，与冰。下次见面，我希望会见到一个全新的你，和一个全新的我。"

这是宫玫萱离开上海前给夏与冰留下的最后留言。

她终于在这份不属于她的爱情里选择了退步和离开，还自己一片湛蓝的天空，踏上一场未知的旅程，找寻能让不完整躁动着的心重归寂静的地方。她坚持了二十余年之久的爱，将在巴黎那所梦幻城市一页页重新翻阅，翻阅那些属于他们三个的快乐时光，努力将那些美丽的回忆重新拾起并且延续在以后的生命中。翻阅那些她爱着他的眼泪，她爱着他的痛楚，用时间去祭奠那些不堪一击但曾真挚存在的过往，并慢慢将其遗忘。

这纠缠不迭的宿命中，彼此都给予过伤害，但最终都还是选择原谅。因为，每个人的初衷都没有错，都是因为爱，所以受伤，所以伤害。

但最终，每个故事都会走向终场。此刻，夏与冰终于明白他一直犹豫着停滞不前的原因。他怕，这个收尾的句点，会是离荡。

"活这一生，爱这一世，就够了。"钟亦峰闭上眼睛，四月末的阳光温暖地落在他的脸上，反射出来的光芒更加熠熠生辉。

活这一生，爱这一世。

活这一生，爱这一世！

不去在意结局，努力去爱。

他早已在二十年前就承诺为她穿上大红色婚纱。

他心中的答案早已明了。无论她最终给他一个什么样的结局，他都不会再爱其他人了。他只要知道这一点就够了。无论发生什么，夏与冰都爱莫沫，此生不渝。

"哥。谢谢你。"夏与冰露出笑容，转身冲出了办公室。

然而，没有人注意到这时钟亦峰紧闭的双眼之间氤氲着的痛苦。

更没有人注意到，很久之前，这间办公室就已被悲伤的洪流席卷，永不复生。

No.152

夏与冰离开钟亦峰的办公室后，迅速赶到 B 栋大厦 23 层。

刚从电梯出来的他径直向左走，而此时莫沫正好刚刚走进另一个电梯。

两个人，谁都没有注意到谁。

夏与冰从门外看到莫沫不在，便一个人走进莫沫的办公室。他看到桌子上堆得乱七八糟的笔记本，还有横七杂八的纸团和签字笔到处都是。夏与冰露出笑容，微微抬头，看到了日历本上那用记号笔写的一行醒目的大字。

一定要和与冰一起渡过难关！

一定要和与冰一起渡过难关！！

他仿佛看到了，每每深夜上下眼皮就想打结，努力地瞪着通红的双眼，看一眼日历上的字便继续湮没在那千万数据中的莫沫。

"这个笨蛋……"

他从桌子上随便拿起一个本子，撕下一张纸，拿起一支笔写了张纸条，然后微笑着离开。

然而，在夏与冰离开后不久，空调吹来一阵风，纸条安静地缓缓飘落在地。

No.153

莫沫走进电梯，手里提着一个袋子，里面装着那件深蓝色西装外套。她把衣服拿去干洗店干洗，昨天晚上刚刚取回。

她敲敲钟亦峰办公室的门。

"进。"

她打开门，看到钟亦峰正站在橱窗前回过头看来者何人。但是她却没有注意到，钟亦峰看到是她的时候，眼睛里闪烁着的光。

"衣服，"莫沫露出微笑，"已经干洗好了。"

钟亦峰直直地看着莫沫，没有说话。

莫沫觉得今天他有些异样，但她也说不出哪里不对劲。顿时，她觉得有些尴尬。

"呃……那个……谢谢你。"

钟亦峰收回目光，若无其事地说："夏与冰，已经回来了。"

"真的吗？事情调查清楚了？"莫沫露出开心的笑，惊讶的同时更多的是开心。

"调查清楚了，"钟亦峰淡淡地说，"他现在应该在办公室。"

"知道了！"莫沫神采奕奕地转身准备离开，任谁都看得出她要去做什么。

她的手刚刚碰到办公室的门，便停下了步子。

"深蓝，"莫沫转身，露出她的招牌微笑看着钟亦峰，"谢谢你！"

最后，她还是离开了。

钟亦峰的眼神却定格在她离开时的那个微笑上。至少，这个微笑是彻彻底底属于他一个人的。

桓旗 B 栋大厦，不同的楼层，不同的电梯。

莫沫开心地踏进电梯，夏与冰微笑着走进电梯。

在十五层，电梯里渴望着相见的两颗心只隔了一道墙的距离，仿佛却怎样都走不到一起。

莫沫走出电梯，通过连通桥的时候，跟每个不相识的同事问好。

"你好。"

"早上好。"

每个人的脸上都洋溢着微笑，就像春日里最温暖的那抹朝阳。

只是当莫沫推开标识着"财务部总监办公室"的门的时候，脸上的笑突然消失了。

夏与冰不在。

这种满怀希望突然落空的感觉，就像瞬间把心掏空了一般的失落。

她回到办公室后，一忙碌便是一天，连收拾的空都没有。不管怎样，尽管没见到夏与冰，但是这件事总算是过去了。上个星期一直忙着查数据，或多或少还是落下了些工作。今天一天莫沫也都给补上了，当时钟走到六点的时候，她向后一倚，整个人像"瘫痪"在椅子上似的。

不一会儿，莫沫还是极不情愿从椅子上跳了起来。

她必须要把办公室恢复到之前的整齐。否则这乱七八糟的样子，简直是将她的本性暴露无遗。

她把笔记本收好，拿过垃圾桶，开始处理地上乱糟糟的纸团和各种分了家的笔帽笔芯笔壳。

当莫沫捡起白天被空调暖风吹落的那张特殊的纸条的时候，一串欢愉的铃声响起。

"MIMIMIMIMIMIMI MIMIMI ONLYMIMI MIMIMIMIMIMIMI MIMIMI SEXY MIMI……"

莫沫手里握着纸条便从手提包里掏出手机，看到一个陌生但又似曾熟悉的号码。

"喂，你好。"

"喂……"

"喂……说话……"

"喂……"

莫沫连着"喂"了几声，却一直得不到对方的回应，便挂断了电话。

只是，在挂断电话的同时，莫沫漫不经意地把手里的那张纸条也扔进了垃圾桶。

No.154

晚上，九点半。上海黄浦区。莫沫居住的公寓楼内。

莫沫带着一身的疲倦回到家，淋了一个热水浴后出来正好听到不停唱歌的手机。来电显示依旧是傍晚那个陌生又熟悉的号码。

"喂，你好。"

"莫沫，我是金凌美。"

第四十五卷　因爱完整

卷首语：

他的世界，不会因为失去半个桓旗而崩塌，却要拥有莫沫才完整。

No.155

十点十分。

莫沫十万火急地冲进自己的办公室，当她看到垃圾桶内满满的纸团的时候，便安心地深深吐了一口气。

"莫沫，我是金凌美。"一个甜美的女声在电话那端响起。

莫沫起初听到名字愣了一下，然后立刻想起来前些日子能从财务部得到财务报表，多亏了这个个子不高但有着漂亮脸蛋的女孩儿。

莫沫是从郭婷部长那里认识的金凌美。后来知道她是之前桓旗微电影的编剧，与夏与冰正面接触过，并且他也是她的领导，对他的为人也颇有了解，因此她也相信夏与冰不是那种私自动用公款贪污的人。当莫沫说明她要财务报表是想帮助夏与冰的时候，金凌美便答应了她的请求。金凌美帮她联系上专管财务报表的另一个同事，她们买通关系后才得到这些资料。

"莫沫，那些财务报表的资料呢？"金凌美的语气有些紧张。

"电子部分在U盘里面存着。"

"纸质的呢？"金凌美说，"我们组长今天突然查了上季度的报表，幸好我同事反应快，说不小心给带回家了，我们两个这个月的奖金都被扣完了。总之明

244

天一定要把所有的资料给我，一定啊！否则我们两个非要惨死不行……"

挂断电话后，莫沫便慌慌张张从家出来，立刻打车赶到公司。

一路上她都在祈祷打扫卫生的阿姨可以手下留情，一定不要在她到之前替她把垃圾倒掉。

十一点。

莫沫抱着垃圾桶已经找了将近一个小时。现在，她已经把所有的纸质报表都找齐了，叠成一沓。

"呼……这下总算没事了！"

悬着的一颗心终于可以放下了。

满满的垃圾桶变得空荡荡的。这时候，她看到了一张只有轻微折痕的纸条。在她的印象中，她从未见过这张纸条。她好奇地把纸条捡出来。

当莫沫翻过纸条，看到那一行熟悉的字体的时候，她浑身上下每个细胞都像是要燃烧了。

她不知道为什么这张纸条会在垃圾桶里！

而她的发现又是多么地晚！！

原来与冰早就已经来过了，莫沫心想。她立刻从手提包里找出手机，解锁后却愣住。

她根本但没法联系他！因为她现在根本没有他的联系方式！

"与冰，等我！"

莫沫在心里默念，疯了那般冲出办公室。

No.156

钟亦峰一个人在办公室加班到很晚才离开。

不知道为什么，下行的电梯却在 23 层停了。原来进电梯先按下 23 层早已成为他的习惯，他总是担心她一个人加班到很晚，所以每次离开公司的时候都会去看看她是否已经离开。

这次，钟亦峰没有忤逆他自己的习惯，还是来到她的办公室前。

他到的时候，看到莫沫坐在垃圾桶旁在看着什么。

不一会儿她便快速地冲出办公室，向电梯跑去。钟亦峰想追上她，但是他不知道追上她要说什么。

像之前那样说，很晚了，我送你回家吧。

他隐约觉得，自己好像不能再这样做了。

他一个人推开办公室的门，走进去。首先映入眼帘的便是地上那张安静的纸条。

钟亦峰缓缓蹲下身来，最后终于看清了上面的字。

"沫沫，如果你还愿意放下一切像二十年前那样跟我走，那就晚上八点来锦江乐园，告诉我你的心意。我想带你去聆听星星的声音，不再让你孤单，一辈子。"

No.157

坐落在上海城郊的一栋别墅内。

钟亦峰一个人躺在落地窗边的躺椅上，看着夜空中跳动的星星。

此刻，他好想见到莫沫，没什么理由，就是一种单纯的想念。她在做什么？她是不是已经见到夏与冰了，他们……想到这儿的时候，钟亦峰缓缓地闭上了眼睛。

他一直都在压抑心中那个声音。那个声音告诉他，去找莫沫，告诉她，我也一直爱你，深爱着你。但是他知道自己不能这样放任自己的感情，因为他有更重要的事情要做，他答应过母亲，一定会继承桓旗。

更何况，她爱的那人，从不曾是自己……

那年，钟亦峰十七岁。

钟亦峰握着母亲的手，床前的橱子上放着他刚刚为她煲好的粥。

他已经在床前守了她两天两夜。两天前，医生叹着气对他说，她撑不住了，就这两天了。他便片刻不离守着昏睡着的她，怕她醒过来看不到他。

他更不甘心母亲就这样离开自己，但是他无能为力。他知道，她活得很痛苦。她每日吃斋念佛，寻得无谓就是一个寄托。这也是她掩盖自己内心伤痛的一种方式罢了。

朱煜晴的手微微一动，缓缓睁开眼睛。

"妈。"钟亦峰看到母亲醒过来，露出了笑容。

而泪水却从她的眼角溢出。

"亦峰，这个笑容，妈妈已经好久没有见过了。记得上次见，是带你去公园放风筝的时候。"

她的眼神绽放着光芒，回忆着钟亦峰小时候，她带他去公园放风筝时开心的场景。

钟亦峰努力继续微笑，却仍然阻挡不了泪水骤然坠落。

"亦峰，在妈妈走之前，答应我一件事好吗？"她的声音沙哑但却清晰。

"好的，妈，你说。"钟亦峰一口答应，他知道，无论她提什么要求，他都会答应并且一定做到。她是他的母亲，她早已伤痕累累。外公去世得早，父亲又不爱她。她，只有他了。他是她的儿子，所以，这是他的责任。

"答应我，无论将来发生什么，一定要继承桓旗。无论多困难，对手多么厉害，一定要继承桓旗，并且让桓旗发扬光大。"

那时的钟亦峰并没有多么大的野心，但是他答应母亲了，便一直那样做。后来，他在桓旗担任总经理，成绩不菲。董事会的老顽固们最后都被他折服，无不赞赏年轻有为的他的能力不输当年的钟桓。

现在的钟亦峰，已然明白了母亲的话到底是什么意思。原来，她早就知道夏与冰的存在。知道也许有一天，夏与冰会回来，和他争夺董事长的位置。

钟亦峰爱憎分明，他有多么恨夏语翎，就有多么恨夏与冰。在他的记忆里，是夏语翎毁了他的童年，毁了他的家，毁了他的母亲。而她的儿子，不仅仅是自己的对手，更是自己的敌人。他们之间的恩怨，根本不只是在一个继承者竞争的问题上。而是在于，他们心底最在乎的那个女人的尊严上。钟亦峰的母亲在钟桓面前没有尊严，因为钟桓，她变得一无所有。而罪魁祸首，就是夏语翎。

然而，此时的钟亦峰并不知道，夏语翎在钟桓的面前，同样也是一无所有。她就像他的母亲一样，她唯一拥有的，只有夏与冰。

一直以来，钟亦峰都想尽办法争夺继承者的位置。但是他从未不择手段，他只是用自己的能力去夺取原本属于自己的东西。无论做什么，他的初衷，是为了让桓旗集团更加巩固，更加壮大。并且他坚信，自始至终只有他自己才有资格继承桓旗，才有能力为桓旗开拓一片更广阔的天空。

正因为如此，所以，当钟桓说希望他跟任茜在一起的时候，他没有拒绝。他清楚地知道自己不爱任茜，可是，爱又有什么用？他的母亲爱钟桓，钟桓又给了她什么？

光凭着一腔热血去爱一个人，就不要怪自己最后遍体鳞伤。爱情的世界里，只有盲目。他一直都以为他会跟任茜在一起，相敬如宾。他尽管不爱她，但是他还是会尽自己最大的能力去满足她。因为，这是钟桓所希望的。他不忤逆钟桓，从某种程度上来说也是为了自己的母亲。

诚然，生活总是如此。当把一切都计划好，一切都各归各位准备就绪的时候，意料之中的事情总是会有那么一点意料之外出现。譬如说，莫沫。原本以为会一直储存在记忆里的人，就那么突然出现了。

她就像大海上的一座灯塔，钟亦峰在这片孤海中驾驶着自己的航帆，踽踽独行，从未停航。但是，他唯独被这一座灯塔吸引，沿着岸停靠罢。只是，后来他想再起航的时候，却发现自己的心早已不归自己所管。他不想起航，他只想在这座灯塔上，和她一起经历狂风的席卷，一起接受暴雨的洗礼。就这样，一直这样，无论多久。只要，只要能停靠在这座灯塔便好。

"钟少。"顾雷手里拿着一瓶 Lafite，推门进入钟亦峰的卧室。

"我敲了半天门没有回应，所以我就……"

"没关系，进来坐。"

顾雷倒了半杯 Lafite 递给钟亦峰。

"钟少，这么多年来，我看着你变得越来越心狠，越来越冷漠。但是我明白，你是为了保护你自己，守住桓旗。"顾雷浅尝一口红酒，看着钟亦峰说。

"钟少，你不知道。从小我跟你一起长大，我看着你伤心，看着你难过，看着你倔强和坚韧，我一直都告诉自己，要一直跟在你身边，要像哥哥一样对待你，尽管我知道自己没有那个资格。我知道你一心为了桓旗打拼，那我就帮你一起。"顾雷也像钟亦峰一样，望向窗外的天空。

"我知道，你是我最信任的人。"钟亦峰轻轻地说，在他的心里，顾雷的位置早就已经很重。

"但是，自从莫沫出现后，钟少又变了。你在意她的一举一动，你处处护着她为她着想。后来，甚至，为了她帮助你最恨的夏与冰。你真的不再是我认识的那个钟亦峰了。"顾雷缓缓地说，钟亦峰却将半杯红酒一饮而尽。

"就像你说的，你又变得有血有肉。就像十八年前的你，会为了一个素不相识的女孩子奋不顾身。只有在莫沫面前，你才能做最真的自己。"

顾雷的话让钟亦峰心中的痛楚添上了一笔朦胧的色调。莫沫无疑是钟亦峰见过的女子当中最坚强的一个，而他，却总是看到她最脆弱的一面。钟亦峰不知道，她是怎样的心情面对生命中重要的人纷纷离她而去，一个人在这个世上跌跌撞撞，更让人心疼的是，在她以为友情和爱情同时背叛她之后，她遍体鳞伤也不喊一声痛。

"只是，她终究是不属于我的。莫沫就像是天上的月亮，夏与冰则是那片夜空，月亮终归是属于夜空的。而我，只不过是繁星中的一颗罢了。"钟亦峰望着遥远的那片若即若离的星空淡淡地说。

"难道要霸道地占有她，抢走她？我到底能做什么？我只不过是一个被她遗忘在时光里的木偶而已。我能做的，就是待在橱窗里，安静地看她幸福。在过去的十八年，在未来的八十年，宁可自己受一生的苦，也要换她一世的幸福。"

活这一生，爱这一世。

活这一生，尽管是用自己这一生痛苦，也要爱这一世，亲眼见证你这一世幸福。

"钟少，你就那么确定夏与冰能给莫沫幸福吗？你自己又真的能够放下她吗？我只希望你跟着你的心走，不要做出让自己后悔的事。哪怕，你告诉她，你爱她，就算不会在一起，那也再无所憾。因为，你现在为了她，可以不要一切了，钟少，这才是真的你！"

钟亦峰被顾雷的话一震。

为了莫沫，不要一切。

钟亦峰一直拥有的，只不过是半个桓旗而已。因为在母亲临终前许下的诺言，所以他一直都在为桓旗的另一半奋斗着。

而现在的钟亦峰，有了想去一直爱她的那个人，所以，他拥有了半个世界。他的世界，不会因为失去半个桓旗而崩塌，却要拥有莫沫才完整。

"我愿做那颗永远陪你流浪的星。"

在她身边，即使生活是颠沛流离地流浪，他依然无怨无悔。相信母亲看到这样至情至性的钟亦峰，也会感到欣慰。

一个人，也是因为拥有了爱，才会变得完整。

如果连他的爱她都无从知晓，自己又怎么会真的知道她的选择？也许，是他自己一直在逃避事实不敢面对，所以一句我爱你都说不出口。

No.158

午夜。一辆银色劳斯莱斯飞奔在上海的公路上，顾雷开车之余看着前视镜里反射出的钟少一脸凝重的面容。

此刻，钟亦峰的心情宛若一团糟的毛线圈，相互交织纠缠，复杂到无法用语言描述。

第四十六卷　儿时的他

卷首语：

是星星在说话的声音。他们在诉说童话故事，在聆听风吹海浪，在赞美这座红瓦绿树城市的温柔和美丽。

No.159

晚十一点。

上海锦江乐园。

"沫沫，如果你还愿意放下一切像二十年前那样跟我走，那就晚上八点来锦江乐园，告诉我你的心意。我想带你去聆听星星的声音，不再让你孤单，一辈子。"

莫沫的眼睛在这漆黑的世界里像是闪亮的黑宝石。她在偌大但空无一人的乐园里以一种期待和茫然的神色四处回望着，她的心里重复地回放着夏与冰留给她的纸条，须臾，她径直向园内那高高耸立的摩天轮走去。

此情此景，二十年前的一幕幕重现。那段早已离她远去的记忆，被她一并丢掉的过去。

二十年前。青岛。

这一天，是莫沫的生日。白天在学校的时候，宫玫萱送给她一条美丽的珍珠项链，上面还刻着她的名字"Mom。"，她非常喜欢。只是夏与冰，他什么都没有送，这让莫沫不禁有些失望。

她坐在窗边，手里拿着铅笔，眼睛却不停地通过窗户向大门那里望去。

每次抬头看到的都是失望，低下头再写一个字的那时候又会再次燃起希望。反反复复，直到天幕渐渐暗沉，星光闪闪，窗外漆黑一片。

"他应该不会来了，"莫沫心里暗自想，"他又为什么一定要来呢？"

"沫沫。"

莫沫立刻抬起头，窗边那绽放着光亮的正是夏与冰的笑靥。

"与冰，你怎么……"莫沫惊讶又惊喜。

"快出来，沫沫，我要带你去个地方。"夏与冰小声并且急切地说。

"可是，现在已经不早了。天都黑了，姥姥肯定不让我出去的。"莫沫小声说道，生怕被客厅里正在看电视的姥姥听到。

夏与冰噘着嘴皱着眉，在想应该怎么办的时候，莫沫却脚踩着椅子，爬到桌子上，准备从窗户里跳出去。尽管这是平房，窗户也比较矮，但是对于一个七岁的小女孩来说这并不容易。

莫沫也不知道哪里来的勇气，不怕被家人骂，不怕跳窗户时受伤，只要能跟着夏与冰一起走。

"小心！"看到莫沫准备跳出来，夏与冰立刻过来接住她。她跳下来的那一刻，他立刻扶住她，帮她站稳。

"笨蛋，如果受伤怎么办，这么高的地方跳下来很容易崴脚……"夏与冰准备喋喋不休地教育莫沫一番的时候，莫沫立刻用手捂住他的嘴。

"嘘……我们先出去再说。"莫沫眼睛不停地回望屋内的姥姥。

夏与冰被莫沫的动作吓到，两只闪烁着光芒的大眼睛滴溜溜地转不说话。

刚才莫沫捂住他的嘴的时候，那种莫名的紧张和心跳，就像他第一次见她时那样。突然一股暖流溢上心头，夏与冰露出可爱的笑容。

终于，夏与冰和莫沫两个人蹑手蹑脚地"逃"了出来。

"与冰，我们要去哪儿？"莫沫好奇地问她身边的夏与冰。

"到了你就知道了！"夏与冰牵起莫沫的手，露出微笑，"准备出发！"

在这条看不到尽头的乡间小路上，昏暗的幽黄色灯光映照下，蔓延出了一种叫作温暖的情愫。一个小男孩紧紧地牵着一个小女孩的手，两个人一起奔跑在星光中。

夜色里，每个摩天轮的观览轿厢外闪闪散漫着绚烂的灯光，慢慢转动着与天空中闪烁着的星光氤氲出一道道完美的光晕。

"与冰，这是……"

"走吧沫沫。"夏与冰露出微笑，拉着莫沫进入摩天轮的一个轿厢中。

这是莫沫第一次坐摩天轮。圆形轿厢的前后及一侧都是透明的，莫沫感觉到自己在慢慢升高，但是窗外的景色却在慢慢靠近。她双手伏在玻璃上，瞪着大大的眼睛向外望着。星光下的这片海是那么迷人，正是那种朦胧之际看不到边缘的美丽才足以震彻心扉。一片数不清的墨蓝色渲染着几滴涟漪起伏的金色的光圈，与之交相辉映的是繁星遍布的夜空。

不知为什么，眼前这景色美得想让这个年仅七岁的小女孩落泪。而这种一霎间想要落泪的冲动，又是那么的美妙。

距离天幕越来越近，他们乘坐的轿厢正慢慢触摸这片天空的最顶端。

"与冰，你听。"莫沫闪动的大眼睛向上俯视，露出微笑。

"嗯？"夏与冰声音轻轻的，站在莫沫身边，像她一样透过玻璃向外望去。

莫沫缓缓地闭上眼睛，纤长的睫毛落在白皙的皮肤上，璀璨的星光照亮了她的脸颊。

"是星星在说话的声音。他们在诉说童话故事，在聆听风吹海浪，在赞美这座红瓦绿树城市的温柔和美丽。"

"沫沫。"

"以后每年你过生日的时候，我都带你去坐摩天轮好不好。如果是白天，那我就带你看最蓝的天空。如果是夜晚，那我就带你听星星的声音。"

夏与冰看着无垠的天空和浩瀚的大海，许下了一个比这天和海还要大的承诺。此后的二十年里，他一直都在为他的承诺努力并付出着，从未停歇。

No.160

锦江乐园内黑漆漆一片，所有娱乐设施都已关闭，找不到任何光源。

莫沫摸索着路终于跑到摩天轮下方。

空无一人。

原来，自己终究还是来晚了。

莫沫的眼泪唰地一下宛若梨花雨从天而降。她安静地却又哭得撕心裂肺，不知道为什么，此刻的她只想用尽浑身的力气把泪水流干。

她狠狠地责怪自己，为什么不早点看到纸条，为什么不早点到这里，见她朝思暮想的人。她更恨自己，为什么要对夏与冰猜忌，为什么不相信他。不相信这个从小在她身边陪伴她、照顾她、鼓励她的人。

为什么偏偏要去相信那些明知道也许会是误会的巧合，感到失望和难过后就毅然决然地走上了一条互相猜疑的不归路，甚至是因为极其琐碎的小事就把曾经拥有的一切以偏概全了呢？

那些曝光在骄阳下赤裸裸的关心和疼爱，难道都是他强迫自己装出来的虚伪吗？

与冰给你的，一直都是最光鲜亮丽的爱，让人羡慕到难以置信的爱！

为什么有什么话不说出来，非要一步步越走越远。也许自己难过的时候，他也在难过不是吗？爱他，还要去折磨他，莫沫，这就是你爱人的方式吗？

当你选择去怀疑一个你曾经深信不疑的人的时候，你有没有仔细回忆过你们之间的点点滴滴。

往往当你在回忆中揪扯出关于他的那些细枝末节后，便会明白，这个人，根本不需要你去猜忌。

而你有没有想过，如果他知道了你的不信任，他又会有多伤心！

莫沫心想，难过至极，唯有不停地责备自己。她的泪不停地从眼眶溢出，像是一条奔腾不息的洪流。

莫沫缓缓地蹲下身子，用力抱住自己，把头埋在胳膊之间伤心地哭着。右手的指甲狠狠地掐自己的左胳膊，而这一丝皮肉之痛与心里的痛比起来根本算不了什么，不足以相提并论。

也许，总是在命运轮回的错过与相知中才渐渐明白这种无奈的痛。只能任凭这些伤害接踵而至，却无力还击。

No.161

四月末，微暖的风吹拂着莫沫的衣衫，不留一丝痕迹。

须臾。

一个温暖又熟悉的声音响起。

"沫沫。"

莫沫立刻抬起头，瞪大还闪着泪光的双眼。

"你终于来了。"

不远处，悠扬的声音从一个身材高大挺拔、面带微笑的男人那儿传来。

第四十七卷　泪眼光芒

卷首语：

我爱你。所以，我愿将我的眼泪滴落在你的光芒中。

No.162

莫沫缓缓地站起身，不敢相信眼前的这个从黑暗中向她走来的人。他的笑容是那么熟悉，他的声音又是那么温暖。

也许，人间的四月天，总是会发生奇迹。

"你终于来了。"

听到夏与冰的话后，她的泪，更加止不住。

他就这样温柔地看着她。

她就这样止不住泪但仍然微笑地看着他："等我多久了？"

"不久，"夏与冰露出微笑，眼中闪烁着的却都是泪光，"二十年而已。"

他张开双手，等待着那个期待了二十年的拥抱："如果，我说我爱你，沫沫，你也会告诉我你爱我吗？"

莫沫满脸的泪，跑过去紧紧抱住夏与冰。

夏与冰嘴角上扬，同样紧紧地抱住莫沫。

她冰冷的身体逐渐被他温热的怀抱温暖，她却哭得越来越厉害。

"与冰，你知不知道，我等你这句'我爱你'，等了有多久……"

夏与冰闭上双眼，眼泪流出。

突然，游乐园内其他娱乐设施渐渐亮出光芒，旋转木马快乐地上下不停旋转，广播里温暖人心的音乐缓缓谱奏。夏与冰身后的摩天轮像是被点燃那般显现彩色的光，在摩天轮中央不停闪烁着的霓虹灯，让莫沫不得不瞪大眼睛，努力去看眼前发生着的所有一切。

彩色的霓虹，如此耀眼。而彩色霓虹传达出的信息，更为惊人。

"MARRYME"在星空下熠熠生辉。

闪着泪光的那双迷人的眼睛，看着偌大的霓虹。

"沫沫，不管以前发生过什么，现在我只想告诉你，这辈子剩下的路，我想跟你一起走，就我们两个人。不知道未来会发生什么，但我只想把握好现在，把握好你，我最爱的唯一的你！我不想在半夜想着你却无法告诉你，我不想早晨起床的时候看不到你在我身边，我不想再自己喝闷酒难过发疯，我更不想你因为误会我而一个人独自难过。我想告诉你我的一切想法，我讨厌你身边有别的男人，我讨厌任何让你变得不好的事情。我小气，我妒忌，但这都是因为你，我不能没有你。我爱你，沫沫，我一直都爱你，我比二十年前更加爱你！"

"我可以欣然接受生活中的任何挑战，除了失去你。"夏与冰替莫沫擦去泪水，单膝下跪，从上衣的口袋里掏出一个戒指。这枚戒指不是什么价值连城的钻戒，不是什么金银贵重饰品，只是一个普通的水晶戒指，上面镶有一个大红色婚纱裙的装饰。

"我的莫沫，原谅我现在买不起钻戒。"夏与冰十分绅士地举着戒指，露出傻傻的笑容。

莫沫看到这枚可爱的戒指后，"扑哧"一下笑出了声，心里的温暖不言而喻。她笑着伸出手。夏与冰缓缓地将这枚可爱的戒指戴到那纤细手指上。

时间仿佛在这一刻冻结，故事在此刻将画上幸福的句点。

夏与冰站起身，一只手紧紧地抱住莫沫，另一只手箍住她的头，闭上双眼，温柔地贴上她的唇。

顷刻间，摩天轮后方烟花齐放。璀璨的花火照亮原本暗淡的天际，震耳欲聋的声音像是在宣告全世界，现在起，莫沫是夏与冰的女人。

"沫沫，你是我生命中最美丽的烟火，如果你注定在我的世界转瞬即逝，那我愿意一起陪你消逝。只要能跟你在一起，其他我真的别无所求。"夏与冰深情地吻着莫沫，心里想。

起初莫沫瞪着大大的眼睛，被这突如其来的吻震惊。尔后她微微一笑，双手环在他的腰间，回吻他。

这是他们的初吻，曾经在夕阳中手牵手奔跑的他们，二十年后，终于又紧紧相拥在一起，无所畏惧以后那跌宕起伏的命运。

"与冰，虽然之前我有很多疑问，有很多问题。但是，现在那些都不重要了。

因为我爱你，所以，我会相信你。没有任何借口会再次阻挡我对你的信任，没有任何理由会再把我带离你的身边。"莫沫看着眼前五官俊朗的他，默默在心中想着，缓缓地闭上双眼。

"你这个笨蛋，不要咬住牙齿。"夏与冰小声嘟哝。

"哦……好……"

No.163

一棵高大的法国梧桐树后。

一片叶子缓缓飘落。

一个身穿深蓝色西装的高挺身躯在树后昏暗的阴影中静静地注视着紧紧相拥而吻的他们。

霎时，钟亦峰露出笑容，一丝冷冽的幽光却在漫不经意之间氤氲出来。

"你们，终于，还是在一起了。"

他转过身，却又无助地倚靠在这棵梧桐的树干上。

钟亦峰抬头仰望着遥远的碧落。梧桐树后面的这片天空，由于摩天轮上方那片绽放天际的花火，不停闪烁着光芒。

"星星，在烟火的渲染下，更亮了，"钟亦峰仿佛没有感觉到自己的眼睛早已被泪水氤氲，"谢谢你，莫沫。你这场美丽的烟火，照亮了我这颗愿陪你流浪的星。"

钟亦峰迈开步子，起身离开。

他一步一步向他们的反方向走去，脚步如此沉重。

不知何时，花火在星空中停歇，他却还没有离开星空下的这片土地。

他缓缓闭上眼睛，终于一滴眼泪还是落下。

遥远的天空，那片星空颤动，所有的繁星再次重新排列组合。

No.164

那些重新排列组合的星星仍然在天空释放着最耀眼的光芒。我爱你。所以，我愿将我的眼泪滴落在你的光芒中。

第四十八卷　你的痕迹

卷首语:

如果,这个故事中,一定要有一个人没有名字,那一定是我。

No.165

一星期后,上海桓旗总公司总经理办公室。

"总经理,我想下个星期休一星期的假。"夏与冰对钟亦峰说。

"原因。"钟亦峰翻看着会议的文件,没有抬头。

"莫沫的生日,五月十一日,所以我想带她出去度假一周。"

钟亦峰突然停下了手中的工作。

似乎是久违的人,但事实却是早已根深蒂固扎根在心间。尽管只有一个星期,疏远的距离却像一辈子那么长。

"准假。"

钟亦峰继续翻动手里的文件,若无其事地说。

No.166

五月十一日。早晨七点钟

莫沫居住的公寓。一辆的士在楼下等候着。

夏与冰拉着一个十六寸的红色行李箱在前，莫沫蹦蹦跳跳跟在他的身后。

"耶！皇后镇，我跟与冰来了！走之前不得先来张自拍吗！"突然莫沫一跳，右手搂住夏与冰的肩膀，左手比画"V"字形举向天空，笑着大声喊。

夏与冰"扑哧"一声笑了出来，嘴角洋溢的都是幸福的味道。

"等等，与冰，我的手机！手机还在楼上！"

"我上去帮你拿。"

"姐姐姐姐……"

夏与冰刚刚离开，一个七岁左右的小男孩过来拉着莫沫的衣角喊道。

"姐姐，祝你生日快乐！"

小男孩咧嘴对莫沫笑着，双手捧着一份包装精致的小礼物。

莫沫突然一惊，心想，我什么时候认识的这个小朋友？

"你不要误会哦姐姐！这个礼物是一个叔叔让我给你的，他刚刚离开了。"

莫沫接过礼物，仍然是一片茫然。

"礼物我送到啦！姐姐再见！"

直到男孩走远，莫沫还没有反应过来。出于好奇，她拆开了礼物，却又不由得一惊。

其实，她也不知道为什么会惊讶，这只不过是一个普通的木质玩偶而已。但它是一个胡桃夹子木偶。

也许是木偶的模样让她觉得震惊，她曾经以为这是牵扯她和夏与冰之间回忆的那个木偶，所以在情人节的时候做了一个一模一样的巧克力。可是，这个木偶现在却突然出现在她的手里。

此刻心里的那种感觉，说不清，道不明。

"莫沫，我们走吧。"

夏与冰拿着莫沫的手机在她面前晃晃，笑着对她说。

"这是？"看到她手中的木偶，他好奇地问。

"哦，这个……"莫沫不知该怎么说，"快递！刚刚快递大叔给我的！"莫沫也不知道为什么自己要撒谎。

"快递？"夏与冰觉得有点奇怪，但还是笑笑，"这快递大叔真是够早呀！快走吧，要不然飞机该晚喽！"

出租车疾驰而去，只剩尘土飞扬。

只是，没人注意到此时角落里那个失魂落魄的身影。钟亦峰从树后缓缓走出来，他把礼物拜托给男孩后，便一直躲在树后看着他们。

他们离开了。

而钟亦峰却没有离开，他像莫沫往常那样，走过那条她熟悉的路。他轻轻地闭上眼睛，感受她曾经留下的气息。

　　"现在，我走在你走过的路上。我很想知道，每天你走过这里的时候是怎样的心情，"钟亦峰在心里面安静地想，"如果你注定走不进我的世界，那就让我一步步靠近你。"

　　不知不觉，他走到了"幸福之家"的店门口。

　　这家店还是那样简单的装潢，简单的招牌。钟亦峰走进店，坐在上次他和莫沫坐过的位置。老板娘走过来，热情地问他要吃些什么。

　　"嗯……一碗打卤面。"

　　他记得第一次跟莫沫来这里的时候，她一个人独吞了两碗打卤面。

　　"好，那还要喝些什么吗？"老板娘微笑地看着钟亦峰。

　　"香草……"钟亦峰轻轻地说，他记得，这是莫沫最喜欢的味道。

　　老板娘有些疑问："我们有香草奶茶、香草冰淇淋、香草燕麦粥，您是要哪个？"

　　"各来一份吧。"

　　老板娘不经意之间笑出了声。

　　钟亦峰看到老板娘的神情觉得很奇怪："怎么了？"

　　"我们店里有个常客，是个女孩子，我记得她第一次来的时候，和你现在一样，把所有香草口味的东西都尝了一遍。最后走的时候，还跟我抱怨香草的味道不够浓郁呢！"老板娘笑着对钟亦峰说，"今天她还没有来呢，估计一会儿就会过来啦！"

　　"她今天不会来了。"

　　"你知道我说的是谁？"

　　钟亦峰微微一笑，却不再接话。从"幸福之家"出来后，钟亦峰打通了顾雷的电话。

　　"大雷，我临时决定去青岛出差，订一张今天最早飞青岛的机票。"

No.167

　　飞往皇后镇的航班上。

　　一个十二岁左右的男孩陪在莫沫的身边，他们一起穿梭在古老的街巷。雪静静下着，丝毫不妨碍高空那美丽的一米阳光。在一家玩具屋的橱窗前，莫沫停下了脚步。

　　男孩也停下脚步。

"怎么了？"

"我还不知道你的名字。你，叫什么名字？"

男孩看到玩具屋橱窗里映出的莫沫微红的脸颊。

"知道胡桃夹子的故事吗？"

莫沫摇摇头。

男孩将胡桃夹子的童话故事娓娓道来，那是一个悲伤而又美丽的童话。

"你，以后不要再哭了。"

男孩看着玩具屋橱窗里的胡桃夹子木偶，轻轻地说："我就是这个故事里的胡桃夹子，所以……"

这时，莫沫缓缓睁开惺忪的双眼，看看身边闭着眼睛熟睡的夏与冰，竟一时分不清梦境和现实。沉浸在梦中的她，很想知道那个男孩到底是谁。

莫沫看着夏与冰，心想，与冰，那到底是不是你？

可是，没一会儿她的思绪便被其他牵绊住。尽管是熟睡中夏与冰依然还是那样迷人，白皙的皮肤，高挺的鼻梁……

莫沫小心翼翼地靠近他的脸，越来越近。

夏与冰却突然睁开眼。

莫沫吓了一跳，想要立刻坐回自己原来的位置，却被夏与冰一把抱住，紧紧地搂在怀里。

"某人刚刚是不是想要占我便宜？"夏与冰看着怀里的莫沫，坏坏地笑着。

"喊……鬼才想……"

莫沫的话还没有说完，夏与冰温热的唇便贴在她的唇上。

"你不敢做的事，我替你做。"夏与冰看着莫沫，露出宠溺的微笑。

莫沫却憋屈着脸："其实，我是想说，你要是再不让我去厕所，我就尿裤子了！"

No.168

上海浦东国际机场。

钟亦峰在安检之前，看着机场大厅上方的那个时钟。他清楚地记得，曾经那个傻瓜呆呆地站在这里一动不动看着时钟的背影。他似乎还能感受到那个背影的孤单和难过，如果不是他那么轻易地就感受到她的眼泪，是不是他也能不像现在这样如此伤悲？

莫沫，尽管你不曾属于我，但我却依然不曾离开你。

No.169

飞机上。

莫沫重新坐回夏与冰的身旁。

"呼……一身清凉！一身畅通！"莫沫坐下后嘴里喃喃说道。

她侧头看到身边夏与冰的异样。

"与冰，你怎么了？哪里不舒服？"

"没事，突然觉得有些疼而已。"夏与冰对莫沫微笑，向空中服务人员要了一杯热水。

NO.170

新西兰，皇后镇。

夏与冰和莫沫并肩走在一条街道上，他右手牵着莫沫的左手，左手拉着行李箱。

莫沫的心怦怦地跳着，她从没想过二十年后夏与冰再次牵起她的时候，她居然会那么紧张。她装作若无其事看看街道上别具一番风味的店铺，突然，她停下了脚步。

她看着橱窗内美丽的大红色婚纱裙，眼睛里闪烁着光芒。

夏与冰顺着莫沫的视线看过去，看到了婚纱后，露出一抹微笑，拉着莫沫向婚纱店走去。

"喂，与冰……与冰！"莫沫露出一丝惊讶和慌张的色彩，不知夏与冰要做什么。

夏与冰指着橱窗外的红色婚纱说了一通流利的外语后，店员便微笑着给他们拿过一册又一册美丽的模板。

"沫沫，过来选一下，看看喜欢哪一组。"夏与冰拉着莫沫在店内的沙发上坐下，丝毫没有注意到满脸惊讶和疑惑的莫沫。

"快点挑一下喜欢哪个，一会儿要照婚纱照了。"夏与冰将模板的图册摊开放在莫沫面前。

"什么？"莫沫瞪着大大的眼睛，难以置信地看着夏与冰。

青岛。

一只修长的手缓缓推开 Destiny 奶茶店的门。

钟亦峰走进这家温馨的奶茶店，在靠近橱窗的位置坐了下来。

"你好先生，请问要喝点什么？"

"一杯香草奶茶。"

钟亦峰静静地坐在橱窗边，听着柔和的轻音乐，看着来来回回的人。

他并不清楚这里跟莫沫到底有什么关系，可是，他知道，这里肯定存储着她的一些记忆。无论是莫沫人生中关于 Destiny 的记忆，还是 Destiny 这家店关于莫沫的痕迹。

我在爱你的路上丢失了自己，只为能融入进你的生命里。走你走过的路，看你看过的风景，只为更靠近你的世界。钟亦峰心里静静地想。

他喝一口香草奶茶。

这种淡淡的甜香味，像极了莫沫身上的味道。

温暖的沙滩上。

夏与冰一身白色西装，轻轻地搂着莫沫纤细的腰，阳光洒在他帅气阳光的笑脸上。莫沫一身红色婚纱裙，双手环在夏与冰的脖子上，同样是温暖的微笑。

"OK，Next！"

海风安静地吹拂这美丽的衣服，美丽的脸颊。懒洋洋的贝壳在海岸边休憩着，莫沫眼球一转，跑向湛蓝的大海。

"沫沫？"夏与冰立刻跟在莫沫身后喊道。

夏与冰露出着急的神色，他知道莫沫不能太靠近海。

海浪仿佛从天际涌来。

莫沫捧起一把水，向夏与冰洒去。

被泼了一脸海水的夏与冰露出笑容："好你个沫沫，看我怎么收拾你。"

夏与冰也捧起一把水，向莫沫泼去。

他们就这样打着闹着，微笑着，幸福着。摄影师在一旁不停地抓拍的同时，也深深感叹他们的快乐和温暖。

钟亦峰无意间看到了 Destiny 一侧的许愿墙。

他鬼使神差地站起身向许愿墙的方向走去，那些五颜六色的便利贴映于眼帘。

霎时，一张鹅黄色的便利贴抓住了他的眼球。

"许愿墙，许愿后真的会实现吗？我希望，爸爸航海后是平安回来；我希望，妈妈没有丢下我和姥姥一个人离开；我希望，与冰是那个可以永远陪伴我的人，不会像爸爸妈妈那样抛下我。最后，我希望，可以一辈子喝香草奶茶。因为，香草的味道，让我觉得我也可以是快乐的，可以是幸福的。莫沫。"

当钟亦峰看到这张便利贴的时候，心跳加速。他没有想到，居然真的可以在这里找寻到她的一丝痕迹。然而，当他看完上面的字后，眼眶却微微湿润了。

如果……

如果，我可以亲自陪你经历这所有的一切。而不是很多年后，再去听说那些关于你的故事，该有多好。

初夏的夕阳遍布在这村庄的花园里。

这里没有高楼大厦，没有密集的人群，只有清新的空气和美丽的花丛。羊肠小道四周满是各式各样的花朵和含苞待放的花蕾，田间阡陌一直延续到仿佛世界看不到尽头的那端。

粉色的紫色的花簇环绕着莫沫，此刻她嘴角的微笑好似这世上最幸福的印记。

夏与冰在远处望着花丛里的莫沫，笑容满面。他知道莫沫一定喜欢这里，不仅是这里的景色，更是这里的生活。

莫沫低下头，捧起一朵花，凑上去闻了闻花的香味。落日的余晖擦过她的脸颊，宛若七彩的泡沫润湿她的发际。

夏与冰拿起单反照相机，用快门的声音记录了这一刻的美丽。

"先生，一共一百八十块。"

钟亦峰拿着花束离开了花店。

他凭着自己的记忆一个人在这座城市兜兜转转，最后还是在不远处看到了那熟悉村庄。他顺着原来走过的路爬到山上，找到莫沫的父亲和姥姥的坟墓。

钟亦峰将花束放在墓碑前，然后深深地鞠躬。

他仔细地看着四周的环境，只想把这里当成一幅美丽的画卷，深深地刻印在脑海当中。因为莫沫说过，这是她难过就会来的地方。一个人在她的城市，努力捕捉关于她的点点滴滴，这是钟亦峰唯一能获得一点幸福感的方式。

他缓缓地闭上眼睛，仿佛看到了每次莫沫难过，一个人在这里哭的场景。

"莫沫，这么多年，你就是这样走过来的吗？"

"现在，是你得到幸福的时候了。"

"请你告诉我，现在你很幸福。"

钟亦峰的声音轻轻的，他缓缓睁开眼睛，努力将嘴角上扬。

"这样，我也放心了。"

他转身离去。

如果，这个故事中，一定要有一个人没有名字，那一定是我。

他的离开，却带不走他的心声。

第四十九卷 天各一方

卷首语：

即使不陪你一起流浪，我自己又何尝不是颠沛流离。

No.176

莫沫一个人躺在农家后院的木椅上，看着夕阳的红晕渐渐散去。

当莫沫和夏与冰穿过那条美丽的羊肠小道，看到了这座木屋后她便再也抬不动腿。夏与冰见莫沫喜欢二话不说便租下了这座木屋的客房。

"沫沫，现在开始你一个人在后院玩会儿，晚饭就放心地交给我。"

夏与冰不知从哪儿弄来一堆蔬菜、肉和鸡蛋，更不知道从哪个犄角旮旯弄到一个围裙，围上后他便开始在厨房里大显身手。

半个钟头后。

"沫沫，进来吃饭了。"夏与冰把最后一盘菜端到桌上后喊道。

"哦好，马上就来。"

当她进屋看到床边这矮矮小小的桌子上的菜后，口水顿时洒满地。

"哇哇哇！你看这个血红血红的辣椒哇，你看这个土黄土黄的番薯哇，你看这个黑咕隆咚的红烧肉哇，看着就好有食欲。"

莫沫说着撸起衣服的袖子，拿起筷子就要开动，两眼放光就像是看到人间最美味的佳肴一样。

而她，丝毫没注意到夏与冰的额头上冒出来的冷汗和三道黑线。

青岛。

琴岛之眼摩天轮在这座城市的上空旋转旋转再旋转。

一个人，带着一颗沉重的心，搭上摩天轮的观览轿厢。看着夜晚的海越来越宽阔，自己距离天上的繁星越来越近。此刻，自己仿佛就是这天地之间的中心。此刻，仿佛觉得地球都是为自己而转动。可是，就算自己是天地间的中心，最爱的那个人仍然看不到，有什么用？就算地球都为自己而转，最爱的她仍然不曾为了自己而停留哪怕仅是一秒，又有什么意义？

有一个人，可以陪你一起分享简单的清晨与傍晚；有一个人，可以一起喝酒一起聊天一起笑一起哭。如果这个人，不是你，那我宁愿继续持续一个人的状态，直到老去，直到死去。

钟亦峰心里默默地想，抬起头，看着繁星遍布的夜空。观览轿厢慢慢升高，快要到达距离天空最近的那端。

"你不再是星群中流浪的月了。"

钟亦峰心绪复杂万千。

"只是，我仍然是那颗陪你流浪的星。"

观览轿厢到达最高点后，慢慢向下转动。

"即使不陪你一起流浪，我自己又何尝不是颠沛流离。"

晚饭后，莫沫坐在木屋外安静地看书。

看书这件事在很久以前就成了莫沫的必修课，这是她一生都改不了的习惯。记得小时候第一次听父亲给她讲"卖火柴的小女孩"的故事，听完后她已经泪流满面。

一个感性的人，很容易快乐，亦很容易悲伤。

所以，当她读到男主人公为了救女主人公而把心脏给她，最后他的一句"我不喜欢你，因为，我早已深深爱上你"便让她像开闸放水般的流泪。

"哦！我亲爱的女士，你是否又在为小说里苦命的男女主角而深深难过？"

一个穿着奇装异服、画着浓妆的小丑不知道从哪个角落里跳出来，出现在莫沫的面前。

"与冰，你……"原本流着眼泪的莫沫，瞪着大大的眼睛，对眼前突然出现的小丑大吃一惊。

小丑蹦蹦跳跳地向后院走去，消失在黑暗里。

"Music！"

一个响亮的响指音后伴随着一阵欢快的音乐，后院的墙上不知什么时候装满的霓虹灯渐渐闪烁。

"莫沫大人，为了庆贺您的生辰，夏小生这厢献丑了！"夏与冰用夸张的表情和不分东西南北的腔调唱道，还不忘一本正经地鞠个躬。

唱罢，夏与冰便从口袋里拿出一个球，连环抛。

莫沫不禁笑出了声。

夏与冰又掏出一个球，又一个球……最后，四个球在夏与冰的头顶上方来回转。

"好！"莫沫用力拍手鼓掌。

此时，夏与冰停住了手上的动作，非常潇洒地将球往身后一扔，然后便开始仰天大笑，越笑头和上身越往后仰。

莫沫搞不懂他到底在做什么，突然夏与冰一个激灵，从口袋掏出一个鸡蛋举在面前。

"没错！你没有看错！这是鸡蛋，但这不是一个普通的鸡蛋！这是一只正常的鸡孵出的蛋！"夏与冰像是电视上拍卖广告的老手一样快速地说。

"对！你仍然没有猜错，我就是要——抛！鸡！蛋！"夏与冰露出坏笑，便像刚才抛球那样把鸡蛋在双手间来回抛了起来。

两个……

三个……

四个……

五个！夏与冰将五个鸡蛋来回高低抛，每次鸡蛋到达夏与冰头上方最高点时莫沫都替他倒吸一口凉气。

"啪。"

"啪啪啪。"

"啪！"

不一会儿，伴随着啪啪的响声，莫沫担心的事情还是发生了。莫沫用双手捂住脸，最后只在指缝中露出微微睁开的双眼，不忍心地看看夏与冰。

"哈哈哈哈哈……"莫沫大笑着。

尽管前面四个鸡蛋纷纷在地上砸破，但是最后一个鸡蛋不偏不倚地正好砸在了夏与冰的额头上。

蛋液无情地顺着头发流到夏与冰的脸上。

他的视线被脸上的蛋清、蛋黄弄得一团模糊，但是他还是努力地睁开双眼，把眼前她笑得合不拢嘴的模样深深刻在心里。

看着莫沫的笑容，他也开心地笑了。

No.179

钟亦峰和莫沫曾经一起来过的超级市场。

他一个人推着推车，孤独席卷一身。人真的是种奇怪的动物，他的身边没有过莫沫的时候，他从不觉得一个人孤独；但他的身边出现过这样一个人，这个人又离开，他便再也赶不走这份孤独了。

原来，人之所以会感到孤单，只是因为曾经拥有。

"羊肉串……猪肉串……鸡翅尖……"

"哇哇哇哇！好大的扇贝……看着就好有食欲……"

"蛤蜊蛤蜊……深蓝你看这蛤蜊吐的水居然能飞那么高！"

钟亦峰站在一侧看着海鲜区，仿佛那日的莫沫现在依然在他的身边，对他微笑。

也许，在钟亦峰以后的人生里，莫沫的存在只是记忆的虚像。他真的很怕有一天，再想起她的时候，一切都宛若虚幻，像是虚无缥缈的流沙被时光缱绻覆盖。

唯有内心深处的那份疼痛是真的。

因为身边曾经出现过你，所以，无论我在哪里，身边仿佛都有你的影子。

钟亦峰心里安静地想，一个人推着推车向前走去。

No.180

莫沫躺在床上，夏与冰给她盖好被子，在她的额头上轻轻印了一个吻。

"晚安，莫沫。真好，明早起床翻个身就能看到你在身边了。"

夏与冰说完，转身要去床头橱另一边的那张单人床上。

莫沫轻轻地拉住了夏与冰的衣袖。

夏与冰回过头看着莫沫，露出微笑问她怎么了。

莫沫脸颊绯红。

"那个……"

"嗯？"夏与冰看着支支吾吾的莫沫一脸不解。

"你……你……你还不舒服吗？"莫沫闭上眼睛吐一口气，一副对自己恨铁不成钢的样子。

"还好。"夏与冰露出微笑，"老毛病了，一年前动完手术后就时不时会疼，可能是落下病根了吧。"

"什么！动手术？"莫沫立刻从床上坐起，看着眼前的夏与冰。

她从没听他提起过这件事。

"为什么不告诉我？要紧吗，是哪里？"莫沫紧张地看着夏与冰，她不知道在她出国的这两年到底还发生了什么她不知道的"大事"。

夏与冰看着这样为他着急的莫沫，一把把她拉进怀里，轻轻地抱着她。

"你在国外，怕你担心。不过没关系，重要的是，我现在好好地在你身边不是吗？"

"那如果你就那么死了呢，我怎么办？呸呸呸，我在说什么鬼话！"

夏与冰微微一笑，把头从莫沫的肩上拿开，温柔地看着她。

"哪有那么容易死掉啊……我的命硬着呢！我都做好了再等下个二十年的准备了呢！"

"什么下个二十年？"

"求婚。我以为你不会答应我，不会再跟我在一起。如果你不愿意，我会再等下一个二十年，下下个二十年，等到我老，等到我死。因为，我知道，无论你还爱不爱我，我都会爱你。"

莫沫的泪水落下。

"傻瓜，不要哭了，"夏与冰摸摸莫沫的脑袋，"喜欢这里的风景，喜欢这样的生活吗？"

"嗯。"

"沫沫，回上海后，我想辞职。带你离开，我们一起回青岛，然后开始准备婚礼，嗯……六月中旬就举行婚礼好吗？"夏与冰轻轻地说，"有些事，我想还是要告诉你。等辞职后，我就全都告诉你。"

"好。"莫沫答应。

夏与冰准备辞职后把他的身世秘密都告诉莫沫，因为离开桓旗后，他也不必再隐瞒什么了。他只想退出这场纷纷扰扰的战争，和他最爱的人平凡地在一起就好。

莫沫也想离开上海，回到青岛，那个充满他们快乐回忆的地方。

其实，对莫沫来说，只要有夏与冰的地方，不管在哪里都好。

五月的风静静吹过青岛海岸的沙滩。

他们曾经一起喝酒谈心的沙滩。

有过她在身边的沙滩。

在这沙滩的中央，有一颗用蜡烛灯摆出的心。

钟亦峰坐在心的一半，一个人不停地喝着啤酒。他看着眼前的那片海，仍然是那片海，只是人却不再一样。

他闭上眼睛，仍是不停地喝酒，仿佛要将自己彻底灌醉，将自己全部摧毁那般。

他想起她的笑，她的泪，她的任性，她的坚强。他想起他们第一见面的时候，她蛮不讲理的样子；他想起在桓旗再次相遇时，她脸上写满了难以相信的表情；他想起她喝醉后在外滩紧紧抱住他；他想起在这沙滩上，她为了夏与冰一醉方休；他想起她被所有人误会时，她在雨中那瘦削的身影和那布满泪水的脸颊；他想起她一个人把家里搞得乱七八糟，发烧自己都不知道；他想起那个瞪着大大的眼睛说要请他吃饭的她；他想起，那个离开办公室，转身对他微笑的她……

他忘不了，那晚她冲出办公室时那坚定的侧颜。

她，现在正在和她最爱的人享受着人生最美的时光。

是，也许莫沫这个行星，只为夏与冰而转动。然而，她不曾知道，这些关于她的所有的一切，像最尖锐的利刃一样刺破钟亦峰的最后防线。

钟亦峰再拉开一听啤酒。他看着心的另一半，在他的视野里，莫沫现在就在他的身边。

那眼神蔓延出的是一种无言可喻的悲伤。

"莫沫，生日快乐。"

钟亦峰将啤酒罐向前一推，他视线里的莫沫，正拿着她手中的那罐啤酒，和他碰杯，对他微笑。

钟亦峰露出微笑，眼泪却簌簌落下。

他模糊地看着眼前的这片海。

"莫沫，爱你的，不只有他夏与冰，还有我。"

远处，三个小孩子手牵着手踏着浪花朝着这片沙滩的方向走来。

一个男孩，两个女孩。

他们说说笑笑走过这片沙滩，浪花冲走他们的脚印。

钟亦峰看着他们，悲伤铺天盖地而来。

"也许故事的开始，我就已经输了。"

钟亦峰起身，一个人缓缓离开。而心形蜡烛灯圈里那个胡桃夹子木偶却仍然孤独地倾倒在原地。

第五十卷　与冰被捕

那年花开星又落
徽青壹

卷首语：

他还是不能让她难过的时候一个人，甚至一分一秒都不行。

No.182

两个星期后。

上海桓旗总公司，董事长办公室。

夏与冰在办公室外彬彬有礼地敲门。今天钟桓亲自来到公司，董事长秘书告诉夏与冰董事长有事找他。他想，趁这个机会将一切说清楚。他不想再继续这场无意义的继承战争，他现在唯一想做的，就是跟他最爱的人一起离开。

"进。"

夏与冰轻轻推开门。

"董事长，您找我。"

钟桓放下手中的时报，眼神落到夏与冰的身上。

"与冰，关于上次财务部亏空的事，我希望你不要再调查了。"

夏与冰看着钟桓，不知为什么他又提起这件事，以及三天前那件奇怪的事也让夏与冰一直心有余悸。

"跟你们说了不能进去……"门外传来嘈杂的声音。

夏与冰还没说完，董事长的办公室便被几个穿着警服的人破门而入，门口竭力阻拦却无济于事的秘书露出一脸的无奈和尴尬。

272

"出了什么事？"钟桓站起身走向警察。

"您好。"一个警察出示自己的证件，其他的警察将夏与冰围住。

"我们怀疑夏与冰涉嫌强奸案，现在我们要带他回去进行调查，这是缉捕令。"

"桓旗集团财务部总监夏与冰涉嫌强奸案……"

"夏与冰因涉嫌强奸案被捕，女方疑为夏与冰和宫玫萱之间的第三者……"

"据可靠消息，案件女方为前微电影的金姓编剧，二人从微电影拍摄以来便产生情愫……"

夏与冰被带走时在公司引起了不小的轰动，随后媒体的报道更像狂风一般席卷而来。

上海桓旗总公司，总经理办公室。

"大雷，全面封锁夏与冰被捕的消息，勒令公司所有员工不准再讨论此事。若再次提及，一经发现，立刻解雇。"钟亦峰的声音冰冷到极点。

"是。"顾雷回答道。

"警局那边的情况怎样？"

"情况不太乐观，除了有短信和通话记录外，还有照片作为证据。"

"立刻对金凌美进行全面调查，让人事部立刻把金凌美的所有资料发到我邮箱。"

"是。"

钟亦峰闭上眼睛，捏紧鼻梁。

"莫沫知道这件事了吗？"

"恐怕已经知道了。"

No.183

警局。

"为什么不能见他？我是他女朋友。"

莫沫焦急的声音从警署传出，她听到同事们的流言蜚语后便立刻赶来。

"对不起，本次涉案嫌疑人是桓旗集团的重要人物。没有上级领导的指示，我们也无权让您见夏与冰。"

最后，莫沫只好一个人失魂落魄地离开警局。

她强忍着不让眼泪落下，但是眼泪还是不自觉地流出，她不明白为什么夏与冰会无缘无故地被警察带走，她的心里满满的都是对他的担心。

明明早晨他还到她的楼下去接她一起上班，笑着告诉她，今天他会把一切事情整理好，过几天他们就一起离开上海。

为什么走到这一步，事情会突然变成这样……

"别哭，"莫沫自己抹去脸颊上的泪，"哭没有用，要想办法帮他。"

就在莫沫想到底该怎么去帮夏与冰的时候，她突然想起了一个人。就在她拿出手机从联系人中找寻他的时候，他的名字就在屏幕上闪现了。

莫沫立刻接起他的电话。

"你在哪？"这声音似乎有些急迫。

还没等莫沫说话，钟亦峰便抢先开了口。他站在莫沫办公室外，看到她的办公室空无一人，便立刻给她打了电话。他能猜到她去了哪里，但他还是不由自主地担心她。

"我……"

"上班的时间你却不在公司，给我立刻回来。"钟亦峰的语气冰冷，但是透露的却是常人难辨的温暖的关心。

"与冰出事了，"莫沫努力让自己的声音变得淡然却又抑制不住颤抖，"到底是为什么？为什么警察会把他抓走，他犯什么法了吗？"

"告诉我你在哪里。"

到现在，他还是不能让她难过的时候一个人，甚至一分一秒都不行。

No.184

莫沫在广场花坛的边沿上坐着，面无表情地盯着某处发呆。

二十分钟后，一辆银色劳斯莱斯停在她面前。

"上车。"钟亦峰降下后车窗说。他看着眼前这发呆的人，心里泛起莫名的酸楚。

莫沫坐在车后座，车再次奔驰在上海的公路上。

"去哪儿？"

钟亦峰没有回答。

"这到底是怎么一回事？"

莫沫看着眼前的世界越来越模糊，任凭眼泪落下。

"明明早晨他还是笑着的……"

"为什么一定要是他……"

"与冰到底做错了什么……"

钟亦峰侧过头看着她，说不出的心疼："他没做错什么。你更没有做错，却为他受尽折磨。"

"他为什么被抓？"

"有人起诉，说……"钟亦峰犹豫了一下，"说被夏与冰强奸。

"这不可能！我不相信。"莫沫坚定地说。她相信夏与冰，不为什么，她相信他，只因为他不是别人，他是夏与冰，是她最爱最信的人。

"我也不信，这很明显是一个圈套，"钟亦峰斩钉截铁地说，"只是情况不太乐观，警方有充分的证据证明夏与冰犯罪。"

"是谁起诉？"

"财务部的一个员工，巧合的是她是上次桓旗微电影的编剧，所以媒体才得以在这上面大做文章。"

"微电影的编剧……"莫沫小声嘟哝，一副好像熟悉但又想不太起来的样子。

钟亦峰略带试探性地说："金凌美。

"是！金凌美，是她！"莫沫大声地说。

"你认识她吗？"

上一次财务部亏空事件，是因为有金凌美帮她所以她才能顺利找到那些内部的文件，但是这在公司的规章制度中是明文规定不允许的。

"啊，不算认识，就是以前工作上见过面，"莫沫刻意避之不提，"我们现在要去哪儿？"

"去找当事人，弄清事实真相。"钟亦峰见莫沫不想说便不再多问。

车子最后停在一幢规模不大但还算豪华的公寓楼下的停车场内。

"大雷，你在车上等我和莫沫。"

莫沫一路跟着钟亦峰，最后在公寓楼内五层的一扇防盗门前停下脚步。

钟亦峰按响门铃，很快门就被打开。

"你怎么才……"一个身穿黑色T恤和长牛仔裤的瘦高男人打开门笑着说。尽管这个男人面容帅气，但是笑容邪恶，眼神更是散发着无比幽暗的光。

当他看到门外的人后笑容立刻消失。这两个人他再也熟悉不过了，尽管他们对他是一无所知。

特别是眼前这个眼睛黑亮黑亮的女人。她比照片上还要漂亮，一头乌黑的卷发扎起了干净利落的马尾辫，一身碎花长裙，皮肤白净得让人忍不住想要碰触，淡淡的妆容将她的气质衬托得淋漓尽致。她瞪着一双明眸些许疑惑地看着他，像极了一个陶瓷娃娃。看多了浓妆艳抹性感露骨的女人后，如果不是她现在就站在他的眼前，他绝对不相信这世界竟有这般美丽到极致的女人。

"你们找？"男人开口问道。

"金凌美是住在这里吗？"钟亦峰冷冷地问。

"你们是不是走错了，这里没有叫金凌美的人，我一直都是一个人住在这里。"

"但是她在公司资料表上填写的住址就是这里，绝对没有错。"钟亦峰说道。

　　"出什么事了？"一个画着浓浓的烟熏妆穿着暴露的女人向他们三个人的方向靠近，她的手里还燃着一支未抽完的烟。

　　"你总算来了，刚才我还以为是你敲门……他们走错门了，找一个叫金凌美的人，你认识不？"男人看到走过来的女人问。

　　女人走过来后瞥了门外的两个人一眼后便紧紧地抱住男人，倒在男人怀里不屑地说："什么金凌美，听都没听过……黑魔，让他们走，我饿了，想要……"

　　莫沫觉得尴尬不已，咬着下嘴唇不自觉地向后退。

　　"打扰了，"钟亦峰淡淡地对眼前的男女说，然后转身对莫沫说，"我们走。"钟亦峰紧紧地握住莫沫的手，带她离开这里。他非常肯定这个男人认识金凌美，这其中一定有什么蹊跷。

　　钟亦峰和莫沫走后，女人迫不及待地关上门，疯狂地向男人吻去，她完全没有注意到男人的心不在焉。

　　女人脱掉男人的黑色 T 恤，不停地抚摸男人的后背。

　　男人闭上眼睛回吻女人。

　　然而，此刻他脑海里浮现的一直都是刚刚那个闪烁着黑亮的大眼睛看着他的女人。

No.185

　　上海桓旗总公司，董事长办公室。

　　"董事长，我已经按您说的在警局安排了我们的人保护夏与冰少爷。据可靠消息，三天前在桓旗酒店停车场出现的可疑人物的确跟上一次进入财务部的是同一人。"一个身着黑色西装的男人对钟桓说。

　　"我知道了，告诉九堂，让他注意不要暴露自己的身份。"钟桓缓缓说道。

　　"是。董事长，还有一件事。之前除了夏与冰少爷去警卫室调过录像外，还有一个人也去过。"

　　"谁？"

　　"顾雷，是钟少让他去查的。钟少一直都在调查这件事，这样下去，恐怕迟早有一天他也会查到黑魔。"

　　钟桓眉头紧锁。

　　"茜儿，你到底想做什么？"

　　此时，钟桓心里回荡着的都是这个声音。

　　夜幕，如约而至。莫沫床前的落地灯散发着幽幽的昏暗光芒。她静静地缩在墙角，一个人坐在地板上发呆。

　　下午离开公寓楼后，钟亦峰告诉她让她等他的消息。尽管她不想就这么干等着，但是她绞尽脑汁也依然想不出任何办法去帮夏与冰。

　　"嗡……"

　　手机的震动声打破了这片宁静。

　　莫沫打开手机，是来自陌生号码的一条短信。

　　"如果你想知道事情的真相，就到这个地方找金凌美。地址……"

　　莫沫看完信息后立刻回拨电话，对方却已关机。她不禁露出怀疑的神色。但是不管怎样，她都要去试一试。

　　最后莫沫拿起手提包，夺门而出。

第五十一卷　寻求真相

卷首语：

　　就算我不相信全世界，我也会相信他。

No.186

　　一辆出租车在上海的夜里奔驰着。

　　车上的人大开着窗户，任凭夜晚的风肆意涌进，吹乱她的发。莫沫安静地看着这霓虹闪烁的夜色，眼神中有着说不出的复杂。

　　出租车最后在一排公寓楼前停下来。

　　"谢谢师傅。"

　　莫沫付了车费后，按照短信上的地址寻寻觅觅，最终在一扇比较破旧的进户门前停下脚步。

　　莫沫试探性地敲敲门。

　　"是谁？"门打开的同时熟悉的甜美声音响起。

　　莫沫看着眼前的金凌美，许久不见她却憔悴许多。

　　"是你，"金凌美既惊讶又略带慌张地看着莫沫，"你怎么找到这里的？"

　　莫沫还没来得及回答，屋内传来老人极其沙哑的声音："小美，外面是谁啊？"

　　"哦，是敲错门的，"金凌美立刻回答，并小声对莫沫说，"你走吧，这里不欢迎你。"

　　"等……"莫沫还没说完，金凌美便关上了门。

莫沫再敲了几次门，都没有人开，她只好一个人下楼离开。

五月末的清风于此情此景并没有几分柔和，吹过莫沫的脸颊，带来的却是一丝冰冷。

明明知道目的地就在前方却又无能为力的失落感再次遍及全身。她不想就这样离开，但又不知该去哪里。

她就这样漫无目的地推开附近一家 24 小时便利店的门，买了一杯香草奶茶，坐在便利店的橱窗边。她右臂抚在桌面上，头沉沉地压在胳膊上，眼神迷离地看着左手来回晃动的奶茶杯。她觉得很累，但是她告诉自己必须要坚持下去。

"现在开始，把整件事情从头到尾整理一遍。想想到底怎样做，才能从金凌美那边得到我想要的讯息。"莫沫在心里安静地想。

此时此刻，在橱窗外，有一个身穿黑色 T 恤和牛仔裤的男人嘴里叼着一支烟，目不转睛地盯着橱窗内这稍显脆弱和疲倦的身影。

慢慢地，一支烟燃尽。

"你果然来了。"男人笑着说道。

漆黑的夜，那抹笑容褪去了邪恶的光芒，却多了一分天真和傻气。须臾，他便只身一人转身离开。

No.187

第二天清晨。一个战栗，莫沫从睡梦中醒来。她抬起头来看到橱窗外的世界已经是崭新的一天，转身去购物区买了一箱精品牛奶和一杯咖啡。

莫沫不知道自己是什么时候睡着的，但是她仍然清晰地记得睡着之前自己推理分析的"战况"。首先夏与冰是涉嫌强奸案的嫌疑人，而原告又是金凌美。先不说这其中有什么误会，莫沫非常确定夏与冰绝对不可能做这种事，所以他一定是被栽赃陷害的。

然而，无论是谁栽赃给夏与冰，金凌美一定或多或少知道内情，这也是毋庸置疑的。但是之前在财务部亏空事件中金凌美也曾帮助过莫沫，换言之，金凌美也帮助过夏与冰。所以，金凌美这次一定有什么难言之隐。所以莫沫觉得唯一能从金凌美处得到有用讯息的方法就是以一个朋友的身份去问讯。这种情况下，只能死马当活马医了。

莫沫再次来到那扇进户门前，轻轻地敲门。

金凌美打开门，看到莫沫后说："怎么又是你？"

"抱歉，昨晚前来拜访太过唐突了。"莫沫露出微笑。

金凌美看到对她微笑的莫沫，不禁大吃一惊，深感莫名其妙。她不知道莫沫到底葫芦里卖什么药，按照常理来说，这时候莫沫对她应该感到非常生气，甚至愤怒难抑才对。因为她对莫沫到这里来的目的心知肚明。

"无论你问我什么，我都是无可奉告。所以，你走吧。"金凌美说着便要关门。

莫沫立刻伸出一只手，用力握住门的边缘，对金凌美说："我只想跟你谈谈，给我五分钟，听我讲完一个故事就好。"

这时屋里再次传来老人的声音："小美，门外是谁呀？"

这次未等金凌美回答，莫沫抢先开口大声喊道："老人家你好，我是金凌美的朋友，特意前来拜访！"

"小美，快让你的朋友进来。"老人回应道。

金凌美完全被莫沫搞得一塌糊涂，迫于老人的压力，她只好先让莫沫进门。

莫沫走进客厅，看到一个七旬老太坐在沙发上，满面皱纹尽显沧桑。看到莫沫后，老太对她露出一个抿嘴笑容。莫沫把牛奶放在茶几边缘，微笑着说："老人家好，这是我孝敬您的。"

"小美，愣着干什么，快去倒茶"老太咧开还有零星几颗牙齿的嘴笑着对莫沫说，"来，过来坐。"

莫沫坐在沙发的一侧。金凌美无言，一个人去厨房冲茶叶。

"你叫什么名字，是小美的同事？"老太开口问。

"我叫莫沫，莫名其妙的莫，泡沫的沫，是金凌美的同事。"

"嗨！这孩子总算交朋友了……你不知道，这孩子从小没爹没娘，个性也孤僻，不与人交流，从没有带朋友到家里来过，天天放学回家就照顾我这老婆子。本以为她工作了就会改改这毛病，没想到依然这副样子。也怪我身体一直不好，一直拖累她，小美她哥不懂事，贪玩，这么多年来她一个人照顾我到现在……"老人缓缓说道，心中满是懊悔和疼惜。

"姥姥，你别乱说，你一个人把我和我哥抚养大，没有你就没有我们了……"金凌美端着茶壶和茶杯从厨房里走出来急忙说。

莫沫不由得内心一紧，酸楚得很。

"现在我也老了，对自己的病也清楚得很。姑娘，小美也没啥朋友，她哥哥也靠不住，我就希望等我撒手人寰后姑娘对我们小美能多担待点儿，这样我也就放心了。"老太对莫沫说，泪眼婆娑。

"姥姥，你瞎说什么！我一定会筹到钱给你治病的！"金凌美给莫沫倒完茶后，坐在老人身边，紧紧握住老人的手，坚定地说。

莫沫不知自己是怎么了，心中的悲伤顷刻泛滥。时光一转，仿佛回到了十年前。那个时候，莫沫的姥姥整日在家咳嗽不已，吃药不见好转，身体一日不比一日。莫沫一个劲儿劝姥姥去医院看病，姥姥却告诉莫沫，她自己的身体自己清楚。

直到后来，姥姥在家咳血昏厥。等救护车到医院的时候，一切已经晚了。

再后来，莫沫才知道姥姥的病是肺癌晚期，化疗放疗都需要一大笔费用，对于当时的她们来说根本负担不起。

也许是触景生情，看到眼前的金凌美和她的姥姥，莫沫不禁忆起了往事。她能够理解金凌美的心情，那种看着自己的亲人生病却无能为力的焦急和挫败感。仿佛一出生就已经注定的命运，明知道结局还要兜兜转转、平白无故地走这一遭。

"一切都会好起来的"莫沫努力露出微笑，"凌美是个非常好的女孩子，在公司她经常帮我，她一点儿都不孤僻，同事们都非常喜欢她呢！"

金凌美看着莫沫，一时竟没了言语。

不一会儿，莫沫先行告辞。

"小美，快换衣服去送送莫沫。"老太见莫沫要走，立刻招呼金凌美去卧室换衣服。

"莫沫，记得有空常来坐坐。"金凌美换好衣服后，老太笑着对莫沫说。

莫沫连忙应好，和金凌美一起出了门。

金凌美在莫沫前面走着，突然停下脚步，转身低着头对莫沫说："谢谢你。"

莫沫感到诧异。

"谢谢你刚刚说的那些话。"金凌美抬起头，眼睛直视莫沫，眼神复杂。

莫沫先是一惊，然后对金凌美微笑："不用谢，应该的，我们是朋友。"

"为什么？你明知道……"金凌美的眼神更加复杂，欲言又止，忐忑不安。

"现在，你可以听我的故事了吗？"莫沫走到金凌美身边，轻轻地说。

金凌美无言默许。

莫沫和金凌美平行地继续向前走。

"九岁那年，我失去了父亲，然后我的母亲又嫁给了工厂里的一个外国人，抛下我和姥姥一个人出国了。"金凌美低着头，默默地听着。

"父亲尸沉大海，母亲远嫁异乡，从那以后，我本应该和姥姥相依为命，可是命运又告诉我，还有一个人我也必须珍惜。当时家庭变故后我生了场大病，在医院醒后失去了部分记忆并且精神不振。就是因为那个人后来我才振作起来的，那个人会在我一个人泡图书馆的时候突然出现，因为怕我饿肚子；他会对我管东管西，不让我吃这个吃那个，我知道他是怕我胃难受，他知道我胃不太好……他就一直那么做，一做就是二十年……"莫沫轻轻地说，嘴角挂着一丝微笑。

"可是后来，我们却因为一些误会越来越远。相信了一些不该相信的，去伤害和被伤害。尽管这样，我们还是从这些误会中走出来了，他依然是那个会为我担心，为我着想的他。而我也是那个愿意跟他一起走，风雨同路的我。"莫沫继续说着，"所以，我不会再去因为任何事而怀疑他。因为他是夏与冰，我是莫沫，所以我对他深信不疑。姥姥去世后，只有他是我的亲人了。就算我不相信全世界，我也会相信他。"

莫沫停下脚步："我的故事讲完了。"

"凌美，你曾经帮助过我，也帮助过他，作为朋友的我相信你不会无缘无故就去警局报案。这其中肯定有什么误会，也必定有什么难言之隐。"

良久。

"如果，你想知道真相的话，可以去暗夜酒吧，找一个叫作金真旭的人。"金凌美字字清晰地说。

"谢谢。"莫沫轻轻地拥抱金凌美后，转身离开。

离开的莫沫没有发现，背后金凌美那满是泪水的脸。

"对不起，"金凌美看着莫沫离开的身影，轻轻地说，"我别无选择。"

No.188

法国，巴黎。

宫玫萱结束了最后一天的拍摄，卸妆洗浴完后已是深夜。明天还要参加电影杀青的庆功宴，可是自己一点儿喜悦的感觉都没有。只觉得自己这段时间一直是疲倦不堪，每每深夜她仍然无法安稳入睡。她坐在笔记本前，打开国内论坛的网站，映入眼帘的头条新闻让她大吃一惊！

"桓旗集团财务部总监夏与冰涉嫌强奸案……"

"称夏与冰涉嫌强奸案前曾被桓旗停职……"

"夏与冰在任期间桓旗集团财务部曾出现大漏洞……"

宫玫萱拿出手机，立刻拨打简枝的电话。

"立刻订一张回上海的飞机票，越快越好。"

No.189

几天前的傍晚，莫沫公寓楼下。

夏与冰在公司加班到很晚，倔强的莫沫一直都陪着他，直到他工作完。

"乖，上楼吧，我看着你，你屋里灯亮了我再走。"夏与冰抱着莫沫，微笑着对她说。

"好，一个人开车回家小心。"莫沫露出微笑，转身向公寓走去。

须臾，莫沫又快速跑了回来，在夏与冰的脸颊上轻轻一吻，红着脸蛋说"晚安"后又快速跑回公寓。

夏与冰看着整个过程动作进行如此之快的莫沫，露出了微笑。

这时，他的手机嗡嗡震动，来电显示陌生号码。

"喂，你好。"夏与冰礼貌地接起电话。

"夏与冰，如果你想知道财务部资金亏空事件的真相，现在立刻来桓旗酒店……嘟……"对方说罢，立刻挂断电话。当夏与冰回拨电话的时候，对方已关机。

离开莫沫的公寓楼后，夏与冰一个人开车去桓旗酒店。在停车场泊车时，他一下车就被木棒之类的东西打昏了。第二天醒过来的时候，夏与冰觉得浑身酸麻，他一个人一丝不挂地躺在酒店的套房内，随身带的东西都没丢。

当他去桓旗酒店保安部调取录像的时候，却发现停车场的摄像头被人破坏，当天酒店内的摄像带全部失窃。

至此，整个事件就这样扑朔迷离，又让人捉摸不透。

第五十二卷　浮出水面

卷首语：

　　有些事情，不知道比知道更容易让人去守护该守护的东西，不明白比明白更便于让人朝着正确的方向走去。

NO.190

　　午后，温暖的阳光透过窗洒进来。钟亦峰坐在办公椅上，顾雷站在他的对面。

　　"钟少，那个叫黑魔的男人真实姓名叫作金真旭，住房的所有者也是他，他在暗夜酒吧工作，据我调查他是任旗的手下。还有一点，金真旭是金凌美的亲生哥哥。"顾雷递给钟亦峰一张纸，"这是金凌美的住所，房子归她姥姥所有。"

　　钟亦峰眉头紧锁，沉默无言。

　　他觉得这一切越来越复杂，像黑洞一样莫名地吸引着他去调查，一步步寻得真相。钟亦峰的直觉告诉他，这背后一定还有什么更加不为人知的秘密。

　　"现在立刻去金凌美住处。"

　　钟亦峰说罢，电话铃声恰巧响起，钟亦峰按下免提键。

　　"您好，总经理，董事长让您现在去他的办公室一趟。"

上海桓旗总公司董事长办公室。

钟亦峰站在钟桓的办公桌前说："董事长，您找我。"

"亦峰啊，关于上次财务部亏空的事，我希望你不要再插手了。包括这次与冰的案子，我自会处理。"钟桓看着钟亦峰，缓缓地说。

"为什么？"

钟桓感到诧异，因为钟亦峰对自己的话一向都是言听计从。

"有些事情，不知道比知道更容易让人去守护该守护的东西，不明白比明白更便于让人朝着正确的方向走去。"

钟亦峰微微皱眉："我非常清楚自己想守护什么，该往什么方向走。"

钟桓看着钟亦峰，一阵沉默。

尔后，钟亦峰缓缓地说："我调查那些事，也只是为了守护我想守护的人，别无其他。"

钟桓依然沉默，但是他心底却明了，钟亦峰不再是以前那个钟亦峰。而那掩埋了多年的秘密，在慢慢浮出水面。

No.192

上海浦东国际机场。

宫玫萱和简枝一起走过安检口。

"事情都办好了吗？"宫玫萱问。

"莫沫一直都联系不上，人也不在公司，但是我已经让人帮你把车开过来了。"

宫玫萱回到上海后已经是傍晚。她联系不上莫沫和夏与冰，眼下，也只有找那个人了。她坐在红色跑车内，一路飙到桓旗总公司。当她正要把车开进停车场时，却正好看到那辆银色劳斯莱斯驶出。她一路跟着，直到前面的车停在郊区的一所公寓楼下，她才停车。

"大雷，你在楼下等着，我一个人上去。"

"是，钟少。"

钟亦峰离开不久后，顾雷看到了在楼下鬼鬼祟祟的宫玫萱。他下车，走到宫玫萱身后。

"宫玫萱小姐？"

宫玫萱转身看到顾雷后吓了一跳。

"宫玫萱小姐怎么会出现在这里，您现在不应该是在法国吗？"顾雷看到真的是宫玫萱后，也非常惊讶。

"呃……这个……说来话长！钟少到这楼上去做什么？"宫玫萱故意岔开话题，这时从楼上下来的钟亦峰看到了她，面无表情。

"什么时候回来的？"

"刚回来，因为，实在放心不下……"

"钟少，对不起，是我做的，一切都是我做的，我对不起夏总监，更对不起莫沫！"

宫玫萱话还没说完，便被从楼上传来的带着哭腔的女声和匆匆踩踏楼梯的脚步声打断。

No.193

公寓楼附近的咖啡店内。

钟亦峰和顾雷坐在一侧，宫玫萱和金凌美坐在他们的对面。金凌美边说边流泪，时间在她的言语之间缓缓流逝。

"这就是整个事情的经过？"宫玫萱问。

"是。"金凌美答。

宫玫萱紧皱眉头："那你哥哥为什么要这样做？他跟夏与冰无冤无仇啊！"

"我也不知道，他告诉我只有这样做才能得到一笔钱，给姥姥看病"金凌美说，"对不起，都是我和哥哥的错，我这就跟你们去警局自首。"

"那这件事跟莫沫有什么关系，你为什么会说，你对不起她？她是不是已经来过了？"钟亦峰问，他不知道为什么，从金凌美家离开后他的心里总是七上八下忐忑不安。

"莫沫是已经来找过我了，我那么对她，她却……"

几个小时前。

下午的阳光透过玻璃门铺满银行里的瓷砖地面上。莫沫取出支票后塞在一个信封里，在去暗夜酒吧找那个叫作"金真旭"的人之前，她有一件更重要的事情要做。她并不知道自己这样做能帮到金凌美多少，但是她深刻地理解金凌美那种看着自己的亲人得病却无能为力的痛苦，所以她的良心告诉她不能就这样袖手旁观。

当莫沫再次回到金凌美家的时候，金凌美正好不在。

"是莫沫啊，凌美刚巧出去给我拿药去了，快进来坐坐，她一会儿就回来。"老太打开门看到是莫沫后露着牙齿几乎掉光的牙龈和蔼地笑着说。

"没事儿，姥姥我就不进去了，您帮我把这个转交给她就好。"莫沫把信封递给老太后一个人离开。

莫沫走后，老太把信封放在电视机后面，只是老人家容易忘事，金凌美回来后老太把这件事忘得一干二净。

直到敲门声再次响起，老太突然想起这件事。

"小美啊，门外的是莫沫吗？"老太在屋内喊道。

钟亦峰听到"莫沫"的名字后，心里一颤。

金凌美看到门外的钟亦峰后，无疑大吃一惊。老太说完后，金凌美回过神儿来匆匆地关上门。钟亦峰再次敲门未果，只能一个人下楼。可是从这时开始他的心里便觉不安，尽管他也不知为何。

金凌美回到屋里后，姥姥问："不是莫沫吗？"

"不是。"金凌美说。

"哦，莫沫下午来过一次了，我这才想起来，她让我把这个东西给你。"姥姥指着电视机后的信封，对金凌美说。

金凌美打开信封看到支票后，露出些许疑惑的神色，她取出信封里对折的一张纸，迅速打开。

"拿这些钱去给姥姥看病，不够的话再跟我说，我再想办法。莫沫。"

当金凌美看到纸条上的字后，眼泪终于忍不住落了下来。她立刻打开门跑出来，边哭边跑下楼梯："钟少，对不起，是我做的，一切都是我做的，我对不起夏总监，更对不起莫沫！"

"所以，你才选择把一切说出来？"宫玫萱继续说。

"是，都是我的错，是我对不起莫沫，对不起夏总监。现在我就跟你们一起去警局澄清这一切。"金凌美流着泪说。

"那莫沫现在在哪里？"钟亦峰问。

"我也不知道，"金凌美回答，不一会儿她好像又想到了什么，"她可能去了暗夜酒吧，我哥告诉我，如果莫沫来找我，就告诉她'去暗夜酒吧找一个叫作金真旭的人'。"

"金真旭？金真旭不就是你哥哥他自己吗？"顾雷问。

"钟少，那个叫黑魔的男人真实姓名叫作金真旭……"钟亦峰的耳边突然回响起顾雷说的话。一瞬间，钟亦峰的眼前像闪过一道光，仿佛知道了一直以来那份不安的缘由。

"大雷，你们先去警局，我现在要去一趟暗夜酒吧。"

钟亦峰说罢拦下一辆出租车立刻离开。

他眉头紧锁，拿着手机不停地拨打莫沫的电话，一直都没有人接。

他一直都想不出为什么莫沫会比他先找到这里，如果他没猜错的话，一定是黑魔自己搞的鬼，可是他还是不明白黑魔找莫沫的理由。他的脑海中浮现出第一次见黑魔时他眼中透露出的邪恶的光芒，心里的那层不安便像是在炼狱中升华，迅速波及全身。

他放弃拨打莫沫的号码，从联系人中找出一个许久不曾联系的号码。

"任茜，你现在在暗夜酒吧吗？"

……

挂断电话后，他又按下快捷键，拨通了另一个号码。

第五十三卷　身处险境

卷首语：

　　已经来不及了，当我只有一条腿迈进暗夜的时候，就别无选择。要么全身投入，要么死无全尸。

No.194

　　警局。

　　夏与冰和宫玫萱站在审讯室外，看着玻璃内低着头流泪的金凌美。坐在她对面的是两个警官，一个审讯，一个用笔记录。

　　"金小姐，整个审讯过程我们会全程监控，并且您说的话全部都将记录，请务必还原事情的真相。"审讯警官说道。

　　"是。"金凌美擦擦眼泪。

　　"那好，现在开始。"

　　"几天前，应该是五月二十六日上午，哥哥到家里来找我……"五月二十五日，暗夜酒吧地下广场，夜总会 VIP 包厢内。

　　"黑魔，上次我们做的是不是太仁慈了，以至于现在夏与冰还照样好好地待在桓旗。"自从任茜听说夏与冰复职后，一直都闷闷不乐。计划失败了，但是她还是不肯死心。

　　"那你的意思是？"黑魔说。

　　"这次要做就做狠一点，让夏与冰再也不能翻身！我记得你有个挺漂亮的妹妹在桓旗上班……"任茜笑言。

"不，这件事不能牵扯到她的身上，跟她没有任何关系。"黑魔神情略显紧张。

"据我所知，你妹妹金凌美是财务部的员工，也就是夏与冰手下的人，平常肯定会有或多或少的交涉。更何况，她是上次桓旗微电影的编剧，夏与冰又是主演，一来二去，说不定就产生了不同寻常的关系呢……"任茜看着自己纤长的手指悠悠地说，刚刚染过的黑色指甲闪闪发亮。

黑魔看着任茜嘴角的那丝笑意，突然明白了什么。原来她早就预谋好了，调查清楚这些事情，肯定是另有企图。

"那茜姐是什么意思？"

"你只需要按我说的做，放心，事成之后我给你的酬劳肯定比上次更丰厚！"任茜的笑容像暗夜里的黑蔷薇，透露出神秘又诡异的味道。

No.195

五月二十六日，上午，金凌美公寓处。

听到敲门声后，金凌美立刻开门。

"哥，你怎么来了？"

因为姥姥的病突然加重，金凌美只好请假在家照顾姥姥。多亏了夏与冰善解人意，对她包涵和通融才能让她请下假。

"姥姥呢？"金真旭站在门外，向屋内望去。

"刚刚吃了药，睡着了，快进来吧。"

"不，你出来，我有事跟你说。"金真旭声音低沉。

"什么事不能进来说？"金凌美一脸疑惑，她觉得哥哥总是神神秘秘的。

"我筹到给姥姥治病的钱了，但是有条件，你出来细说。"

"真的吗？"听到哥哥的话后，金凌美惊喜不已，"但是只能在过道里，我怕姥姥醒了找不到人。"

须臾，他们两个站在过道里的窗前，金真旭一直不停地在说些什么，而金凌美一脸凝重。

"为什么要我这样做，我跟夏总监无冤无仇，哥你不也是吗？"金凌美急切地问，不明白自己的哥哥为什么会针对自己的上司，更不明白他们二人是如何结识又如何结怨的。

"这件事跟你没关系，也跟我没有关系，我们只需要这样做，就可以得到一笔钱，帮姥姥治病。"金真旭一字一句地说。

"为什么我们这样做就会得到钱，钱又是哪里来的？哥，这些年来你在夜总会工作到底结识了些什么人？害人的事我们不要做好不好，我们努力工作赚钱去给姥姥治病，一切都会好起来的！"金凌美握住金真旭的手，声泪俱下。

"已经来不及了，当我只有一条腿迈进暗夜的时候，就别无选择。要么全身投入，要么死无全尸。"金真旭拿开金凌美的手，眼睛望向窗外，在他的眼神里，浮现出了落寞和悲伤。

"我早就不再是以前的我，"金真旭缓缓说道，"并且，姥姥的病也等不及了，这是我们唯一的办法。"

"我不要，我不要！"金凌美的眼泪越来越多，她蹲下身子捂住自己的双耳绝望地喊，"我不听，我不听……"

尽管暗夜旗下的酒吧、夜总会、餐厅等都是合法的经营场所，但是所有人都知道在这里面有巨大的黑幕。任旗是上海赫赫有名的黑社会，但他却披着企业家的外衣，做事向来严谨。媒体对之报道向来捕风捉影，从未引起过什么大的轰动，即使警方一直暗中调查，却也抓不到他违法犯罪的证据，长久以来只得听之任之。

金凌美越发后悔当时没有拦住哥哥进入暗夜，无奈和痛苦铺天盖地席卷而来，莫名的伤悲不言而喻。这个世界上，她只有哥哥和姥姥两个亲人，她不能背叛他们，但是她的道德价值观又告诉她不能那样做，并且夏与冰是好人，他更是无辜的。

"小美，对不起，是哥哥太无能"金真旭缓缓蹲下身，抱住泣不成声的金凌美，一行泪滑过他的脸颊，"姥姥从小把我们两个带大，她的不容易我都看在眼里，尽管我不学无术，但我也是爱她的，现在她病得那么厉害，我们不能无动于衷，就赌一次吧，我们这样做虽然害了夏与冰，但是他不会失去生命，可是如果我们不这样做，姥姥就真的一去不回了啊！"

泪水慢慢浸湿了金真旭的衣衫。最后，在背叛良心和失去亲人的边缘徘徊不定的金凌美，还是选择了前者。

NO.196

五月二十七日，晚。

这天晚上，夏与冰加班到很晚，送莫沫回家后，就接到了奇怪的电话。

"夏与冰，如果你想知道财务部资金亏空事件的真相，现在立刻来桓旗酒店……嘟……"

上次的财务部资金亏空事件一直都是他心里的一个坎儿，尽管这个电话非常可疑，但夏与冰还是只身前去。

夏与冰到停车场前，摄像头就已经被金真旭的人动了手脚。当夏与冰在停车场泊好车走下来的时候，金真旭乘其不意在背后袭击了他。随后，他和几个人架着夏与冰回酒店，装作是一个朋友喝醉酒不省人事的样子，所以一路上也没有酒店员工看出端倪。

走进套房把夏与冰放到床上后，金真旭让除了他之外的其他人全部离开。随后，金真旭戴上一次性手套，从床边的黑色皮箱里拿出针剂，给夏与冰做静脉推注，为了让他短时间内一直处于昏睡状态。尔后，金真旭从夏与冰的衣服口袋里找出手机，编辑一条约金凌美在桓旗酒店见面商量工作的短信并发送到金凌美的手机，如果警方查起来，金凌美就说因为夏与冰是上司不得不遵从。发送完毕，金真旭删除信息后，便把夏与冰所有的衣服脱掉，让他一丝不挂地躺在床上。

这时，金凌美同样一丝不挂地从浴室中走出。

"哥，开始吧。"金凌美闭上眼睛努力不让眼泪流出，叹一口气缓缓地说。金真旭始终没有忍心看自己的妹妹一眼。

他怕眼神落到她的身上后，会情不自禁地落下泪水。他从黑皮箱里拿出相机，开始拍摄金凌美和夏与冰在床上各种亲昵的动作，而这些虚造的照片，不久之后便成了夏与冰"犯罪"的决定性证据。

当一切办好后，金真旭派人送金凌美回家。然后他再找到桓旗的内部线人，神不知鬼不觉地从桓旗酒店拿走当天所有的录像。

"这就是事情的真相，跟夏与冰一点关系都没有，他是无辜的，都是我和我哥哥的错。"金凌美说。

"是谁指使你们这么做的？"审讯警官问道。

"我也不知道。"金凌美回答。

"金真旭现在在哪里？"审讯警官继续问。

"应该在暗夜酒吧，"金凌美说，"警官，我有一个请求。"

"你说。"

"之前的钱一直没有到账，所以我姥姥的病一直耽误着，现在我手里有一张支票，是我朋友借给我的，求您帮我取出钱后带我姥姥去医院做手术，求您了！"金凌美哭着说。

"这个我可以帮你做，相信政府也会对老人做出援助。但是你和你哥哥在决定这样做之前，有没有想过，也许你们不赌这一次，老人家就算辞世也可以安心地离开，可是现在你们赌了这一次，老人家只能带着悔恨和眼泪一个人承担着巨大的风险去手术台！法网恢恢，你们终究是逃不了，这场赌局里你们根本不可能赢，是你们亲手害了自己的亲人！"伴随着金凌美的哭声，审讯警官义正词严地说道。

审讯结束后，两个警官从审讯室走出。

"郑队，郑队！刚刚九堂来信……"一个警官从远处急匆匆地跑来。

"正好你来了，通知 A 大队，立刻出发去暗夜酒吧逮捕金真旭。"郑队对急忙赶来的警官说。

刚刚跑过来的警官在郑队耳边不知说了些什么，只见郑队神色大变。

"立刻请求特警去暗夜酒吧支援！"

当宫玫萱听到"暗夜酒吧"四个字后，不禁打了一个寒颤。她想起钟亦峰说自己要去暗夜酒吧时慌张的样子，此时她不禁担心起了钟亦峰，更担心起了早就一人只身前去的莫沫。

No.197

暗夜酒吧。

下午，莫沫离开金凌美家后，打车直奔暗夜酒吧。当她走进酒吧的时候，这里远比想象中还要火爆。女人们穿着极少的衣服在 T 台上跳钢管舞，一条华丽的头巾把金光闪闪的头发束起，个个都是烟熏浓妆，台下肆意舞动的男人们都为她们疯狂地尖叫着。此时的莫沫一身白裙，依旧是用淡妆烘托出精致的脸庞，站在这酒吧里却显得格格不入。

迎面走来的都是穿着奇装异服喝得醉醺醺的年轻人，她左躲右闪穿过人群来到吧台前。

一个身穿黑色衣服的男人站在吧台后调酒，看到莫沫后主动走过来。

"这位小姐，怎么称呼？想要什么酒？"

"啊？"莫沫看看这个穿着黑色 T 恤的男人说，"我找人。"

"你找谁，黑哥吗？"男人上下仔细打量着莫沫问道。

"不，我找金真旭，你认识吗？"

男人听后笑了起来。

莫沫露出一脸诧异："不认识？"

"认识，"男人笑着说，"他等你很久了。"

这时歌厅 T 台上方的音响飙出一个高音，仿佛瞬间震彻了整个酒吧。

"你说什么？"因为环境的嘈杂莫沫没有听清刚才男人的回答。

"我说你等一下，我去叫他。"男人绕过吧台，走到 VIP 包厢。

一群男女围在一起打牌，VIP 包房内乌烟瘴气。

"黑哥呢？"男人说。

"黑魔跟老大他们去越南提货还没回来，明天才是交易的日子。怎么，九堂，先有人挑事儿了吗？"一个染着红棕色头发的男人说。

"没，没事儿。"

"那找他什么事？"

"黑哥东盼西盼的女人总算来找他了。"

"哟！我得出去瞧瞧！"

两个人一起从 VIP 包房里出来，九堂指着站在吧台前的莫沫，对染着红棕头发的男人说："喏，鬃烈哥，那就是黑哥的妞儿，我还是第一次见黑哥对一个女人这么上心。你先过去，我去给黑哥打个电话。"

鬃烈看到莫沫后，两眼放出了异样的光芒。这个女人给人第一眼的感觉就足以让人断定她跟其他女人不同，她的身上有一种独特的气质吸引着男人去靠近。鬃烈在心里想，怪不得黑魔这么多女人也会唯独倾心于这一个。

他走向莫沫，过去跟她打招呼。

"嗨。"

莫沫转过身，看着眼前这个不知从哪里冒出来的男人，一头雾水。

鬃烈看到这个化着淡妆面容精致的女孩子后，心中仿佛燃起了火焰。

鬃烈和黑魔是任旗的左右手，而实际上黑魔来的比鬃烈晚四年，只是任大小姐欣赏黑魔，所以任旗一步一步地重用了黑魔而已。理所当然，黑魔受到重用的同时鬃烈的地位逐渐降低，这让鬃烈一直心存芥蒂。直到这一刻见到眼前这个女人，他登时萌生了一个报复黑魔的想法。

"金真旭说让你到休息室去等他，他回来后去找你。"九堂走过来对莫沫说。

"他现在不在吗？"莫沫问。

"出去办事了。"九堂回答，"一会儿就回来，你去休息室等他就行。"

"来人！他妈的老子要喝酒！"

这时一个喝醉的女人哭得脸上的浓妆已经全部花掉，手用力地拍吧台的桌子吼道："老子要喝苦艾酒，快点！老子要喝苦艾酒！"

鬃烈见势露出令人匪夷所思的笑容。

"九堂，你快点儿去调酒招呼客人，我带她去休息室。"鬃烈对九堂说。

"好吧。"

九堂看见那个疯子一般的女人，无奈地回答。他刚来暗夜不久，对黑魔和鬃烈二人的话都比较听从。

"你跟我来。"鬃烈对莫沫说，便一个人先行走开。

莫沫跟着鬃烈穿过一波又一波人群走进 VIP 包厢的区域内，这里的气氛不同于外面，走廊上人并不多，但是几乎每个包间都有人。不知不觉走到一个拐角处，当她抬起头的时候却找不到那个叫作鬃烈的男人了。就在她手足无措之际，感到有人用湿布捂住她的口鼻，她努力反抗，最终还是在药物的强烈作用下昏厥。

鬃烈用钥匙打开了拐角处右手边的一扇门，上面写着"非工作人员请勿进入"。他抱着莫沫绕过一扇四角平齐的古典画屏风，再用钥匙打开屏风后那扇隐蔽的门，小心翼翼地走着一段通往地下的楼梯。

地下灯光非常昏暗，有几间黑咕隆咚的屋子。每间屋子都装着带一扇玻璃的木门，门上拴着黑链，用一道锁锁着。鬃烈把莫沫带进走廊最深处一间到处都是货箱的屋子里，把她平放在地上。

鬃烈的脸慢慢靠近莫沫的脸，听着她均匀的呼吸，然后趴在她的耳边轻声说："美女，对不起了，要怪就怪黑魔让你来到这里。"

说罢，鬃烈露出邪恶的笑容。

他的嘴唇离莫沫的嘴唇越来越近，越来越近。他的手也肆意地放在莫沫的身体上，他顿时感到心中一团火焰在熊熊燃烧。

就是在这狭小的空间里，时间只想急迫地定格。而定格的这个瞬间，却直教人窒息。

第五十四卷　暗夜交易

卷首语：

她是我的女人。

No.198

也许事情的转机总是在万念俱灰的一刻悄然诞生的。就在这千钧一发的关键时刻，一串欢愉的铃声响起。

"妈的。"鬃烈起身，从裤子口袋里掏出手机，嘴里碎碎念。

"鬃烈哥，你在哪儿呢，怎么到处找不到你！"电话那端一个男声响起。

"我他妈在哪儿还得跟你们一个个汇报是吗？"鬃烈没好气地说。

"不是的哥，老大和黑魔他们回来了，一会儿就要交易。"

"操！怎么回来得那么快，不是说明天才交易吗？"鬃烈骂道。

"说是事情顺利就提前回了，龙哥那边也很着急，交易就提前了。总之鬃烈哥你快到后门去接货，他们马上就到。"

"知道了。"

鬃烈挂断电话后，把莫沫拖进货架的最内侧，一个人起身离开。

只是他走的时候太匆匆，以为已经合上的锁，在一个漫不经意的瞬间又弹开。

许久。

莫沫在黑暗中醒来。她摸着沉重的头，看着四处漆黑，不知道自己在什么地方。她努力回想昏迷之前的情况，她跟着一个染着红棕色头发的男人走进 vIP 包厢后，绕到了一个拐角处，后来就被迷晕了！尽管她没有看清到底是谁迷晕了她，但是唯一可以确定的就是有人出于某种原因想害她。

想到这莫沫不仅毛骨悚然，显然这个地方应该是那个迷晕她的人带她来的，所以她现在当务之急就是逃走。

她起身绕过一排排货箱，借着走廊内幽暗的灯光找到了门的位置。

她轻轻开门，却发现门外挂着的铁链拴住了门。她顺着门的缝隙伸出手去，摸到了一把锁，幸运的是锁并没有锁住，她把锁拿下来，解开铁链后逃了出来。走廊里空无一人，昏暗的灯光更加让她不寒而栗。她确认走廊无人后，把铁链拴好，锁上门锁后便离开。她穿梭在走廊里，发现这里所有房间的木门都被铁链拴着，有的还挂着不止一把锁，透过木门上唯一的一扇玻璃可以看到里面漆黑一片。她走到走廊一半的时候便看到了楼梯，可是上楼后却发现唯一通往外面的那扇门被锁住了。

她顿时觉得心灰意冷。

"好冷……我不会要死在这里吧？"莫沫站在墙角，缓缓地蹲下抱住自己，小声地嘟哝。

不一会儿，她再沿着楼梯下去，看看还有没有其他的出口。她继续向前走，却发现一个房间里亮着灯。她仿佛是看到了希望，但还是小心翼翼地站在门口。

"龙哥，怎么样，我没骗你吧，这批货在国内绝无仅有。"

"货是好，但是价格也忒高了。咱们打交道那么多年，任老大给这个价是不是太见外了。"

"我跟我的弟兄们冒着生命危险亲自去越南提的货，就凭这一点儿这批货就值这个价！"

莫沫在门外皱着眉头听着门内的对话，一点一点地把头探上去。透过玻璃看到屋内的场景后，她不禁倒吸一口凉气。

这间屋子非常大，在屋子中间有一张一米多高的桌子，上面放着一个打开了的黑箱子。桌子两侧各有两个人坐着，他们的身后都分别站满了人。这些人当中，有不少人手里都拿着刀。

"如果龙哥看不上这批货，前几天虎三哥还托我在任老大面前多说几句好话，帮他搭线拿下这次从越南带回来的所有的货。"

莫沫看向说话的人，立刻瞪大了眼睛。

说话的人正是那次和深蓝一起在公寓里见到的那个男人！

在他身边站着的人，是她回国那天在飞机上遇到的女人，也是不久前警告她离深蓝远一点的女人……莫沫明明记得她是个可爱又天真的女孩，不知为何现在她那双眸子透露出来的全都是冰冷和恐怖。

在他们前面坐着的那个男人，莫沫只觉面熟，却想不起曾经在哪里见过。

"黑魔，你他妈什么意思！难道我龙旭天看上的东西还会被他虎三抢走？"

"龙哥，我当然不是这个意思。我的意思是说，您哪有必要像虎三那样，自贬身价呢？"

黑魔说罢，一片沉默。

"好，就按你们开的价，这些白粉我全要了！"龙哥在一片沉默中突然大笑着说，"任老大，黑魔不愧是你眼前的红人！"

黑魔抓住了龙旭天爱面子的特点，并且利用他和虎三不和，让他不得不果断做出决定。如果他再和任旗他们耗下去，倒成了他自己的不是，为难了别人，还为难了自己。

站在任旗另一边的鬓烈听到龙哥的话后，冷冷地看着黑魔，心中的不满之火越燃越旺。

"这是订金。"龙哥的手下将一个黑皮箱放在桌子上。

"既然龙哥那么有诚意，我们也必须表示出诚意来才行，"任旗笑着说，"任茜，你去拿剩下的货来。"

"是。"任茜说，然后朝门的方向走去。

莫沫看到朝门方向走来的任茜，不禁吓了一跳，赶快收回停留在门窗上的眼睛。

"谁？"任茜还是发现了那一双眼睛。

任茜话音刚落，两边的人立刻拿出手枪举起长刀，将之紧紧地握在手里。任茜也从上衣口袋里掏出手枪，指着门喊道："快点出来，否则我要开枪了。"

莫沫见自己被发现，想逃却无处可去。这条走廊丝毫没有可以藏身的地方，唯一出去的门还被锁着。她听到任茜的声音后，缓缓闭上眼睛。

"拼了，大不了一死。"莫沫在心里想道，轻轻地推开门。

当任茜、黑魔以及鬓烈三个人看到她的时候，都瞪大了眼睛。

"怎么是你……"任茜看到莫沫后，冷冽的眼神被惊讶取而代之。

"任茜，你认识她吗？"任旗看到任茜动作的迟疑后问。

"任老大，这不是你们的人？我们交易那么久，第一次出现这种纸漏！这个人不能留。"听到任旗的疑问后，龙旭天看出了来者并非暗夜的人。

"是，父亲，"任茜放下手中的枪，大声地说，"放心，她不是警察的人。"

"谁带你来的？"任旗问莫沫。

莫沫的眼睛看向任旗身后人群中那个染着红棕头发的男人。

此时鬃烈瞪着眼睛不知看向何处，眉毛拧成一团，一脸的惊恐。他看到莫沫惊讶之余也意识到了自己犯了大错！如果任老大知道人是他带来的，恐怕以后他都无法再待在这里！真是偷鸡不成蚀把米，弄巧成拙。

"我带她来的。"就在鬃烈不知该怎么办的时候，一个坚定的男声响起。

当黑魔看到莫沫后，他简直不敢相信！他明明告诉九堂，带她去休息室等他。而她却出现在这里，交易的现场，按照任旗和龙旭天的一贯作风肯定会将她这个局外人置于死地。

不行，一定要救她。这是黑魔说出这句话时唯一的想法。

"黑魔，这个人跟你什么关系？"龙旭天问。

"黑魔，你办事一向谨慎，这次怎么回事？"任旗对黑魔说。

黑魔走到莫沫的身边，握住莫沫冰凉的手。

莫沫不知道这个只在公寓见过一次的男人想做什么，但是她只知道，现在她什么都不能做。满屋子拿着刀和枪的人，桌子上的白粉和金钱无不告诉着她四个字，听天由命。

"她是我的女人。"黑魔说。

莫沫听到黑魔的话后，一头雾水地看着他。此刻任茜也充满疑惑地看着黑魔，她知道黑魔这样做是有意庇护莫沫。

"因为我去越南，所以很长时间不见，今天她就自己跑来了。我让她在休息室等我，不知怎么地又到这儿来了。"

现场所有人一片沉默。

"那你是怎么找到这里来的？"任旗问莫沫。

"我……"莫沫开口，却不知怎么说。莫沫心想，总不能说是被迷晕了，醒过来就在这里了吧。

"是我带她来的，"任茜笑着对任旗说，"她找不到休息室在哪，我刚好要过来就把她带到货仓让她等黑魔。"

黑魔看着任茜，心里说不出什么滋味。此时的莫沫仍然是云里雾里，她唯一能肯定的就是黑魔和任茜都在帮她，尽管她不知道为什么。

"龙哥，任老大，你们都可以对她放心，因为她是我们自己人，我们就要结婚了。"黑魔说着，便从口袋里掏出一个精致的红盒子。

"其实，我今天正想向她求婚来着，我是真心爱她的。"黑魔看着莫沫说，眼里都是宠溺。

黑魔拿出一条精致的钻石项链，戴在莫沫的脖颈上，然后轻轻地在她脸颊上印了一个吻。

整个过程，莫沫都没有反抗。在她的心里除了惊讶和疑惑之外，还有更重要的一件事就是，她必须要让坐着的那两个人相信他们，这样她才能活下去！

"既然是黑魔的女人，那就算了。不过以后还是注意，别让这种事再发生。"龙旭天点燃一支烟，缓缓说道。

"任茜，黑魔，现在把她带去客房。"任旗说。

"是。"任茜和黑魔回答，然后带着莫沫离开。

在去客房部的路上，三个人一直都没有开口说话。莫沫不言不语地跟着他们，此时她的心跳仍然飞速，她不知道自己刚才都做了些什么。好像是从生死关头走了一圈，明明都走到鬼门关了，幸运的是鬼门关没给她开门。

任茜去柜台拿到钥匙后，黑魔送莫沫进房间。

"你先在这里休息，我还有事要处理。"黑魔对莫沫说，然后转身离开。

走到门口的时候，黑魔转身，看着一个人恍恍惚惚坐在沙发上的莫沫，又走回来。

他走到饮水机跟前，接一杯热水递给莫沫。

"喝杯水，吓坏你了吧。"

"谢……"莫沫接过水杯的手和声音一样颤抖，"谢谢。"

"这是暗夜酒吧附属的客房部，你已经见过了，住在这里的人像刚才一样，都会吃人，所以你不要乱跑，一个人在这等我回来。"黑魔对莫沫说。

"哦。"莫沫轻声应道。

黑魔从房间出来后，任茜在门口等她。

"走吧，"任茜对黑魔说，"我有事要问你。"

黑魔跟任茜一起向电梯的方向走去。

"茜姐，总之刚刚谢谢你。"

"不用谢我，我那么做，只是不希望莫沫在我这里出任何事。"

她知道，如果莫沫在暗夜酒吧出了事，亦峰哥哥知道后一定不会原谅她。在任茜的心里，她是绝对不会做任何让亦峰哥哥讨厌她的事情的。

"可是莫沫为什么会出现在交易现场？她和你又有什么关系，这是怎么一回事？"

"我也不知道，"黑魔回答，"但我是真的喜欢她，并且我有把握她会跟我在一起。"

任茜看着黑魔，这是任茜第一次见黑魔对一个女人如此认真的样子。她知道他并不缺女人，这次他可以冒险救下莫沫，就足以看出他的真心。

任茜无言，她心想，黑魔爱上莫沫也好，如果他们能在一起更好。这样，她也不用再费更多心思从亦峰哥哥身边除去这个女人。

"亦峰哥哥，到最后，你的身边一定只有我。"任茜在心里默默想着，脸上露出笑容。

第五十五卷　误打误撞

卷首语：

　　她好像站在命运的一个岔口，向左走，失去生命；向右走，失去夏与冰。

NO.200

　　交易结束后，龙旭天一伙人从暗夜酒吧的后门先行离开。龙哥的人离开后，任旗一行人回到暗夜 VIP 包厢内。

　　"大家散了吧，晚上十点都准时到餐厅庆祝，任茜你记得提前通知厨房的人给兄弟们准备好吃喝。"任旗笑着说。

　　"是的父亲。"

　　谁都看得出任旗的开心，谁都知道这次交易赚的钱绝对不是小数目。当然付出的代价也是巨大的，从任旗亲自去提货就能够看得出他对这次交易的重视。

　　兄弟们渐渐散去。黑魔刚要离开的时候，任旗叫住了他。

　　"黑魔。"

　　"是，老大。"黑魔毕恭毕敬地说，"今天的事，真的很抱歉，我保证下不为例。"

　　"过去的事情就过去了，"任旗拍着黑魔的肩膀说，"再说今天交易那么顺利也是多亏了你。"

　　"谢谢老大。"

　　此时在一旁的鬃烈看到任旗没有怪罪黑魔，恨得牙痒痒。

"看得出你真的对那个女人很用心，晚宴叫她一起参加吧，一起聚一下。你跟在我身边那么久，现在也老大不小了，是时候成家立业，以前是我不好，忽视了这一点，"任旗对黑魔说，"要是有什么困难和需要尽管开口，我能帮上忙一定会帮。"

黑魔看着任旗，他黝黑的皮肤上不乏皱纹。这些年来，黑魔虽然是任旗的手下，但是任旗待他却一直像是兄弟一样。想到这里，突然觉得一直跟他出生入死，为他卖命所做的一切也都值得了。

"好啊！那我就把上次定做的晚礼服拿出来给她穿，也是我这个当姐姐的一点心意了！"任茜笑着说，"我这就去拿。"

三个人说说笑笑地走着，而在他们身后的鬃烈眼神黑冷，沉默不语。

"找到了，就是这一件。"任茜在自己的衣橱内找到礼服，递给黑魔。

一件黑色蕾丝抹胸裙，在灯光的照映下裙摆处的亮片一闪一闪，既性感又妖媚。

"给莫沫拿去吧。"

"好。"黑魔回答，"谢谢茜姐。"

看着黑魔离去的身影，任茜喊道："黑魔，我希望你不要让我失望。"

聪明的黑魔当然明白任茜的意思，他知道任茜对钟亦峰的感情，如果他跟莫沫在一起，理所当然地为她在追求钟亦峰的道路上砍掉一个门槛。

"是。"黑魔转身，坚定地回答，然后离开。

然而这次，黑魔也有十足的把握让莫沫跟他在一起。因为，她会为了夏与冰来到这里，就注定了这场游戏他一定会赢。

这时，任茜的手机响起。当她看到来电显示的时候，心情无比激动。

"亦峰哥哥。"她立刻接起电话。

"任茜，你现在在暗夜酒吧吗？"电话那端传来的却是钟亦峰些许焦急的声音。

"在，怎么了亦峰哥哥？"

"莫沫在不在你那里？"钟亦峰像抓住了希望一般，"她应该下午就过去你那边了，你见过她吗？"

任茜听到"莫沫"两个字后，悬挂着的心像被陨石击中，粉碎后伴随陨石一同坠落。

任茜没有回答，只听电话那端传来："她去找一个叫金真旭的人，你应该认识，现在帮我找找她，我马上就到。"

任茜还没来得及开口说话，便听电话那端传来"嘟……嘟……"的声音。

挂断电话后，任茜缓缓放下手机，靠着衣橱滑了下去，眼神木然。

"亦峰哥哥，在你的心里，莫沫就那么重要吗？在你的心里，我到底算什么……"

任茜在心里默默地想，却不曾发觉到眼泪流过她的脸颊。

NO.200

莫沫一个人在客房的沙发上坐着。经过一段时间的冷静，现在莫沫已经恢复了果断和理智。她知道自己现在处于危险的境地，要尽快地离开暗夜酒吧才是上上策。但她不知道的是，现在自己已经到了悬崖最危险的边缘。

敲门声传来。

"谁？"莫沫立刻跑到门边，从猫眼向外看去。

"我，黑魔。"黑魔的声音从门外传来。

莫沫从猫眼看到是黑魔，便打开了门。尽管她对这里每个人都戒备，但她知道，她不可能轻易地从这地狱般的地方逃出去。而黑魔现在对她来说，也许是唯一微弱又渺茫的希望。

黑魔进房间后，把装着裙子的袋子放在床边。

"换上裙子，十点的时候一起参加暗夜的聚会。"黑魔对莫沫说。

"为什么我要参加你们的聚会？"

"任老大要见你。"

"任老大又是谁？"莫沫又是一头雾水。

"任旗，你见过，交易的时候坐在我们前面的那个人。"

莫沫疑惑的同时，这才想起，原来她曾经在关于桓旗集团的报道上见过他和钟桓站在一起的照片。任旗，暗夜连锁酒吧的老总。她突然恍然大悟，原来著名的企业家居然是名不副实的黑社会！

"见我做什么？"

"因为现在你是我的未婚妻，所以他要见你。"

莫沫惊讶："什么？未婚妻？"

诚然在莫沫惊讶之余又对眼前的这个男人多了一种莫名的恐慌。她以为刚才发生的那些只不过是逢场作戏而已，在这之前因为黑魔救了她，她还心存感激。

"你好像搞错了，我看到你们交易真的是无心之举，我也不知道自己为什么会在那个地下室里，"莫沫努力让自己的语气平静，"我来这里其实是要找人的，阴差阳错地就闯祸了！现在我想做的就是离开这里，你能帮我吗？"

"那你来找谁？你又凭什么觉得我会帮你呢？"黑魔笑着说。

"我也不认识我要找的那个人，只知道他叫金真旭，你认识吗？"莫沫抿抿嘴说，"你会帮我，因为你已经帮过我了，不是吗？"

即使莫沫并不知道黑魔帮她究竟是出于什么原因，但是她知道，既然他会在那么关键的时刻冒险救下她，就不会轻易地让她再次处于水深火热之中。

"哈哈，"黑魔突然笑了起来，"好，我现在就告诉你，我会帮你，并且，我就是你要找的人。"

"你就是金真旭？"莫沫一脸惊讶，觉得开心之余却又有一种一直被蒙在鼓里的感觉。

"对，没错，我就是金真旭，"黑魔缓缓地说，"你唯一能离开这里的办法就是，跟我在一起，做我的未婚妻，如果让任旗知道你骗了他，你不是暗夜的人，那么你一定没法活着离开这里。因为我们交易的场景已经被你看到了，他不会相信活人的嘴。"

听完黑魔的话莫沫打了个寒战，但是她的心却依然是坚定的。

"不可能，"莫沫斩钉截铁地说，"我已经有结婚对象了，不可能跟你在一起。"

黑魔又笑了起来。

"看来，你很爱夏与冰，我就是喜欢你的这种倔强。"

莫沫听到黑魔的话后不由得大吃一惊。一种莫名的恐惧感来袭，她完全看不透眼前的这个人，但她觉得，这个人已然将她看透。

"你怎么会知道我和与冰的事情，还有，为什么金凌美会让我来找你，你到底知道些什么？"莫沫看着眼前的人，充满了疑问。

"如果你想知道的话，那就老老实实听我的话，做我的未婚妻，换上晚礼服跟我出席，"黑魔靠近莫沫轻轻地说，"我一定不会让你死的，再说，你这么死了，能放心得下还在警局的夏与冰吗？你不怕他一辈子都蒙冤在牢里？"

莫沫瞪大眼睛看着黑魔，没有任何言语。他知道夏与冰是被冤枉的，直觉告诉莫沫，这个人一定知道整件事情的真相。

"只要你听我的话，我不仅保证你不会有事，也保证夏与冰不会出事。"黑魔更靠近莫沫，幽幽地说。

"我凭什么相信你？"

"因为你只能相信我，"黑魔笑着说，"你我都知道夏与冰是被陷害的，并且，警局里那些作为证据的照片都是我提供的。五月二十七日晚上到底发生了什么，只有我能告诉你。"

莫沫看着眼前这个拥有邪恶笑容的男人，觉得力不从心。他好像在和她玩一个游戏，走到这一步，莫沫知道自己已经彻底输了。她好像站在命运的一个岔口，向左走，失去生命；向右走，失去夏与冰。她无法做出选择，她只知道，她必须要保全夏与冰，不能让他这样被陷害，蒙冤受屈。

"你保证他会没事。"莫沫说。

"是，只要你按我说的做，"黑魔连笑都闪烁着黑色的光芒，"你也不会有事，因为我是真的爱你。"

莫沫无奈地笑了出来。她并不知道眼前这个男人说的话有几分是真又有几分是假，也不知道他为什么会要她这样做，也许是有利可图，但如果说爱的话，莫沫一万个一亿个不信。

"你笑什么？"黑魔看到莫沫的笑容，心里觉得不快。

"你懂什么叫爱吗？你我都不曾相识，又怎么能说爱呢？我从小的时候就爱夏与冰，这么多年来，始终如一。"莫沫笑着说，脸上显现出对黑魔的不屑。

黑魔的脾气被莫沫的笑容一下激起。他突然紧紧地抱住她，脸颊距离她非常之近。莫沫的力气抵不过他，只能把头偏向一边。

黑魔看着莫沫，却松开了手。

"我不会动你，我会让你爱上我，"黑魔缓缓地说，"一会儿我再来接你，希望我回来的时候你已经换好了衣服。"

说罢，黑魔转身一个人开门离去。

他有十足的把握可以让莫沫屈服于他，但是他却不敢保证一定可以得到她的心。他调查她那么久，也被她吸引了那么久。当他终于靠近时，却发现她远比想象中更加难以降服，更加让他备受折磨。

这是黑魔第一次对一个女人这样用心，否则，他怎会花那样一大笔钱为和他关系还处于未知状态下的她买一条钻石项链。他欺骗自己的妹妹，诬陷夏与冰，一切的一切，早已在他的掌控之中。

他知道自己这次是真的动了心，爱上了一个人。只是黑魔并不知道，在自己的身后，有另一双眼睛一直都觊觎着他现在拥有的一切。

No.202

黑魔从任茜那里离开后，鬃烈便一直跟在他的身后。

黑魔穿过酒吧，到达客房部 A 栋大楼，坐上电梯。鬃烈一直紧随其后，黑魔坐上电梯后，鬃烈看到了电梯停在八层。他立刻乘另一部电梯到八层，只是他到了后，黑魔早就没了踪影。

鬃烈走到八层的服务台，和那里的员工搭讪起来。员工们一看是鬃烈，都表现得非常亲切和恭敬。

"鬃烈哥，您怎么有空到这里来了……"

鬃烈边跟员工们聊着边注意着服务台电脑屏幕上显示着的整个八层的摄像，一直到黑魔出来，关上房间的门。鬃烈看着 A831 的门牌号，露出了令人匪夷所思的笑容。

夜幕上繁星闪烁，夜幕下霓虹斑斓。

从警局出来后，夏与冰和宫玫萱肩并肩走在街道上。

"谢谢你，玫萱。"夏与冰微笑着对宫玫萱说。

"嗯？谢……谢什么？"

"谢谢你为了我从法国赶回来，谢谢你去警局接我出来，谢谢你现在陪我散步。"夏与冰一字一句地说，心里却蔓延着悲伤。

因为眼前的人，并不是他此刻最想见到的人。

宫玫萱没有说话，心里想的都是在暗夜酒吧的钟亦峰和莫沫。她从警局出来后一直都在担心他们会不会出事，心不在焉的她甚至都没有注意到已经跟不上她步伐的夏与冰，自己一个人向前走着。

"与冰，你怎么了？"意识到夏与冰不在她身边后，她立刻转身跑回夏与冰身边。

只见夏与冰蹲下蜷缩着身子，一副疼痛不堪的样子。

"怎么了与冰，你不要吓我！"宫玫萱看到夏与冰的样子非常害怕。

"没……没事，"夏与冰的声音丝毫无力，用手指着身上一个位置说，"这里有点疼。"

宫玫萱立刻皱起眉头，心里压抑不住的担心："与冰，我们立刻去医院吧，好不好？医生说过你要特别注意身体，我真的好害怕……"

"没事的。"宫玫萱话还没说完，夏与冰就打断了她。

夏与冰努力撑起身体站了起来，然后笑着对宫玫萱说："不用担心，疼一会儿就好，我现在要去见一个人。"

她当然知道他想去见谁。所以，听到夏与冰的话后，宫玫萱身体一震。眼睛瞪得大大的，不知看向何处。

"怎么了，玫萱？"夏与冰看出了宫玫萱的异常。

"与冰……我……"宫玫萱吞吞吐吐，不知怎样开口说才好，"莫沫……她……"

"莫沫怎么了？"夏与冰听到莫沫的名字后，心里变得不安。

"她和钟亦峰现在应该都在暗夜酒吧。"宫玫萱一吐为快，最后还是说了出来。

"暗夜酒吧？"夏与冰皱起眉头，急切地问，"是刚刚警察说请求特警支援的酒吧吗？"

"是。"

夏与冰转身立刻就要到公路边伸手拦车，而宫玫萱却拉住他。

"我开车载你，我们一起去！路上我再跟你说他们为什么会去那里。"

第五十六卷　命运捉弄

卷首语：

　　曾经，以为面对生活给予再大的打击和伤痛她都可以顽强地站起，迎面挑战，用力还击。

No.204

　　钟亦峰到暗夜酒吧的时候，任茜早已在门口等他。

　　"亦峰哥哥。"任茜见到钟亦峰后，露出微笑。

　　"莫沫呢？"钟亦峰见只有任茜一人，眉头皱得更加紧。

　　"莫沫已经回去了。"任茜故作淡定地说。

　　"回去了？去哪里了？"钟亦峰疑惑。

　　"我也不知道，总之她一个人走了。"任茜撇撇嘴说。

　　"什么时候走的？"

　　"刚刚。"

　　钟亦峰看着任茜，良久不言。面对这样看自己的亦峰哥哥，任茜时不时下意识地躲避他的眼神。

　　"进去吧，我请你喝酒。我们都多长时间没见了。"任茜笑着说，靠近钟亦峰挽住他的胳膊。

　　钟亦峰却将胳膊抽开，冷冷地看着任茜："金真旭在哪里？或者说，黑魔在哪里？"

任茜看着眼前的亦峰哥哥，感到了前所未有的陌生。

她不知道钟亦峰到底知道了些什么，或者他已经知道之前的事都是黑魔所做，也已经知道黑魔都是受她的指使。任茜早就知道她不应低估桓旗总经理的能力。只是，在她的眼里，钟亦峰自始至终都只是一个让她疯狂、让她沦陷、让她爱到不能自已的普通男人而已。

"找黑魔做什么？"任茜问。

"我要见他。"

任茜看着钟亦峰，不言不语。而他的眼睛里充满的都是坚定。

"我在这儿。"

一个声音在钟亦峰和任茜的身后响起。

黑魔从暗夜客房部回来后便看到了在酒吧门口站着的钟亦峰和任茜。

"找我做什么？"黑魔靠近，看着钟亦峰说。

钟亦峰看着黑魔，他还是拥有邪恶的眼神和微笑。不同的是，在他眼前的黑魔如今更多了一份信心。

钟亦峰冷冷地看着黑魔说："莫沫呢？"

"亦峰哥哥，我已经跟你说过……"任茜急忙接话。

"茜姐，你放心，莫沫现在已经穿上你送给她的礼服了，也会一起去参加晚宴。"

黑魔却打断了任茜的话，换来的是钟亦峰和任茜二人的疑惑和惊讶。

"什么意思？"钟亦峰一把抓住黑魔的衣领，急切地问，"莫沫在哪里？"

"哟，你怎么那么关心我的未婚妻？"黑魔笑着说，"你最好快点给我松手，这里可不比桓旗，不是你的地盘。"

钟亦峰反倒越抓越紧。

"你来这里是找人，不是打架。放开手，如果你不相信我，我可以带你去见她。"黑魔继续笑着说。

他知道钟亦峰对莫沫的心思，他亦知道莫沫对夏与冰的感情。这局游戏里，他占钟亦峰上风。因为他即使得不到莫沫的心，也可以得到莫沫的人。而钟亦峰，其实只是一无所有。

钟亦峰慢慢地松开了手。

"带我去见她。"

No.205

黑魔离开后，莫沫几乎快要崩溃。五味杂陈的情绪一并向她涌来，一个人面对的悲伤和孤独，涉身此地的恐惧和无助无不像病毒一样吞噬着她全身的每个细胞。

她突然想起了一个叫作"命运"的词。

也许，这就是她的命运。得不到父母的爱，失去姥姥的陪伴……似乎她的一生都在看着自己所爱的人离去，现在，又轮到了夏与冰。也许拥有的一开始就注定了失去，但是她却不能因为怕失去而拒绝拥有。至少，曾经也有过快乐的时光，只是相比别人的短暂了些而已。她并不知道以后会发生什么，她只知道她要救夏与冰，并且也要救自己。而现在看来，唯一能达成最终目的的缓兵之计就是装作那个叫黑魔的男人的未婚妻。

莫沫拿起床上摆放着的黑色裙子。她只觉沉重，第一次觉得连换衣服的力气都没有。

而这时，门被敲响。

莫沫没有理会。

门再次被敲响。

此刻听到敲门声的莫沫只想爆发。她迅速跑到门边，打开门，对门外的人大声喊："连换衣服的时间都不能多给一点？"

门外的人却立刻冲进来，用力地抱住她并且疯狂地亲吻她。

莫沫拼命反抗，这个像猛兽一般扑向她的人不是黑魔，是那个染着红棕色头发的男人。他用嘴堵住莫沫的嘴，手越过她的衣服触摸她的肌肤。

"你要做什么？"莫沫恐惧无比，用尽全身所有力气将鬃烈推开。

被推开后的鬃烈所有欲望在这一刻全部被点燃。他用力甩上门，立刻抱起莫沫，穿过大厅，把她扔在卧室的床上，紧闭卧室的门。整个过程任凭莫沫怎样反抗都于事无补，一个受惊吓过度的女人在一个所有欲望熊熊燃烧的男人面前就像是已经到嘴的食物而已。

莫沫拼命地喊叫，都没有人过来帮她。

"你不用喊了，这里房间的隔音效果比歌厅还好。你最好还是省省力气一会儿再喊，我会温柔点的。"鬃烈说着，露出贪婪又邪恶的笑容。

莫沫万念俱灰，恨不得立刻死去。只知拼命挣扎和反抗，维护自己最后一点尊严。她的白色裙摆被鬃烈用力撕破，她不甘自己的身体就这样被践踏。直至身下传来一阵剧痛，让她受伤的身心都无力还击。

眼泪终于在她的眼角滑落。

曾经以为面对生活给予再大的打击和伤痛她都可以顽强地站起，迎面挑战，用力还击。

只是，现在莫沫才知道，她只是一个普通得不能再普通，平凡得不能再平凡的女人。她不希望自己有多优秀，有多快乐，她只想要平凡的幸福，想和自己所爱的人相守一生。可是就连这么微小的愿望，都无法再实现。

她不想变得脆弱，可是命运却偏偏让她不得不脆弱。

"不要……为什么要这样对我……"

莫沫的声音嘶哑，她不知道自己这句话是在问鬓烈，还是在问归属于她的命运。

一瞬间，她想起了那些纷纷离去的人。出海远洋的父亲，是自己不能拦住他出海的决心？远走他乡的母亲，是自己无法留住母亲永远在自己身边？还有，驾鹤西去的姥姥，是自己没钱给她治病。还有直到现在还被关在警局的夏与冰，是自己没能力帮他反倒落得如此境地。

她眼睛直直地看着上方的天花板，视线模糊。此刻的她只能任凭鬓烈在她的身体里放肆，任凭自己的眼泪无休无止地滑落。

"与冰……对不起……"

"对不起……"

No.206

暗夜酒吧附属客房部 A 座大楼，八层。

钟亦峰跟着黑魔和任茜来到这里。在 A831 前，无论黑魔怎么敲门，都没有回应。

"我来开门吧。"看到迟迟没有开门的莫沫，任茜从口袋里掏出钥匙。

打开门后，大厅里面一个人都没有。就在这时，鬓烈整理着自己的衣服的同时打开了卧室的门。四目相视，钟亦峰第一个冲进卧室，任茜和黑魔跟在其后。

看到一片狼藉的床铺和两眼无神的莫沫，钟亦峰的心快要被撕裂了！

这时房间外面传来拳头的声音。黑魔见势，一拳把鬓烈打倒在地。

钟亦峰迅速脱下自己的外套裹住莫沫，紧紧地抱住泪流满面的她。他想用尽全身所有力气抱住她，可是她依然在发抖。

"不要害怕，我来了，我在这里，我会保护你，我会保护你……"钟亦峰的眼泪顺着笔挺的鼻梁流到鼻尖，仿佛连他自己的声音都在颤抖。

他想起刚刚冲进房间看到的那触目惊心的一幕就心痛得像要死掉。

"对不起，莫沫，我来晚了。"钟亦峰用手替莫沫擦拭脸上的泪。

"不要再打了！"任茜大喊。

只听声音就可以想象到外面的黑魔和鬓烈已经打成一片。

当钟亦峰看到床上鲜红的血渍后，他的怒火再也无法被浇熄。他永远都不可能原谅这个伤害莫沫的男人！钟亦峰拿起床边的长刀，出门便向和黑魔纠缠着的鬈烈砍去。

鬈烈的后背被砍一刀，鲜血直流。

钟亦峰早已失去理智！

被砍一刀的鬈烈跌倒在地，钟亦峰又一刀向他的前胸砍去。

"亦峰哥哥，停下亦峰哥哥。"任茜跑过去抓住钟亦峰的手，"黑魔，你快夺过他的刀。"

身手敏捷的黑魔一把夺过钟亦峰的刀。

"别他妈管我！"钟亦峰对任茜吼道。

这一声吼的同时，夺过钟亦峰手里的刀的黑魔却又一刀向鬈烈砍去。躺在地上的鬈烈昏厥过去，顿时血流成河。

"砰……"

最后一声枪响制止了失控局面的同时，亦划破了原本安静的夜晚。

第五十七卷　上辈恩怨

卷首语：

你可不可以对自己好一点，我不奢求你原谅我，我只求你不要让自己那么痛苦，那么难过，好不好？

No.207

任茜无奈之下向天花板开一枪。

"都给我停下来，否则别怪我不客气！"任茜对黑魔和钟亦峰大声喊。

黑魔和钟亦峰停下手中的动作，眼神冰冷。

倒在血泊中的鬃烈依然昏迷在地。

任茜面无表情地举着手中的枪。

时间就定格在这一瞬间。仿佛这里所有的一切都错乱交织，寻不到自己原本的归宿。

八层的保卫处人员听到枪声后立刻赶到房间，三人看到眼前的场景后大吃一惊。

最让他们吃惊的，不是鲜血淋漓的场面，而是眼前的人。手里拿着沾满鲜血的刀的黑魔，躺在地上浑身是血的鬃烈，还有握着枪面对着他们的任茜……他们在这里见过很多不堪一击的场景，唯独这次不能像往常那样去解决。

"保安处请注意，请立刻呼叫卫生处人员，并尽快连线任旗先生……"

其中一个安保人员缓缓拿起手中对讲机，目瞪口呆、声音颤抖着说。

须臾。保卫处的所有人出动，维护八层的秩序，封了所有的通道口，只允许进不允许出。卫生处的人也迅速赶来，用担架把鬃烈抬走。

钟亦峰回到床上抱起神情恍惚的莫沫，温柔地对她说："莫沫，没事了，我带你走。"

钟亦峰看到任茜拿出枪的那一刻，似乎明白了些什么。他早就知道暗夜是黑社会集聚的地方，也知道任旗和任茜都是黑社会。但是任茜在自己面前那样失态是第一次，一直以来她都是以一种天真可爱的形象待在自己身边，说不定这里每个人都佩戴枪支弹药，带莫沫离开这个是非之地才是目前最重要的事。

然而当钟亦峰抱着莫沫从卧室的门走出来的时候，任旗带来的一伙人便将他们围住。

"做什么？"钟亦峰看着围住他的一伙人，冷冷地问。

"钟大少爷，好久不见。"任旗看着钟亦峰，笑着说。

"任伯父，您真是客气了，"钟亦峰客气地说，"今天打扰了，恕我冒昧，人我已经找到了，咱们后会有期。"

钟亦峰抱着莫沫继续向前走。当他走过任旗身边时，任旗伸出一只胳膊阻挡他继续前行的步伐。

"你走可以，"任旗看着钟亦峰，又看向他怀里的莫沫，"但是她，必须留下。"

任旗怎么可能这样轻易地让见过他们交易的人离开。

"如果我一定要带她走呢？"钟亦峰眼神冷冽。

"那就对不起了，"任旗认真地说，"但是你要知道，现在走不了，我不保证你以后能再出去。"

No.208

暗夜酒吧地下室。

"走，给我进去。"

几个穿黑色 T 恤的男人把钟亦峰和莫沫推进这间空的房间后，就用力地关上门，拴上链子上了几道锁。

钟亦峰用力地推门踹门都无济于事。

此时莫沫一个人走向墙角，蹲在地上，缩在角落里，眼神空洞不知看向何处。

钟亦峰转身看到这样的莫沫，心痛不已。他真的不明白她为什么要受那么多的苦，他真的想替她受这些疼痛，希望她可以好受一点。

钟亦峰向莫沫走去，慢慢地靠近她。

当他刚碰触到她的衣服时，她像发了疯似的捶打钟亦峰的手，拼命大喊："不要碰我！不要碰我！"

"好，我不碰你，莫沫，你不要害怕，我是钟亦峰，我是你的深蓝，你不要紧张，我不会伤害你。"钟亦峰任凭莫沫捶打，温柔地对她说，努力让她平静下来。

莫沫慢慢地恢复平静，低着头，默默抽泣。

"莫沫，你不要这样，你抬起头看看我，深蓝在这里，不会再让别人伤害你，深蓝会保护你。"钟亦峰温柔地说，眼角却微微湿润。

莫沫缓缓地抬起头，满脸都是泪水。

"想哭就哭吧，我会一直陪着你。"钟亦峰看到那张憔悴的脸后，仿佛已经感受不到心痛，心已经彻底麻木。

"深蓝？"莫沫轻轻地问，眼泪却抑制不住。

"深蓝……"莫沫大叫一声，扑过去紧紧地抱住钟亦峰，狠狠地哭着。

"深蓝，我好害怕，我真的好害怕！我好痛，真的好痛，身上痛，心里更痛……从来都没有那么痛过，你明白吗深蓝……"莫沫在钟亦峰的怀里哭喊着，她只想把所有的委屈和痛苦都哭诉出来。现在，她真的撑不住了，只能让脆弱占据她的心扉。

"我明白，我明白！"钟亦峰用手抚着在他怀里那被泪水沾满的脸，眼泪簌簌落下，"对不起，是我来晚了，对不起，对不起。"

"我不奢求多么大的幸福，我只想要平淡的生活。可是，可是就这么渺小的愿望我都实现不了！我救不了与冰，我帮不了他，帮不了……我早就失去了所有的亲人，我不能再失去他，不能……"莫沫哭着说，悲伤像是一场海啸，瞬间淹没了她这座孤岛，"可是，现在我根本就不配再跟他在一起了……"

"不配？为什么不配？你是为了他才来这里，做这一切都是为了他，"钟亦峰紧紧地抓住莫沫的胳膊，眼睛直视着她，认真地说，"莫沫，你要始终相信，不管你怎样，都会有人爱你，心疼你，夏与冰也是如此！"

钟亦峰再次紧紧地把她抱在怀里。

他知道，自己的话没有说全。不管莫沫怎样，都会有人爱她，心疼她，他自己是如此，夏与冰也是如此……

时间一分一秒地流逝。

不知过了多久，莫沫恢复平静和理智，钟亦峰脸上泪痕已干。

门外传来开锁的声音，两个人迅速站起来。莫沫的脸上有些惊慌，钟亦峰站在莫沫前面，手臂挡在她面前护着她。

是任茜。

她慌慌张张打开门，跑到钟亦峰的面前拉住他的胳膊："亦峰哥哥，你快点跟我走。"

"不，要走一起走。"钟亦峰挣脱任茜的手，紧紧地握住莫沫的手。

莫沫看着紧紧握住自己手的钟亦峰，心里突然有一种说不出来的滋味。

"都到这种时候了，你还这样，你知道自己在做什么吗？你又知道她是谁吗？"任茜指着莫沫对钟亦峰说。

"她是夏与冰的人，夏与冰的青梅竹马！是夏与冰让她来接近你，为的就是顺利地继承桓旗企业！"任茜说。

而莫沫却听得一头雾水。

"什么意思？"莫沫问任茜。

任茜冷笑："呵，别再装好人了。你敢说你跟夏与冰不是一伙的？是夏与冰利用他钟家二少爷的身份，让你进桓旗公司！然后再让你去勾引亦峰的！你敢说这些你都不知道吗？"

"这是怎么回事？"莫沫一脸疑惑地看看任茜，再看看钟亦峰。

"别再装了！夏与冰是钟桓的私生子，为了得到桓旗企业的继承权，他让你去勾引亦峰哥哥，好让钟桓对亦峰哥哥失望，失去继承的机会！这就是你的真面目！"任茜看着莫沫一字一句地说。

钟亦峰再也忍不住，对任茜吼道："够了，别再说了。"

"我就是要说。亦峰哥哥你真的疯了吗？夏与冰是你的敌人！莫沫也是你的敌人！我才是爱你对你好最能帮助你的那个人！我三番两次地帮你除掉夏与冰，可是你都在做些什么？你居然拿自己的钱去替夏……"任茜对钟亦峰说，眼里充满了抱怨和无助。

"够了！"钟亦峰大喊一声，打断任茜的话，"你是说，这次的事情，是你指使黑魔做的？"

钟亦峰恍然大悟。

"对！没错，是我！"任茜大笑，"包括上次桓旗财务部亏空，也是我做的！我是在帮……"

"啪……"

任茜话还没说完，钟亦峰一个耳光打在她的脸上。莫沫看着钟亦峰，看着任茜，不知所措。

"你知不知道你在做什么！你知不知道你害了多少人！他们都是无辜的！夏与冰和我之间的事，不用你插手！是你害了莫沫，你知不知道！"

任茜捂住被扇耳光的脸，眼泪落下。

"你居然打我，你居然为了这个女人打我！"任茜指着莫沫，像是失去理智一般大声喊。

"我这辈子都不想再看见你，"钟亦峰闭上眼，缓缓地说，"你走吧，我是生是死，是好是坏，都与你无关。"

看到钟亦峰这样，任茜着急起来。

"亦峰哥哥，你不要这样，我这样做都是因为爱你，我不想你难过，不想你失去那些本来属于你的东西。"任茜立刻对钟亦峰解释道。

钟亦峰转过头去，不想看她。他真的无法原谅任何伤害莫沫的人，就因为任茜为了所谓的"爱他"，就让莫沫失去刚刚得到的幸福，让她受到身心摧残的侮辱……

其实，他不恨任茜，他恨的是他自己。

任茜心如死灰，流着泪说："亦峰哥哥，到底要我怎么做，你才能明白我的心？"

钟亦峰依然沉默。

任茜"扑通"一声，跪在钟亦峰面前。

莫沫立刻上前去扶任茜："你这是做什么，快起来。"

任茜却一把把莫沫推开："别管我！"

"亦峰哥哥，我恳求你，"任茜跪在钟亦峰面前，轻轻地说，"你可不可以对自己好一点，我不奢求你原谅我，我只求你不要让自己那么痛苦，那么难过，好不好？"

钟亦峰努力闭着眼睛，不去看她。他不是冷血动物，但是他必须果断，必须狠心。因为他明白，在爱情的世界里，优柔寡断才给人以最大的伤害。但是，他亦是真的无法原谅任何伤害莫沫的人，无论是谁。

这时，门突然被打开，任旗带着一伙人闯进来。

"去，把小姐给我拉开！"任旗大声说。

黑魔和九堂立刻扶起跪在地上的任茜。任茜站起来后跑到任旗的身边，抓住他的胳膊问："爸，你要做什么？你不能伤害亦峰哥哥，绝对不能！"

钟亦峰把莫沫护在身后，冷冷地看着任旗，一言不发。

"你疯了吗？现在还不明白，这个男人根本不爱你！"任旗看着任茜说，眼里除了疼惜，更多的是愤怒，"你怎么跟你母亲当年一样，你母亲那么爱钟桓，你又那么爱他的儿子！我告诉你，你不欠他的，是他欠你，他全家都欠我们！"

任茜看着任旗，这是他第一次见父亲这个样子。

"你以为你让黑魔去做那些事我不知道吗？如果不是我在桓旗内部安插了那么多我们的人，你又怎么能那么轻易地达到你的目的。醒醒吧，任茜，你不能爱钟亦峰。你跟他在一起，只能因为他是钟桓的儿子！你以为钟桓让他跟你在一起是因为喜欢你吗？钟桓让他儿子跟你在一起，是因为他知道自己的儿子根本不爱你，这样就能够一心为他们钟家的企业付出！所谓的桓旗企业董事长不过如此，就是一个忘恩负义的窝囊废！"

"你凭什么这么说？"钟亦峰冷冷地问，实际上他也不明白任旗说的这些话，更不知为何任旗会这样诋毁钟桓。父亲只告诉过他，他和任旗是忘年之交，是可以同生共死的兄弟。

　　任旗怒不可遏："我现在就把事实告诉你，让你看看我是不是在诋毁他！"

第五十八卷　真相大白（一）

卷首语：

我们是穷，所以，我们必须要被人看不起。

No.209

20 世纪 70 年代初。大湛村小学。

放学后，一群孩子在小学后的山上聚集。

"没钱还上什么学，快滚回家种地！整天身上又脏又臭的！"

"说的就是你，你他妈还敢瞪我！"

"别废话，都给我动手！"

一群衣着得体的孩子却做着表里不一的事。他们聚在一起，一人一句对一个瘦小的男孩恶言相向，围住躺在地上护着头的他既是踢又是打。

"你们在做什么！"

一个声音在不远处传来。

孩子们都停下手中的动作，看着不远处站着的男孩。

"你小子谁！讨打是么？"为首的胖男孩大声喊道。

"我已经告诉村长你们在这里打人了！一会儿你们的父母都会过来，识相的话就快点离开！"男孩坚定地说。

这群孩子你看看我，我看看你，觉得不妙。

"老子今天就放过你们！走！"胖男孩一挥手，所有人都迅速离开。

男孩走过去，把躺在地上的男孩扶起来。

“你没事吧！放学的时候我看见他们抓着你来这里，就知道没好事，我最讨厌仗势欺人的人！”

瘦小的男孩看着眼前扶他起来的这个男孩，身上干干净净，年纪比他略长。

“谢谢你。”

“不用谢，我叫任旗，你叫什么名字？”

“我叫钟桓，谢谢你今天帮我，日后我一定会还你这个人情！”

“既然我们有缘，那何不做兄弟？”任旗笑着说。

若缘分情义相投，则四海之内皆兄弟。

二人爬到山的最顶峰，夕阳渐落，山岸花树宛然，清风依稀。

任旗跪下，举手做发誓状，“皇天在上，今日我任旗和钟桓结为异姓兄弟，纳投名状，结兄弟谊，死生相托，吉凶相救，望天地明鉴，若背信弃诺，则天人共诛！”

“好！”钟桓也跪下，“皇天在上，今日我钟桓和任旗结为异姓兄弟，纳投名状，结兄弟谊，福祸相依，患难相扶，望日月明鉴，若背义忘恩，则天人共诛！”

说罢，二人相视而笑。

No.210

任旗扶着受伤的钟桓回到家后便离开，而钟桓到家后第一件事便是熬药给母亲。

“去哪里了？又跟别人打架了？我怎么跟你说的！我们穷，就不能让着别人点吗！”

钟桓的父亲去世得早，母亲常年生病在家，只能靠给大户人家洗衣服挣点钱供钟桓上学。

钟桓低着头说：“我们是穷，所以，我们必须要被人看得起。”

钟桓的母亲端着药碗，沉默无言。

“娘，我不想念书了。”

“啪……”

钟桓话音刚落，一个巴掌飞快地在他的脸上一闪而过。

“我一个人辛辛苦苦把你养大，你能不能给我争点气！你想一辈子都那么穷一辈子都被人看不起吗？”钟桓的母亲几欲声嘶力竭。

“那你嫁给父亲那个穷酸书生又有什么用，他还不是撇下你一个人走……”

"啪……"

又是一巴掌。

"你爹死前交代过，一定要让你念书！我就算死也会供你读书，你不用担心我，"母亲说着说着泪落下来，"我每天过着像乞丐一样的日子，还不如隔壁老刘家的那条狗，好歹还有人养，但是我不埋怨。儿子，娘不指望你多么有出息，早晚能养活自己能娶妻生娃便好！"

钟桓低着头，努力不让眼泪流出来。母亲的苦他都懂，只是他们家太穷，真的太穷。倏地，他跑出去，一个人跑到村子的河边，一个拳头砸在石头上，却不觉得疼。

我一定要赚钱，不再让别人瞧不起我，改变我的人生！钟桓在心里默默地想，却不曾发觉自己的心一点一点地变得冷漠。

以后的日子，在学校钟桓还是会遇到大大小小的麻烦，然而任旗总是会或多或少地帮他，如果帮不了就会跟钟桓一起被打。

"哥，对不起。"

每当钟桓看到像他一样鼻青脸肿的任旗后，他的内疚总是无言以表。听到钟桓的道歉后，任旗总是对他微微一笑。因为是兄弟，所以共患难，没有谁对不起谁，只有谁愿意不愿意为谁。

NO.211

十年后，20 世纪 80 年代初。

骄阳在天空中毫无感情地炙烤着正在农地里干活的人们，汗水不停地滴落，渗进泥土里。一个皮肤黝黑但五官俊朗的少年扶着锄头，从额头流下来的汗水弄得他睁不开眼睛。须臾，他不只觉得视线模糊，还觉得天旋地转。

"桓子，你没事吧？"

就在这个少年要晕倒的时候，另一个比他矮一头的少年扶住了他。

"饿……"

钟桓无力地靠在另一个少年身上。

"看，我娘今早给我的窝窝头，你快给吃了。"少年从兜里拿出一个黄色的窝窝头，递给钟桓。

钟桓睁开眼，看到窝窝头立刻拿过来狼吞虎咽地吃。

"你慢点儿吃，别噎着。"

少年拿出水壶，拧开盖子："喝点水。"

钟桓接过水壶，咕咚咕咚地喝了好几大口。

"旗子，你说我们天天在这种这破地，有什么用！照样穷得叮当响！这种日子真的是活够了！"

"你说，我们除了种地之外，还能干什么？"

"我想去城里，我想赚大钱，我不想一辈子都这么窝囊，也不想让我的孩子将来和我一样遭这等罪。"

"你要是走了，樱子怎么办？你们刚结婚，如果你负了她，我这辈子都不会饶了你！"

樊樱是钟桓的妻子。她从没上过学，是个孤儿从小寄人篱下，但她却是大湛村里最漂亮的姑娘，被不少村里的少年壮丁觊觎，其中就包括任旗和钟桓。只是因为钟桓是自己的兄弟，并且樊樱也喜欢钟桓，所以任旗才放了手。

在任旗的心里，樊樱是一个极为美丽又善良的姑娘，而桓子又是一个有上进心的青年，二人亦甚是般配。

可是现在二人才刚刚结婚，钟桓就想要离开村子。尽管自一九七八年以来村里很多青年都往城市里跑，有小部分人也是混得如鱼得水。虽说钟桓母亲几年前去世了无牵挂，但是毕竟钟桓这才刚安置好家……

"我怎会是那种人！等我赚了大钱，一定回来接樱子！要是我命好的话，说不定到时候我还能有自己的工厂什么的，就用咱俩的名字，桓和旗，带你一起赚钱，也不枉我俩结拜兄弟一场！"

钟桓走的那天，任旗和樊樱来车站送他。钟桓托付任旗好好照顾樊樱，而樊樱却止不住眼泪纷纷掉落。

"桓子，我不阻止你去追求你想追求的，但是你答应我一定要平安回来！"樊樱不停地用手绢擦拭眼角的泪。

钟桓点头，轻轻地拥抱了她。只是樊樱没想到，这一别后，下次再遇早已物是人非。

No.212

上海。

初来乍到的钟桓立刻被这座城市的繁华吸引。幸运的是他很快便在一个规模比较大的工厂里找到了一份工作，薪资在上海来说不算特别高，但是对于当时的钟桓来说也算一笔不少的收入了。只是这并没有满足钟桓的野心，他爱上了这座城的繁华，日渐利欲熏心。

在工厂里，钟桓认识了一个美丽端庄的女子。这个女人的美和樊樱截然不同，樊樱的清纯和灵动是这个女人所没有的。但是这个女人几乎完美到无可挑剔的五官以及丰腴的身材却不停地以另一种莫名的形式吸引着他。三番两次地接触后，钟桓得知她便是朱厂长的女儿，并且是唯一的女儿，朱煜晴。

朱厂长对女儿的溺爱人尽皆知，也就是说，如果谁娶了她，跟娶了一座金库没什么区别。但是钟桓深知自己不能这样做，因为自己已经有樊樱了，还有那个未出生只有四个月大的孩子。这是任旗在信里告诉他的，他永远不能忘记当自己知道快要当父亲时的那种喜悦。而朱煜晴总是有事没事的便来找他，钟桓也不拒绝，只是把握好一个交往的度而已。他知道朱煜晴是喜欢自己的，他虽然出身农村没钱没势，但是唯一的优势就是拥有一副好皮囊。

那日，任旗从大湛村远道而来看望钟桓，却也带来了一个不幸的消息。樊樱因为身体营养跟不上并且每日下地干活过于劳累，最终流产了。那晚，钟桓和任旗喝了很多酒。

"旗子，五年，我只给自己五年的时间。"

"什么？"

"我要变得有钱，我不要再受人欺辱，再被人看不起。五年后，我要跟这城市的每个人一样过着奢侈的生活，不，我要人上人的生活！"

任旗听后无言，只是默默喝酒。他以为桓子只是喝醉酒发泄一下内心的痛苦才会这样说，毕竟谁失去了孩子都不好受。但他不知道的是，当钟桓说完这句话后他便已经下定决心，在未来的路上回不了头。

任旗走后，钟桓没有回工人宿舍，而是去了朱煜晴的住处。他知道这时她一个人在家，因为朱厂长这周出国进行技术交流，她母亲去世得又早。

朱煜晴告诉过他她家地址，但是他从未去过，所以他几番寻找才最终得果。让他惊讶的是，朱煜晴住的房子又大又气派，充满了异域风情。他突然想起了自己在农村住的破烂草房，一股熊熊焰火便在心中燃烧。

他顺利地爬过铁栅栏，去朱煜晴家敲门。当朱煜晴开门看到他时，惊讶之余更多的是惊喜。

"你还是来了，进来吧。"

钟桓一进门便紧紧地抱住她，亲吻她的脖颈。

"你喝酒了？"

钟桓没有回答，只是越发无礼粗鲁地对待她。

"等一下，我先去冲个澡。"

钟桓对她根本不加理会，直接将她拦腰抱起。朱煜晴却不生气，只是顺从他。

此后钟桓和朱煜晴便确认了关系。朱煜晴对钟桓死心塌地，这让钟桓不由得多了一分把握。后来朱厂长得知此事后理所当然地是反对他们二人，家境差距太大，他担心自己女儿吃亏。而此时朱煜晴早已被钟桓的花言巧语迷惑，从不听爹爹的任何劝阻。朱厂长无可奈何只好将女儿嫁给钟桓，并承诺只要他对朱煜晴好，便将自己所有的资产全部留给他们。

开始，二人的婚后生活还算幸福，虽然有小吵小闹但是并没有什么大的波澜。直到那日，任旗带着樊樱突然来到上海。

第五十九卷　真相大白（二）

卷首语：

　　那年，他早已是上海桓旗集团的董事长，他应了当年的承诺，取名桓和旗。而他是暗夜连锁夜总会的创始人，亦是上海鼎鼎有名的黑社会。他们，时隔多年再遇，却再也不同命。

No.213

　　一九八三年。

　　大湛村发生泥石流，全村死伤无数，而任旗和樊樱侥幸活了下来。只是家已经被天灾毁灭，目前唯一的出路只有去城里找钟桓。

　　钟桓被任旗和樊樱的突然出现搅得神魂不安。他替樊樱在外租房子先安置好她，但在生活上很少顾及她。同时，他替任旗在工厂里面谋了个生计，安排了不错的食宿，却说什么都不让樊樱进工厂。

　　那段日子对钟桓来说真的不好过，由于朱厂长的身体状况江河日下，他和朱煜晴在医院和工厂之间来回折腾，除此之外他还得瞒着朱煜晴，生怕她发现樊樱的存在。

　　久而久之，任旗便发现了钟桓的不对劲。

　　那日午后，任旗去办公室找钟桓，却正好碰上钟桓和朱煜晴在办公室吵架。

　　"他是我爹，不是你爹，你当然会说风凉话！我看你是巴不得我爹早些死在医院里，这样他的财产都是你的了，对不对！"朱煜晴对钟桓埋怨道。

钟桓没有生气，而是抱住朱煜晴，话语间充满宠溺："我们结婚两年了，你还不了解我？我是那种人吗？"

钟桓所想的确就如朱煜晴所说，但是，在朱厂长死之前，他一定要稳住朱煜晴。否则，这么多年的处心积虑真的就功亏一篑了。

任旗躲在门外，简直不敢相信自己听到了什么。桓子居然背叛了樊樱！当朱煜晴走后，他便气冲冲地闯进钟桓的办公室，一个拳头把钟桓打倒在地。面对突变的大哥，钟桓不知所然。

"怪不得你天天不去看樱子，早在外面有女人了！"

"王八蛋，你对不起樱子！"

钟桓承受着任旗愤怒的殴打却不曾还手。任旗喘着粗气，打到钟桓鼻青脸肿嘴角满是血才住手。

"哥，我承认我是对不起樱子，我混蛋。但是，我这么做都是为了我们所有人。"钟桓将自己的想法对任旗缓缓道来。等朱厂长死后，他的财产都归他钟桓所有。那时候，他和任旗便一同成立公司，拥有各自的事业，变成富人，不再被人看不起，不再被人踩在脚下。之后他再把樊樱接过来，这样他们所有人都能过上好日子。

"所以现在我不能跟樱子在一起，我必须先抓住朱煜晴，她是我们唯一翻身的机会。并且，沉浸在温柔乡里的男人是闯不出一番事业的！越是牵扯情爱，就越会成为成功的阻力。"

"那到你成功后，她朱煜晴咋办？"

任旗话音落下。钟桓却顿时脸色煞白。因为自始至终，他只想过利用朱煜晴，却未曾想过她的未来。

No.214

事情却在一九八四年年末发生了巨大的转折。那天，任旗突然不来上班了，到处都找不到他。当钟桓急匆匆地回到樊樱的住处时，却只发现一纸留书。

"桓子，我与任旗一同离开，请勿找寻我们二人。以后，你和朱小姐比翼双飞，你我自此莫不相识，各奔东西。樊樱书。"

是樊樱知道了自己和朱煜晴的事，对自己彻底绝望？还是任大哥追走了樊樱，两人一同私奔了？

钟桓并不知晓，却也不想再知晓。因为他很清楚，这是樊樱的亲笔留书，而他的泪水却在那薄绢纸上氤氲开来。

那日，钟桓喝了很多酒，半夜才回家。

朱煜晴却一直等着他。

那日，亦是他们第一次行云雨之事时无任何保护措施。

No.215

一九八五年。

朱厂长去世，钟桓继承了他所有的财产，在上海正式成立了桓旗公司。五年，他真的用了五年的时间达到了自己的目的。但是，却也因此失去了最重要的人。

朱煜晴也顺利生下一个儿子，取名钟亦峰。自从樊樱离开后，在钟桓的眼里，重要的就只剩下桓旗，他的事业。

而钟桓却不知道，一九八四年到底发生了什么。

虽然钟桓一直很隐蔽，但是朱煜晴还是发现了他和任旗之间似乎存在着什么秘密，她找人调查，最终还是知道了樊樱的存在以及她和钟桓的过去。她决不能容忍任何人威胁到她和钟桓，只能找朱厂长的世交，也就是自己的干爹忠哥，忠义堂的老大，当时上海所有黑社会都闻风丧胆的人。

那日，忠哥的人绑架了任旗，一行人在樊樱的住处，拿他的性命逼樊樱写了那封留书。当然，他们也告诉了樊樱事情的真相，以及朱煜晴的身份。

"任大哥，他们说的是真的吗？"樊樱灵动的双眼倏地失神。

任旗没有回答，樊樱却明白了。

"我明白了。我写，只要你们答应我不为难任大哥，我做什么都行。"

"不可以，樱子！妈的，你们这群王八蛋！"任旗百般挣扎，可是几个彪形大汉押着他一个人，他根本动弹不得。

"樱子，不要写，求求你，不要写。"任旗挣扎叫喊着，痛苦不堪。

樊樱泪流满面，却不得不写那封留书，同时，签了那张卖身契……

之后，任旗被忠哥带走。

"忠哥，任旗要怎么处置？"

说话人跟任旗年纪一般大，但却满脸凶相。

"就留在忠义堂，由你带他。"

男人微微皱眉。

"怎么，虎三，不乐意？"

"当然不是。"

就算是也要说不是，因为即使这个名叫虎三的男人再不乐意也无法改变忠哥的意愿。在那个时候的上海，能改变忠哥意愿的人，应该还没出生。

　　令任旗惊讶的是忠哥并没有为难他。但任旗自然是不服的，他根本不可能屈服于一个将樊樱逼上绝路的人。

　　"你们到底把樱子怎么样了？"

　　"她没事，并且会一直享福。"虎三笑言，"任旗，你如果真的想替樊樱报仇，摆在你面前的就只有一条路而已。如果你连自己的安危都顾不了，还怎么替她报仇？"

　　任旗被虎三的话连连击中。如果想在这里生存下去，并且想救樱子的话，只有留在忠义堂。自此之后任旗就像迈进黑社会这个圈子的所有人一样，进去了，要么水深火热地留下，要么死无全尸地出来。

　　一九九一年，忠义堂大变。忠哥被害死，虎三以及追随他的人全部蹲了监狱。是任旗的计谋，他用了七年的时间终于报仇，成为上海黑社会圈里知名人物，并利用当时的人脉找到了樊樱的下落。

　　当他再次见到樊樱时，瘦削的她让他心疼不已。他闯进那间残破的地下室，一个恶心嘴脸的男人正把一丝不挂的她吊着绑在屋顶上，拿鞭子硬狠狠地抽打她的身体。

　　任旗对着那个男人开了不下十枪。

　　如果说他之前受的所有苦都拜钟桓所赐，那么他可以无条件地去原谅他。但是，现在他可以将樊樱这七年来经受的所有折磨和屈辱全部归咎到钟桓和朱煜晴的头上。此刻，他发誓，将钟桓所拥有的一切全部夺回并亲手毁掉朱煜晴的幸福。

　　任旗把樊樱接回自己的家，并将她明媒正娶回来。

　　新婚那天，樊樱问，任大哥，娶我你不会后悔吗？

　　任旗对她微笑道，当然不后悔。

　　她不曾知道，他最后悔的事情便是年轻的时候，没有勇气把她从钟桓的手里抢走。

　　一九九二年，樊樱生下任茜后便离开人世。七年，她的身体日渐虚弱。她不知用了多大的毅力才坚持生下了任茜，这是她唯一能为任大哥做的事了。

　　临终前，她对任大哥说了这辈子最掏心窝的话。

　　一九九七年，她去世的第五年。任旗找到钟桓，将一切的真相告知于他。这亦是他替樊樱复仇的第一步，钟桓和朱煜晴，迟早要付出他们应承受的代价。一切如他所料，当钟桓知道当年朱煜晴做的一切时，怒火中烧。

　　钟桓深深愧疚于任旗，更无法面对死去的樊樱。他只能尽自己最大的能力去弥补他所犯下的过错，而朱煜晴和钟亦峰二人，似乎是无时无刻不在提醒着他，他曾经错了那么多。他只能借酒浇愁，却抑制不了心中对朱煜晴的鞭挞。当他知道任茜是樊樱的女儿后，便一心把她当作亲生女儿看待，也想让钟亦峰娶她，就当是还了当年欠下的债。

那年，他早已是上海桓旗集团的董事长，他应了当年的承诺，取名桓和旗。而他是暗夜连锁夜总会的创始人，亦是上海鼎鼎有名的黑社会。即使是从监狱中出来重整旗鼓的虎三，也无法与他匹及。

他们，时隔多年再遇，却再也不同命。

第六十卷　暗夜枪战

卷首语:

　　喜欢一个人,就是他总是让你觉得不安,让你觉得他随时都会走掉。然而现在,我终于明白,究其缘由,就是他不喜欢你。

No.216

　　钟亦峰听任旗说完,目光呆滞,沉默无言。

　　他永远都不会忘记,那年从医院再回到家后的那段度日如年的岁月。他一直都以为,是夏语翎那个第三者毁了他的家庭。可是现在看来,这个故事里的第三者却是自己的母亲。

　　"那夏语翎,又是怎么回事?"钟亦峰声音轻轻的,毫无力气。

　　当莫沫听到夏语翎这三个字的时候,不由得极为震惊!

　　"夏语翎!哈哈哈……"任旗大笑,"据我所知,这个女人不过是樊樱的替代品,听说这个女人长得和樊樱极为相像,但是在我这里,谁都代替不了樊樱!若不是当年这女人识相自己主动离开了钟桓,谁知道你母亲又会做出怎样的事情来?"

　　夏语翎和夏与冰母子,钟亦峰忌恨他们许久。直到今天钟亦峰才知道,从某个层面来说,他们也是"受害者"。真正给了他那样一个惨痛童年的人,不是别人,正是他的亲生父亲。

　　钟桓对朱煜晴的虐待,是埋怨她当年对樊樱犯下的错,还是因为看到她就会忆及往事,于是更加恨自己从而反射出来的拳打脚踢?

钟桓对自己的残忍，是因为他根本不希望自己出生，觉得自己只是他犯错的证据？于是只把自己当作是继承桓旗的机器，从不呵护温暖。

钟亦峰面无表情，却禁不住眼泪落下。

往事一幕幕都在脑海里，母亲痛苦的面容，父亲凶狠的嘴脸……此刻，他仿佛还是小时候那个备受伤害的孩子，每天都会躲在没人的地方偷偷哭泣。

"深蓝……"

莫沫一直都安静地站在钟亦峰身边，此刻，她伸出自己的左手，紧握他冰冷且麻木的右手。

"不要怕……"

莫沫努力上扬自己的嘴角，想给眼前这看似坚不可摧的人一点残留的温煦。

钟亦峰望向莫沫，看着浑身狼藉的她，感受到了那份温暖，但心中再次多了一份疼痛。一直以来，她所遭受的苦痛不比他少，现在却站在他的身边安慰他。他缓缓地转过身，紧紧地抱住莫沫，止不住泪水流下。

他曾经怨过，恨过莫沫。幼时，他怨她抛弃自己，给自己痛苦，而这一切却只是万丈深渊的开端而已。再次相遇，他更恨她忘记自己，后来却渐渐发现忘记自己对她来说也许是另一种欣慰。现在，他只想抛下这乱七八糟的一切，安静地抱着她。

哪怕就这样死去，也再无所憾。

"放开我，放开！"任茜大声叫喊，可是任旗的人就是抓着她不放。

"黑魔，你真的确定这是你的女人吗？"任旗看着和钟亦峰紧紧相拥的莫沫，厉声对黑魔喊道。

"我……"

黑魔根本无法回答。

"过去的事我不想追究，但如果你想继续留在暗夜，就给我杀了她，"说罢任旗扔给黑魔一把枪，"还有钟亦峰，一并解决。"

"不可以！爸，不可以！你绝对不能伤害亦峰哥哥，绝对不能！他是我的未婚夫……"

"啪！"

一个响亮的耳光声阻滞了任茜的话语。

"你他妈给我醒醒！你以为我为什么会送你出国留学，学什么狗屁工商管理，还同意你嫁给那小子，我只希望你能争点气把他钟家所有的东西夺回来，桓旗企业应该是属于我们的！可是你却……"任旗疾言厉色对任茜说，"你还不懂吗？钟桓希望你嫁到钟家，根本不是为了弥补什么，他只是知道钟亦峰不爱你，所以，才希望你们在一起。这样，钟亦峰就会一心专注于桓旗！我太了解钟桓和他的手段，你就算嫁到钟家也根本不会幸福。"

"黑魔，还不快动手！"任旗大吼。

钟亦峰站在莫沫身前护着她，而莫沫此刻早已呆滞。

会死吗？她的人生真的会就此终结了吗？一直都觉得死亡距离自己好远，现在才突然发现，其实活着本身就是每天每时每刻都徘徊在死亡边缘……

死亡，恐惧……压力突然莫名其妙地向莫沫袭来……

"黑魔！"任旗见黑魔犹豫不决再次吼道。

"不要！不要！爸，我求求你，不要！"任茜用力挣脱着，身边束缚她的人却不松手。

莫沫双眼迷离，望向任茜哭喊的脸庞。

"不要！不要！爸，我求求你……就当作是为了我，求求你，不要伤害亦峰哥哥！"

莫沫神情恍惚，只觉头部剧痛，仿佛立刻撕裂那般，一幅幅血腥的画面在她的脑海里飞速闪过又迅速消失。

"我不要走！我不要走！不要走……我不要离开……"

"不要这样对他……不要！求求你，不要……"

钟亦峰察觉到莫沫的异样，他以为是莫沫被吓坏了，紧紧抓住她的肩膀，用力摇晃她。

"莫沫？打起精神来！"

"莫沫！"

"砰！"

一声枪响，世界回归安静。莫沫也清醒了过来。

就在刚刚莫沫神情恍惚之间，就在所有人还没有反应过来的时候，任旗拿过一把枪，对准钟亦峰扣下扳机。刚刚挣脱束缚的任茜却毫不犹豫地跑向钟亦峰，一颗子弹硬狠狠地穿进她的胸膛。

"任茜！"

"大小姐！"

"茜儿！"

时间似乎伴随着所有人的惊讶和喊叫在这一刻停止，任茜突然感到了生命就像是一条流淌的小溪一样在慢慢流失，世界嘈杂喧嚣的声音都在渐渐减弱。唯一清晰的，只有她身体坠地的声音。

"任茜！"钟亦峰立刻将在地上的任茜抱起，"任茜！你怎么了，你不要吓我！"

任茜缓缓地睁开眼睛，这个动作好像要用尽她所有力气似的。

"亦峰……哥哥……"

钟亦峰看着怀里奄奄一息的任茜，泪水落下。

明明开始是他的父亲先对不起她的母亲，再后来又是他先对不起她。为什么，现在她还要为了救自己而死？

此刻，他突然觉得自己跟钟桓没有什么区别！钟桓为了成功牺牲樊樱，而自己曾经也是为了桓旗才利用她的感情而已！！

任茜嘴角微微上扬："亦峰哥哥……不要哭……我喜欢你笑的样子……你忘了，小时候第一次见到你……我……我花了好大功夫才把你逗笑……"

任茜说着，眼泪却慢慢滑落："对不起……亦峰哥哥……剩下的八十年，我没办法继续陪你了……但是任茜会变成一颗星……守护你……"

"不要再说了，省点力气，我们马上就去医院，好不好？"钟亦峰温柔地说。

任茜却微微一笑："也许……我对我爸来说……只是他……替妈妈报仇的一颗棋子……可……亦峰哥哥你……对我来说……是我……唯一的一条命……所以……我可以为了你……放弃……自己。"

时空穿梭，有一个女孩，曾经为了爱一个人努力让自己变得可爱又单纯。

喜欢一个人，就是他总是让你觉得不安，让你觉得他随时都会走掉。然而现在，我终于明白，究其缘由，就是他不喜欢你。

不，她一直都是单纯的，只是她的成长环境潜移默化地让人觉得她很复杂而已。那张画着浓妆精致又美丽的面孔下，埋藏着的是一颗执着又痴情的心。

也许，一个人这辈子总会这样去爱一个人：不要尊严，不要权势，不要一切，只想得到他。只是，爱到最后，才知道，他永远不能属于我。爱到最后，什么都没剩下，就算得不到他，也要他好，只要他好。

"任茜！"

钟亦峰大喊，泪流满面。莫沫坐在一旁，努力不让自己哭出声来。

任旗瞪大眼睛，他不敢相信是自己误杀了自己的女儿！

"钟亦峰！我让你血债血偿！"任旗疯了那般大喊。

就在任旗又要扣响扳机的时候，他手里的枪被一颗子弹打掉。说时迟那时快，在所有人都没注意的时候九堂一个箭步站在任旗身边，拿枪指着他的头

"九堂，你做什么！"任旗吼道。

"任旗，你收手吧！一会儿警察都会过来，今天将会是你人生的句点。"

"你……你竟然"

"没错，我是警察。在你身边卧底潜伏那么久也是时候结束了！警方现在已经充实掌握了你们的犯罪证据，属于你任旗的时代马上就要结束了！"

No.217

时光倒回，几个小时前

钟亦峰在来暗夜的路上给任茜打完电话后，拨通了另一个号码，电话很快接通。

"大雷，你立刻去警局报案。如果两个小时后我还没有从暗夜酒吧出来，你带着警察冲进来找我和莫沫。"

顾雷按照钟少说的去了警局，了解情况后，警局的人立刻秘密联系九堂。自打在暗夜地下室交易开始九堂便一直偷偷录音获取证据，并且秘密和警方保持联络。直到不久前，九堂秘密联系警方，告知任旗掳走人质两名，并请求特警支援。暗夜的所有人都不知，此时在地下室上方，所有的消费人群和有关工作人员都已经安全撤退，特警部队迅速包围了酒吧内部，随时准备出击。

"所有人都放下武器，"九堂对所有人喊，"否则我立刻杀了他。"

见所有人都把武器扔出来，九堂挟持着任旗缓缓向外撤："如果都想活命就不要耍什么花招，今天所有人都逃不出去。"

所有人都跟着九堂向外撤，想找机会救下任旗。钟亦峰和莫沫紧随其后。

刚刚从 VIP 包厢出来，任旗的一个手下决定冒一次险，向着任旗和九堂冲了过来。任旗趁着九堂分神，便抓住这个机会把九堂放倒在地，并且夺过他手中的枪并迅速向着钟亦峰和莫沫的方向开去。

"砰。"

"砰！"

"砰砰！"

这时，特警部队一拥而上。顿时枪声四起，无数颗子弹向任旗射去……

No.218

当夏与冰和宫玫萱赶到暗夜酒吧时，才发现进出口处已经被警方封了起来。由于周围都是人，无论夏与冰和宫玫萱怎么挤都挤不到前排。

"大叔，暗夜酒吧到底发生什么事情了？为什么都被封了？"夏与冰着急地问人群中一个看热闹的大叔。

"今天下午有人说是在这儿听见枪声了！都寻思着是小混混打架，谁知道晚上出来遛弯儿发现这儿都被封了！刚刚还听见里面好像是有枪声来着，反正肯定是出什么大事了！"

枪声！！

夏与冰再也按捺不住内心的焦急，莫沫还在里面！

他努力往人群里挤，这时，却有人从里面出来了，救护车也风风火火地及时赶到。

有穿着特警服安全走出来的，也有穿着便服受伤的，还有直接被医护人员抬出来的……所有围观的人都被这场面震惊，还有些青年赶快掏出手机来纷纷拍照。

夏与冰的心快要跳到嗓子眼，可是，莫沫还是没有出来！

"不要着急，与冰，莫沫一定会平安无事的。"宫玫萱缓缓说，内心一直在祈祷着。

人渐渐地往外出……

最后，她终于出来了，披着深蓝色西服，原本洁白无瑕的白色裙子沾满了乌漆墨黑的斑斑点点。跟在她身后的是那个穿着白衬衣，脸色煞白却依然英气逼人的男人。

宫玫萱深深吐了一口气，幸好两人都没事。她看向身边的夏与冰，看着他望着人群中二人那复杂的眼神。

人群中，他们紧紧相拥。那么自然，那么温柔。

钟亦峰微笑着紧紧地抱住莫沫，莫沫安静地回抱着他。

"我们走吧。"夏与冰轻轻地对宫玫萱说，转身离开了渐渐散去的人群。

宫玫萱紧跟在他的身后。

莫沫，看到你安全，我也放心了。夏与冰一个人静静地走着，不言不语，脸上露出一丝勉强的笑。

"与冰，"只听身后的人轻轻唤他，"我有事想告诉你。"

夏与冰停下脚步："对不起，玫萱，我累了，改天……"

"我怀孕了。"

这干净利落的四个字，直接打断了夏与冰的话。

第六十一卷　终是离荡

在这一生之中，有些人，注定只能陪你一程。不能埋怨，只因光阴不许。但是肯定有一个人，愿意抛弃光阴，无谓命运，打破一切只为长久伴你，尽管不是一生。

No.219

"二位，先随救护车去医院做下检查，没什么大碍的话去警局做下笔录。"九堂有礼貌地对钟亦峰和莫沫说道。

"好，"莫沫答，转身望向在她身后的钟亦峰，"我们马上就到。"

钟亦峰缓缓走到莫沫身边，对她露出微笑，眼神里满是宠溺。

莫沫也对钟亦峰露出微笑，眼睛里还含着泪水。

"深蓝，谢谢你，谢谢你安然无恙。"

在那千钧一发的时刻，四五颗子弹朝着他们的方向袭来，钟亦峰想都没想就把莫沫抱在怀里。莫沫吃惊地看着他那坚定的容颜，而他只是轻轻地对她说。

我会保护你。

五个字，却让她的心瞬间融化。这一刻，她突然明白，在这个世界上，原来有这么一个人，在用生命保护她……

幸运的是子弹都没有打中钟亦峰，因为黑魔替他们挡了那些子弹。在黑魔昏厥之前，他对莫沫说了那声对不起。

莫沫还是原谅了黑魔。无论他是有心还是无心，也许这一切都是宿命。她不怨任何人，只能默默承受着所有苦痛。很久之前，她就已经学会了这样的生活方式。

"笨蛋，谢什么。"

钟亦峰说罢微微一笑，用力地抱住莫沫。他几乎像是全身倚在她身上那般，只是双手却仍然用力地抱紧她。

莫沫一惊。

他的声音轻轻的，宛若微风："莫沫，我有点累了，肩膀借我靠一下。"

莫沫没有说话，而是缓缓抬起双臂，回抱住他。此时，她突然觉得他脆弱得像个孩子。

"莫沫……"

钟亦峰拥抱她的力气越来越小。

"嗯？"

她双手触碰到他的白衬衫，却察觉到了异样。当她看到自己手上那触目惊心的鲜血时，她立刻慌了。

"深蓝？深蓝！"

她轻轻晃动他，他却没有任何反应！

他还是被子弹打中了！！

她的眼泪顿时倾盆而下："不要……不要……深蓝！！"

"救护车！救护车！！"

此刻，万籁俱寂，只剩莫沫疯了一般的哭喊声。

No.220

夜阑人静，手术室前。

顾雷在走廊一劳徘徊着。

莫沫六神无主地坐在长椅上，浑身瑟瑟发抖。此刻，她恨不得在手术室里的人是她自己。

"我哥他怎么样了？"

夏与冰和宫玫萱匆匆赶来，听到熟悉的声音后莫沫抬起了头。

是与冰，他什么时候从警局里出来的，她全然不知。她远远地看着他，不说一句话。她突然怕见到他，她突然好想躲着他。

因为，现在的她已经配不上他了。

"钟少还在手术室,您快点跟医生过去抽血吧……"

夏与冰看了莫沫一眼,便匆匆离开。

夏语翎……夏与冰……同样的 AB 型 RH 阴性血……

原来,与冰真的是深蓝的弟弟,同父异母的亲兄弟……

莫沫低着头,闭上眼睛的同时一滴泪落在她的手上。这些痴痴纠缠在一起的命运,到底何时才可以停歇?

漆黑的夜被黎明偷换了色彩,一抹明亮在东方冉冉致意。

手术中的灯终于灭了下来。幸好子弹穿过后背没有击中要害部位,但是钟亦峰失血过多,安全起见,在他清醒之前仍需要待在监护室里。

莫沫终于松了一口气。

她站在玻璃窗外,安静地看着病床上的深蓝。

好像一切都是因为她,自从深蓝认识她以后,他的人生便开始错乱,现在,他又为了救她躺在监护室内。

莫沫缓缓抬起右臂,轻轻触碰在玻璃上那片视野里的他。他的眼睛,他的眉毛,他的鼻子,他的唇……

曾经,他是那么骄傲的一个人。现在,他为了她,遍体鳞伤。

如果在故事的开头,她知道会有这样一天,她宁可他不认识她。这样,深蓝就不会受伤,不会变成现在这般样子。

"沫沫。"

夏与冰不知何时来到她的身边。

"我们谈谈吧。"

No.221

病房楼外。

即使是六月中旬,上海也没有多么温暖,天灰蒙蒙的,好像随时会崩塌那般。莫沫和夏与冰并肩走着,两个人都不知怎样开口。

"沫沫。"

"嗯。"

"关于我被警局抓……"

"没关系,那个不重要了。"莫沫轻轻打断夏与冰的话。

其实她想说她相信他,但是她根本不知道自己是否还有资格再对他这样说。她的身体不再干净,可是只要他现在能被安全放出来,一切都是值得的。

而夏与冰却被莫沫的话击中。不重要，他对她来说不再重要了吗？

他知道她在暗夜肯定经历了什么，甚至是危及生命的伤害，可是陪她共同遭受磨难的人，并不是他，而是钟亦峰。

更何况自己对宫玫萱犯下了那么大的错……自己还有什么资格再对她而言重要呢？

"与冰，我……"莫沫狠狠地咬下嘴唇，犹豫再三。

"嗯？"

"我想，我不能跟你结婚了……"说罢，莫沫隐约感到口腔里那阵血腥味。

夏与冰的心里咯噔一下。

"现在，我很累，也很难过。我想暂时留在深蓝的身边。"

"是……逃到他的身边去吗？"

"不是，这段时间我会留在他的身边照顾他，他是因为我才受伤的。我想，在决定结婚之前我们之间有很多事都需要考虑清楚。我不想再凭着一腔热血去做什么，所以，冷静下来后，再说吧。"

莫沫深知自己暂时没有办法待在夏与冰的身边，她真的没有办法去面对他。一个支离破碎的她到底该怎么做才能给她爱的人幸福？她需要冷静，她的心不是铜墙铁壁，这所有的一切快要将她逼到窒息。

"沫沫，我答应你，给你时间。但是，我只有一个问题。"夏与冰克制内心的疼痛，克制自己的眼泪快要夺眶而出。

"你很在乎钟亦峰吗？"

在乎？不在乎？

莫沫也这样问过自己。

从来没有一个人对她这样好过，甚至是拿自己的性命去换她的性命。这种感觉就像是从很久很久以前，他就已经这样为她了。

钟亦峰昏厥在她怀里的时候，她宁可出事的是自己。她不愿原本已经伤痕累累的他再受伤，不愿……

莫沫背对着夏与冰，轻轻吐出一个字："是。"

夏与冰的眼泪落了下来。

莫沫不敢回头看夏与冰的表情，她闭上眼睛，她不能骗自己，更不能骗夏与冰。

她径直走开，他在她的身后轻轻唤她。

"沫沫。"

她还是缓缓地停下了脚步，她感觉到了夏与冰在慢慢走向她。

他在她的背后停下脚步，轻轻地从背后抱住了她。

沫沫，我多庆幸自己爱上了你。而我又多么不幸，因为我不是那个能让你幸福的人。夏与冰心里默默地想，眼泪不停滑过脸颊。

在这一生之中，有些人，注定只能陪你一程。不能埋怨，只因光阴不许。但是肯定有一个人，愿意抛弃光阴，无谓命运，打破一切只为长久伴你，尽管不是一生。

只要身边曾经有过她，曾经为她抛弃一切，他便不再有任何遗憾。

而他，始终还是不能让宫玫萱一个人孤苦伶仃地把孩子生下来，又让孩子一出生就没有父亲。因为他从小就是在这样的环境下长大，他深知那种渴望有父亲疼有父亲爱的感觉，他深知那种一个人抚养孩子的辛酸……

他已经经历过那种痛苦，他决不能让自己的孩子也像他一样，再受那样的苦……

也许，每个故事终将有一个收场，或是激扬，或是离荡。而属于夏与冰和莫沫的这场爱情故事，终是离荡。

许久之后。莫沫一个人站在原地不动，腿脚麻木也浑然不知。

她不知道夏与冰是什么时候松开手，一个人离开的。她只知道自己仿佛定格于此，好像她一离开，夏与冰就不会再回来。这种恐惧，袭遍全身。

一串欢快的手机铃声响起。

莫沫这才回过神来，来电显示美国陌生号码。

当她接起电话听到那熟悉的声音后，缓缓地说。

"妈。"

第六十二卷　绝不允许

卷首语：

　　他曾以为她到夏与冰的身边就不会再受伤害，不会再痛。可是现在，他觉得是自己做错了。命运给予的玩弄并没有让她幸福很久，这翻来覆去纠缠着她的痛苦到底何时才能停歇？

No.222

　　雪花在阳光下倔强地飘浮着不肯离开。

　　年幼的莫沫在时光的颜色里望着钟亦峰，她面对他并对他微笑着。只是她却倒着越走越远，越走越远……仿佛迫不及待地逃离他生命那般。

　　"莫沫……"

　　"莫沫……"

　　钟亦峰小声嘟哝着，猛地睁开眼。他缓缓坐起身，看到了趴在床边睡着的莫沫。他眼神温柔，用手轻轻抚摸她的头发。她一个激灵醒了过来，他便立刻把手收了回去。

　　莫沫睁开惺忪的睡眼，看着已经坐起来并且对她微笑着的钟亦峰。

　　"深蓝？"莫沫瞪大眼睛，"深蓝！你醒了！你终于醒了！"

　　莫沫激动地扑过去抱住钟亦峰。

　　"咳咳……咳咳咳……"

　　由于莫沫用力过猛弄得钟亦峰咳嗽了起来，她见状立刻松开："哎呀对不起对不起，我忘了你还病着……"

莫沫立刻拿起水杯给钟亦峰倒水，递给他的时候却不小心手滑全部洒在病床上。

"我……"

莫沫噘着嘴，满脸的歉意。

钟亦峰却"扑哧"一声笑了出来。见钟亦峰开朗地笑，她也傻傻地摸着后脑勺笑了起来。

由于身体还没有恢复好，不一会儿，钟亦峰便觉得累。

"累了就早点休息吧。"莫沫温柔说道。

"你呢？你不休息吗？熊猫眼都出来了！"

"什么？熊猫眼？"莫沫听后立刻冲进洗手间，对着镜子左照右照。由于这些天没日没夜照看深蓝休息不当，自己的黑眼圈都快拉到下巴上了。

她愁眉苦脸地从洗手间出来，钟亦峰见她的表情又禁不住笑了起来。

钟亦峰灵活地从床上向左边挪挪，右手拍拍床铺上他空出来的地方，挑挑眉看着莫沫，示意她可以过来睡这儿。

莫沫走过去关上壁灯，一言不发地老老实实躺在深蓝的身边。

"喂，你这女人胆子怎么那么大？一个大男人的床你都敢上。"钟亦峰故意调侃莫沫，话语里却还带着醋意。

莫沫对着枕头那边的钟亦峰翻白眼："哟，就你现在这身体素质，能把我怎么着？"

"你……"钟亦峰故作生气，"哼！"

"其实，我知道深蓝不会做什么的，因为我相信你啊。"莫沫看着天花板，认真地说道。

钟亦峰缓缓侧过头，看着身边的她。

"深蓝，有件事我想拜托你。"

钟亦峰眨眨眼："嗯，什么？"

"那个……嗯……就是……那个……"莫沫不知怎样启齿。

"什么？"

"就是，请你不要把我被，被……不要把那件事告诉与冰，替我保密，好吗？"莫沫轻轻说，眼泪却不停在眼眶打转。

"是怕他知道后丢下你吗？"钟亦峰温柔地说，"如果他是这样的人，那他根本就配不上你。"

"不是。"莫沫微笑着说，泪水却溢出眼眶。她知道夏与冰不是那样的人。

"我是怕他会觉得我是为他去的暗夜才……我更不想他因此自责。"

钟亦峰看着莫沫，即使于黑暗之中他还是感受到了此刻她的眼泪，可是他却无能为力。因为她的眼泪，不是为他而流。

良久，钟亦峰轻轻地回答她："好的，我答应你。"

No.223

几天后，医院。

这日，钟亦峰以医院饭菜不好吃为由，打发莫沫出去帮他买饭。

"明天就出院了，最后一天还不能将就将就。"莫沫临走前对钟亦峰做了个鬼脸，噘着嘴对他说。

其实，钟亦峰只是怕莫沫每天陪他太沉闷了，倒不如找个借口让她出去透透风。她走后，他便一个人从床上下来，走到窗边打开窗户。

他安静地看着窗外的风景，已然是将近六月的末尾，每棵参天梧桐都枝繁叶茂，阳光透过堆叠的叶子，泛着一抹撼人心扉的绿。

这样的时节，应该不会再有雪了吧？

他突然想起了十八年前那个孤独而又绝望地在医院望向窗外的他，那时，他以为每每下太阳雪，她便会想起他。那时的他，是多么殷切渴望着能够再见她一面。现在，她终于在自己身边了。可是她仍不是属于自己的，她早已将他全然忘却，她的爱从不曾为他停留。

然而，现在的他，到底该怎么做？就这样一直死皮赖脸地缠着她吗？

他曾以为她到夏与冰的身边就不会再受伤害，不会再痛。可是现在，他觉得是自己做错了。命运给予的玩弄并没有让她幸福很久，这翻来覆去纠缠着她的痛苦到底何时才能停歇？

只是，他还是无法不顾她的想法就一直把她放在自己身边。对他来说，她的幸福始终才是最重要的。

钟亦峰缓缓闭上眼睛，微风拂过他的面颊。

缓缓推开门的声音。

"怎么那么快？"钟亦峰以为是莫沫回来了，转身并温柔地说道。

而来者却不是莫沫。

"哥，我敲门敲了半天，还以为你不在病房。"

是夏与冰。因为钟亦峰想事情太过入迷没有听到敲门声，夏与冰便直接推门进来。

"有什么事吗？"钟亦峰轻轻地说，语气不再像以前那般冰冷。

"没什么事，就是来看看你，"夏与冰把带来的牛奶和果篮放在床头柜上，"身体好些了吗？”

“明天就出院了。”

“那就好。”

“嗯，还有就是，谢谢你救了我，”钟亦峰缓缓说，“我都听莫沫说了，是你替我输的血。

当夏与冰听到莫沫的名字时，心仿佛就像被立刻揪住那般疼痛。

“你是我哥，这是我应该做的。”

钟亦峰不再反驳夏与冰，他已然不再怨恨他。他深知，在这些无法抉择的命运中，如果可以的话，夏与冰也宁愿不做钟桓的儿子。诚然，这都不是他们能够决定的，夏与冰和他一样，唯一能做的就是无奈接受并勇敢承受这所有的一切。

“哦对了，莫沫出去帮我买饭了，应该过会儿就会回来。”钟亦峰微微一笑，对夏与冰说道。他知道莫沫是内疚才待在他的身边悉心照顾他，也许他真的把莫沫放在自己身边太久了，现在，也该是时候让她和夏与冰重新走到一起……

“哥，我今天不是来找沫沫的。其实，我是来找你的。”

“找我？”

“嗯，我有件事，想拜托你。”

“什么？”

“以后替我好好照顾沫沫，好好爱她，不要让她难过。”

钟亦峰立刻警惕了起来：“你什么意思？”

“我已经决定要跟宫玫萱结婚了。”

钟亦峰丝毫没有听出夏与冰话中的黯然，顿时像一头凶猛的狮子向夏与冰咆哮而去，狠狠地抓住他的衣领：“有种你再给我说一遍。

“哥，我知道你会好好爱她，给她幸福。”

“混蛋！”钟亦峰终于忍不住，一个拳头将夏与冰砸倒在地，他的嘴角登时溢出血丝。

“你说你会好好爱她，可是你都做了些什么，为什么我看到的只有她的眼泪！你知不知道她为你做了什么？她为你……”

钟亦峰怒不可遏，但是脑海中却回响起莫沫的话，最终没有说出口。

“深蓝，有件事我想拜托你。”

“就是，不要把那件事告诉与冰，替我保密，好吗？”

“我更不想他因此自责。”

他不知莫沫为何会那么傻，这样去爱一个人，他最终还是抛弃了她！

“你根本不知道她有多爱你，你根本不知道你有多自私！你凭什么这样对她？你算什么东西！”

没有什么能阻挡此刻钟亦峰心中的愤怒，他再次将刚刚站起来的夏与冰打倒在地。夏与冰始终没有开口说话，亦没有还手。

他知道这些都是他应得的，是他自己犯的错，他自己承担。

不知过了多久。两人之间的战火渐渐平息，理智悉数回归。

"我可以接受你的拜托。"钟亦峰冷冷地看向夏与冰，缓缓说道。

"但是夏与冰，你给我听好了。如果你真的决定放弃她，就请你不要再回来。我可以治愈她，前提是，你永远不要再回到她的身边。"

这次，钟亦峰不会再放开莫沫的手。

他绝对不允许任何人再伤害她。

绝不允许！

第六十三卷　三人同居

卷首语:

　　烟火的生命计算的是瞬间,所以它们拥有充裕丰富的一世;人的生命计算的是月年,所以我们拥有短暂空虚的一生。而我,只庆幸在自己这短暂的岁月里,遇上你这场美丽的烟火。

No.224

　　"暗夜集团倒闭,剩余财产全部由政府没收。警方掌握足够证据证明暗夜集团的犯罪行为,而一星期前主谋任旗在逃离过程中当场被特警击毙。此外,警方在办理此案的过程中发现案外案,关于当红明星林庭悠离奇死亡一案,警方已证实是暗夜某金姓人氏所为,接下来由我们请到的刑事案专家以及心理专家为大家分析一下整个案例经过⋯⋯"

　　医院大厅一楼的屏幕上正放着关于暗夜集团的后续报道,正巧钟亦峰和莫沫离开的时候经过此地。

　　莫沫看着报道上的场景,倒吸一口凉气。她看向身边的钟亦峰,钟亦峰正好也在认真地看着她。

　　他们彼此相视,微微一笑。

　　经历了那么多后,也许不用任何言语便能读懂对方的心思。不管过去发生了什么,只要现在还活着,那就还会有希望。

　　"钟少,莫沫小姐,出院手续已经办好了,我们走吧。"顾雷不知什么候来到二人身边，对他们说道。

一辆银色劳斯莱斯奔驰在公路上。莫沫还是习惯大开着窗户，任凭风吹乱自己的头发，亦吹乱自己的思绪。

不知过了多久，这辆车却在钟亦峰的别墅前停下。

"怎么回事？"莫沫问道，"不是说先送我回去吗？"

钟亦峰下车，替莫沫打开车门："以后，这就是你的新住处。"

"什么意思？"莫沫满头雾水。

"是这样的莫沫小姐，"顾雷说道，"你原来住的房子已经被钟少收购，现在钟少已经将那儿租出去，所有的东西都已经替你搬过来了。当然，你在这里也不是白住的，每月一千租金，水电费全免，租金会在你的工资里扣除。"

"什么？"

莫沫看着钟亦峰，不明白他为什么要这么做。

"难道说，我要跟他同居吗？"莫沫瞪大眼睛对顾雷说，并伸出食指指着车门外站着的钟亦峰。

"喂，跟我住一起会很难堪吗？我长得高身材好样貌帅也不差钱，你倒还嫌弃我了？"钟亦峰忿忿不平说道。

"是这样的，为了避免你会觉得尴尬，我会搬过来跟你和钟少一起住。"顾雷一本正经地说道。

莫沫却是欲哭无泪，什么叫避免尴尬？和一个大男人住一起尴尬，和两个大男人住一起就不尴尬了？

而钟亦峰和顾雷都没有注意到莫沫此时头上冒出的三道黑线。

No.225

那日，在医院，夏与冰离开前，钟亦峰叫住了他。

"我会立刻派人把合约书发你，莫沫现在住的房子，我出高于市场价三倍的价钱收购。"

夏与冰转身，看着钟亦峰，不明白他要做什么。

"以后，有关你的所有一切都会在她的生命里消失。"

钟亦峰知道那栋房子的所有人是夏与冰，他不想让莫沫和夏与冰再有任何瓜葛。

然而，他这样做不是绝情。

相反，而是深情。

No.226

　　莫沫的房间安排在二楼，钟亦峰和顾雷两人住一楼。当莫沫到自己的房间的时候，才被钟亦峰的细心震惊。整个房间的布局跟她以前的卧室一模一样，包括落地窗前那幼稚的加菲猫窗帘，那曾经被他嫌弃太没品的窗帘。她看着电脑桌上花瓶里插着的那束白色风信子，突然想起了那些在她阳台上白净通透的玛格丽特。

　　"那些花没有拿过来，"钟亦峰不知什么时候进来她的房间，对莫沫轻声说道，"它们都枯了，我就给你换了些新的。"

　　"再美的花都有枯萎的那一天吧……"莫沫淡淡说道，"深蓝。"

　　"嗯。"

　　"你知道，那些花的花语是什么吗？"莫沫看着那美丽的白色风信子，却极为想念那娇小的玛格丽特。

　　"是什么？"

　　"期待的爱。"

　　花会凋谢，然而曾经期待的爱，也会像那些枯萎的花同样消逝吗？

　　钟亦峰看着莫沫的背影，突然读出了一种难过的寂寞。

　　"你累了，好好休息，这几天暂时不用去上班。"钟亦峰说罢，离开莫沫的房间，并轻轻带上房门。

No.227

　　傍晚时分。

　　钟亦峰在厨房里"噼里啪啦"做饭做得热火朝天，他熟练地拿起一条活鱼便开始刮鱼鳞。顾雷则在一旁帮他洗菜，煲汤的香味儿顿时蔓延在整座房子里……

　　"大雷！"钟亦峰拿起手里的油瓶，大声喊道。

　　"是，钟少！"顾雷立刻停下手中的菜跑到钟亦峰身边，"怎么了，钟少？"

　　钟亦峰扬扬手中的油瓶，拿着锅铲的右手伸出一个手指指着标签上的三个大字："花，生，油！"

　　"我还特地嘱咐你买橄榄油！"

　　"钟少我这就去再买一瓶！"

　　顾雷尴尬地笑笑，说罢一溜烟便窜了。

两个小时后。

"莫沫……"钟亦峰在楼下喊道，"吃饭了！"

"莫沫……"

"莫沫？"

莫沫一直没有回应。钟亦峰索性上楼，敲她的房门也是没有回应。

"我进去了。"

钟亦峰轻轻地推开房门，看着她像猪一样抱着大加菲猫玩偶睡着了。他静悄悄坐在她的床边，看着她不禁露出微笑。

原来，现在这样的感觉就是幸福。

莫沫一翻身，正好面向钟亦峰。他缓缓伸出手，替她理理前额乱七八糟的头发。这时莫沫却突然睁开了眼睛，看到眼前的钟亦峰鬼叫了起来！

"啊——啊！什么鬼？"

钟亦峰被吓了一跳迅速从床上跳了起来。

他不停拍着胸脯压惊："你鬼叫什么？"

"啊，深蓝是你！"莫沫舒一口气，"你闲得没事在我床前干什么！吓我一跳！"

"谁让你睡得跟猪一样，喊你吃饭都听不到！"

"喂，深蓝，你说谁是猪！"莫沫说着把加菲猫玩偶砸在钟亦峰身上。

被砸中的钟亦峰不甘示弱："以前怎么不知道你是这么凶悍的女人？说你是猪，怎么了！猪，吃饭了！猪——"

钟亦峰拖着最后一个字的长音，见莫沫又要拿枕头砸他便快速跑出了她的房间。他轻轻地带上她的房门，回想着刚刚的场景，摇摇头不禁笑出了声。

莫沫捧着一杯水，下楼看到餐桌上那满满的一桌菜不小心将刚喝到嘴里的水全部吐了出来。而顾雷正好经过，活生生变成了一只"落汤鸡"。

莫沫丝毫没有注意到满脸无奈的顾雷，而是跑近餐桌看看自己是不是眼花了。

"不是吧？深蓝，大雷，你们两个搞什么？"

他们只有三个人，而他们两个却做了足够三十个人吃的菜！

"一会儿有人要来家里做客吗？还是会有新的房客要来？"莫沫看着这一桌菜，捉摸不透。

"钟少这样做是为了替你接风，"顾雷拿着一块毛巾边擦着身上的水边对莫沫说，"所以，为了不辜负他的一番苦心，今晚，我们要把这些全部吃掉。"

莫沫咽了口唾沫，转身就要逃跑。钟亦峰不知从哪里冒出来，及时抓住她的后衣领。

"要去哪儿？"

"呃……那个……深蓝，我突然有点儿不舒服，不太饿，我先上去了……"

说罢，她的肚子突然唱起了"空城计"。

"咕……咕……"

"真是……"莫沫小声嘟哝，一脸嫌弃自己的样子。

No.228

饭后。

快撑破肚皮的莫沫坐在别墅前院的长椅上，一脸痛苦的样子。她当然没有把所有菜吃完，只是因为钟亦峰做的饭菜实在太好吃，她一不小心就把自己弄成了现在这副样子。

"嗝……"

撑到好像打个饱嗝都能把她累死那般。

"喏，给你，"钟亦峰走过来坐在她的旁边，"消食片，吃了吧！吃完就不会那么痛苦了。"

莫沫接过他手中的几粒药片，干嚼后咽下去。

"干吗那么没出息，吃那么多！"钟亦峰像莫沫一样躺在另一张长椅上，看着夜空里闪烁的星。

"谁让你做的菜那么好吃……"莫沫撇撇嘴，"居然还赖我。"

钟亦峰微微一笑。他突然发现莫沫是真的蛮不讲理，只是他依然还是很喜欢她蛮不讲理的样子。

"嘭……嘭……"

突然，远处的那方夜空燃起了绚丽的光芒。一簇又一簇烟花尽情地绽放着，不知是谁家在放烟火。

似曾相识的星空，似曾相识的烟火。

仿佛就是昨天，夏与冰在那偌大的摩天轮前向自己表白。他说，他可以欣然接受生活给予他的所有挑战，除了失去她。而他，现在又在这片熟悉的星空下，这场相似的烟火里，做些什么？他，是不是也在像她思念他那般思念她呢？

钟亦峰看着对星空发呆的莫沫，知道她又在想那个人了。

"莫沫。"

"嗯。"

"如果有一天，你失去了对你来说最重要的东西会怎么做？"钟亦峰淡淡地问道。

"那就当作不曾拥有过吧，也许这样会好过一点。"莫沫轻松回答道，并对钟亦峰露出微笑。

　　钟亦峰也对她微微一笑。他知道虽然她说得这般轻松，但是做起来却又何尝不是难上加难？但是她终会做到，就像从不曾拥有过夏与冰那般，在以后人生之路上继续勇敢顽强地走下去。只是这一切需要时间，让时间去治愈一切，抚平每个人心中最难以割舍的伤疤。

　　钟亦峰望向那颗在烟火渲染下更加闪亮的璀璨明星，他也想起了那日在梧桐树后的自己。

　　也许莫沫这一生都不会知道，曾有一个人藏在那棵梧桐树后静悄悄地观赏过她的幸福，曾有一个人愿意为了她的光芒而流下自己的眼泪。

　　可是那都不再重要，重要的是，以后，她会在自己身边。

　　钟亦峰露出笑容，轻轻地闭上了眼睛。

　　烟火的生命计算的是瞬间，所以它们拥有充裕丰富的一世；人的生命计算的是月年，所以我们拥有短暂空虚的一生。

　　而我，只庆幸在自己这短暂的岁月里，遇上你这场美丽的烟火。

第六十四卷　斯人已逝

卷首语：

　　其实我和莫沫一样，什么都没有。没有爱我的家人，没有桓旗。只是不管最后我有没有她在身边，她的身边都会有我。

No.229

　　第二天清晨，墓园内。

　　任茜的头像还是微笑的，只是属于她的微笑在这个世界上只剩那定格的瞬间。钟亦峰和顾雷站在她的墓碑前深深鞠躬，并双手奉上一捧花束。

　　"任茜，对不起。欠你的，我只能来世再偿还了。"钟亦峰看着墓碑上的任茜，泪水湿润了眼眶。

　　顾雷站在钟亦峰的身后，默默不说话。

　　"大雷，对任茜来说，我是不是特别混账？"钟亦峰问道。

　　"钟少……"顾雷看着钟亦峰的背影，突然感到一阵难过，他知道这并不是钟少想要的结果。钟少虽不爱任茜，但是他一直以来对她宛若妹妹那般疼爱。

　　"如果不是我利用她的感情，她就不会陷得那么深，更不会为了救我而死。"

　　"这些并不是你的错，钟少。也许这些都是命数，是无法改变的。钟少，你知道任茜为什么会喜欢你吗？"

　　"为什么？"

　　可能这件事连钟少都不知道，因为是任茜无意间告诉顾雷的。如果他再不说

出来，也许，这将成为一个永恒的秘密了

"因为，你是第一个对她好的人。"

No.230

时光倒流，二〇〇二年。那年，钟亦峰十七岁，任茜十岁。

朱煜晴病倒在医院，钟桓却从来没有去照看过她。那日，任旗带着任茜去钟家拜访，这便是他们第一次见面。

那时任茜怯生生地躲在任旗的后面，不敢看钟亦峰的眼睛。

"任茜，我跟你钟叔叔有事要谈，去找你亦峰哥哥玩。"任旗对任茜说，但任茜却犹豫不决。

"我说的话你听不到吗？"突然，任旗吼一声。任茜被吓得眼泪在眼睛里面打转，这时，钟亦峰过来牵住这个小女孩的手，拉着她离开。

那是任茜第一次感受到其他人的温暖。她从不敢交朋友，确切的是每次她刚有了新朋友，当她朋友的家长知道她的父亲是任旗时，她又再次孤单一人。久而久之，她便习惯了独自一人游荡于所有的流言蜚语中。

"我很怕我爸爸。"任茜小声说。

"我知道。"

钟亦峰之所以会拉着她离开，就是因为他在这个女孩的身上看到了自己的影子。由于父亲太过严厉和凶狠，他们就好像是再也感觉不到温暖和父爱那般。

任茜跟着钟亦峰来到他的房间，对他桌子上的胡桃夹子木偶百般喜欢。

"既然那么喜欢，就送给你吧。"

任茜听到钟亦峰的话像是得到宝藏一样蹦蹦跳跳地跑到客厅，大声喊道："爸爸爸爸，你看，是亦峰哥哥送给我的木偶！"

"我跟你说过多少遍，我忙的时候不要过来烦我！"任旗的怒喊让年幼的任茜顿时泪如雨下，她哭着跑出别墅，蹲在前院的草坪上一个人掩面哭泣。

不一会儿，有人往她的手里塞了一张面巾纸。她缓缓抬起头，是亦峰哥哥。

见她不接他的纸，他索性替她擦拭脸上的泪水。

"以后不要再因为爸爸训你哭了，如果他不爱你，那你就好好爱自己。"

任茜感受着钟亦峰给予的温暖，这是记事以来第一次有人对她这样好。那时的她便萌生了这样一个想法，如果可以永远待在亦峰哥哥身边，是不是就可以永远这样幸福了？

一会儿，任茜不再哭泣。

“亦峰哥哥。”

“嗯。”

“为什么你不笑呢？”任茜对钟亦峰露出微笑，“从见面到现在你就没有笑过。

“因为我不喜欢笑。

“可是我有办法让你笑，你信不信？”

“什么办法？”

“任茜知道很多很多笑话，我讲几个给你听。”

夕阳的余晖倾洒在这片嫩绿的草坪上，女孩一个接一个的笑话讲得不厌其烦，只为博男孩一笑。只是，男孩仿佛没有听到那般，面不改色。此刻，在男孩的耳边，只剩风声。

“亦峰哥哥。”

“亦峰哥哥？”

“嗯？”钟亦峰突然回过神来。

“这些笑话都不好笑吗？为什么你任何反应都没有。”任茜有些沮丧。

“那我说最后一个给你听，这个是我在书上看到的。就是有一只北极熊，它特别想看看南极是什么样子的，于是它就收拾好东西准备出发去南极。结果在路上它觉得越来越热，于是就不停地拔自己的毛。最后，它终于到了南极。结果你猜怎么样？”

钟亦峰轻轻地说：“它在南极冻死了。”

“亦峰哥哥，你怎么那么聪明？”任茜眨着大眼看着钟亦峰，一副极为崇拜的样子。

钟亦峰看着天真的任茜，突然笑了起来。

“你笑了，亦峰哥哥你笑了！你笑起来真好看！”

往事如风，心绪如烟。是命运让他们两人的遭遇太过相似，如果不是当年对她的那丝怜悯和隐忍，是不是就不会有今天的悲剧？

这一世，他欠她太多，却无力偿还。

钟亦峰缓缓闭上眼睛，心疼不已。

“钟少。”

“嗯。”

“自从董事长听说暗夜出事，任旗和任茜全部去世的消息后，就一直卧床不起。我们要不要回去……”

钟桓本来身体就不好，这次肯定是受了不小的打击。可是这一切其实都是他自己一手造成的，又能怨谁？像钟亦峰就是钟桓的儿子，这是一成不变的事实，又能怨谁？

“走吧，去看看他。”

钟家别墅。

"少爷回来了。"管家看到钟亦峰后深深鞠一躬。

"董事长在哪里？"

"他还在休息。董事长这几天吃不好睡不好，病越来越严重。这不，今早醒了后早饭也不吃便又睡下了。"

"一会儿让厨房把饭送过来，然后我给他送上去。"

"好的，少爷。"

不一会儿，厨房便重新做好一份早餐，钟亦峰小心翼翼地给钟桓端上去。他轻轻敲门，无人回应，他只好轻轻推开门。

"不是说了我不吃……"钟桓见门被推开以为又是管家，等看清来的人是谁后，他惊讶地说，"亦峰，你回来了？"

"爸。"

"你快告诉我，你任叔叔怎么会犯罪被击毙，茜儿怎么会死呢？"钟桓说着，泪眼婆娑。

这一刻，钟亦峰突然觉得眼前的这个人真的老了。他如实地把那天发生的所有事都告诉了他，当然，不包括莫沫的那部分。

"这么说，你全都知道了？"钟桓看着钟亦峰，他对自己说这一切的时候居然是那么淡然。

"是，我都知道了，全部。"

他尽心掩藏的那些过去，那些痛彻心扉的事实，终于全部浮出水面。他痛心为什么旗子会那么想不开，既然那么恨他为什么不让他知道。若是这样，他至少还可以用余生向他的兄弟赎罪。

可是就连这样的机会他都没有，他的手足突然离去，而樱子唯一的女儿也为救他的儿子而死。

钟亦峰将饭菜放在钟桓的桌上："趁热吃吧，我先走了。"

"等一下。"

钟桓知道，钟亦峰不能原谅他曾经犯下的那些错。可是，他也不能允许自己的儿子一错再错了。

"当时，你为什么去暗夜？"钟桓问道，"还有，在医院照顾你的女人是谁？"原来钟桓全都知道，钟亦峰果然是始终都不能低估钟桓消息的灵通性。

"亦峰，我曾经派那么多女人去试探你，你都不为所动，包括林庭悠。我知道林庭悠这女人心术不正，她对你有歪心思，但正好替我再去试探你，我也就顺水推舟。"

钟亦峰想起了林庭悠第一次去桓旗公司找自己时手里那捧白色风信子，突然明白了些什么。

"那为什么这一次，你让我失望了？"

"爸，我是您的儿子，但不代表我必须变成您想要的样子。现在，我有了自己想守护的，我就会一直守护下去，不再逃避。"

"如果你这样执意下去，接下来的股东大会上我会直接对董事会和外界媒体公布夏与冰也是我的儿子！"

钟亦峰深深明白此举跟公布夏与冰就是将来桓旗集团的继承人没有两样。

他只是微微一笑，丝毫不为钟桓的话语所动。现在，没有谁能动摇他的决心。无论付出什么代价，他都不会再让莫沫受伤害。

钟桓被钟亦峰的沉默气极："你忘了我跟你说过什么吗？男子汉大丈夫，如果想成就一番事业，那么那些儿女情长只会牵绊你！"

"所以，你说任茜适合我，我就听你的跟任茜在一起。结果呢？她为了救我而死，我却什么都不能做！所以，当年你也是为了你的事业背叛了樊樱。结果呢？所有爱你的人都因你而死！不是你的背叛，任旗也不会走到今天这一步！"

十八年来，这是钟亦峰第一次那么措辞激烈地和钟桓说话！曾经的隐忍顷刻间爆发，他唯一一怨的就是到现在钟桓也不明白自己到底有多么可恨，多么可悲！

"樊樱临死前，对任叔叔说了一句话。他说他没有告诉过你，现在，你想知道吗？"钟亦峰语气减轻，心疼万分。

"樱子，说了什么？"

一九九二年，樊樱体质太过虚弱，生下任茜后便离开人世。临终前，她对任大哥说了这辈子最掏心窝的话。而这两句话，句句都刺痛了任旗的心，每个字眼都奠定了他要找钟桓报仇的勇气。

也许我这辈子最大的错，就是爱上了钟桓，可是我不后悔。

任大哥，如果有来生，我一定会选择，爱上你。

"她说，她这辈子最大的错，就是爱上了你。但是，她不后悔。如果有来生，她才选择爱上任旗。"

钟桓听后，泣不成声。

"樱子……"

"樱子！！"

尽管他做了那么多对不起她的事，他甚至都没有给她一个解释。她却仍然爱他，至死不渝。可是他知道这一切却又是那么地晚……

如果他只是当初那个平庸碌碌的钟桓，现在，是不是就可以和樊樱携手白头？

钟亦峰看着悔不当初的钟桓，一个人离开。

一辆银色劳斯莱斯奔驰在公路上。

顾雷通过车内的前置镜看着后座面色沉重的钟亦峰便可猜到他与钟桓起了冲突。

"如果你这样执意下去，接下来的股东大会上我会直接对董事会和外界媒体公布夏与冰也是我的儿子！"

钟桓说这句话的时候声音分贝极高，嘶哑的喉咙像是要顷刻间撕裂那般，以至于在楼下的顾雷和管家都能听得那么清晰。

"钟少，莫沫和桓旗，你会怎么选？"

钟亦峰拉下窗户，让风肆意地吹进车内，只是这瑟瑟的风声却不能遮盖住他语气的坚定和中肯。

"我可以不要桓旗，但是我绝对不能再丢下她一个人。"

钟亦峰的眼神复杂。

"其实我和莫沫一样，什么都没有。没有爱我的家人，没有桓旗。只是不管最后我有没有她在身边，她的身边都会有我。"

第六十五卷　功亏一篑

卷首语：

　　我只想简单明了地划清我们三个人之间的关系，将我们对彼此的伤害降到最低，而不是像以前那样，不清不楚最后互相伤害个彻底。

No.233

　　"就在昨晚，宫玫萱的经纪人已经证实宫玫萱提前回国的消息，并在微博公布了一则喜讯，此前与宫玫萱共同拍摄桓旗集团微电影宣传片的男主角夏与冰，同宫玫萱二人终于喜结连理。那么，高调公布恋情的宫玫萱是不是好事将近了呢？今天，我们有幸请到宫玫萱做客我们的访谈节目。"

　　"宫玫萱小姐，您好，真人果真比电视上还漂亮呢！"

　　"呵呵！哪有哪有……"

　　"昨晚，您在微博上秀出和夏与冰的亲密合照，并且官方发表声明与夏与冰的恋情。请问二位是婚期将近了吗？"

　　"是的。我们将会在七月上旬举行婚礼，昨晚已经将所有的请帖发出。"

　　钟亦峰听着车内电台的访谈，眉头逐渐拧成一个结。

　　"大雷，快点开车。"

　　"好的。"

　　此刻，他不禁又担心起了一个人在家的莫沫。

妈妈？

莫沫似乎看见了妈妈的影子，不知为什么，妈妈却哭得那么伤心。

妈妈大声喊道，撕心裂肺那般："都是我害死了他！都是我害死了他！"

突然，妈妈向莫沫狂奔而来，用手掐住她的脖子。

"都是我害死了他！都是我害死了他！"

瞬间，莫沫被吓醒。

原来是梦。

只是这梦太过让人疲倦，莫沫擦擦额头上的冷汗，起身洗漱。不一会儿，她便下楼，这才发现家里谁都不在。

"深蓝？"

"大雷？"

"深蓝？"

无人回应。莫沫走到客厅，才看到餐桌上的保温饭盒。打开后，一股浓郁的香草味扑鼻而来。

"香草包子！"莫沫高兴地喊道，"还有香草奶茶！"

每次吃到香草的东西她都会格外兴奋，她美滋滋地将饭盒端到电视机前，准备边看电视边享受美食。

就在她刚刚打开电视转身回到沙发的那一刻，钟亦峰突然闯进来把她刚打开的电视关上了。当莫沫坐下准备看电视时，一抬头看到钟亦峰被硬生生地吓了一大跳。

"哎呀妈呀！你这一天天不吭不响的，装什么幽灵！"

钟亦峰悬着的一颗心终于落下，看来她还不知道。

"咦？这电视是坏掉了？"莫沫记得自己明明打开电视了，可它还是那么安静，屏幕上一点儿彩色的画面也没有。

说着莫沫又要站起来看看电视到底出了什么毛病，钟亦峰见势立刻把她再次"按回"沙发上。

莫沫瞪着大大的眼睛，一脸迷惑地看着他。

"呃……吃饭就好好吃饭，看什么电视！像这种不好的习惯就要改正。"钟亦峰还说得义正词严，搞得莫沫无言以对。

不一会儿。莫沫上楼换好衣服，准备出门。

钟亦峰立刻跑到莫沫面前，伸开双臂拦住了她。

"怎么了？又怎么了？"莫沫看着钟亦峰，又是一脸迷茫。

"你要去哪儿？"

"管那么多，出去都要跟你汇报吗？"莫沫撇撇嘴，一脸的不满。

"呃……这个……我……呃……我是房东，你出去当然要跟我说一声……"钟亦峰结结巴巴地说，这么烂的理由搞得自己都底气不足。

"为什么！还要跟你说，真是……那好，我要去超市！买日用品！"莫沫大声喊道。

"啊，这样……我正好也想去超市买点日用品，一起去吧。"

见拦不住她，钟亦峰只好陪在她身边。

莫沫突然觉得奇怪："那么巧？你买什么日用品？"

"呃……这个……你买什么日用品，我就买什么日用品。"

"我要去买卫生巾，你也是吗？"

一旁看好戏的顾雷终于忍不住笑出了声。

"笑什么笑！"莫沫和钟亦峰异口同声地对顾雷喊道。

"啊……不是不是……我去买……那个……对！碗！昨天做饭不小心打翻了好几个碗！"钟亦峰突然发现自己真的不是撒谎的那块料。

莫沫一脸怀疑的样子，但还是让钟亦峰跟自己一起去了。

"开车吧。"钟亦峰把车钥匙给莫沫。

"为什么又是我开？"莫沫记得上次出去吃饭他也是让她开的车，"不会是……"

"是什么？"钟亦峰眨眨眼。

"你的驾照不会是被吊销了吧！"

钟亦峰顿时无奈，二话不说坐上了副驾驶。

车上。莫沫打开车的电台，钟亦峰立刻又关上电台。莫沫再打开，钟亦峰又关上。莫沫又打开，钟亦峰又要关上，莫沫伸出一只手挡住按钮。

"喂！深蓝，你今天真的很奇怪，为什么总是跟我对着干？我招你惹你了？"当听到电台里面放的是音乐的时候，钟亦峰长舒了一口气。不一会儿，趁莫沫不注意，他又关上了电台。

"我有点头疼，就关了吧。等等，我们这是要去哪儿？"

钟亦峰看着莫沫开车开得越来越远，又紧张了起来："不是说去超市吗？"

"对，去超市。"

"刚刚不就路过一个超市，为什么不停车？"

"喂，我当然是想去个大点的超市，顺道多买点吃的呀！"莫沫嘻嘻笑着，本性立刻暴露。

钟亦峰的头上立刻冒出了冷汗。

"啊！那就去桓旗吧！刚开业的国际商城……呃……还不错！"钟亦峰边说，

边在手机上编辑短信。

"喊……"莫沫撇撇嘴，眯着眼睛看钟亦峰笑道，"啧啧啧……果真是肥水不流外人田呐！不愧是桓旗堂堂钟总经理，无时无刻不想着捞一笔呢！"

上海桓旗国际商城。

在停车场泊车后，莫沫没有走商城入口，而是走到商城前的广场。

"老奶奶，您的报纸卖多少钱一份？"

刚刚经过这里的时候，莫沫看到了这个在炎日下卖报的老人，心不禁一软。

紧跟在莫沫身后的钟亦峰又立刻提高了警惕。他立刻绕过莫沫站在她的前面，从老奶奶的手里拿过报纸，头条果然是夏与冰和宫玫萱的婚讯。他立刻把报纸塞回老奶奶手里，扭头拉着莫沫就走。

"喂，深蓝！"

"喂！"

"钟亦峰！"

莫沫被钟亦峰的反常搞得不知所措，他似乎在用全身的力气拽着她离开，捏得她胳膊生疼。

"钟亦峰！"莫沫用力挣脱无果，便大声喊道，"你再这样我就喊非礼了！"

钟亦峰见势不妙，又出一招。

"哎哟……"钟亦峰左手捂着胸膛，面目表情狰狞。

"深蓝，你怎么了？"莫沫突然紧张了起来，认真地对他说，"是伤口疼了吗？哪里不舒服？"

钟亦峰看这招管用，三两下左右晃着并推搡着莫沫进入商城，在入口处的长椅上坐了下来。

"没事，没事……就是突然疼了起来，坐会儿就好。"

"可以吗？如果疼得厉害我们一定要去医院。"

莫沫记得出院的时候医生千叮咛万嘱咐一定注意不要让伤口感染，如果有胸痛的症状务必再回医院复诊。每句话她都清晰地记着，生怕深蓝出任何一点差错。

"没事……休息一下就好了……"

"早知道就不让你跟我出来，肯定是太累了，这才刚出院……"

"好了，我们走吧。"莫沫的话还没有说完，钟亦峰突然一下子站起来笑着对她说。

"你？不疼了吗？"莫沫一副不敢相信的样子。

"嗯，我们快点走。"

钟亦峰拉着莫沫就走。她不知道，现在她在外面的每一分每一秒对他来说都是心惊胆战。

No.235

　　这是桓旗商城开业后莫沫第一次来到这里，虽然未开业之前来过一次，但那时四处漆黑什么都没有看清。当然，让她最感兴趣的还是这里的设计理念—天幕城。她抬起头，却发现商城的上方漆黑一片，显然是屏幕没有开。当她再环视一层，发现一层的 LED 宣传栏的屏幕也是如此。

　　"看什么呢，不快点走。超市不在一楼，在三四楼。"钟亦峰对莫沫说。

　　"为什么天幕不亮了呢？"莫沫充满疑问地对钟亦峰说，"我还想看看深蓝你设计的天幕到底有多美呢！"

　　钟亦峰装作很惊讶："天幕不亮了？是不是程序出了什么问题，等会儿我打电话问问。我们先走吧，买东西要紧。"

　　莫沫被钟亦峰拉走。她觉得深蓝今天真的很奇怪，但是她又具体说不出他哪里奇怪。

　　超级市场。

　　经过家电区的时候，一改往常气氛，仍然是一片安静。莫沫记得每次经过这片区域的时候，售卖的电视电脑都会播放着当红的综艺或是电视剧节目。

　　"也不知道上面到底是怎么回事，突然让我们切断所有传媒平台……"

　　路过的时候，莫沫听到售卖区的阿姨和另一个阿姨叽里呱啦说道。莫沫心里想着今天难道是什么地球日大家一起省电吗？

　　"莫沫！"钟亦峰推着推车在莫沫前面喊道，"快走吧，日用品在那边。"

　　"哦……好。"莫沫一溜小跑，跟上钟亦峰的脚步。

　　在钟亦峰速战速决的"战略"下，两人不到一小时便结束了这场购物战斗。但是莫沫依然收获颇丰，零食小吃装了满满的两大袋，总之还算满意。

　　"深蓝，你干吗走那么快？快过来，那边有卖奶茶的。"

　　莫沫拉着钟亦峰便去了奶茶铺。

　　"一杯香草奶茶，深蓝，你要什么味儿的？"

　　"我不喜欢甜的东西。"

　　"哦好。老板，两杯香草奶茶。"莫沫对老板笑着说。

　　"喂，我说了我不喜欢甜。"

　　钟亦峰不喜欢甜是次要的，重点是现在的他根本没有任何心情去喝些什么。他只想带着莫沫快点儿离开，对他来说，让她晚一点知道也许就会让她受的伤越小一点。瞒得越久越好，能永远瞒住最好。

　　"你就信我一次！香草的味道是有魔力的，喝一次你就会有第二次，有第二次就会有第三次，有第三次就会有第四……"

"您的两杯香草奶茶好了。"店主微笑着打断了莫沫犹如滔滔江水绵延不绝的话语。

"好。"莫沫付钱后，接过奶茶，对钟亦峰笑着说，"我们走吧。"

钟亦峰却没有回答，只是直直地盯着前方。

也许人越是想做到一件事就越是做不到。上帝总是喜欢跟人开这样一个玩笑，在最后的时刻让之前付出的所有都功亏一篑。

莫沫也顺着钟亦峰视线方向望去。

那是多么熟悉又陌生的两个人。曾经对莫沫来说最重要的两个人，正手牵手向他们的方向走来。

是夏与冰和宫玫萱。只是为什么，他们会一起手牵手出现在这里？

"莫沫！"宫玫萱看到莫沫后非常开心，她松开夏与冰的手摘下脸上的墨镜，走到莫沫的身边并笑着对她说，"你怎么会在这儿？"

宫玫萱微笑依旧："钟少，也在这儿。"

"你们，又为什么会在这儿？"莫沫问道。

"啊！我和与冰过来选婚纱……"

"嘭……"

莫沫手中的奶茶迅速坠地。

婚纱……

他们，要结婚吗？

莫沫眼睛直直地望着夏与冰，他却不敢看她。

"莫沫，你怎么了？"宫玫萱看出了莫沫的异常。

"你们，要结婚了？"

"是的。婚礼的请帖已经给你寄到家里去了，你没有收到吗？"

一切是那么地突然！那么地毫无征兆！

夏与冰没有对她说过什么，甚至连"分手"两个字都没有对她说过！

"哦……"莫沫努力克制住泪水，轻声说道，"我搬家了，忘记告诉你了。"

"啊，这样！我跟与冰都希望你来参加我们的婚礼，我还指望你做我的伴娘呢！"宫玫萱笑嘻嘻地说，"哦对，我包里还有请帖，再给你一张就……"

宫玫萱的话还没说完，钟亦峰走到莫沫身边，握住她的手。

"我们走。"

莫沫没有忤逆钟亦峰，任凭他牵着自己离开。当她走过夏与冰身边的时候，看着他的那双眼睛终于落下了泪水。

夏与冰也看到了那双流泪的眼睛。他的心疼，不言而喻。而他，只能这样与她擦肩而过，不再交集。

"与冰，我们也走吧。"宫玫萱温柔地对夏与冰说。

"玫萱，以后不要再这样了。"

"什么？你是说，刚刚我对莫沫？"

"嗯。"

宫玫萱不再微笑，而是认真地说："与冰，当你做出这个决定的时候，你就应该做好了一切的准备。刚刚我那样做，不是狠心，也不是无情，更不是炫耀。"

"我只想简单明了地划清我们三个人之间的关系，将我们对彼此的伤害降到最低，而不是像以前那样，不清不楚最后互相伤害个彻底。"

第六十六卷　原来是他

卷首语：

你叫，什么名字？

No.236

钟亦峰拉着莫沫离开，她一直跟着他的脚步，脸上的泪早已风干。

负一层停车场。

"深蓝，"莫沫停下了脚步，轻轻地说，"其实，你早就知道了是不是？"

如若不是，他怎么会不让她开电视，不让她出门，不让她开电台，不让她看报纸，还让整个桓旗商城的传媒平台都切断呢？

"是，"钟亦峰轻声说，"但知道的时候不比你早多少，我不知道他们会那么快……"

钟亦峰话还没说完，莫沫突然甩开钟亦峰紧紧握着她的手，转身快步向回走去。钟亦峰一惊，立刻追上她，站在她的面前再次挡住她。

"去哪儿？"钟亦峰问。

"让开。"莫沫两眼无神却蔓延着丝丝冷冽的光芒。

"我问你去哪儿？"

"我说你让开！"莫沫大声喊道，却没忍住让眼泪落了下来，宛若撕心裂肺那般对他吼道，"你给我让开！让开！让开！！"

钟亦峰从没见过莫沫这般样子，他明白此刻她到底有多痛，多难过，多委屈。

"你让我回去，你让我回去！我要找他们说清楚，他们为什么要那么对我！！他们是和我从小一起长大的朋友，就像我的亲人一样，可是，为什么现在，他们要这么对我！！为什么！！！"莫沫眼睛通红，泪水不断流出，哭喊道，"我要去问夏与冰，为什么我为他做了那么多，他还是看不到我？为什么看到我后，却又抛下了我？！"

由于哭得太过激，她的身体不停地抽搐："我要回去，我要告诉他，我爱他，我好爱他……我的爱，不比宫玫萱少……为什么他要丢下我，为什么！！深蓝，你告诉我为什么？"

"为什么……为什么我爱的人都会一个个离开我……爸爸去世了，妈妈不要我，姥姥也丢下我一个人……而他们，我当亲人一样的他们，又背叛我……在这个世界上，到底有什么是值得去留恋的？亲人，舍弃我……爱人，丢下我……朋友，背叛我……深蓝……深蓝……为什么我的世界会是这个样子，为什么啊……"

她大声地哭着，模糊的泪眼早已看不清深蓝的脸。

钟亦峰轻轻地搂住已经崩溃的莫沫，眼泪从他的眼角溢出。他真的心疼坏了，他不知道为什么命运要让她受那么多的苦。

此刻，莫沫只能靠崩溃地哭泣来发泄内心的难过。她爱夏与冰爱到最后，却是离开都不敢喊一声痛……

No.237

傍晚。

饭桌前。钟亦峰和顾雷两人沉默地吃着饭，自从中午回家后，莫沫就再也没有从房间里出来过。

"钟少，要不要给莫沫留点饭？要是晚上饿了……"

"不用了，她不会吃的。"

"就算再难过也不能不吃饭啊……"顾雷担心起来，他忘不了下午看到的莫沫的样子，他是第一次见一贯开朗外向的她那副失魂落魄的模样。

"钟少，还有一件事。明天就是股东大会了，你一定要做好万全的准备。"钟亦峰只是安静地吃饭，没有再说过一句话。

晚上。

钟亦峰轻轻敲响莫沫的房门，没有人回应他。他便推门进去，看到莫沫侧身背对着钟亦峰躺在床上。

"吃点东西吧，我帮你拿上来了。"钟亦峰温柔地说。

"谢谢，但不想吃。"莫沫声音有些沙哑。

"是香草冰淇淋。"钟亦峰淡淡地说，把冰淇淋放在床头橱上，转身离开，轻轻带上房门。

听钟亦峰走了，莫沫才转过来身来。由于哭得太多，她的眼睛红肿不堪。她缓缓起身，拿起那个冰淇淋。

钟亦峰一直都记得，每次她难过的时候会吃香草冰淇淋。

莫沫舀一勺冰淇淋放到嘴里，清新的香草味道逐渐在舌尖融化。每次吃到香草味儿的时候，她都会觉得幸福。可是此刻，她的眼泪却又忍不住落下了。她轻轻擦拭自己的泪水，继续舀一勺冰淇淋吃掉，只是泪水却越落越多……

她把冰淇淋放到一边，埋头哭了起来……

除了哭，她不知道还能再做什么……

只有哭……

此刻钟亦峰正站在她的房门前，安静地听着她的哭声。不知不觉，泪水也伴随着她的哭声润湿了他原本温柔的眼神，他的心疼根本无法用任何言语描述。

No.238

半夜。

莫沫穿着一身运动服，戴着棒球帽背着双肩包，手里拿着一封信便从房间里出来。当她打开门的时候，却被吓了一跳。

钟亦峰正在她的房门前侧身面向她安静地睡着。他只是在木地板上简单地铺了一个垫子，连个枕头都没有。莫沫看着就连睡着还皱着眉头的他，心中一痛。

原来他是这般担心自己。

莫沫回到房间，拿出自己的毯子。静静地蹲下身子，把毛毯轻轻盖在他的身上。她安静地看着他，心中充满不忍。

许久，她起身，小心翼翼地下楼，向他的卧室走去。走到他办公桌前，她把那封信轻轻放下。就在她准备离开的时候，桌上的相框吸引住她。

是钟亦峰小时候的照片。

那时候的他，也就十二三岁的样子，清晰深邃的五官明朗得晃人眼睛。莫沫露出微笑，突然间，仿佛一道白光晃过大脑。她的头部剧痛，一张张模糊的人脸在脑海一闪而过，可是她仍然看不清。

"你叫什么名字？"

"你叫，什么名字？"

莫沫用力按太阳穴，缓缓低下头，却在钟亦峰办公桌半开着的抽屉里发现了一个熟悉的礼物盒。

她拉开抽屉，将礼物盒拿出。她缓缓打开，一个破碎的巧克力胡桃夹子玩偶在里面安静地放着。

这明明是情人节的时候她准备送给夏与冰的礼物！！

她突然想起了二月十四日那个晚上……

一只漂亮的手抓住了她要放下的左手，用力将她向前一拉。

她扑到他的身上，紧紧地抱住他。

还有第二天她问夏与冰时他的异常沉默。

"昨晚，是不是你？"

"我是不是在哪个地方发疯，然后就……抱了你？"

这一切都只因为，那个人是深蓝，是钟亦峰！！

那个人不是夏与冰，而是钟亦峰！！

是他，拖着醉醺醺的她回家；也是他，将这个未送出的礼物拿走……

"姐姐，祝你生日快乐！这个礼物是一个叔叔让我给你的，他刚刚离开了。"

所以……也是他，在她生日的时候送她一个胡桃夹子木偶……

莫沫泪水溢出，原来他一直都在她的背后默默看着她。也许，也许早在她还不知道他在身边的时候，他就已经站在她的背后了……

莫沫努力不让自己哭出声，难过至极的同时压抑不住头的剧痛。刹那间，世界回归寂静。

"你叫，什么名字？"

第六十七卷　此生无悔

卷首语：

"对不起"这三个字，足以表明钟亦峰的决心。

No.239

早晨。

天灰蒙蒙一片，好像下一刻就要爆炸那般。别墅前院几只麻雀叽叽喳喳像卡碟的旧唱片机，狂风卷着空气中细小的尘埃猛地袭来，吹得梧桐枝丫乱颤。

钟亦峰缓缓睁开眼睛，看着莫沫紧闭的房门，微微一笑，坐起身来伸了一个懒腰。他起来敲敲莫沫的房门，没有回应。

"莫沫？"

"莫沫？？"

"我进去了。"

钟亦峰推开房门，房间却空无一人。钟亦峰立刻慌了，看到床铺被收拾得整整齐齐，她的那只加菲猫还正笑眯眯地看着他。

"莫沫！"

钟亦峰猛地推开卫生间的门，照样空空如也。他焦急地在楼上所有房间找她，却到处都找不到。他快速下楼梯，眉头紧锁。

"钟少，怎么了？"睡眼惺忪的顾雷看到慌慌张张的钟亦峰问。

钟亦峰推开厨房的门，同时问顾雷："看到莫沫了吗？"

"没有。"顾雷答道。

厨房没有。

客厅也没有。

一楼的卫生间还是没有。

现在，只剩他的卧室了。

钟亦峰走进他的卧室，依然没有人。只是在他的办公桌上，放着一个显眼的白色信封。霎时，一种莫名其妙的感觉涌上他的心头，而他自己也不知为何。

他缓缓打开信。

"深蓝，我想出去透透气。不用担心我，也不用找我，几天后就回来。莫沫。"

是她的字。

他立刻拿起桌上的手机，按下一号快捷键拨打她的电话。

"对不起，您所拨打的用户暂时无法接通……"

钟亦峰顿时觉得心里空落落的，从来没有过这样空虚而又失落的感觉。

不知过了多久，顾雷敲敲卧室的门。

"钟少，你要快点准备准备，股东大会十点开始。"

No.240

二十分钟后。一辆银色劳斯莱斯奔驰在公路上。

凝聚一团的灰色终于彻底爆发。偌大的雨点顷刻间从天而降，顿时砸得车窗砰砰响。

"受台风拉姆达影响，今天我市会有强降雨，此次台风涉及范围极广，最受其影响的为鲁东地区，青岛最为严重……"

车内电台进行着天气报道，钟亦峰面色凝重。

他突然想起了和莫沫一起在青岛时，在她家附近那座小山上，在她父亲和姥姥的墓碑前，她对自己说过的话。

"每当我难过，我一个人的时候，我都会来这里，跟他们说说话。或者说是来这里给自己'充电'吧，每次我做一件事撑不下去的时候，我都会在这里重新拾起自己的勇气。"

难过……

一个人……

撑不下去……

"大雷，掉头！"钟亦峰突然喊道，吓了顾雷一跳。

"怎么了，钟少？"

"去机场。"

"什么？钟少，今天是股东大会，您绝对不能缺席！"

"我说去机场，快一点儿！"

如果钟亦峰没猜错的话，现在莫沫一定是在青岛。

上海浦东国际机场。

钟亦峰迅速下车，顾雷紧随其后。他跑到机场大厅的时候却发现大厅中央的荧幕上写着一排大字——由于天气原因，所有航班暂停起飞。全体工作人员为给您带来的不便感到抱歉，敬请谅解。

又是那种糟糕至极的莫名失落感！

"钟少，你到底要做什么？"顾雷被钟亦峰的行为搅得一塌糊涂。

"去青岛，找她。"

"你是说……莫沫在青岛？你怎么知道，她在青岛的？"

钟亦峰没有回答。

"稍等，我帮你查一下有没有高铁和长途车……"

"钥匙给我。顾雷还没有说完，钟亦峰就打断了他的话。"

"什么？"

钟亦峰没有回答，而是从他手里一把夺过车钥匙。

顾雷彻底被钟亦峰的行为震惊！！他快步跟上已然走远的钟亦峰。

"钟少！你要做什么？你不能开车的，更何况今天的天气那么糟糕，路上本来就不好走，你千万不能意气用事啊！钟少！"

凡事在钟亦峰那里都可以从容冷静面对。

但凡涉及莫沫的事，他都无法再让自己理智下去。

但凡涉及莫沫安危的事，他每分每秒都会变得疯狂至极！

钟亦峰根本不听顾雷劝阻。顾雷情急之下追上他，挡在车的驾驶座前，不让他上车。

"钟少，为了莫沫你做什么我都没有反对过，你不去股东大会可以，但是如果你连自己的性命都不顾，这绝对不行。"顾雷认真地对钟亦峰说，他知道自从十八年前的事故钟少就患上了恐惧症，如果硬要开车那迟早肯定是要出事的，他不能看着他将自己置身危险而不顾。

"让开。"钟亦峰口气冷冽。

顾雷却纹丝不动。

钟亦峰像疯了那般将顾雷打倒在地，迅速坐上驾驶座，从车内反锁所有车门。

顾雷用力地捶打驾驶座的窗户，嘴角溢出血丝。

"钟少！你不要意气用事！钟少！！"

钟亦峰看着顾雷，这个从小和他一起长大的人，这个从小一直把他当成亲弟弟的人。钟亦峰深深明白，顾雷只是太过担心自己。

"对不起，大雷。"

钟亦峰看着他，轻轻对他说。

顾雷却停下了砸窗户的手。因为他知道，无论他再做什么都无济于事了。"对不起"这三个字，足以表明钟亦峰的决心。

钟亦峰将手放在方向盘上，十八年前那些画面再次向他袭来。哭泣声和急刹车声一并回响于耳畔，他缓缓地闭上眼，渐渐脑海里浮现的却不再是那些血腥的场面。是莫沫，他想起了第一次见她时，她那闪烁着泪光的明眸。一朵雪花缓缓飘落在她纤长的睫毛上，瞬间即融。

他一定要去青岛。十八年前，他已经丢掉过那么美好的她。现在，他绝对不能再丢掉依然美好的她。

无论生活给他再大的阻力，他也要奋力前行。

这就像是我们从不知未来是什么形状，我们唯一能做的，就是拼命地靠近未来。越来越近，就越能看得清。

无论落幕如何，但求此生无悔。

顷刻间，钟亦峰猛地睁开眼，拧动钥匙，踩下油门打着方向盘快速驶车离开。

"莫沫，等我。一定要等我！"

钟亦峰心中千丝万缕思绪幻化成这一句声音。

顾雷安静地看着钟少开车离开，目光迷离。

原来，爱就是这样一种奋不顾身，和时间无关。十八年前，他是如此；十八年后，他亦是如此……

第六十八卷　奉陪到底

卷首语：

　　从认识你的那天起，我就没想过全身而退！所以，别再说什么让我走。这样只会让我更加坚定陪你走下去的信心而已！风来了，你不挡，我替你挡。雨来了，你不遮，我替你遮。你要生，我陪你。你要死，我奉陪到底！

No.241

　　钟亦峰下高速的时候，已经是傍晚时分。此刻的青岛不再拥有海滨城市最温煦的光芒，而像是释放着一生以来积怨的所有愤恨，委屈，不满。大雨模糊了这座城市的虹霓，混合着空气里所有杂质滂沱而来，砸响了地面，砸痛了人心。

　　疾风狂野而起，左右肆虐着这座城蔓延出来的古老德国建筑的异域风情。街道上空无一人，就连车辆都很少。

　　钟亦峰不停地转动车内的调频。

　　"关于台风拉姆达的最新消息……"

　　钟亦峰停下手中的动作。

　　"刚刚，青岛市政府已经发布红色台风信号预警，台风已在青岛胶南一带登陆，海浪涌入市区内东海路和太平路的一些路段，栈桥的长堤也被海水淹没。至此，岛城所有学校已经停课，政府紧急转移安置6.7万人，希望广大岛城市民积极配合民警工作，并且减少出门活动，注意人身安全……"

　　钟亦峰握方向盘的手却越来越紧。

此时，莫沫居住的村庄内。

负责这片区域的两个民警正紧张地进行转移安置工作，当他们在一栋陈旧的平房前敲门的时候，却迟迟没有人开门。

"有人吗？"

"请问里面有人吗？"

见没人回应，其中一个民警索性大声喊道。

"请问有人吗？"

"警察同志，不用叫了，"拖家带口准备撤走的李叔对民警说道，"这房子已经很久没人住了。"

民警看看手上的资料，户主的名字是莫沫。

"这个叫莫沫的人不住这里吗？"

"自打莫沫姥姥去世后，她就很少回这里了。前段时间倒是回来过一次，但也是立刻就走了。你敲了那么半天都没人应，肯定就是没有人了！"

听李叔说完，民警也觉得转移工作实在刻不容缓，工作量大时间又短，必须快点进行，于是立刻动身到下一家去。

钟亦峰开车到莫沫住的村子前，才发现这里已经被封了。他被警察拦住，然后降下窗子。

"这位同志，现在里面正在进行转移安置，您快点撤离吧。今年的台风特别强，这里很危险，没什么急事还是快点离开。"

钟亦峰迫切地说："我有很重要的急事要进去，您就让我过去吧。"

"不行，政府已经下令把这里封了，现在只许出不许进，您还是快点离开吧！"

"可是我还有个朋友在里面，我必须要进去找她。"

"您可以给她打电话，放心吧，里面在进行转移安置工作，您的朋友肯定也会安然无恙的。"

如果电话能打得通，钟亦峰早就打了！可是打了那么多次，每次都是暂时无法接通。钟亦峰越发着急，却又无能为力。他只好先把车停在村子对面商场的停车位上，然后站在村子前的封口处，焦急地望着每个出来的人。

一个小时很快过去了……

两个小时又一晃而过……

天越来越黑，风越来越大，浪越来越急。已经几乎没什么人从里面出来了，可是钟亦峰还没有看到莫沫的影子。民警们的转移安置工作全部做完，在村子前围上警戒线后准备离开。

"您好，请问在你们转移的人当中，有没有一个叫莫沫的？"

钟亦峰对马上要开车离开的民警说道。

"莫沫？"其中一个民警似乎有些印象，快速地翻动手中的资料，说道，"是第一百零八号的户主吗？"

钟亦峰想起莫沫家前面的门牌号，的确是一百零八。

"是，就是她。"

"她不在这里，我们去的时候敲门没有人应。村子里的人也都说她不在，怎么，你找不到她了？"

"是。你确定她不在里面吗？"

"是的。我们两个人一起去的，你也可以问她，敲门没人应我们还喊了半天，里面根本没人。"

"好的，谢谢。"

"不客气，再见。"

警车迅速开走，这里顿时只剩钟亦峰一人。

钟亦峰直接扔掉手里的伞，转身向村子里面跑去。他跳过警戒线，却不知海浪在狂风的席卷下早已漫过沙滩涌了上来，已经漫延了半个村庄。

钟亦峰很快便跑到莫沫的家门口。大雨无情地将他全身都浸湿，他呼吸急促，紧张不言而喻。他真的很怕，他找不到她。

他用力地敲门，大声喊："莫沫！莫沫！莫沫！！"

没有人回应他。

"莫沫，你快开门！我知道你在里面，我是深蓝，莫沫，你快开门！"

依然没有人回应他。

他索性直接撞门。

"嘭……"

"嘭……"

"嘭！！"

第三下终于将门撞开，钟亦峰用力过猛，摔倒在地上。泥土顿时沾满他的深蓝色西装，他来不及思考，直接推门进屋。

真的不能用任何词来描述当他看到她时的那种喜悦！

莫沫正坐在沙发上，目不转睛地盯着那堪称古董级别的电视机。而电视上放的，都是关于夏与冰和宫玫萱婚讯的采访。她看着电视上开心笑着的夏与冰和宫玫萱，满脸的泪痕。

钟亦峰迅速跑到莫沫的身边，紧紧地抱住了她。

他浑身湿透，满身泥泞，喘着粗气，头发上的雨水不停地往下滴落。他不管，他都不管，他只管紧紧地抱着她，他露出微笑的那刻，眼泪却混着脸上的雨水落了下来。

他终于找到她了！

他松开她，却看到她两眼无神，仍然是空洞地看着电视机里的两个人。

"夏与冰先生，您是怎么跟宫玫萱小姐求婚的呢？"主持人问道。

"看这里。"宫玫萱抢过镜头，对着镜头扬扬那颗闪亮的钻戒，微笑着说，"这就是答案。"

宫玫萱的微笑，就像是在告诉全世界她到底有多幸福。而她有多幸福，莫沫就有多不幸。莫沫用力将右手无名指上的红色婚纱戒指捋下来，紧紧地握在手里面。好像，这就是她最疼痛的伤疤。她要紧紧握着，不让别人看到，否则，会被笑话的。

"采访到这里就要结束了，那在最后的时刻，我们向夏与冰先生提最后一个问题。关于和宫玫萱小姐的恋情，您有什么要说的呢？"

主持人对夏与冰微笑。

夏与冰只是简单地说了四个字。

得之我幸。

确切的是他刚说完这四个字，钟亦峰就关掉了电视。

得之我幸，他说得之我幸。也许，全世界都希望他们两个人能幸福。也许，莫沫的存在就是个笑话。她只是那个反衬他们到底有多幸福又有多幸运的可怜虫，在这场感情里，她就是一个多余的笑柄而已。

而在电视的那端，采访结束，宫玫萱却瞪着大大的眼睛看着夏与冰。

他说，得之我幸，失之我命，孰知幸亦不幸。

采访结束，夏与冰沉默转身离开，只留宫玫萱一个人在演播室里。

钟亦峰关掉电视后，立刻拉着莫沫就要离开。

莫沫却拽开他的手。

"快点跟我离开，这里太危险了！"

"我不走，要走你走！"莫沫笑着，大声说道。

钟亦峰看着莫沫，此刻的她就像一团燃烧着的火焰，好像随时会点燃身边所有的一切继而走向毁灭。

"你走，"莫沫用力往外推钟亦峰，大声喊道，"你赶快走！谁让你来这里了！谁让你来了！我是死是活又跟你有什么关系，你凭什么管我？"

钟亦峰再也忍不住自己的愤怒，一个耳光扬过去。他不能看着莫沫这样失去理智，精神这样萎靡不振。

莫沫摔倒在地上，依然还是笑，肆无忌惮地笑。

"不要再笑了，哭吧，用力地哭吧。卸掉你的盔甲，没有人要求过你必须永远都是开心快乐的，"钟亦峰对莫沫说，"就对这个世界说你很累，说你很痛。这样死不了，反而会舒服一点儿。"

莫沫的最后一道防线终于被击破。眼泪打败她的笑容溢出眼眶，她爬到墙边靠着墙角，胳膊抱着蜷起来的双腿，泪眼空洞。

　　"我，我从没说过让你们给我什么！从来都没有啊！我从来没有奢求过什么……明明是父母把我生出来的，可是他们都不要我！明明是他，夏与冰，自己说爱我的，可是他又丢下我！明明是她宫玫萱，说，说什么在乎我这个朋友，现在就这样背叛我！我不需要任何人疼，任何人爱，这样就不会有伤害，不会有背叛！"

　　钟亦峰看着这样绝望的莫沫，心疼不已。

　　"钟亦峰，"莫沫望向钟亦峰，缓缓说，"你走吧，不要再管我，也不用劝我，今天，我是不会走的。"

　　呼啸肆虐着的风越来越大，海浪越来越凶。海水已经漫延到莫沫家的前院，与台阶平齐。院子里的梧桐树被凶狠的风吹得直不起腰，大雨砸得屋檐直响。好像下一秒，这里就会被灾难勾勒，被死亡吞噬！

　　钟亦峰走到莫沫身边，双手握着她的肩，将无力的她从地上扶起。

　　她的眼睛红肿，满脸都是泪。

　　"莫沫，我告诉你，你现在给我听清楚！"

　　钟亦峰的语气坚定而决绝。

　　"从认识你的那天起，我就没想过全身而退！"

　　"所以，别再说什么让我走。"

　　"这样只会让我更加坚定陪你走下去的信心而已！"

　　莫沫看着钟亦峰坚定的眼睛，眼泪从他的眼角滑落。可是他又是那么镇定自若，那么坚不可摧。

　　"风来了，你不挡，我替你挡。"

　　"雨来了，你不遮，我替你遮。"

　　"你要生，我陪你。"

　　"你要死，我奉陪到底！"

　　钟亦峰的话语如此温柔却又那么不容置疑。

　　"为什么，为什么……"莫沫声音轻轻的，仿佛要被呼啸的风声覆盖那般，"到底为什么，为什么这么对我？"

　　"因为我说过，"钟亦峰轻轻地抱住莫沫，嘴角微微上扬，"我会保护你。"

第六十九卷　破晓黎明

卷首语：

为什么，深蓝，为什么遇见你会那么地晚。如果能够早些遇见你，是不是就能义无反顾地爱上你。如果，如果遇见你就是为了错过，那我能不能好好地和你做一次告别？

No.242

经过一晚风雨的洗礼，翌日的天空如约放晴。海水完全消退，金色的沙滩上竟留下了各种各样的贝壳，大量的螃蟹、海胆还有面条鱼。

天色蒙蒙亮，莫沫从床上睁开眼睛。她起身在屋里到处找钟亦峰，都找不到。她走到院子里，才发现风和雨都消失不见，浪潮也早已退去，只剩院子里砭砭斑斑的小水洼。

莫沫向沙滩的方向走去，看到了那熟悉的背影。钟亦峰高大挺拔的身躯在初升的第一抹阳光前却显得那么寂寞，莫沫慢慢靠近他，站在他的身后。

微风拂来，浪花漫延。

"你醒了。"钟亦峰对身边人温柔地说道。

"嗯，"莫沫伸伸懒腰，呼吸一口沾有海洋腥香的空气，却觉得这空气格外新鲜，"还能再看见海那边升起的太阳，真好。"

"什么时候跟我回去？"

"深蓝，你就这么确定我会跟你回去吗？"莫沫认真地看着他。

"在一起时你侬我侬，分手后胜似敌仇，这不是真正的爱情，"钟亦峰轻轻地说，像微风一般，"所以，你会回去。"

莫沫微微一笑，他始终都是那样了解她。

"不仅会回去，还会当宫玫萱的伴娘，也会陪着他们一起进入婚姻的殿堂。"莫沫说得是那样淡然，好像一切都不再与她相关。

昨晚，莫沫已经答应了自己。这是她最后一次任性，如果，能够平安无事地活下来，她就会努力忘记这一切。不再为难别人，更不再为难自己。

生活就是这样复杂，因为它总是会充满这样或是那样的困难。但生活又很简单，因为无论困难再多，都必须要坚持下去。

钟亦峰看着莫沫，她终于恢复了理智，又变得那么坚强。

可是这样的她，比那么脆弱绝望的她更让他心疼。

"莫沫，我知道，这很残忍。但是，我会陪着你，一直陪你。"

莫沫看着钟亦峰，不知为什么，他总是那般让她感动。

"深蓝，"莫沫对钟亦峰露出调皮的微笑，"要不要玩？"钟亦峰挑挑眉，一脸好奇地看着莫沫。

No.243

钟亦峰和莫沫终于把那个不大不小的木船推到海边。

"这是小时候爸爸亲手给我做的礼物，只不过，爸爸出事之后，我就把它放在储藏室里再也没动过。"

莫沫跳上船，钟亦峰紧接着跟她上船。莫沫熟练地划动船桨，钟亦峰也学着她划桨，两人一起向着海的斜对面悬挂在天际的太阳划去。

清风徐来，水波不兴，微小的浪花在清风的吹拂下轻轻地拍打着船身。天空被白云堆积着，太阳好像是在白云间开了一个洞，温暖的阳光倾漾在海面上，也洒落在他们的身上。

两个人认真地划着船，不言不语。划累了，就休息一下，让这小船在这偌大的海上漂荡。

"深蓝，"莫沫轻声唤他，"有时候真的觉得每天这样生活好累。"

"就好像是，处在黑暗中的我睁不开疲惫的双眼，"莫沫扬起右手放在眼前，眯着双眼看指缝里的天空和罅隙里的阳光，"当我还没有做好准备迎接日出的时候，赤裸的光明就已经吞噬我了。"

钟亦峰望着莫沫，阳光从的他背面照耀着，融化了他眼睛里那一汪深情。"莫沫，你知道烟花为什么会绽放在天际吗？"

对他来说，莫沫是他遇到过的最美的烟火。纵然，她亦美丽，亦转瞬即逝。

"嗯？"

"不是为了转瞬即逝的美丽，只为在那一霎实现自己生命的意义。你没有了夏与冰并不等于没有了一切，你的世界不只他一个人，你人生意义的实现更不会因为失去了他停止，在这个世界上，还有很多事情等着你去做。"

莫沫看着钟亦峰，眼神复杂。

"为什么，深蓝，为什么遇见你会那么地晚。"

"如果能够早些遇见你，是不是就能义无反顾地爱上你。"

"如果，如果遇见你就是为了错过，那我能不能好好地和你做一次告别？"

莫沫慢慢地靠近钟亦峰，眼神温柔。她的心跳加快，呼吸越来越急促，视线却也越来越模糊。她的唇，慢慢贴近他的唇。

钟亦峰看着莫沫，缓缓闭上眼睛。

她的唇，那样温热。她是那样认真地吻着他，甚至这个吻都骗了他，以为她也是爱他的。

一滴冰凉的泪却顺着莫沫的鼻尖落在这个宛若樱花般的吻里。

"深蓝，"莫沫双手捧着那张精致的脸，泪眼蒙胧，"请你，一定，一定不要爱上我。"

钟亦峰温柔地抚摸着她细腻的脸颊，眼神似乎在问她为什么。

"我决定离开了，去美国，不再回来。"

钟亦峰的灵魂仿佛立刻被抽空。原来，故事的开头和结尾是一样的。十八年前，她抛下他；十八年后，亦复如是。

一只海鸥从天边划过，留下一声长鸣，回荡着无限寂静。

"好，我答应你。"

莫沫微笑，再次吻上他冰凉的唇。

钟亦峰看着她美丽的脸，缓缓闭上眼睛的同时，泪水顺着脸颊落下。

在这宛若初生的世界里，阳光下，海面上。他们吻在微风中，却注定离别在命运中。

如果遇见你就是为了错过的话，那我就这样好好地和你做一次告别。

No.244

那日，在医院。

莫沫不知道抱着她的夏与冰是什么时候松手离开的，直到她的手机铃声响起。

来电显示美国陌生号码，她接起这个陌生的电话，却听到了许久未曾听到过的那熟悉的声音，是妈妈。

"沫沫，我是妈妈，最近还好吗？"

"妈。"

莫沫刚喊出一声妈，却忍不住哭了起来。压抑在心头的所有委屈和难过顷刻间爆发，就在跟妈妈说话的那一刹那。

"沫沫，怎么了？你哭了？你怎么哭了？发生什么事情了？"

莫沫只是哭，一句话都不说。

"莫沫，你过得不好吗？"

莫沫在电话的这边点点头，却还是说不出话。

"如果你一个人在国内过得不好的话，来美国找我吧。Sammy 的爸爸开了一家饭店，店面大并且收益不错，你过来，这样我们一家人又能团聚了。"

不知为什么，一向不想留在妈妈身边的莫沫在那一刻突然有些心动了。她想起了之前在美国的日子，虽然妈妈现在的家庭不算富裕，但是小 Sammy 的父亲是真的爱妈妈，并且对她也像亲生女儿一样。

而现在，莫沫决定离开。

因为在这个世界上，她只有妈妈一个亲人了。除了妈妈，她将一无所有。

第七十卷　最美新娘

卷首语：

在我心里，你永远是我唯一最美丽的新娘。

No.245

三天后，上海桓旗总公司。

钟亦峰仍是一身深蓝色西装出现在公司，顾雷跟在他的后面。

"总经理好。"

"钟少好。"

……

只是每当他们走过后，职员都会在背后小声议论。

"震惊金融界！上海桓旗集团二公子现身，总公司现任财务部总监夏与冰竟然是桓旗集团董事长的私生子！"

"娱乐圈当家花旦宫玫萱的未婚夫竟是桓旗集团二公子，未来桓旗集团的继承候选人！"

"独家爆料，此次对继承桓旗至关重要的股东大会上，身为桓旗集团总经理的钟亦峰缺席未露面！桓旗董事长钟桓公布桓旗财务部总监夏与冰的真实身份，命其为未来桓旗继承人的可能性极高……"

上海城市报，金融报，乃至全国的媒体都在聚焦着桓旗新继承者夏与冰以及钟亦峰缺席股东大会的消息。

钟亦峰坐在办公桌上，看着这些被写得天花乱坠的媒体报道，微微一笑："怪不得今天我在公司如此受关注。"

"钟少，要不要压一下这些兴风作浪的媒体。"顾雷问道。

"不用，"钟亦峰笑笑说，"他们愿写就让他们写好了。"

这时，钟亦峰的手机铃声响起。

他看到来电显示，不由得心里一颤。

是夏与冰。

No.246

莫沫一早从家里醒来，就发现钟亦峰和顾雷都不在了。哦对，昨天两个人好像说过今天要上班。

莫沫撇撇嘴，心想今天肯定又是无聊的一天。只是自己现在是无业游民，因为她辞呈都递交了。

她看看手机上的日期，七月三日。还有两天，就是夏与冰和宫玫萱的婚期，也是她要离开中国的日子。她告诉自己，既然，已经决定敞开心扉祝福他们，那就不要再多想了。莫沫答应宫玫萱做这场婚礼的伴娘，可是她连礼服都还没有选。

当机立断，莫沫洗漱好化上淡妆，出门去选礼服。

街角，婚纱店的橱窗。她站在橱窗外，静静地看着那身红色的婚纱，幻想着自己穿上那身红色婚纱的样子，也许会很美吧……夏沫无奈地摇了扔头，推门进了店。

"您好，欢迎光临。选婚纱吗？"

"不，选一身伴娘礼服。"

"这边请。"

莫沫挑了半天，最后选了一身漂亮的红裙。泡泡袖，中间收腰，圆形裙摆，裙子长度到她的脚踝。当她试穿出来后整个店里的人都望向她，一袭红裙配上那一抹红唇，美得不可方物。

回到家后，莫沫又进入持续呆滞状态。她把裙子收起来，放到衣柜里，却无意间发现了一个白色袋子。她拿出来后，才发现是和夏与冰在新西兰拍的婚纱照。

那明明是不久之前的事，却感觉像是上辈子发生的似的。她将袋子里精致的相册拿出，每张相片都承载了那份曾经美好如今却异常沉重的回忆。

她和他在沙滩上戏水的瞬间

她在庄园前花丛里微笑的瞬间……

她的身边还有他存在的每个瞬间……

都已成为不复存在的往事。

就在莫沫合上这本婚纱的时候，不知哪里突然响了起来，是夏与冰的声音。她这才发现，原来这本相册后面有一个震动的感应器，合上相册的那瞬间，声音便放了出来。

"在我心里，你永远是我唯一最美丽的新娘。莫沫，我爱你，永生永世。"

顷刻间，莫沫泣不成声。

许久。

她拿起手机，编辑了一条短信。

"十二点我在锦江乐园的摩天轮下等你，不见不散。"

收件人是曾经熟悉的三个字，夏与冰。

No.247

莫沫准时到了锦江乐园，现在，她已经一个人在摩天轮下面等了夏与冰将近一小时。她焦急地左顾右盼，来来回回形形色色的人，唯独不见夏与冰。

今天的气温不低，莫沫已经是又热又渴。她坐在一棵松树的树荫下，用手不停地给自己扇着风。

突然，一个香草冰淇淋出现在她的眼前。

莫沫转身："与冰？"

来者却是钟亦峰。永远都是一身经典的深蓝色西装，一米九的个头，深邃又英气的五官，除了钟亦峰还有谁？

"是你。"莫沫的眼神流露出些许失落。

上午，钟亦峰接到夏与冰给他的电话。

"哥，我想请你帮我个忙。"

"什么？"

"一会儿我把莫沫的信息转发给你，你替我去见她吧……"

钟亦峰的心里一惊，却仍然淡淡地说："好。"

"怎么，是我，就那么失望吗？"钟亦峰坐在莫沫的旁边，给了她一记"爆栗"，故意撇嘴说道，"居然背着我见别的男人，还是有家室的男人！"

"嘁……"莫沫笑了笑，打开冰淇淋吃了起来。

"深蓝，你怎么知道我在这儿热得要死！"

"是夏与冰让我来的，他说你在这儿。"钟亦峰看着莫沫说，她听到"夏与冰"三个字的时候突然停下了舀冰淇淋的动作。

是他让深蓝来的……

原来现在他连见她一面都懒得见了……

也是，现在深蓝应该在公司的，要不然他怎么会突然出现在游乐场里？她真的太笨了！

"买香草冰淇淋，是怕你看到是我来找你后难过。"钟亦峰淡淡地说，喝一口手里的矿泉水。

莫沫看着钟亦峰，她还是听出了他话语中的那丝无奈和失落。

"深蓝，对不起……"

"对不起什么？是因为背着我见其他男人而感到抱歉吗？如果是这个，我可以考虑接受。"钟亦峰对莫沫微笑着说。

"别再开玩笑了，"莫沫认真地说，"现在可是你的上班时间，我又耽误你这个工作狂认真工作了。"

钟亦峰仍是笑笑，又给了她一记"爆栗"。只是，她还是没有听出他话语里的那些认真。那些她以为的玩笑，其实是他内心最纯粹的东西。

"我十二点下班后过来找你，然后现在是一点十分，从这里到公司需要一个小时，也就是说我再陪你聊二十分钟也不会耽误两点半的上班时间！"钟亦峰看看手表，认真地对莫沫说。

莫沫撇撇嘴，原来成功人士对自己的时间规划都是如此清晰的，实在太恐怖了……

"怎么，你为什么会约夏与冰，是因为还没有放下吗？"

"不是，"莫沫低下头，紧紧握着手里的东西，淡淡地说，"是因为还有些话没说完，也有东西没还给他。"

"那现在，你说完，还完了吗？"

"我……"

莫沫站起来，将手中的那个红色婚纱戒指挂在一枚松针上。

"现在，说完，也还完了。"

"那我们走吧，"钟亦峰起身准备离开，对莫沫说，"一起走，我先送你回家，再回公司。

"哦，"莫沫应道，"但是这样你上班不就晚了吗？"

这一圈，来来回回两个小时都不能够。

"你要是再磨磨唧唧肯定就晚了。"

"喊……那把车钥匙给我吧。"

"给你干什么？"

"开车啊！你每次不都是把我当你的准司机给你开车！你这个驾照被吊销的人！"

莫沫不曾知道，钟亦峰是因为十八年前为了救她而不能开车。

莫沫也不曾知道，钟亦峰是因为十八年后为了找到她而再能开车。

"你驾照才被吊销了！"钟亦峰对莫沫喊道，以示不满。

"你驾照被吊销了！你驾照被吊销了！你驾照被吊销了！尼采他老人家说过，重要的事情要说三遍，噢耶！"莫沫对着钟亦峰比着"V"字手，蹦蹦跳跳地跑开。

"哼，你等着，我非得让你看看我的驾照，还有我驾照上的照片到底有多玉树临风！哼！"

No.248

莫沫和钟亦峰越走越远，夏与冰才在角落里现身。

其实他一直都在，从莫沫刚到的那一刻起，他就躲在角落里看着她。只是后来钟亦峰十二点就到了，却一直站在莫沫身后不远处看着她。他不知道钟亦峰在做什么，但是钟亦峰看着莫沫时宠溺的眼神不由得让夏与冰再次震惊。

天知道夏与冰有多么想她，又有多么想见她。可是他不能那么做，就像宫玫萱说的那样，既然做了决定，就应该决绝，不能再像以前那样藕断丝连，那样优柔寡断才伤人至深。

对不起，莫沫。

夏与冰走近莫沫坐的位置，抬头看那棵松树。阳光照射过来，上面有一个闪闪发亮的小东西。夏与冰缓缓取下来。是那枚婚纱戒指，他为了莫沫特别订制的红色婚纱戒。夏与冰看着戒指，坐在刚刚莫沫坐过的地方。他无意间看到了一张被揉坏的纸团，他轻轻打开，却看到了那熟悉的字体。

与冰，我相信一个人不管一个人怎么变，他的本心是不会变的。与冰，不管你做了什么，不管你爱不爱玫萱，我都相信，现在的你仍然也是爱我的。只是，只是好像我们这辈子真的不能再在一起了。答应我，下辈子，不仅要爱我，还要跟我在一起，好不好？

夏与冰看着那张纸条，眼泪流下来。

"好的，沫沫，我答应你。"

夏与冰抬头，阳光那样刺眼，眼泪还是不停坠落。突然，他觉得身体非常不适，但是肉体的疼痛还是掩盖不住心里的疼痛。

　　只是，他永远不会知道，钟亦峰之所以十二点到了却没有过去找莫沫，是为了给他最后一次机会。在莫沫出国之前，给他最后一次和她单独相处的机会。

第七十一卷　盛世婚礼

卷首语：

我的爱，注定因你而生，亦为你而灭。

No.249

两天后，上海桓旗酒店停车场，一辆银色劳斯莱斯内。

莫沫身着红裙，坐在副驾驶上。她紧闭着双眼，她怕在睁开眼睛的同时泪水会不听话地落下。

原来无论曾经觉得自己再坚强再勇敢，那也只是假象。当一切真正发生的时候，懦弱还是会催化出人的本质，让她不得不想落荒而逃。

"如果你想离开，现在我就带你走。"

钟亦峰温柔的声音在她的耳畔拂过。

此时，泪水却夺眶而出，顺着莫沫苍白的脸颊滑落。

钟亦峰扭动钥匙，准备开车离开。莫沫却握住了他放在方向盘上的那冰凉的手。

"不，我要去。就算他的新娘不是我，我也要以一个伴娘的身份和他一起出现在婚礼上。"

莫沫努力露出微笑。

"这，是我最后能为他做的一件事。"

钟亦峰沉默良久。

"走吧，还有半个小时，婚礼就要开始了。"莫沫声音轻轻的，像微风那般。

"告诉我，到现在，你还相信爱情吗？"

钟亦峰感觉到内心难以抑制住的疼痛像是洪流，席卷他的全身。他知道，她这样做对她来说到底有多么大的伤害。他更知道，她别无选择。

"相信。"

莫沫用闪烁着泪花的明亮双眼，坚定地看着钟亦峰。

"为什么？"

"至少……至少爱曾经有一朝一夕眷顾过我。"

钟亦峰微微一笑。

那我的爱呢？

我的爱，注定因你而生，亦为你而灭。

No.250

宴会主场的大门开启。

宫玫萱挽着夏与冰的手微笑地向前走着，遮在她面前的白纱依然无法掩盖住她摄人心魂的美丽。红毯四周的仆人从手臂的花篮中不停地拿出黄蔷薇的花瓣，撒在这对新人的面前。黄蔷薇是夏与冰最爱的花。只是他的爱好在生活中却全部像是一面镜子反射着莫沫一样，她喜欢香草奶茶，他就丢掉他所爱的黑咖啡和她一起品味香草奶茶；她喜欢玛格丽特，他就放弃他喜爱的黄蔷薇和她一起分享玛格丽特……

莫沫和钟亦峰作为伴娘和伴郎跟在他们后面缓缓走着。二十年后，这场婚礼如约而至，她亦是一身红裙。只不过，他是新郎，她，是伴娘。

钟亦峰紧紧地握着莫沫的手，给她继续前行的勇气。

在神父的面前，夏与冰宫玫萱面对面站着。莫沫望着台上的他们，只觉光线刺眼，未觉那从刚才紧握着她的手一直都在。

"宫玫萱，你是否愿意夏与冰成为你的丈夫，与他缔结此生契约：无论生死，富贵，贫贱，都爱他，照顾他，尊重他，接纳他，永远对他矢志不渝，直至海枯石烂？"

宫玫萱露出微笑："我愿意，当然愿意。"

"夏与冰，你是否愿意宫玫萱成为你的妻子，与她缔结此生契约：无论生死，富贵，贫贱，都爱她，照顾她，尊重她，接纳她，永远对她忠贞不贰，直至地老天荒？"

......

夏与冰一阵沉默。他不由自主地撇头望向台下那一身红裙的人。他不知道用什么言语去形容此刻心里的感受，只知那是一种此生都未曾有过的痛。

"夏与冰，你是否愿意宫玫萱成为你的妻子，与她缔结此生契约：无论生死，富贵，贫贱，都爱她，照顾她，尊重她，接纳她，永远对她忠贞不贰，直至地老天荒？"神父看着沉默的夏与冰，再次说道。

莫沫看着望向自己的夏与冰，不知为何她却在他的眼神里读出了那么多的痛楚。这一瞬间，她多么希望自己失聪。她好怕听到那三个字，她想逃，想立刻逃出这个仿佛让她魂飞魄散、万劫不复的地方。她倏地感觉到了那股来自掌心的温暖，她无助地望向身边的他。

钟亦峰看到莫沫的眼睛，立刻读出了她眼神里的东西。

"我带你走。"

钟亦峰轻声说罢，紧握着莫沫的手，拉着她逃离这个看似喜乐实际却被悲伤浇灌的地方。

台下一片喧哗，在众人议论纷纷之际，在他们跑出宴会大门的刹那，夏与冰对着眼前有些惊慌失措的宫玫萱轻轻地说了那句。

"我，愿意。"

莫沫任凭钟亦峰拉着自己奔跑，任凭自己逃离那场属于夏与冰和宫玫萱的婚礼。

然而在他拉着她奔跑的这短暂的时间和空间里，她的脑海却将二十年前的那一幕幕重新浮现。偏偏在这个时候，失去那段记忆的她想起了那个曾经在黄昏突然出现的夏与冰，那个曾经在婚纱店前许下的承诺。

二十年前，放学路上。

"与冰，你看，那边有卖冰淇淋的耶，我们去买冰淇淋吧！"

宫玫萱立刻拉起夏与冰去马路对面。

"他们，才是天造地设的一对吧！"

莫沫转过身，自己一个人默默地离开。不知不觉，仿佛走了好久好久。村子前的那条小路，黄昏中的夕阳映照着她的脸，她边走边踢着路上的小石子。

"莫沫。"

突然，熟悉的男声在他身后响起，她立刻转身。

夏与冰就这样戏剧性地出现在这条乡间小道中，给了她最爱的香草冰淇淋。尔后，他牵起她的手，拉着她奔跑在这美丽的夕阳中。

不知过了多久，他们才停下脚步。

莫沫大口大口地喘着气，当她抬起头时，看到了那件美丽的婚纱裙。她惊喜的看着他。原来，他一直都在注意她。

"你……"

夏与冰露出微笑。

"沫沫，等我们长大了，我娶你好不好？为你穿上美丽的大红色婚纱，然后，我们再也不分开。"

原来，二十年后，依然是牵手奔跑，只是那掌心的温暖却不再是你的温度。物是人非事事休，欲语泪先流。

No.251

婚礼仪式结束。

夏与冰一身白色西装，踉踉跄跄地穿梭在人群中仿佛是找不到了前行的方向。身体的剧烈疼痛让他几度失去意识，唯一清晰的便只有来自那颗心脏的痛苦，压迫他到窒息甚至心跳骤停。

这份肉体的疼痛，远不足内心苦楚的万分之一。

他像那阵渴求抓住烟火的风，却无心将烟火幻灭于天际。本想紧紧握住她的心，却一不小心让她窒息，几欲支离破碎。

这便是他和莫沫之间的爱，过去所有的回忆都成为一个个零散的碎片，而每一片都深深刺痛他的心。

"直到走到今天这一步，我才明白，最后跟我结婚的人，往往不是我最爱的人。"

泪水缓缓氤氲了他的眼睛。

顿时，夏与冰只觉身体的疼痛已经腐蚀了他全身的骨头，他仿佛失去了所有力气，眼前漆黑一片，跌倒在地。

"与冰！"

宫玫萱一声尖叫制止了婚宴现场人群沸腾的同时，又引起了另一波喧嚣。

人群纷纷聚集过来。宫玫萱抱着昏倒在地的夏与冰，眼泪落下。

"你不要有事……我求求你，与冰……你不要吓我……"

没有人知道，躺在地板上却被宫玫萱紧紧抱着的夏与冰，到底有多么的孤独与寂寞。

第七十二卷　不说再见

　　家是什么？家就是一个回不去的故乡。所谓故乡，又是个什么样的地方？绿树青葱，山水环绕？曾在青春满怀壮志之时，坐在远处的山头望向穿越故乡的铁轨，立誓总有一天自己也要乘载这趟列车远走他乡。而现在，将要离开的时候才禁不住那仰望的侧颜和凝泪的双眸。青年的中国没有乡愁，乡愁只给不回家的人。

No.252

　　钟亦峰拉着莫沫跑出婚宴主场，进电梯按到 Bl 层。

　　"下午几点的飞机？"

　　"三点十五。"

　　钟亦峰看一眼手表，现在将近一点，那么还来得及。

　　"走吧，带你去个地方。"

　　那辆劳斯莱斯最终在街道边的一个规模较小的公园停下。

　　"这里离机场比较近，不用担心误机的问题。"钟亦峰将车放在公园的停车场里，对莫沫说。

　　阳光照耀在公园的音乐喷泉上，透明的水珠宛若颗颗晶钻向外倾洒着。悠扬的纯音乐从广场四周的音响中氤氲而出，空气中弥漫着那丝沾着点点忧伤的安静旋律。原本环绕在四周绿化带中的白色风信子早已开落，而树丛里那几株木槿却开得正好，围墙上那万绿丛中一点红的凌霄也丝毫不逊风采。

几个小孩子围绕着喷泉前后跑着，他们的笑容似乎比阳光还暖。

莫沫看着眼前这景色，突然有一种难以说出的感觉。此刻，微风之中，她能够清楚地听到自己的心跳声和呼吸声。

这种感觉，就好像是，以前曾经来过这里一样……

"莫沫。"

钟亦峰轻轻说："这次走了，真的不再回来了吗？"

莫沫看着钟亦峰英俊的侧脸，心中却有一种说不出的酸楚。

"是的，不回来了。"

"可是，这里才是你的家。"

钟亦峰说得并没有错，她始终都是一个中国人。

"家是什么？"莫沫却微微一笑，"家就是一个回不去的故乡。"

所谓故乡，又是个什么样的地方？绿树青葱，山水环绕？

曾在青春满怀壮志之时，坐在远处的山头望向穿越故乡的铁轨，立誓总有一天自己也要乘载这趟列车远走他乡。而现在，将要离开的时候才禁不住那仰望的侧颜和凝泪的双眸。

也许，很久以后，在大洋的彼岸，她会凝望这片曾经属于她的故土。曾经深深给过她伤害，让她活得窒息的故乡。

也许，青年的中国没有乡愁，乡愁只给不回家的人。

然而，在这个回不去的地方，又会有谁翘首企盼着她能够归来呢？

"在这里，我不再有什么留恋。从我出生在这个世界上开始，一直都是保持着一种姿态。有过梦想，也奋斗过，体会过成功，也享受过幸福。每每失去的时候，哭过，怨过，任性过。但在这所有的一切中，大部分时间里，我都是一个人，踽踽独行。时而躁动，间歇停止。总是一个人，讨厌这种寂寞，久而久之却又习惯了这样的生活。因为，只有这样，我才能感受到自己是真实生存着的。"

莫沫那样淡然地说完这番话。

只是这字里行间繁衍出的每一丝苦楚都让钟亦峰倍感心疼，他不知道一个人到底要经受多少苦痛和折磨，才能有这样一番看似乐观实质孤独又冰冷的体味。

"二〇一五年，七月五日，在仲夏时分的最后一天。"钟亦峰轻轻说。

"嗯？"莫沫看着钟亦峰的眼睛。

"以后，每年的今天，我，都会在这里等你，"钟亦峰认真地对他说，"不为别的，我只想让你知道，在这里，有人一直在等你回来。"

有个人，一直都在等她。无论是十八年前，还是现在。他，一直都在等她。在她不知道的那些时光里，在她不小心遗忘的那些记忆里。他一直都在等着那情窦初开后的重逢，等着那覆水难收后的相爱。

莫沫不再说话，眼泪却悄无声息地划过脸颊。

仲夏时分，森林里所有精灵都复活，奇迹总会出现的这样一个时节里，有一个宛若童话里王子那般的人等待着她……这些都已经足以让她永远记住他。在她那缱绻错叠的生命中，曾经有一个人这般存在过她的世界，此生便再无所憾。

No.253

浦东机场。安检前。

莫沫起身，拿起她的手提包，手里握着机票准备离开。她没有带任何大件行李，因为真的没有什么是需要带走的，一切可以等到了美国再准备。

钟亦峰看着她的背影，轻轻地说："连再见都不说一声吗？"

莫沫停下脚步，转身，走到他的身边，轻轻地拥抱他。

"不，不说再见。"她轻声说。

莫沫走过安检，一路没有回头再望他一眼。她只怕一转身，便再也不忍离去。

钟亦峰看着莫沫的身影消失在过道里，一瞬间他的心就好像被撕裂那般。他突然好后悔，就这样让她离开。他多想自私地把她留在身边，如果他告诉她，他很爱她，那么她会不会为了他留下来？

突然，钟亦峰很想知道答案，他疯了一般挤进人群去追她。机场大厅的乘客都被他吓了一跳，警务人员立刻拦住他。

"这位乘客，请你保持冷静。"

钟亦峰才不管！他一定要追上她！

一个警务人员努力拦着他说："请出示机票，否则不能过安检。如果您硬性闯入，我们一定会追究你法律责任。"

他钟亦峰才不在乎这些！这一刻，他简直快要疯了，他不能就这样失去她！他用力将拦着他的那人推开，疯一般地跑过去。

当他终于跑到机场过道时，却看到她乘坐的那架飞机滑翔而去，迎风起飞。

一滴眼泪流过他的脸颊，原来十八年前，他说的那句话是对的。

下太阳雪相遇的人，都是命中注定要遇到的人。只不过，他们终会在彼此的生命里写满错过而已。

因为他深深地明白，莫沫的那句"不说再见"的含义。

不说再见，是不想再见不想分离。

却又是，再也不见。

第七十三卷　命悬一线

卷首语：

原来，这就是命运的不可抵抗力。

No.254

"夏与冰突然昏倒在婚礼现场，生命垂危……"

"桓旗集团继承人夏与冰在结婚当天出事，危在旦夕，现场一片混乱，事故原因不明……"

夏与冰昏倒后，救护车立刻赶来。救护车上，宫玫萱抱着脸色苍白的他。

"沫沫……"

"沫沫……"

夏与冰小声呢喃。

宫玫萱不停地流着眼泪："与冰，你快点好起来，我们去找莫沫……"

"沫沫……"夏与冰两眼无神，声音极小，"我好想你。"

眼泪从夏与冰的眼角流下，宫玫萱看着这样的夏与冰，心疼不已。

"与冰……听话，莫沫在医院等你，你马上就能见到她了……"

医院。夏与冰立刻被推进急诊室。不一会儿，便有一个医生出来。

"哪位是病人的家属？"

宫玫萱马上说："我是他的妻子。"

"是这样的，据我们初步判断，您先生应该是右肾出现衰竭现象，但是具体什么情况我们也不敢妄下定论，需要等检查和化验结果。在这之前，您先生有过类似情况吗？比如疼痛之类的？"

宫玫萱一惊！仿佛晴天霹雳那般！

"他大约一年半之前，做过左肾切除手术……"宫玫萱神情恍惚，突然想到了上次从暗夜出来夏与冰不舒服的样子，对医生说，"他之前的确有过不舒服，就在前不久！"

医生眉头越皱越紧，左肾切除，现在右肾又出现问题，情况实在不容乐观。

"医生，我丈夫他到底怎么样？有没有生命危险？"宫玫萱拉着医生的胳膊，眼泪在眼睛里面打转。

"你先冷静，现在还不好说，有什么事我们会立刻通知你。"

医生说罢迅速离开。

宫玫萱站在急诊室外，透过玻璃看着里面的夏与冰。他闭着眼睛，嘴里似乎在小声说着什么。她知道，他在说"沫沫"。

"简枝，你赶快开车去桓旗，找一个叫顾雷的人。让他找到钟少后把莫沫带回来，就说，就说与冰现在在医院，生死未卜。"

No.255

飞机刚刚起飞，莫沫坐在座椅上，思绪万千。

此刻，她却突然想起了，当时任性要逃跑的她，被深蓝在机场抓了个正着。她以为他会怪她，或者对她破口大骂，然后把她开除。

可是他没有。

他只是对她说，如果她想离开，让他陪着她……

莫沫微微一笑，眼泪却从眼角溢出。她缓缓从包里拿出她唯一带走的那样东西，不是她和夏与冰的婚纱照，也不是她和夏与冰、宫玫萱的合照，这些都不是。她唯一带走的，是钟亦峰在她生日那天，让一个陌生小男孩送她的那个胡桃夹子木偶。

她看着这个木偶，泪水不停。不知为什么，她会那么难过，那么悲伤。是因为对深蓝有那么多的不舍吗？

她努力不让自己哭出声……突然，她的头部剧痛。这种痛，是前所未有的那种疼痛。好像有千万条虫子在自己脑子里钻，心脏几乎要停止跳动的那种急迫。她快要窒息，好像死亡距离她只有一线之隔。压力，恐惧，伤痛一并袭来……

"听说，下太阳雪时相遇的人，都是命中注定要遇到的人，然后会在彼此的生命里写满痕迹……"

"如果我难过了，就会抬起头看看天。天空那么大，一定可以包容每个人所有的难过……"

"你，以后不要再哭了。"

"我就是这个故事里的胡桃夹子，所以……"

"你叫，什么名字？"

"你叫，什么名字？？？？"

她慌乱地起身，却根本站不稳。她的邻座们都发现了她的异样。

"这位小姐，你没事吧？"

"小姐，你怎么了？"

乱七八糟的片段不停地在她的脑子里跳出，色彩太多她根本看不清，纷乱的色彩混在一起最终变成一片空白，一瞬间，她却什么都看不到了。

"嘭……"

她重重地摔倒在地，失去意识。

"啊……"尖叫声此起彼伏，乘客都受到了惊吓。

空姐迅速赶来，看到昏厥的莫沫惊讶不已，立刻联系机长。

No.256

不知过了多久。莫沫再睁开眼睛的时候，房间里白白的一片。她立刻坐起身，却看到了熟悉的人。

她瞪着大大的眼睛，用力扭着眼前的人脸。

"痛，痛，痛！快放手，这女人怎样啊这是，刚醒过来就捏人脸！"

钟亦峰不停地搓着被莫沫扭的脸颊，一副埋怨她的样子。

"痛？深蓝！真的是你？我不是做梦啊……"

就在钟亦峰刚要离开机场的时候，上方的天空却有一架飞机降落。然而，不一会儿，她便被人从飞机上抬了下来。

钟亦峰吓坏了，他立刻跟着她到医院。一番检查后，她身体各个机能都无大碍，得知莫沫患有选择性失忆症后医生说可能是心理上的问题，也许是受了什么大的刺激，只要醒来之后就不会有事了。

然而现在看到她这副样子，钟亦峰便知道她肯定是没事了。

这时，顾雷正巧和简枝慌慌张张地推门进来。

刚刚在医院的时候，顾雷便打电话急匆匆地找钟亦峰和莫沫。凑巧的是，他们也在医院。

"莫沫，你怎么样了？"顾雷问道。

"我没什么事了。"莫沫微笑着说。

"那咱们快去找夏与冰和宫玫萱吧！"顾雷急匆匆地说，却让钟亦峰和莫沫一头雾水。

"在莫沫小姐和钟亦峰先生离开之后，夏先生在婚礼上晕倒了，医生说情况很不乐观，玫萱姐让我过来找你们……"简枝慌张地说。

听后，莫沫神情大变："与冰在哪里？"

No.257

重症监护室。

宫玫萱在玻璃外望着安静躺在里面的夏与冰，面无表情。

莫沫一行人迅速赶到。

"到底怎么回事？"莫沫问，"与冰怎么会突然这个样子。"

宫玫萱闭上眼睛，将整件事前前后后全部说了出来，包括夏与冰一年前接受的肾脏摘除手术，还有他和她突然结婚的真正原因，以及那晚他酒后乱性错把她当成了莫沫……

所有人都安静地听她说着。

原来，这就是命运的不可抵抗力。

夏与冰突然跟宫玫萱结婚，只是因为她肚子里那个孩子。莫沫突然明白了他为什么会那么做，他不会让这个孩子像他一样，在委屈和痛苦中成长。

"现在，与冰必须接受换肾手术才能够继续活下去。但是目前没有合适的肾源，我们要做的就是等。"

宫玫萱轻轻地说，可是在场的所有人都知道，那个在里面躺着的人，他没有多少时间可以等了，他等不起。

第七十四卷　静静相拥

卷首语：

我不想再看到她的眼泪了……

No.258

莫沫在病房里仔细照看着夏与冰。宫玫萱之所以把夏与冰交给莫沫，是因为她知道在他醒来后第一个想见的人一定会是莫沫。

莫沫看着那张苍白的脸渐渐入神，她一定不会让他死的，她一定要救他！可是她已经去做过检查，她的肾和他的根本不匹配……

夏与冰在睡梦中苏醒，缓缓睁开眼。现在的他，脆弱至极。

"沫沫……"他轻轻地唤她，她才回过神。

"与冰？与冰！"莫沫看着醒过来的他，微微一笑，"你终于醒了。"

莫沫帮着他坐起身来。她刚要坐回椅子上，夏与冰却轻轻地箍住她。

他就那么轻轻地抱着她，她一动不动。

一会儿，她仿佛感觉到几滴冰凉的液体落在她的肩上。

是夏与冰的眼泪。

"沫沫……"

"嗯。"

"对不起……"

不知道为什么，这三个字像火焰一样灼烧着她的心，却又将她这些日子以来受的苦宛若云烟随风而逝。

　　她知道，没有什么谁对不起谁。一切都是命运在按它自己的规划上演着各式各样的戏码，他们无权拒绝，只有默默承受。只是，她不再埋怨任何人和事，而是坦然地去面对去迎战。

　　"如果我死了……"

　　"不会的，与冰，你一定不会有事。"莫沫些许哽咽。

　　夏与冰早就感觉到自己身体的异常，走到今天这个地步也不是全部超乎他的预料。

　　"如果我真的……你一定要帮我好好照顾玫萱，和她的孩子。"

　　夏与冰的声音宛若微风。

　　"嗯，"莫沫用力点头，泪水落下，"我答应你，但是你也要答应我，不许死。"

　　夏与冰微微一笑，不再说话。

　　而此时病房外，钟亦峰将开门的动作停在手中。他看着他们静静相拥在一起，心中思绪复杂。他再次看到了莫沫的眼泪，那些依然为夏与冰而流的泪水，都像是针刺一般扎入他的心脏。

　　也许，他为莫沫做了那么多，她依然看不到他的真正原因，就是她一直那般深深爱着夏与冰。就算，当时他追上了登机的莫沫，她也会毅然决然地离开……她始终不会在乎他的，始终不会……

　　钟亦峰松开门的把手，扯松西装的领带，将西装的外套脱下。

　　他深深吐一口气，迈着沉重的脚步，转身安静地离开。

No.259

　　几天后，下午宫玫萱高兴地拿着报告来找莫沫。

　　"找到肾源了！找到肾源了！"宫玫萱将报告拿给莫沫，开心地抱着她说："报告显示匹配度百分之九十九，我们真的太幸运了！"

　　"今早与冰的主治医生便打电话把这个好消息告诉了我，他说有些患者等肾源能等上半年，一年……甚至身体撑不住最后走向死亡也等不到那个合适的肾，而与冰，真的太幸运了！"

　　莫沫看着报告，激动不已。

　　"但是因为肾源要从外地运过来，手术要后天才能进行。"

　　"那捐赠者是谁？我们一定要亲自去见他，好好感谢他！"莫沫说。

　　"医生不肯透露捐赠者信息，据说是一个刚刚去世的军人，死后将所有的器官全部捐献了。"

此刻，莫沫突然觉得那位军人很伟大。她心想，等她死后也要将自己所有的器官捐献。沉浸在思考中的她却没有发现此刻宫玫萱额头上溢出的冷汗。

后天一早，夏与冰便进入手术室。

莫沫和宫玫萱两个人没有去家属等候室，而是一直守在手术室前不敢离开。整个手术过程，钟亦峰都没有出现。

莫沫以为，也许是深蓝公司有事要忙。或者是，他仍然没有放下心中的那个结，还是不能把夏与冰当成自己弟弟看待。

直到黄昏时分"手术中"的灯才终于熄灭，医生从手术室出来。

两人迅速走过去。

"放心吧，手术比较顺利，病人马上就可以出来，不出意外的话，清醒后三天就可以转普通病房。"

莫沫和宫玫萱相视而笑。

等夏与冰平安回到监护室的后，莫沫拿出手机，给钟亦峰打了个电话。

而对方的电话却是暂时无法接通。莫沫撇撇嘴，心想也许他仍然还是在忙。

No.260

手术前两天。

上海桓旗总公司，总经理办公室。

"钟少，宫玫萱小姐来了。"秘书替宫玫萱打开门，微笑着对钟亦峰说，尔后轻轻替他们带上门。

"钟少，"宫玫萱微微鞠躬，"请你帮帮与冰。

钟亦峰停下手中的工作，看着宫玫萱说："什么意思？"

"你知道，与冰很难找到合适的肾源。他的血型特殊，AB 型 RH 阴性。你们两个血型相同，并且还是兄弟，如果是你的话，匹配成功的希望还是很大的！"

钟亦峰的目光复杂："你凭什么觉得我会帮他？"

"他是你弟弟……不管你承不承认，这都是不可争的事实。"

钟亦峰却不再说话。

宫玫萱却"扑通"一声跪在钟亦峰的面前。

"你这是做什么？"

"钟少，求你救救与冰，求求你。"

"你先起来再说。"

固执的宫玫萱不肯起。钟亦峰从抽屉里拿出一张报告和协议，放在桌子上，往前一推。

　　"你起来吧，看看这些。"

　　宫玫萱缓缓起身，当她看到这两张纸后惊讶不已。报告显示他和夏与冰肾的匹配为百分之九十九，符合肾脏移植的条件。并且，他已经签订同意手术的协议，就在两天后。

　　"医生将手术定在了后天，因为相同血型血库不够多，需要从别的地方调过来。"钟亦峰的语气平淡至极，就好像这件事根本与他无关那般。

　　宫玫萱却是吃惊不已，她下了很大的决心才来求钟亦峰帮忙。她根本不确定钟亦峰到底愿不愿意帮夏与冰……而他，却在这之前就已经准备好为夏与冰做肾脏移植……这真的太出乎她的意料。

　　宫玫萱看着钟亦峰，一言不发。

　　"还有什么事吗？"钟亦峰问。

　　"钟少。"

　　"我能不能问，你为什么会这么做？"

　　钟亦峰深邃的眼睛却闪过一丝脆弱。

　　"我不想再看到她的眼泪了……"钟亦峰轻轻地说，"如果夏与冰死了，莫沫一定会受更大的打击。我，不想再看到她难过。"

　　宫玫萱的心一颤。

　　"所以，请你替我保密，这件事，一定不要让莫沫知道。"

第七十五卷　隐瞒背后

卷首语：

　　现在的我，还是不相信亲情，不相信爱情，但也不再相信金钱，地位，名利。是莫沫让我知道，我曾经拥有那些是如此冰冷和寂寞。所以，现在的我，只相信她。

No.261

　　手术后第二天下午，医院。

　　莫沫急冲冲地跑进医院，带着满脸的微笑。她疯狂地按电梯，可是电梯就是不来。她实在是等不及，索性直接爬楼梯上去。这一切是因为宫玫萱给她打电话，告诉她夏与冰已经醒过来了！

　　她莽撞地爬着楼梯，不小心撞上一个正在下楼梯的人。

　　"对不起，对不起！"莫沫连忙道歉，却发现撞上的正是顾雷，"大雷？"

　　"莫沫。"顾雷也看到了她。

　　"你在这儿做什么？来看与冰的吗？"莫沫对他微笑着说，抑制不住的开心，"走吧一起上去，我也是来看与冰的，他已经醒了！"

　　"你去吧，我就不上去了。我还有事，先走了。"

　　顾雷说罢就要离开，莫沫却抓住他的胳膊不让他走。

　　"那你来医院做什么？"这时莫沫注意到他手上的那张纸，好奇地问，"这又是什么？"

顾雷立刻将纸折好，放在口袋里，装作若无其事地说："没，没什么。我，呃……我有点感冒，过来拿点药……咳咳咳……"

说着，他还装着咳嗽了起来。可惜，他的演技实在是太浮夸，明眼人都能看出来这是假的。

"别骗我，大雷，"莫沫靠近顾雷，看着他的眼睛说，"我可是很了解你。"

顾雷被莫沫这突然的靠近吓了一跳，连连后退。突然，莫沫趁他不注意，从他的口袋里拿出他刚刚折好放进去的纸。

顾雷还没反应过来，莫沫就已经打开看了。

是药单。

但是，上面写的却是——住院人，钟亦峰。

莫沫既吃惊又疑惑地看着顾雷，语气里亦不乏担心地问道："这到底是怎么回事？深蓝怎么了？为什么会住院？"

No.262

莫沫安静地站在窗前，看着监护室里戴着氧气罩的钟亦峰。

"是深蓝把自己的肾给与冰的？"莫沫眼泪落下，问顾雷。

"是。"

"为什么现在才告诉我，为什么！"莫沫喊道，"是不是你们所有人都知道，只有我被蒙在鼓里？"

"是。"

AB 型 RH 阴性血，这样的人，怎么可能那么快找到肾源？莫沫的眼泪不停，是她太疏忽了！或者说，她只是被夏与冰找到肾源的喜悦而冲昏了头脑！

"深蓝，他，到底为什么要这样做？"

顾雷语气满是心疼："一年到现在，这是钟少第三次动手术。身体太虚，所以到现在都还没有醒过来？"

"第三次？怎么会是三次，深蓝之前还得过什么病吗？"

"没有。"顾雷这才突然想到，第一次救莫沫的时候她好像根本不知道。

"那是怎么回事？"

顾雷长舒一口气，他真的无法再替钟少隐瞒下去了。他不能眼睁睁看着钟少为她做那么多，她还是浑然不知。

"第一次是元旦的时候，他在南街广场看完烟火表演后，救了一个人。只不过那个人，她一直不知道而已。"顾雷看着莫沫的眼睛，轻轻地说。

"谁？是在南街广场附近发生的踩踏事故吗？"

"是。"

"当时深蓝在那里？那个时候，我也在那里，也经历了那个惊……"

突然，一句话晃过莫沫的脑海。

"我……"

"我会……"

"保护你。"

她突然想起了，在她昏厥之前，似乎听到有个人这样对她说。她睁着大大的眼睛，目光呆滞，眼泪骤然掉落……

"深蓝……救的人……是我？"

"是。"

莫沫的眼泪决堤。原来，他从一开始就站在她的背后了，而她，却一直没有看到他。原来，他早就做到了，为了她，不顾自己的性命……

"钟少从小一直都是恨夏与冰的，小时候他出过一次事故。在那之后，他就失去了家庭的关怀。他一直都是压抑着自己，带着恨活下去的。可是，遇到你后，他就变了，他为了你不顾自己的性命，后来为了你又不顾桓旗不顾自己的事业，甚至为你去替夏与冰补财务部一千万的亏空，现在，他还为了你去救夏与冰……"

顾雷轻声说着："而他，从来没有想过会得到什么。他不曾想过你到他的身边，从头到尾，他都没有考虑过自己。你只会看着夏与冰，守着夏与冰。进手术室的时候，你一直守着的那个人，是钟少用自己的命换来的……"

莫沫的眼泪像奔腾不息的洪流，她真的不知道深蓝为她做过那么多事……

她真的不知道……

"在他进手术室之前，对我说了一句话。"

在钟亦峰进手术室之前，顾雷问："钟少，走到今天这一步，你相信爱情了吗？"

钟亦峰微微一笑，眼神复杂："不，不相信。"

"现在的我，还是不相信亲情，不相信爱情，但也不再相信金钱，地位，名利。是莫沫让我知道，我曾经拥有那些是如此冰冷和寂寞。

"所以，现在的我，只相信她。"

莫沫听后，像一只泄了气的皮球倒在地上。眼神呆滞，泪流满面。

我做了什么……

我到底做了什么……

为什么要这样伤害深蓝　　为什么　为什么！！

莫沫陷入了无限的自责中，如果早知道现在这一切，她宁可选择当初不曾认识过钟亦峰。如果是这样，深蓝就不会为她做那么多傻事，这一切到底是有多么的不值得！

天色渐渐暗淡下来，繁星初上。

神情依然恍惚的莫沫走到夏与冰的病房。

"莫沫，你可算来了！"宫玫萱笑着走过来对莫沫说，却立刻看出了她的异样，"你怎么了？怎么哭了？"

"该不会是……"宫玫萱似乎已经猜到了莫沫变成这样的原因，"你见到他了？"

果然，除了她之外，所有人都知道事情的真相是什么。

"对不起，莫沫。"宫玫萱轻声说。

"怎么了？"夏与冰问道，"出什么事了？"

莫沫却没有回答，只是看着宫玫萱，问道："为什么要骗我？为什么要瞒着我！为什么你们都替他骗我，你知道不知道，你们让我变成了一个多么残忍的人！为什么要这样做？"

"是钟亦峰自己要我们替他瞒着你的，是他自己说不想再看到你的眼泪，不想你再难过！"宫玫萱大声喊，"他这么做都是为了你！不是我们让你变得残忍，而是你就不应该在钟亦峰身边，只要有你存在一天，钟亦峰就会一直这样下去！到现在，你还不知道吗？"

宫玫萱的话却顷刻间将莫沫骂醒……

宫玫萱说得对……她不应该去怪任何人，所有事情的源头，都是因为她而已。如果她不在了，那么一切自然而然就能按照正常的轨迹按部就班。宫玫萱和夏与冰能够幸福生活下去，钟亦峰也能恢复自己的理智，理性地工作理性地面对事业上的阻力，完成她母亲的最后遗愿继承桓旗……

她真的不能再那么自私地耽误这所有的一切了……

真的，不能……

第七十六卷　恢复记忆

卷首语：

我从未要过公平，什么又是公平？谁能告诉我，在爱情里面哪来的公平？十八年前，我一个人从医院醒来，一直都在等你，就这样等了十八年！十八年后，我为了救你最爱的人躺在了医院里，又是一个人从医院醒来！你可以不爱我，可是到最后，你连让我亲口告诉你我爱你的权利都没给我。这就是公平吗？

No.263

手术后的第三天上午，钟亦峰终于醒了过来。

他缓缓地睁开眼，觉得全身疲惫。

"钟少，你醒了。"顾雷坐在他的身边，对他微笑。

"夏与冰，怎么样了？"钟亦峰缓缓坐起身，问道。

"一切顺利，他昨天就醒过来了。"

钟亦峰这才放了心。这样的话，莫沫一定很开心吧！

"莫沫呢？"

顾雷却犹犹豫豫不回答。

"在夏与冰那里？"

顾雷还是不作声。

"我问你，莫沫呢？她怎么了？"钟亦峰看出了顾雷的不对劲。

"今早晨她来过，留下一封信就离开了。"

"她都知道了？"钟亦峰一惊，拿过顾雷手中的信，立刻拆开。

钟亦峰的脸色越来越糟糕。

"告诉我，她去哪了？"钟亦峰声音沙哑，却极为激动。

"你快告诉我，她去哪了？"

"机场。"她说，这次她会彻底地离开。然后，让我把信给你。

钟亦峰听后立刻拔掉手上的输液器，疯一般地离开医院。

"钟少！钟少！"

顾雷紧随其后，生怕他再出任何差错。

而那封信却还留在病房的床上，阳光透过窗户倾洒进来，映照在那漂亮的字体上。

"深蓝，对不起。"

"都怪我，让你变成现在这副样子。"

"但是请你原谅我，我不能让还对夏与冰留恋着的自己就这样去你的身边，这样对你来说，真的很不公平。"

钟亦峰从医院出来，立刻拦了一辆出租车。

"师傅，到浦东机场。"

莫沫，不要离开，不要就这么离开！！

最起码，走之前让我再见你一面，让我知道你还好。

还穿着医院病号服的钟亦峰就这样跑了出来。这座城市的喧嚣，衬托着此刻他的落寞。

我从未要过公平，什么又是公平？

谁能告诉我，在爱情里面哪来的公平？

十八年前，我一个人从医院醒来，一直都在等你，就这样等了十八年！

十八年后，我为了救你最爱的人躺在了医院里，又是一个人从医院里醒来！

你可以不爱我，可是到最后，你连让我亲口告诉你我爱你的权利都没给我。这就是公平吗？

钟亦峰的眼泪落下，他早就知道自己在这场感情里面注定是输家。

可是他不知道，到最后自己居然输得这样惨。

很快，车便开到了浦东机场附近。但是这一带却堵车了，钟亦峰焦急万分。

"就到这里吧。"钟亦峰迅速打开车门下车。

"等等，年轻人，你还没付钱呢！"司机师傅探出头来对他大声喊。

不久前，钟亦峰带莫沫来过的公园里。

莫沫站在公园中心的喷泉前面，阳光透过澄澈的喷泉照在她的脸上，时不时空气中还弥漫着微凉的水滴。

她还记得那日他坚定的容颜。

二〇一五年，七月五日，在仲夏时分的最后一天。以后，每年的今天，我，都会在这里等你，在这里，有人一直在等你回来。

泪水氤氲了莫沫的眼睛。

"深蓝，不要再等我。"

"因为，我根本不值得你这样做。"

莫沫转身，走入熙攘的人群里。在过马路的瞬间，她却停了下来。人流从她身边不停地闪过。

莫沫，你真的想走吗？

她在心里这样对自己说。不，她根本不想走，却不能不走。她不能自私地只顾自己一人，害得所有人都不得安宁。

她缓缓闭上眼，脑海里浮现出许多熟悉的面容。

夏与冰，再见。

宫玫萱，再见。

顾雷，再见。

深蓝……

再见……

莫沫忽地睁开眼，大步向前迈去。

她丝毫没有感受到周围的异样。

突然，一阵猛地撞击，几乎让她失去意识。她只觉头部剧痛，似乎是碰到了什么东西。

"啊！"

"啊——"

惊叫声此起彼伏。

当莫沫反应过来的时候，自己已经被甩到马路对面。然而在她面前发生的这一切，却让她不敢相信！

钟亦峰在她的前方不远处昏倒在一片血泊里，血液染红了他的病号服。肇事的货车司机从车上下来，一脸惶恐地看着躺在地上一动不动的钟亦峰……

莫沫连滚带爬地跑到钟亦峰身边。

"深蓝……"

"深蓝！你怎么了！你给我醒醒！钟亦峰！"

"求你了，求你跟我说说话好不好。"

莫沫紧紧地抱着钟亦峰，鲜血同样染红了她的衣衫。

怀里的钟亦峰手指微微一动，用尽全力睁开了眼睛。他看着泪流满面的莫沫露出微笑。

"深蓝，你醒了。"莫沫紧紧地抱着他，轻声说。

钟亦峰没有说话，只是用力抬起自己满是鲜血的右手。莫沫看到后，紧紧地握住了他抬起的手。

"不要……"钟亦峰的声音很小。

"深蓝，你说什么？"莫沫把耳朵靠近他的唇。

"不要……再松开……"

钟亦峰再次失去意识。

这次，莫沫听清了他的话。

"深蓝！深蓝！深蓝！！"莫沫大声喊道，眼泪不止，"求求你，不要吓我！求求你，求求你……"

围着他们的人都轻声啜泣，不忍看见眼前的画面。

哭到抽搐的莫沫却突然头部剧痛，往事一幕幕来袭！

好像在很久很久以前，就已经有过这种痛苦那般。她脑子像是有千万条虫在爬，那种撕裂的疼痛不言而喻。她似乎已然看不清眼前的画面，忽然间只身坠落到另一个时空。

那日，阳光明媚，晴蓝的天空却飘浮着太阳雪。

年幼的她手捧一支香草冰淇淋，好像在对一个男孩子微笑着。

她开心地蹦蹦跳跳着走，在十字路口时，突然转身停下了脚步。她看着在她身后的那个男孩子，大声对她喊："胡桃夹子，你快一点……"

胡桃夹子？莫沫一怔，顺着年幼自己的视线望去，却看不清那男孩子的脸。

她望着男孩的脸，开心地倒着走，不停地对他微笑。就在过马路的时候，有一辆轿车却转弯向她驶来。男孩看到了那辆车，立刻跑到她的身边，用力将她推开。

男孩……

倒在了血泊中……

莫沫用力地晃自己的头，想知道脑海中浮现的这些到底是什么……

"钟少！"

顾雷开车赶到机场附近，看到这拥挤的人群。当他挤进来后，却看到了倒在血泊中的钟少。救护人员也立刻赶来，将钟亦峰从莫沫怀里抬出。

莫沫目光呆滞，几近失去意识。

她紧紧握着钟亦峰满是鲜血的手，他的血亦将她白皙的手染红。

医护人员迅速将钟亦峰抬走，她望着满脸是血的他，眼泪不止。而她，却不得不松开了那满是鲜血的手掌。

"不要……再松开……"

钟亦峰的话回荡在莫沫的耳边。

"不要……再松开……"

莫沫瞪着大大的眼睛，泪水占据了她的脸。

年幼的她立刻将倒在血泊中的男孩抱起，而另一只手却狠狠地抓住了她。

"沫沫，跟我走。"

是姥姥。姥姥正用力地拉着她，让她离开。

"我不要走！我不要走！不要……"

"我不要离开……"

年幼的莫沫大声哭喊着，紧紧地握着男孩满是鲜血的手。

"姥姥，我不要走！我不要走！不要走……姥姥……我不要离开……"

"就当作是救救我……救救我，求求你……"

"救救我……"

她大声地哭着，说什么都不放开男孩的手。男孩的血亦沾满了她的手，而他都是为了救她才变成现在这副样子……

她怎么能就这样离开？

"胡桃夹子……胡桃夹子……"

莫沫大声地哭喊着。只是姥姥的力气越来越大，她紧紧握着的手快要松开了。

倒在血泊里的男孩，在她将要松开手之际，对她轻轻说了一句话。

"我的名字是……"

"钟亦峰……"

莫沫猛地睁开眼睛，九岁之前被她丢弃的记忆顷刻间全部寻回！

原来，记忆中的男孩，不是别人，正是钟亦峰！

不是别人，正是钟亦峰！！！

莫沫的眼泪不停地坠落，为什么现在她才想起这所有的一切，为什么！！！

她突然想起那日跟深蓝在"幸福之家"吃完晚饭后一起在外滩散步……莫沫一溜小跑跑到钟亦峰的前面，转身看着他做鬼脸，一个人倒着走过马路。他却宛如吃错药那般对着她发脾气。

"你能不能不要总是把自己弄得那么危险！

"你的眼睛长在前面，所以以后你就不要倒着走！"

现在，她终于明白了他的心……可是这一切，到底有多么地晚……

街上的人渐渐散去，仿佛世界在此刻重归于静。在这一刻，世界上只有莫沫一人。她安静地流着眼泪，心疼，难过，悲伤，痛苦……

还有，十八年前，她第一次见他时那般心跳，她一并寻回……

因为迷路，年幼的莫沫蹲在那飘满风信子花香公园的角落里无助地哭着。突然，一个好听的男声响起。

"喂，你为什么哭？"

莫沫仍然是哭，不敢抬头。

"不要哭了，你叫什么名字，家在哪里？"

莫沫抬起头，看到了一个面容英俊的大男孩，正仔细又认真地看着她。突然，莫沫感觉身体里的那颗心脏像是着迷那般不停地跳动。

这是她第一次见那么好看的人。

疯狂跳动的心脏让莫沫不敢出声，她不知道为什么，只是看着他就觉得很温暖。这种感觉，从来都没有过。包括是在夏与冰的身上，也未曾有过。

许久，她轻轻开启唇瓣，对眼前的男孩说道。

"我叫莫沫，莫名其妙的莫，泡沫的沫。"

第七十七卷　那年花开

卷首语：

我，会，保，护，你。

No.265

一九九七年，三月二日。

上海浦东国际机场候机室。

刘翠芳牵着小莫沫的手，泪眼婆娑地跟莫沫的妈妈告别。

莫沫瞪着大大的眼睛，笑着对姥姥说："姥姥，你为什么要那么难过？妈妈不是要去国外出差，几天就回来的吗？"

莫沫的妈妈眼泪落下，蹲在小莫沫面前："莫沫乖，莫沫最乖了。"

"妈妈乖，妈妈不哭，"莫沫用自己的衣服袖子替妈妈擦拭泪水，对她微笑道，"莫沫给妈妈擦泪，莫沫等着妈妈回来。"

莫沫的妈妈却再也禁不住眼泪，她从衣服口袋里拿出一块钱，递给莫沫。

"乖，莫沫去买最喜欢吃的冰淇淋吧！妈妈还有话和姥姥说。"

莫沫拿着钱便开心地离开了。她跑到机场的入口处，那里有卖冰淇淋的阿姨。

"阿姨，我要一个香草冰淇淋。"莫沫说着把一块钱递过去。

阿姨却对莫沫微笑："小朋友，香草冰淇淋是三块哦！你还差两块。"

莫沫噘噘嘴："好，我再回去拿钱。"

莫沫回到候机室，却正好看到妈妈和姥姥在角落里。

妈妈跪在地上，泪流满面地对姥姥说："妈，对不起，就这么扔下你和莫沫一个人。可是，我真的在这里待不下去了，在莫沫他爸去世的这些天里，我每天都会在想，他是因为知道我跟汉森的感情后才自杀的！如果不是我，莫沫他爸就不会死！我真的很怕有一天莫沫会知道这一切，我根本无法再面对她，也没法面对这所有的一切。我不会再回来了，原谅我的自私，妈……"

姥姥轻轻地扶妈妈起身："快起来吧……你放心，我已经把莫沫爸爸留下的遗书烧了，莫沫永远都不会知道真相，我也不会告诉她。我会一个人把她带大，你在国外也好好的。"

莫沫简直不敢相信自己的耳朵。

原来是妈妈……害死了自己的爸爸……

也是妈妈骗自己……其实她是要抛下自己，永远不再回来……

她忍住不让自己哭出声音，转身立刻跑开。年幼的她根本不知自己是怎么了，只是觉得疼痛不堪。

她飞快地逃离机场。

不一会儿，明明阳光明媚的天空却渐渐飘起了雪花。她一个人奔跑着，直到跑累了才停。而眼前的环境却让她觉得陌生……这是她第一次来上海，是姥姥带她来，说给妈妈送行。

现在，她却走丢了。也许她就是个累赘，没有人爱她，所有人都想着怎样把她抛弃。为什么，是最爱的妈妈害死了爸爸，为什么，她让自己失去爸爸后，还要狠心离开自己？

她不明白，她不明白！她蹲下来抱着自己，一个人痛哭起来。没人能明白这对一个孩子来说是多么大的伤害，好像要将她还未开启的人生立刻击垮那般。

天空释放着湛蓝色，公园四周的花丛里都怒放着白色风信子。微风吹来了一阵又一阵风信子的花香，拂过花的笑靥，幻化成一片花的海浪。公园中央的喷泉恣情地跳动着，仿佛在与这阳光下渐渐飘落的似有似无的雪花共同编奏一曲撼人心扉的乐章。

少年的钟亦峰正在公园里开心地放着风筝。他的妈妈正坐在喷泉的一边，安静地读一本书。钟亦峰露出笑容，他遥远地看着美丽儒雅的妈妈，此刻的他拥有着人生最美丽的幸福。

由于钟亦峰看得太过专注，一不小心将手中的风筝线全部放了出去。风筝随着风飘荡在天边，钟亦峰立刻向风筝飘走的方向跑去。

只是风筝越飘越远，逐渐消失在他的视野。他看着在遥远天际渐渐变小最终不见的风筝，努努嘴，却也无奈。就在他转身要离开的时候，无意间看到了一个蹲在花丛旁边哭的女孩。

他缓缓走过去。

"喂，你为什么哭？"

女孩没有理他，埋着头还是哭。

"不要哭了，你叫什么名字，家在哪里？"

女孩抬起满是泪水的脸颊，安静地看着他，好像他脸色有什么东西那般。钟亦峰觉得有些尴尬，须臾，女孩终于开口说话。

"我叫莫沫，莫名其妙的莫，泡沫的沫。"

"那你为什么哭？"

"爸爸离开我，妈妈不要我，现在，我连姥姥都不敢相信了。"

钟亦峰听不懂这个叫莫沫的孩子在说些什么，只是，她好像特别伤心的样子。他看着她满脸的泪痕，心里却不由得一紧。一种想要保护她的欲望在他的心底悄悄滋长……

不知过了多久，莫沫终于停止哭泣。这段时间里，钟亦峰就这样一直站在她的身边，沉默无言，只是静静陪着她。

"你难过的时候，会做什么？"

莫沫眨眨大大的眼睛，没有回答。

"就……一直哭吗？我爸说，眼泪是这世界上最没用的东西。"

钟亦峰抬起头看着湛蓝却飘落雪花的蓝天："所以，如果我难过了，就会看看天空。天空那么大，一定可以包容每个人所有的难过。"

莫沫像他一样抬头仰望天空，雪花却纷纷落到她的眼前。她缓缓抬起左臂，用手挡在眼前，透过指尖的缝隙看遥远的那片蓝天。

"指缝里的天空就像是被分割了，可是，再破碎那也是我能抓住的全部。"莫沫轻轻地说，眼神透出的色彩并非一个孩子所能拥有的坚定和哀伤。

钟亦峰被眼前这个孩子说出的话震惊。

"你，多大？"

"九岁。"

他看着这个比他年幼三岁的孩子，开始好奇她经历的那些故事："这个年纪的小孩子应该是被一个冰淇淋就能哄住的才对。"

"你怎么知道？我难过的时候会吃香草冰淇淋。"

钟亦峰"扑哧"一声笑了起来。

雪花却越飘越多，越落越大。

莫沫眨着因刚刚哭过还微微润湿的眼睛认真地看着钟亦峰，一阵风吹过她的脸颊，她微薄的刘海儿被风吹散，一朵美丽的雪花落在她纤长的睫毛上。

"别动。"

钟亦峰轻轻地说，像是着了迷那般抬起右手，慢慢靠近她的脸颊，温柔的眼神像是一片安静的海。他的手指刚刚碰触到挂在她睫毛上的雪花，雪花便即刻消融不见。

莫沫眨眨大大的眼睛，心脏却是抑制不住地跳动。她不知自己是怎么了，那一刻，她只觉一种奇妙的感觉在心里泛滥。她很怕陌生人，却唯独不怕眼前这个男孩子。

"怎么了？"莫沫轻声问。

"没，没事。"

钟亦峰回过神来，尴尬地笑道。突然他的脑子灵光一现，想用一个美丽的谎来化解尴尬。

"听说……"

"下太阳雪时相遇的人，都是命中注定要遇到的人，然后……"

"然后会怎样？"

"然后会在彼此的生命里写满痕迹。"

钟亦峰看着瞪着大眼睛一脸茫然的莫沫，露出微笑："看来，我们还是先去买香草冰淇淋吧。"

莫沫跟着钟亦峰走出公园，四处都是陌生人，所以她只能紧紧地跟在他的身后。穿过一条又一条街道，在一家玩具屋的橱窗前，莫沫停下了脚步。

"等等。"

钟亦峰也停下脚步。

"怎么了？"

"我还不知道你的名字。你，叫什么名字？"

钟亦峰看到玩具屋橱窗里映出的莫沫微红的脸颊。

"知道胡桃夹子的故事吗？"

莫沫摇摇头。

钟亦峰将胡桃夹子的童话故事娓娓道来，那是一个悲伤而又美丽的童话。

"你，以后不要再哭了。"

钟亦峰看着玩具屋橱窗里的胡桃夹子木偶，轻轻地说："我就是这个故事里的胡桃夹子，所以……"

莫沫认真地听着男孩的话语："所以，你的名字叫胡桃夹子？"

钟亦峰微微一笑，他看着这个天真的女孩子，泪水不应该在她的人生里繁衍生息才对。

"是的。我是胡桃夹子，"钟亦峰认真地对莫沫说，"所以，不管之前在你身上发生过什么不好的事情，以后，我会保护你。"

我，会，保，护，你。

莫沫瞪着大大的眼睛，只觉自己的心脏疯狂地跳动着。她在心里默念着这五个字，不知道为什么，眼前这个不认识的男孩从一开始就让她心跳个不停。就好像，他的身上有让她着迷的魔法似的。

在一家甜品店的窗口前，钟亦峰递给卖冰淇淋的阿姨三块钱。

"谢谢阿姨。"

钟亦峰和莫沫异口同声地对阿姨说道。

得到香草冰淇淋的莫沫像是一个得到特殊褒奖的孩子，她露出笑容的样子真的美极了。原来，她是那样一个容易满足的女孩子，可见她对生活奢求的并不多。到底在她的身上发生了什么，才会让这样一个原本傻得可爱的女孩变得那样伤感，那样让人心疼？

"指缝里的天空就像是被分割了，可是，再破碎那也是我能抓住的全部。"

她说话时那哀伤的眼神已深深地烙在他的心里。

钟亦峰低着头陷入了沉思，他越来越好奇发生在这个女孩身上的故事。

"胡桃夹子，你快一点……"

莫沫正倒着走，望着他笑着喊。

钟亦峰听到莫沫喊她便抬起了头，这时他却看到一辆轿车正在朝她开去。他的大脑一片空白，他快速跑到她的身边，用力将她推开。

"嘭……"

一声巨响之后，钟亦峰便倒在了血泊之中。疼痛感布满他全身，他似乎是觉得自己似乎在渐渐失去意识。这时，他突然感到有人过来抱住了他。

他用力睁开眼睛，看到了正哭着抱着他的莫沫。

钟亦峰微微一笑，看到她没事，真好。

突然，一个老人过来拉着莫沫，想立刻把她带走。

"沫沫，跟我走。"

刘翠芳送女儿登机后便到处都找不到莫沫，她急忙去问机场门口卖冰淇淋的人。

"你是说那个要买香草冰淇淋的小姑娘啊！我刚刚看到她哭着跑出去了……"

于是，刘翠芳便立刻在机场附近到处找莫沫。她问了许多人，才在这里看到了莫沫。同样，她亲眼看到，现在那个倒在血泊中的男孩用自己的命救了莫沫。

她不知道莫沫从哪里认识了这个男孩，她只知道要立刻带莫沫走。这件事与莫沫没有任何关系，与她也没有任何关系！如果被男孩的父母知道他是为了救莫沫才出的事故，赖上她们，那以后她和莫沫的日子就真的没办法过下去了……

"我不要走！我不要走！不要……"

"我不要离开……"

刘翠芳用力拽着莫沫离开，而莫沫却大声哭喊着，紧紧地握着钟亦峰满是鲜血的手不肯松开。

"姥姥，我不要走！我不要走！不要走……姥姥……我不要离开……"

"就当作是救救我……救救我，求求你……"

"救救我……"

莫沫大声地哭喊着，说什么都不放开钟亦峰的手。

"胡桃夹子……胡桃夹子……"

而刘翠芳的力气越来越大，莫沫紧紧握着钟亦峰，手就快要松开了。钟亦峰就在莫沫将要松开手之际，对着她轻轻了一句话。

"我的名字是……钟亦峰……"

最后，她的手还是松开了。钟亦峰并不知道，莫沫是否听到了他的最后一句话。如果她听到了，她是不是会再回来找他？

在昏厥之前，钟亦峰似乎是看到了那片在微风吹拂下摇曳着的白色风信子，闻到了那阵阵扑鼻而来的花香。

而十八年后，再次倒在血泊中的钟亦峰，在面临死亡之前，仿佛又看到了那曾随风摇摆的白色风信子。

十八年后，仿佛是在离开这个世界之前，他才恍然间明白。

原来，那年花开，朵朵风信子，都是我爱过你的证据。

第七十八卷　仲夏之末

篇首语：

二〇一五年，七月五日，在仲夏时分的最后一天。以后，每年的今天，我，都会在这里等你，在这里，有人一直在等你回来。

No.266

五年后，上海。

六月暮，初夏，傍晚时分。

"夏雨沫，去把钢琴练了再看电视。"宫玫萱戴着粉色的头巾，身系围裙，从厨房往客厅的饭桌上端菜，对一个在电视前乐呵呵的年仅五岁的小孩子说道。

"妈妈妈妈……我先看电视，再练钢琴好不好……"

这个叫夏雨沫的女孩子瞪着大大的眼睛对着宫玫萱撒娇，这副无辜的样子格外惹人怜爱的同时却又像极了一个人。

"不可能，快去练琴。"

夏雨沫立刻跑到夏与冰的卧室，在他身边不停地摇着他的胳膊。

"爸爸爸爸，你好不容易在家一次，你快陪我玩吧！"

夏与冰放下手中的文件，拍拍她的头，笑着对她说："爸爸还有工作要忙，乖，快去看电视。"

"不要，不要！我要是一个人看电视，妈妈就会催我去练琴！"夏雨沫立刻抱住夏与冰撒娇，"你快点跟我玩，要不然你就让胡姐姐来跟我玩，给我带好吃的……"

夏与冰的眼里闪过一丝难过，却笑着对夏雨沫说："胡姐姐今天有事情，等会儿让你钟伯伯陪你玩好不好？"

夏雨沫眨着大大的眼睛："钟伯伯？钟伯伯是谁呀，他会给雨沫带好吃的吗？你看我那么可爱，他一定会给雨沫带香草冰淇淋的对不对！"

夏与冰微微一笑，摸摸夏雨沫可爱的脸蛋，轻声对她说："会的。"

"哦太好喽！太好喽！"夏雨沫高兴地拍拍手掌，蹦蹦跳跳离开夏与冰的卧室。

不一会儿，门铃声便响起。

夏雨沫以迅雷不及掩耳之速跑到门前，踮着脚把门打开。

一个身穿深蓝色西装的英俊男人站在门前，手里还提着礼物。

"哥，你来了，"夏与冰听到门铃声也立刻走过来，"雨沫，还不快点叫大伯。"

夏雨沫看着钟亦峰，一句话不说。

"雨沫？"

"大伯，你手里的礼物是香草冰淇淋吗？雨沫最爱吃香草冰淇淋啦。还有胡姐姐，她也最爱吃香草冰淇淋了！"

钟亦峰却被她的话惊住……

香草冰淇淋……

这简短的五个字却不禁让他想起了许久未见的那回忆中的人……

"快进来吧。"夏与冰对钟亦峰轻轻说道，"小孩子乱说话，不用管她。"

饭后，夏与冰和钟亦峰一起在别墅的庭院里乘凉，宫玫萱则去哄夏雨沫睡觉。

繁星点点，好久没有再见到过这样的天空。一轮模糊的月悬挂在星空中，茕茕孑立，形影相吊。

"哥，这次回国，是身体都好了吗？"夏与冰对钟亦峰轻声说。

"嗯，在美国待了五年，也够久了，是时候回来了。"

"那就好，你不知道五年前，你把我们所有人吓得……"

"过去的事就不要再提了。钟亦峰打断夏与冰未说完的话。

夏与冰看着眼神复杂的钟亦峰，不知在这过去的五年里，岁月又怎样改变了他。

"哥，五年来一直未娶，是因为沫沫吗？"夏与冰问道。

钟亦峰没有立刻回答。他缓缓抬起头，仰望那片星空。

我愿做那颗永远陪你流浪的星，他倏地想起那年他的那片赤诚之心。

"不是，只是一个人待得习惯了，也就忘了自己还是一个人。"

就好像，曾以为自己会陪你一起流浪，却未曾发现其实自己一直都在一个人流浪。

"她，怎么样？"钟亦峰轻轻地问。

夏与冰却不知如何回答，犹豫再三还是只说了三个字。

"她还好。"

"哥，既然你不走了，那么我就把桓旗正式还给你。爸爸死前说过，在你不在的这段时间，我只是代你管理桓旗而已。现在你回来了，我也就算完成任务了。"夏与冰认真地对钟亦峰说，"你不要劝我再留在桓旗，我已经替你守了它五年，以后，我只想普普通通地活着，仅此而已。"

而钟桓就在钟亦峰在美国治疗的这五年里，败给了病魔撒手人寰。钟亦峰没有参加他的葬礼，对外界，他是以治疗的借口无法回国。可是在钟桓的心里，他知道，亦峰始终都无法原谅自己。

钟桓去世的时候，最想念的不只是樊樱那天真的面容和与她极为相似的夏语翎，还有为他倾尽一生的朱煜晴和他亏欠至多的钟亦峰。也许，一直以来他都排斥他们母子只是因为自己心虚。在离开这个世界的那一刻，他才知道原来自己拥有过那么多。

如果这个世界没有背叛，是不是就不会有那么多的误会，那么多的宿怨？良久，钟亦峰淡淡地说。

"好。"

夏与冰轻啜一口茶水，还是将想要说的话咽回了口中。

五年前。医院急诊。

钟亦峰被送到急诊的时候已经没有了呼吸，医生多次对他体外电除颤都没有任何效果。他的心跳渐渐趋平，变成一条直线。

"抱歉，我们已经尽力了，为病人准备后事吧。"

莫沫立刻冲进急救室，她看着浑身是血躺在冰冷手术床上的钟亦峰，心仿佛窒息那般痛。

"深蓝，钟亦峰，你给我醒过来！你不能死！"莫沫大声喊着，用力晃着一动不动的钟亦峰，"你快醒过来，你快醒过来！深蓝，我想起来了，我想起那个男孩是谁了。你肯定是在生我的气对不对，气我忘记你！"

"钟亦峰，你醒过来，我不许你死。"莫沫用力捶打着那颗已经停止跳动的心脏，希望能够得到一丝反应。

"所有人都离开了我……你说过，你是那个胡桃夹子……你会保护我……你快给我起来，我失去爸爸，可以，被妈妈抛弃，也可以，与冰和玫萱在一起，都可以！可是我不能失去你，不能……为什么，我现在才想起了你……"

"深蓝……我喜欢你，十八年前第一次见你的时候我就喜欢你！钟亦峰，我喜欢你！你听到了吗？我喜欢你，钟亦峰，我喜欢你！"

为什么十八年后，才想起那种第一次见面的心跳就是喜欢呢？！

为什么十八年后，才明白那种从未有过的感动其实就是爱呢？！

"深蓝……你是不是生气了，气我以前丢下了你，还忘记了你……对不起，对不起，对不起……"

"钟亦峰，我爱你，我爱你！求求你，别再丢下我一个人，我再也不离开你了，好不好，你醒过来……"

"再也不离开你……对，不离开你……"

顾雷眼泪落下，看着已经离开人世的钟少，看着彻底崩溃的莫沫，不明白为什么命运总是这样捉弄人。

他抹抹眼泪，却听到一声巨响。当他反应过来的时候，莫沫已经躺在地上，头流着鲜血。

"莫沫！莫沫！"

不要离开他，既然这个世界已再无所求，那活着又有什么意义？

在这场与生活厮杀的斗争中，父亲的离世是因为母亲的自私，母亲对她的抛弃，还有在生死关头姥姥强迫她离开钟亦峰的痛心，十八年发生的这所有一切让年幼的她承受不住那份压力失去记忆。而十八年后，曾经爱的人跟自己马上就要结婚的时候，却又跟挚友走到一起，是命运在作怪，没错，但是这一切都没有将她击垮。

可是，为什么，偏偏这个时候，她想起了所有的一切呢？

原来，十八年前，第一次见深蓝的时候，自己便喜欢上了他。如果说七岁那年对夏与冰只是迷恋的话，那么九岁那年与钟亦峰的相遇，使她第一次有那种温暖和开心的感觉，那种莫名其妙的心跳，那种莫名其妙的信赖……

十八年后，他无言的陪伴也早已让她依赖习惯，甚至连爱上他她都不曾自知……

她可以接受所有的磨难，却独独不能接受就这样失去了他……就在她想起他的时候，他又为了她倒在那片血泊中……

如果是这样，那么她心甘情愿地承认自己输了。在和生活厮打的最后关头，她真的撑不住了。这种痛苦她真的无法再承受一次……

不要再松开他的手。

这是钟亦峰跟她说过的最后一句话。

好，不再松开。莫沫看着那片白色的墙，毫不犹豫地撞了过去。一时间，世界安静无比，她好像是看到了深蓝，看到了他那温暖的笑容……

顾雷立刻把医生叫来，对莫沫进行抢救。

"嘀……嘀嘀……"

而这时，钟亦峰的心电图却慢慢波动。他好像是听到了莫沫的呼唤，莫沫的哭泣声那般……

后来，莫沫并没有死。剧烈的撞击使她脑受伤，医生说如果醒不过来，那便是一辈子植物人。而她昏迷了整整十天后，终于醒了过来。

夏与冰和宫玫萱看到清醒后的莫沫，开心坏了。

"莫沫……你终于醒了！"

"沫沫……"

莫沫的大眼睛却不再有神，她只是轻轻地说了句："你们是谁？"夏与冰和宫玫萱惊讶无比。

"我好饿啊……我要吃饭……哥哥姐姐，你们有没有什么吃的……"莫沫说着咧开嘴哭了起来。

因为脑部受伤严重，醒来后的莫沫智商只有七八岁的样子，时而安静，有时都不说一句话，时而狂躁，乱七八糟地胡说一通……

No.267

七月五日晚，仲夏之末。

在那个曾经飘满白色风信子的公园里，小孩子们都围在一起，听一个绑着麻花辫的女人讲着故事。

故事讲完，许多小孩子泪流满面。

"胡姐姐，为什么那个咬核桃小人不去把公主抢回来，公主明明是属于他的！"

"胡姐姐，那个国王真的好坏，他怎么可以这样！"

"胡姐姐胡姐姐，那个咬核桃小人没有名字吗？他叫什么呀！"

"哎呀，我忘了这个咬核桃小人叫什么名字了！"莫沫转转眼睛，露出笑容，"要不然，我们就叫他胡桃夹子吧！"

小孩子们和莫沫笑成一片。

"胡姐姐，你明天还会来吗？再给我们讲故事？"其中一个小孩子问。

"应该不会来了吧。"莫沫笑着说，"我只有今天才在这里哦！"

"为什么呀，胡姐姐，你为什么今天才在这里呢？"

"对呀，为什么呀，胡姐姐，难道你明天要上班吗？"

莫沫却突然不再说话，眼泪在眼睛里面打转，委屈地说道。

"不是的，我没有工作。我来这里，好像是要等一个人。他约好跟我见面的，却没有来……"

停车场。

钟亦峰将那辆熟悉的银色劳斯莱斯停下，双手握着方向盘，眼神复杂。

二〇一五年，七月五日，在仲夏时分的最后一天。

以后，每年的今天，我，都会在这里等你，在这里，有人一直在等你回来。

他想起了五年前自己曾经在这里做出的承诺。他不知道莫沫会不会在这里，也许她不在吧。如果她想找自己的话，在过去的这五年里，她怎么会音讯全无？

最后，他还是一个人在医院里醒过来。这就是他的宿命，无论做什么，他都没法把她留在自己的身边。他早就知道，不是吗？

他缓缓下车，走进公园。刚刚走出停车场出口的那一刻，不远处的喷泉便喷涌起来。安静悠扬的音乐响起，滴滴水花飘浮在空气里拂过他的脸。

仲夏之末的时候，所有的精灵都会渐渐进入沉睡，所以，这是奇迹发生的最后契机。在他的身上，还会有奇迹发生吗？

不知过了多久，喷泉停了下来。

而钟亦峰却看到了喷泉后面那被一群孩子包围着的绑麻花辫的女人。

钟亦峰简直不敢相信自己的眼睛，朝思暮想的她就在他的对面，然而，这一刻钟亦峰却畏惧了。

现在的他，似乎没有勇气再让她留在自己的身边了……

因为，她，自始至终还是不爱他。

音乐渐渐散去。

他转身，就要离开的时候，却听到那群孩子中央的人说。

"我们就叫他胡桃夹子吧！"

钟亦峰停下了脚步，他缓缓转身，向她走去。

孩子们看到突然向女人走过来神情恍惚的怪叔叔都纷纷散去，不一会儿，只剩莫沫一人。

莫沫抬起头，望向钟亦峰。

"大叔，你找谁？"莫沫噘着嘴说。

钟亦峰立刻看出了她的异样。

"我找莫沫。"

莫沫咧开嘴笑，指着刚刚离开的那几个孩子："我们这里没有莫沫，他叫小扁豆，她叫小红花……啊……其他人的名字我不知道，要不然我帮叔叔你问问。"

莫沫起身要离开。

她经过他的身边时，他用力抓住她的胳膊。

"啊痛……叔叔你这个坏人……"

莫沫的眼睛里泛起了泪花："我要告诉胡桃夹子你欺负我！"

钟亦峰的眼神里多了一丝不忍，轻轻问她："你是谁？你，叫什么名字？"

莫沫突然又笑了起来："我就叫胡桃夹子呀！不过他们都叫我胡姐姐，你也可以这么叫我！"

钟亦峰的眼泪却倏地落下。

他终于明白为什么，这五年来他一直都在等她，她却迟迟不出现……

这一刻，所有的一切他都明白了……

可是，他的心疼却仍是压抑不住，为什么命运要这么对她？她没有做错过什么，却一直都在遭受常人难以想象的苦痛……

"叔叔，你怎么哭了？"

莫沫说着，伸出手替钟亦峰擦去眼泪，自己的眼泪却又掉了下来。

"奇怪，叔叔，为什么看你哭，我也好难过呀……"

钟亦峰的眼泪却止不住，他紧紧地握住莫沫的手。这次，他不会再松开，就算死，他也不会松开。

"叔叔，是不是有人欺负你了，你告诉我，胡桃夹子去帮你打他……"

原来，在他不在的这五年里，她把自己活成了他的样子。

莫沫流着泪，却对钟亦峰微笑着。

"叔叔，你，以后不要再哭了。"

她那副傻傻的样子眼神却是那么地坚定。

"因为，以后，我会保护你。"

终极番外　深蓝色的深蓝

卷首语：

　　他最初那个善意的谎言，在漫漫的岁月长河里渐渐积淀成一个似乎是固执了很久的诺言，最后的最后，终于在二十三年后的此刻幻化成美丽的预言。

　　数月匆匆而过，一年末端的冬季如约而至。

　　淡淡的阳光透过落地窗洒落在钟亦峰的办公桌上，桌面干干净净，除了座机外便只放了一个胡桃夹子木偶和一张合照。这时，桌前的钟亦峰正认真地批着一份又一份文件。这个办公室还是像以前那样宽敞，但却不再空旷，更不再被悲伤的洪流倾漾。就在与钟亦峰办公桌隔了不到一米的地方，有一张小小的粉色书桌。虽然这有些童真略显幼稚的书桌与整个办公室复古的红木装潢格格不入，但是，仿佛是因为这个小小的微妙存在，让温暖充斥了这间屋子里的每个角落。粉色书桌上堆着乱七八糟的东西，歪歪斜斜的漫画书和杂志交错堆叠着，好像一阵微风便能将这个书垒吹塌。在这桌面上唯一整洁的东西，便是那个刻着"莫沫"名字的座牌，下面还有一行小字，是钟亦峰定制名牌的时候特意让人刻上去的。

　　钟亦峰的专属私人顾问。

　　这行小字便是钟亦峰堂而皇之将莫沫天天带在身边的理由。莫沫每天还是要上班，不过上班的时间不定，因为钟亦峰什么时候上班就会从家里把她带来，钟亦峰什么时候下班她也才能结束一天的工作，只不过她的办公地点由"桓旗集团外交部"变成了"董事长办公室"。当然，不管是开会还是出差莫沫总要跟着他一起。而莫沫的工作任务也是相当简单，待在他的身边按时吃饭，按时睡觉，每分每秒都让他知道她在做什么，这便是她的工作任务。

　　"啪……"

果不其然，书桌上那一摞书瞬间全部散落在地上。不停打盹的莫沫终于还是扛不住倒在桌子上就睡，一本《阿衰漫画》盖在她的脸上，连书落地这么大的声音都没有把她吵醒。

认真看文件的钟亦峰并没有被这突如其来的声响吓到，他把头撇向一侧，看着那红色漫画书下的人微微一笑，轻轻起身帮她把所有的书都捡起来，并按条理罗列好放在书桌的一角。钟亦峰脱下深蓝色的西装外套盖在她的身上，轻轻地抚摸着她乌黑的头发。

"睡吧，莫沫，什么都不要想，就算天塌下来，还有我替你顶着。"

钟亦峰轻轻地说道，却忍不住嘴角上扬。这半年来，莫沫每天都待在他的身边，从来没有一刻离开过。再确切地说，是他一直守护在她的身边。莫沫很乖，就像七八岁的小孩子一样听他的话。钟亦峰从桌上拿起遥控器，将室内空调的温度调高了一些。他缓缓地转身，走到窗前。刚刚还明媚的眼光似乎变得些许倦怠，在厚重的深蓝色云层里不禁显得暗淡起来。

柔软飘浮的雪花符合光景地慢慢于空中蔓延散落开来。

下雪了，就在这抹阳光里。

回忆铺天盖地而来，十八年前初遇她时的那场太阳雪，十八年后邂逅她时的那场太阳雪，以及，这二十三年一晃而过，他们终于在一起后的这场太阳雪。

下太阳雪时相遇的人，都是命中注定要遇到的人。

他最初那个善意的谎言，在漫漫的岁月长河里渐渐积淀成一个似乎是固执了很久的诺言，最后的最后，终于在二十三年后的此刻幻化成美丽的预言。

"叔叔，你在看什么？"

不知什么时候莫沫醒了过来，她站在他的身边，就好像以前那样，随着他的视线向远处望去。

"看一场，"钟亦峰刻意停顿了一下，认真地凝视着身边的人，温柔地对她说道，"久违的太阳雪。"

莫沫也同样看着钟亦峰，一双美丽却闪烁着疑惑的大眼睛弯了起来，像极了月牙。她呵呵笑道："下太阳雪时相遇的人，是命中注定要遇到的人，然后会在彼此的生命里写满痕迹。"

钟亦峰简直不相信自己听到了什么！

他激动地一只手揽住她，另一只手扶在落地窗上，由于他靠的太近，莫沫不得不依偎在他的怀里。

"你刚刚说什么？再说一遍，好不好？"钟亦峰微微低头，将耳朵靠向她的唇边。

"我……"莫沫似乎有点害羞，"太阳雪……还有什么来着……命中注定……不对不对……哎呀叔叔你怎么突然靠我这么近，我……"

莫沫的话还未说完，钟亦峰便即刻堵上了她的嘴。莫沫不由得有一丝惊慌，想要逃离他的吻。可是钟亦峰用手抚着她的脸颊，让她动弹不得。

这个吻轻柔而又绵长，许久他才舍得离开她的唇。

"莫沫，告诉我，你怎么会记得这句话？"钟亦峰温柔地问，满脸都是抑制不住的欢喜。

"是，是梦，"莫沫认真地说，"莫沫经常做梦的，会梦到一个长得好好看的小哥哥，他总是对我说这句话，三番几次梦见他我就会背了。"

钟亦峰没忍住笑了出来："你知道那个'小哥哥'是谁吗？"

"不知道……"

"是我。"

"叔叔你骗人，你是叔叔，他是小哥哥，你比他大好多岁呢！你比他高，比他老……"

"喂，莫沫小朋友，难道现在你是在说，我没有你的小哥哥帅吗？"

"是啊！"

……

钟亦峰无奈，算了，看在她自己都不知道自己在说什么的份上，还是勉为其难原谅她。

"叔叔，你明明就是没有梦里的小哥哥长得好看嘛！"

莫沫仍然一本正经地说道。

正经到都不像一个七八岁的小朋友了。

趁着这鲜有却美丽到极致的太阳雪还未停，钟亦峰暂且放下繁重的工作带着莫沫出来散散心。他们手牵手穿过热闹的街市，就像是普通的情侣那样。钟亦峰紧紧握着她的手，真的好怕一松开她就瞬间消失不见。

莫沫一直都在来来回回张望形形色色的人群。突然，她停住了脚步。钟亦峰顺着她的目光望去，各式各样的蛋糕透过玻璃橱窗映入眼帘。莫沫咂咂嘴，还应景地咽了一口唾沫。

"想吃蛋糕吗？"钟亦峰看到垂涎三尺的莫沫问道。

"嗯！"莫沫用力地点头。

"那我们去买吧！"

钟亦峰说罢拉着莫沫向店铺走去，可是莫沫却停在原地不动弹。

"叔叔，雨沫妹妹告诉我，蛋糕是过生日的时候才会吃的！你连这个都不知道吗？"

"过生日的时候吃蛋糕？"钟亦峰挑挑眉问道。

"对啊！叔叔，你忘啦？上次雨沫妹妹生日，还是你带我一起去给她庆祝生日的呢！她告诉我，之所以要吃蛋糕，是因为要庆祝生日。可是今天不是莫沫的生日啊。所以，等下次莫沫过生日的时候再给莫沫买蛋糕吧！"

钟亦峰对莫沫的回答哭笑不得。可是，越是这样的她就越让他心疼，让他更加怜爱。莫沫拉着钟亦峰要离开，他却一把把她拽了回去。

"莫沫，听着。"

钟亦峰握着莫沫的胳臂，认真地对她说。

"叔叔，怎么了？"

莫沫眨着美丽的大眼睛，微微皱眉。

"今天就是你的生日。"

"嗯？"

"从现在开始，每年下雪的时候，都是你的生日。"

莫沫有些茫然地看着钟亦峰。

"所以，每当下雪的时候，我都会为你庆祝。现在，你可以进去挑所有你喜欢的蛋糕，我们都买回家，好不好？"

店铺陈列柜前，莫沫正瞪着大大的眼睛仔细挑选着。突然，她指着柜子右下方的蛋糕开心地笑道："叔叔，我要这个，我要这个！"

钟亦峰顺着她右手食指所指的方向望去，是一个红白相间的香草慕斯蛋糕。他禁不住露出微笑。

"就要这个蛋糕了"钟亦峰对店员说道，转头又看着莫沫故意问道，"为什么不是芒果慕斯，不是巧克力慕斯，偏偏是香草慕斯呢？"

"嘿嘿！香草冰淇淋那么好吃，那蛋糕肯定也差不了的嘛！"

"蛋糕现做，请二位坐在休息区稍等片刻。"店员微笑着说。

钟亦峰拉着莫沫坐到休息区。这时，旁边吧台上的几个顾客一阵喧哗。

"哇哦！你小子也太浪漫了吧！居然在蛋糕里面藏了戒指！"一个男生拍着另一个男生的肩膀起哄道，扭头对一个女生说，"你呀，还不赶快答应这臭小子别出心裁的求婚，没看他紧张得脸都通红了！"

"结婚！结婚！结婚！"几个店员一齐拍手起哄道，增添了一抹温馨的气氛。

钟亦峰看着这个画面，若有所思地上扬了嘴角。

"莫沫。"他温柔地唤她的名字。

"叔叔。"她轻声地回答他。

"你知不知道，其实过生日的时候，还有另一件事也要做？"

莫沫天真地眨着眼睛，用力地摇摇头。

"那你想知道吗？"钟亦峰微微一笑。

"想。"

钟亦峰故作神秘地说道："结婚。"

莫沫完全茫然地看着钟亦峰。许久，她终于开口。

由于钟少的决定太过突然，当顾雷接到电话后连震惊都来不及就抓紧联系可以用来结婚的场地。幸好钟少提的要求并没有多么苛刻，动用了桓旗董事长的名号外加钟少的财力，一个小时内便成功解决了婚礼场地的问题。剩下的两个小时，顾雷又着急忙慌地联系婚庆公司，简单设计完后便和他们一起布置教堂的内部。尽管事情发生的过于突然，但是丰厚的资金收入还是让婚庆公司无法放弃这笔订单。

三个小时后，总算是做好了一切准备。当婚礼进行曲响起的那刻，教堂的白色复古大门推开，一袭红色婚纱裙的莫沫和一身经典深蓝色西装的钟亦峰缓缓踏上红毯走来。教堂两侧座无虚席，尽管张张面孔都是那样陌生。莫沫一直被钟亦峰紧紧牵着，她十分紧张，似乎根本不知道这是在做什么。

钟亦峰和莫沫走到红毯的尽头，站在顾雷身边。由于事发突然，顾雷没有任何准备便成了婚礼的主持人兼证婚人。

穿着黑色燕尾服的顾雷清清嗓子，开口说道："新郎钟亦峰……"

"钟亦峰，是谁？"莫沫打断顾雷的话认真地问道，引得观众席一阵哄笑。

"合着这对新人结婚，新娘都不知道新郎是谁？这敢情好！"一个穿着清洁工工作服的老头子大声说道，大家伙一唱一和笑得更加开心。

莫沫诚惶诚恐地看着所有人，她不知道发生了什么，唯一知道的便是自己犯了错。钟亦峰看出了莫沫的惧怕，走到她的身边牵起了她的手。

"大雷，话筒给我。"

顾雷把话筒递给钟亦峰。

"各位，请安静一下。"

钟亦峰充满磁性的声音通过音响传出，顷刻间在场的宾客都安静下来。

"首先，感谢在座的所有人能参加我和莫沫的婚礼。我知道，你们从坐在这里的那刻起便充满了好奇。你们有的人是游客，有的人是这里的工作人员，甚至还有一部分是婚庆公司的人，明明刚布置完场地，接着还得充当亲朋出席婚礼。原因有两个，第一，这场婚礼的举办的确比较突然，但是，这场婚礼已经在我心里谋划过无数次，二十三年来，我一直都梦寐以求能够娶到身边的这位女子，如今，我终于如愿以偿。"

在场的人都沉默并认真地听钟亦峰说着。

"第二，那就是其实我和莫沫两个人在这个世界上都是举目无亲，我们唯一拥有的就是彼此。所以今天感谢大家的到来，见证我们这场婚礼，见证我们的爱。"

突然，一个人带头鼓掌，顿时掌声雷动一片。

"然后，关于新娘不知道我是谁的这个问题……说出来也不怕大家笑话，其实二十三年前，我就认识了她。只不过刚认识她的时候，这个笨蛋就把我忘了，这一忘就是十八年。然后五年前的时候，我们又再次遇到重新相识，可是这个笨蛋，她真的实在是太笨了啊，她又把我忘了。不过没关系，重要的是，现在她在我的身边，"钟亦峰紧紧地握着莫沫的手，深情地看她一眼，看到她也在望着自己才安心地继续说道，"只要她在我身边，那我是谁也就不再重要了。因为对我来说，她自始至终才是最重要的那个。"

坐在头排的几个阿姨开始忍不住落下泪水，这个年轻人的诚恳感动着在座的每个人，温暖着在座的每颗心。

"叔叔……"

莫沫突然开口。

"你的名字，不是叫作深蓝吗？"

时光倒流，七月五日，仲夏之末。

"叔叔，你，以后不要再哭了。因为，以后，我会保护你。"

听完莫沫的话，钟亦峰紧紧地把她拥在怀里。那时的钟亦峰便做了一个决定，这一生，他都不会让她再离开他半步，他要让她变成这世界上最幸福的女人。

"笨蛋，你知道我是谁吗？"钟亦峰怜惜地抚摸着莫沫的头发，心疼万分。

"不知道，叔叔，你叫什么名字？"莫沫咧开嘴角笑着看向钟亦峰，"虽然我记性不太好，但是我保证，我会努力记得叔叔的名字。"

她不知道，他等这个微笑等了有多久。

"我是深蓝啊莫沫，永远都爱莫沫的深蓝。"

此刻，钟亦峰看着如此认真的莫沫，眼泪骤然落下。

原来，她一直都记得他的名字，就这样牢牢地记在心里。

尽管，她早已忘记了，深蓝，是很久很久以前，她给他取的名字。因为，他总爱穿那身经典的深蓝色西装。

尽管，她可能永远都不曾知道，他依旧是那个深蓝色的深蓝。在过去她遗忘的那些时光里，一个傻傻的胡桃夹子木偶默默地待在橱窗里守护了她十八年；在过去她未知的那些岁月里，深蓝色的深蓝一个人在异国他乡独自守着那孤寂的月又陪她流浪了五年。

他对她的爱，一直都是深蓝色的爱。像沉在大海最底部的深蓝色，虽因不易发现继而不被人知晓，却又是那么沉重而不自知。这样浓厚的深蓝色的爱，让他顾及不到自己存在的同时，却又因她而寻回了最初的本我。

这样的深蓝，曾经为了她的幸福一步又一步地退让，哪怕自己受伤也无妨。

这样的深蓝，从这刻起永生永世都不会再将她拱手相让。

因为，深蓝色的深蓝终于深隽地深悉了。

这世上不会有人比我更加爱你。